낯설고, 달콤한

낯설고,
달콤한

초판 1쇄 인쇄일 2017년 08월 23일
초판 1쇄 발행일 2017년 08월 28일

지은이 | 율채
펴낸이 | 김기선

편집장 | 김은지
편집부 | 임종성, 박지은, 김지현, 김아름
디자인 | 한주희

펴낸곳 | 와이엠북스(YMBOOKS)
출판등록 | 2012년 7월 17일 (제382-2012-000021호)
주소 | 서울시 도봉구 노해로 379, 802호(창동, 대성빌딩)
전화 | 02)906-7768 / **팩스** | 02)906-7769
E-mail | ymbooks@nate.com

ISBN 979-11-322-4257-4 03810

값 9,000원

Strange and Sweet

낯설고, 달콤한

율채 장편소설

YMBOOKS ROMANCE STORY

목   차

처음엔 낯설고

삼청동에 자리 잡고 있는 예담은 겉보기엔 여느 화랑과 다를 바 없었다. 특별한 점이라면 예쁜 카페 같은 외관에 간혹 카페라 여기고 들어왔다 돌아서는 사람이 있을 정도였지만, 평범한 화랑처럼 그림을 전시하고 판매했다.

화영 역시 처음엔 무작정 걷다, 다리가 아프던 차에 카페에서 쉴 생각으로 찾은 곳이었다. 입구에 들어선 뒤에야 벽에 걸린 현판이 보였다.

<예술을 담다. 예담 화랑>

딱히 갈 곳이 있는 것도, 약속이 있는 것도 아니었다. 홀린 것처럼 화랑 안으로 들어섰고, 그곳에서 추상화 한 점을 마주하게 되었다.

그 추상화를 만나기 전까지는 이해할 수 없는 그림 앞에서 몇 분이고 서서 감상하는 건 허세라고 생각했었다. 그랬던 자신이 시간 가는 줄 모르고 그림에 빠져 한 시간이 넘도록 서 있었다.

훗날 그 그림을 사기 위해 갔을 땐 이미 어느 컬렉터의 소장품으로 사라진 뒤였다. 다시 볼 수 없을 것 같아 아쉬움이 남았지만 그 그림이 인연이 되어 화영은 고객이 아닌 큐레이터로 예담에 몸담게 되었다.

예담에서 일하는 건 즐거웠고 다양한 전시회를 준비하며 여러 그림을 마주하는 순간들은 설레었다.

하지만 예담은 미술품 말고 하나 더 거래되는 게 있었으니, 바로 맞선이었다.

화랑 대표 효림은 제 집무실을 나와 사무실을 둘러보며 눈으로 자신이 찾던 인물을 좇았다.

"백화영 씨, 나 좀 잠깐 볼래요?"

"네. 대표님."

퇴근 준비를 멈추고, 효림을 따라 대표실로 향했다. 효림은 며칠 뒤 화랑이 쉬는 날 나와줄 수 있겠냐고 화영에게 물었다. 화영은 상관없다고 했다. 왜 나와야 하는지 설명하지 않았고, 화영 역시 궁금해하지 않았다.

화영이 나오겠다고 하자 이제야 그 이유를 말해줄 모양인지 먼저 자리를 잡고 앉은 효림이 휴일 근무에 대한 본론을 꺼냈다.

"우리 화랑에서 간혹 재벌가 자제분들이 맞선을 봅니다."

"……맞선이요?"

예담에서 일한 지 3년 차가 되어가지만, 화영은 처음 듣는 얘기였다.

그럴 수밖에 없는 것이, 예담은 소규모 화랑으로 직원이 화영을 포함한 셋뿐이었다. 그중 한 명은 효림의 조카였는데, 그동안 이뤄진 은밀한 맞선은 효림과 조카인 최선재만이 알고 있었던 것이다.

"다음 주 휴관일에 중요한 고객들이 맞선을 봐요."

"……."

"일단 이렇게 얘기하는 건 화영 씨를 믿기 때문입니다. 원래대로라면 최선재 씨가 나와야 하는데 일이 생겨서 화영 씨에게 부탁하는 거예요."

효림은 그림 보는 안목만큼이나 사람 보는 안목도 뛰어났다. 이렇게 맞선을 주선하게 된 것도, VVIP 고객을 상대로 가볍게 권해 본 몇 커플이 결혼까지 성사되면서 그들만의 리그에 소문이 났기 때문이다.

고위층 재벌가 자제들의 은밀한 맞선. 어느 집안 자제끼리 선을 보는지 철저한 비밀 보장이 되었고 그게 가장 큰 메리트였다. 재벌가의 결혼은 거래였다. 거래가 성사되었을 때는 상관없지만, 거래가 성사되지 않았을 때 감당해야 할 뒷소문도 무시할 수 없는 부분이었다. 그러니 맞선 성사가 잘되고 비밀 유지가 확실한 효림에게 맞선을 보게 해달라는 사모들이 생겨났다. 그 결과 화랑은 두 달에 한두 번 정도 맞선 제공 장소로 쓰였고, 효림은 그 대가로 고가의 그림에 웃돈까지 붙여 그들에게 팔았다.

그렇게 화랑 2층은 카페로 꾸며져 컬렉터들과 고위층 사모들의 살롱 역할을 했다. 일분 일초마다 재산이 달라지는 그들을 고객으로 상대하고 접대하기 위해 살롱은 최고급을 지향했다. 인테리어 자재를 시작으로 찻잔이나 음료 역시 명품으로 갖췄다.

"비밀 유지 확실히 해주고, 맞선 성사가 잘되면 화영 씨에게도 인센티브는 당연히 돌아갈 거고. 쉬는 날 근무니까 따로 수당도 나갈 겁니다."

"네. 근데 제가 뭘 해야 하는지요?"

"딱히 뭘 해야 할 건 없어요. 맞선이 일곱 시니까, 미리 와서 화랑 문 열고, 커피만 대접하면 됩니다. 그리고 한 시간 정도 자리를 피해주면 됩니다."

"……네. 알겠습니다."

'새해부터 맞선이라…….'

화영은 오늘 맞선 본다는 고객들을 떠올리며 화랑의 뒷문을 열었다. 센서등이 민감하게 반응하며 주변을 밝혔다. 2층으로 연결된 계단과 1층 전시실로 이어진 복도가 보였다. 화영은 습관처럼 1층 전시실을 먼저 들렀다. 전시실은 고요하게 잠들어 있었다.

예담 1층은 누구에게나 열려 있었다. 그림에 대해 알든 모르든 그림을 사든 사지 않든. 그러나 2층 살롱은 아니었다. 1층에서 2층으로 올라가는 길은 구석에 은밀하게 숨겨져 있기도 했고, 설령 운 좋게 발견한다고 해도 '관계자 외 출입 금지'라는 안내문으로 접근을 막고 있었다. 오직 로열 계층이라 일컬어지는 이들을 위한 공간이었다.

화영은 은밀하게 만나야 할 만큼 대단한 그들이 누굴까 궁금해하며 위층으로 발길을 돌렸다. 2층엔 살롱과 응접실, 사무실이 있었다.

문을 열자 거리의 반짝이는 불빛들이 살롱 안에 먼저 자리 잡고 화영을 반겼다. 전등을 켜 실내를 밝히고 히터를 가동했다. 코트와 가방을 벗어 한쪽 의자에 올려두고 커피 머신이 있는 바(bar)로 향했다.

가끔 일하다 지치거나 커피가 생각날 때 와본 적 있었지만 맞선 도우미를 위해 오게 될 줄은 몰랐다. 선재가 내려주는 커피는 맛있었고, 틈틈이 커피 내리는 방법을 배우기도 했었는데 실상은 이럴 때를 위한 거였나.

화영은 오디오를 켜 피아노 연주곡을 틀었다. 피아노의 청아한 소리가 살롱 안을 채웠다. 다소 서툴지만 선재에게 배운 대로 커피를 내리자 향이 은은하게 번졌다. 찬장 속에 줄지어 진열된 커피잔 중 가장 무난하고 깔끔한 디자인으로 두 개 꺼냈다.

머그잔이 익숙한 손이라 찻잔 받침대까지 받치고 들자 손이 덜덜 떨렸다. 수전증도 아닌데 고가의 잔이라 생각하니 괜히 부담스럽다.

차를 내리고 찻잔을 물에 한번 헹구어 뒤집어두었을 때쯤, 살롱 문이 열리며 한 남자가 들어왔다.

화영의 시선이 자연스럽게 남자에게 향했다.

시원스레 쭉 뻗은 키와 재벌이라는 타이틀이 붙어서 그런지 기품 있어 보였다. 결례라는 걸 알면서도 화영은 그 남자의 얼굴에서 눈을 떼기 힘들었다. 그가 잘생긴 것과 별개로 어디선가 본 듯한 느낌이 들어서였다. 한데 도통 떠오르지가 않는다.

남자 역시 자신을 빤히 바라보는 여자를 호기심 어린 눈으로 바라보았다. 두 사람의 눈동자가 서로를 향했고, 무안해진 화영이 먼저 입술을 움직였다.

"어서 오세요. 편하신 자리에 앉으시면 차를 갖다드리겠습니다."

"……네."

반 박자 느린 대답과 함께 남자가 가까운 테이블에 자리를 잡았다. 화영은 조금 전 마주친 시선이 머쓱해 부지런히 손을 움직였다. 진하게 내린 커피를 들고 남자의 자리로 향했다. 그는 태블릿을 보고 있었다. 화영이 달그락 소리를 내며 잔을 내려놓자 고개가 들렸다.

"죄송합니다. 아직 찻잔이 익숙하지 않아서요."

화영은 입매를 올릴 듯 말 듯 미소를 지어 보였다.

"괜찮습니다."

화영은 말과 함께 다정하게 웃는 그를 향해 짧은 묵례를 하고 다시 제자리로 향했다.

고요하게 가라앉은 살롱 안에 남자와 둘만 있자 불편해졌다. 빨리 사무실로 가고 싶었다. 오지 않는 맞선녀를 기다리는 화영의 마음이 조급해졌다. 정작 맞선 당사자인 남자는 태평한데, 화영은 약속 시각보다 늦는 맞선녀가 원망스럽다.

사람을 상대하는 일을 하고 있지만, 여전히 어색한 일이었다. 더구나 큐레이터로서 작품을 소개하고 판매하는 일이 아닌 맞선 시중을 들고 있자니 더욱 불편했다.

화영은 바 뒤 스툴에 앉아 휴대폰을 꺼냈다. 습관처럼 네오룩에 접속해 볼 만한 전시회가 있는지 살폈다.

전시회 정보를 서너 개쯤 훑었을 때, 살롱 문이 열리며 여자가 들어왔다. 늦었지만 서두르는 기색이라곤 없었다. 화영은 휴대폰을 내리고 여자를 향해 묵례했지만 여자는 곁눈질할 뿐, 그냥 지나쳤다. 그러곤 누가 보더라도 자신감 넘치는 걸음걸이로 남자를 향해 다가갔다.

화영은 그런 여자를 보다 커피머신으로 몸을 돌려 커피를 내렸다. 트레이에 잔을 올려 커피를 따른 후 테이블로 향했고 두 사람 사이에 느리게 화영의 팔이 끼어들었다. 화영은 여자 앞에 조심스레 잔을 내려두려 애썼지만 찻잔은 여전히 달그락거렸다.

"죄송합니다."

화영이 사과했다. 그러나 여자는 아무 말 없이 그저 보란 듯이 조용하면서도 천천히 찻잔을 들어 올렸다. 화영은 그런 여자를 바라보다, 제 할 말을 꺼냈다.

"여덟 시에 다시 오겠습니다."

화영은 트레이를 제자리로 가져다둔 뒤 서둘러 자리를 떠났다.

화영은 벗어둔 코트와 가방을 챙겨 복도 끝에 자리 잡은 사무실로 향했다. 사무실의 비밀번호를 누르며 한 번도 의문을 품어본 적 없던 'office'라는 문패가 거슬렸다. 직원 전용이라거나, 관계자 외 출입 금지라는 말로 차단하지 않은 이유가 새삼 궁금해졌다.

컬렉터나 살롱 사모들이 사무실에 들를 일은 없을 테지만, 그들의 시선이 닿는 곳에 금지를 연상시키는 무언가가 있다면 아마도 불쾌하겠지. 평민에게 금지된 구역은 있어도, 그들을 위한 금지 구역은 없어야 할 테니까. 돈이 가지 못하는 곳은 없고, 열지 못하는 문은 없으니까.

생각이 거기까지 미치자, 화영의 얼굴에 쓸쓸함이 번졌다.

사무실 안을 환하게 밝히고 의자를 끄집어내어 털썩 기대앉았다.

'끝났다.'

십 분이 그렇게 길게 느껴질 수도 있다는 걸 새삼 깨달았다.

"하아."

화영은 의자에 기댄 채 기지개를 켰다. 눈이 절로 책상 위 시계로 향했다. 일곱 시 십분이었다. 아직도 오십 분이나 남았다니. 난감하다.

화영은 일을 미루는 스타일이 못 됐다. 오히려 없는 일도 만들어 할 만큼 자신을 혹사시키곤 하다 보니 했지만 지금처럼 갑자기 생긴 시간엔 무얼 해야 할지 막막했다.

이미 너무 깔끔해 손댈 짓 없는 제 책상을 한번 훑고, 서류철을 다시 꼽고, 괜히 의자에 기댔다, 늘어졌다, 바른 자세로 고쳐 앉았다. 가방에 넣어둔 책이 생각나 꺼냈을 때, 복도에서 구두 소리가 들려왔다.

마음 맞아서 저녁 먹으러 간 모양이네. 그럼 이제 퇴근인가.

화영은 느긋하게 코트를 챙겨 입고 꺼냈던 책과 휴대폰을 가방에 넣고 사무실을 나왔다.

집에 가도 할 일은 없는데. 집에 가선 뭘 하지.

살롱으로 걸음을 떼며 머릿속은 생각들로 가득 찼지만 살롱 문을 여는 순간 걸음을 멈추고, 생각도 멈춰버렸다.

덜컹 열리는 문소리에 무진의 고개가 소리의 발원지로 향했다.

"아, 죄송합니다. 계신 줄 몰랐습니다."

"괜찮습니다."

"그럼 이따 여덟 시에 다시 오겠습니다."

뒷걸음질 치며 문을 닫으려는 화영을 무진이 불러 세웠다.

"괜찮으시면, 커피 한 잔 더 부탁합니다."

"네? ……네."

가만가만 들어오는 화영을 보며 무진이 말했다.

"그쪽도 커피 한잔하죠."

"네?"

"커피 내리는 김에 그쪽도 마시라고요."

무진은 못 알아듣는 화영을 힐끗 쳐다보며 덧붙였다.

"아무래도 제가 여기 8시까지 있어야 할 거 같은데, 그쪽 시간 뺏는 거 같잖아요. 나 때문에 퇴근 못 하는 거 아닌가?"

무진이 고개를 갸웃거리며 화영을 쳐다봤다.

뭐야, 내 시간에 대한 대가로 너도 커피나 마셔라? 아니면, 저쪽도 혹시 혼자 있기 싫은 건가? 무진이 쏟아내는 말들을 해석하느라 화영의 머릿속이 분주하게 움직였다. 그러다 보니 무진이 저를 빤히 보고 있다는 것조차 의식하지 못했다.

무진은 너무 싱겁게 끝나버린 맞선이라 남은 시간 동안 마무리 못 한 일 처리를 할 생각이었다. 그런데 예상치 못하게 화영이 돌아오자 꽤 난처했다. 무진은 다시 태블릿으로 고개를 숙이며, 계속 말을 이었다.

"우리가 나갔다고 생각해서 오신 거죠? 아무래도, 제가 그쪽, 아, 뭐라고 불러야 할지 모르겠네요. 바리스타? 서버? 암튼 그쪽 시간을-"

"아뇨, 큐레이터입니다. 이곳 화랑 큐레이터예요."

태블릿을 향해 말하는 건지 제게 말하는 건지. 무진의 태도에 기분이 살짝 나빠진 화영이 그의 말을 끊었다.

"아, 아. 큐레이터. 큐레이터분이 맞선 도우미도 하시네요."

큐레이터라는 게 그를 자극한 건지 무진의 눈이 화영의 눈으로 향했다. 왠지 제가 전시품이 된 것처럼 여겨져 화영이 되받아쳤다.

"네. 못할 이유라도 있습니까?"

"아니요. 그저 궁금했을 뿐인데, 기분 나빴다면 사과하죠."

마음 같아선 '하려면 제대로 사과하세요'라고 대꾸하고 싶지만 그럴 수 없다. 자신은 지금 을이니까.

"미안합니다."

불쑥 들려오는 사과의 말에 화영의 눈동자가 흔들렸다. 그리고 무진은 흔들리는 그녀의 눈동자를 놓치지 않았다. 제 눈을 똑바로 쳐다보는 화영의 눈이 마음을 찌른다.

뭐지, 저 여자. 자꾸 건들고 싶게. 왠지 찔러보고 싶다. 찌르면 앨리스처럼 저 여자의 눈물바다에 빠지게 될 것 같은 기분이다. 정말 빠지기라도 할까 봐 걱정된 걸까. 불쑥 무진의 생각을 깨트리는 목소리가 울렸다.

"네."

화영의 똑떨어지는 대답에 무진의 입꼬리가 슬며시 올라갔다.

보통 이럴 땐 괜찮다고 대답하지 않나. 뭐, 재밌네. 저 아가씨.

화영은 바(bar)로 가 가방을 올려둔 뒤 트레이를 들고 무진이 앉은 테이블로 향했다. 찻잔엔 커피가 그대로였다. 트레이에 옮긴 찻잔을 들고 바 뒤편 개수대에 커피를 흘려보낸 뒤 다시 커피를 내렸다.

갓 내린 커피 향이 코끝을 자극했다. 새 찻잔을 꺼내며 화영은 옆 찬장에서 제 전용 머그잔을 꺼냈다. 같이 마시자고 했으니 한 공간에 머물러도 되겠지. 혼자라면 이골이 나니까. 한 번쯤은 낯선 타인의 존재감을 빌려서라도 혼자가 아님을 느끼고 싶다.

사실 작은 변덕이었다. 분명 둘만 있는 게 어색하고 불편했는데, 온기 없는 사무실보다 타인이라도 있는 살롱이 낫겠다 싶었다. 새해 다음 날인 오늘부터 혼자 보내야 하는 건 왠지 쓸쓸하니까 자신을 위한 새해 선물쯤으로 해두자며 화영은 스스로를 납득시켰다.

쪼르륵 떨어지는 커피 소리가 듣기 좋았다. 찻잔과 머그잔에 커피를 따른 후 무진이 앉은 자리로 향했다.

그래도 몇 번 반복했던 동작 덕에 이번 찻잔은 소리 없이 테이블에 놓였다. 찻잔이 눈길 끝에 담기자 무진은 고개를 들어 화영과 눈을 맞췄다.

"고맙습니다."

"네, 그럼 저도 잠시 살롱에 머물겠습니다."

차를 마시라고 했으니 살롱 안에 머물러도 된다는 뜻으로 받아들였다. 제가 이해한 게 맞는지 확인해야 할 것 같아 머물겠다 말했다. 제 속뜻을 안 걸까. 그는 고개를 한 번 끄덕일 뿐이었다.

작게 안도의 숨을 쉬며 화영이 돌아서서 바 뒤에 있는 스툴로 향했다. 그제야 코트를 벗어 한쪽 의자에 걸쳐 두고 자리를 잡았다.

화영이 가방에서 책을 꺼내 펼치자, 곧 모든 움직임이 멈췄다. 피아노 선율만이 살롱 안을 돌아다녔다. 따뜻한 공기, 은은한 조명, 잔잔한 연주곡이 함께 머물지만 상대가 신경 쓰이거나 불편하지 않았다. 그 안락함에 두 사람은 서로를 의식하지 않고 각자의 시간으로 침잠해갔다.

둘은 고개를 숙인 채 각각 태블릿과 책을 보았고, 서로 알아차리지 못했지만 동시에 커피 잔을 들어 올렸고, 같은 순간 잔을 내려놓았다.

살롱 안의 모든 것이 차분해졌다.

1. 낯선

무진은 팔짱을 낀 채 운전석에 기대앉았다. 앞 유리 너머로 화랑 뒷문을 노려보곤, 한숨을 쉬며 손목에 찬 시계를 확인했다. 아직 약속 시간까지 십여 분 남아 있었다.

결국 왔구나.

무진은 자신을 움직이게 한 기억을 더듬었다.

며칠 전 아버지의 비서에게 연락이 왔다.

-회장님의 지시입니다.

"글쎄, 싫다 하지 않았습니까. 최 비서님. 전, 선, 안 본다고요."

무진은 힘주어 말했다. 그런 무진의 목소리는 별 효과를 발휘하지 못했는지 덤덤한 최 비서의 음성이 이어졌다.

-선 보시면, 독립시켜 드리겠답니다.

전화기를 타고 넘어온 최 비서의 말은 악마의 속삭임이나 다를 바

없었다. 무진은 악마의 속삭임에 넘어간 파우스트가 될 것인가, 아니면 불편하더라도 그저 버틸 것인가 고민했다. 무진이 침묵하는 동안 최 비서 역시 침묵으로 기다렸다.

'독립'은 너무나 유혹적이었다. 서른두 살이 되도록 부모와 한집에 살려니 여간 불편한 게 아니었다.

"좋아요. 약속 시간이랑 장소 보내주세요."

-알겠습니다.

전화를 끊자, 곧 문자가 왔다.

[2일. 예담 화랑 2층. 오후 7시. 맞선 상대는 채서희. 28세. 진서그룹 막내.]

문자를 확인한 무진은 '대체 신년 초부터 맞선 보겠다는 여자는 어떤 여자야?' 하는 궁금증이 일었지만 그마저도 순식간에 사라졌다. 화랑에서 맞선이라니. 최 비서에게 장소가 화랑이 맞느냐고 물었지만 그렇다는 대답만 돌아왔다. 그러니 지금 자신이 온 장소가 맞는다는 얘기다. 일로 엮였으면 엮였을 화랑에 선을 보러 오게 될 줄 미처 몰랐다.

무진은 팔짱을 풀고 차에서 내려 화랑 뒷문으로 향했다. 독립이란 결과물을 얻게 되길 바라면서 화랑 안으로 들어섰다.

"강무진 씨?"

제 이름을 부르는 소리에 무진은 숙였던 고개를 들었다.

"채서희 씨?"

"네. 안녕하세요."

서희는 대답과 함께 코트를 벗어 옆 의자에 두고, 무진의 앞자리에 앉았다. 무진은 그런 서희를 쳐다보다 손목시계로 시간을 확인했다. 약속 시간 오 분이 지나 있었다.

"늦으셨네요. 채서희 씨."

"아, 차가 막혀서요."

서희는 사과 대신 변명을 뱉으면서도 표정 하나 바뀌지 않았다. 무진은 그런 여자를 바라보며 '5분이면 누군가에겐 목숨이 왔다 갔다 하는 시간이야, 이 아가씨야'라고 속으로 읊조렸지만, 겉으론 전혀 티 내지 않았다. 모친의 피를 이어받아 연기력 하나는 자신 있는 무진이었다.

화영이 살롱을 빠져나가고 오롯이 둘만 남게 되자 침묵이 찾아왔다. 먼저 말을 꺼낸 건 서희였다.

"곧, 강정 그룹 본사에 전무로 들어가신다면서요?"

너나 나나 서로 그렇고 그런 얘기, 다 끝내고 나온 자리 아니냐는 뉘앙스였다.

"누가요? 제가요?"

무진의 반응에 여자의 표정이 미세하게 주름졌지만 딱히 표정 변화는 없었다.

"네. 제 앞에 앉은 사람이 강무진 씨가 맞다면요."

"제가 강무진은 맞지만, 아무래도 그쪽 찌라시 좀 바꾸셔야겠네요."

무진은 제 고른 치아를 드러내며 활짝 웃었다.

"전 백수생활 청산할 일이 없거든요. 혹시 제가 곧 회사 물려받을 거라는 기대 때문에 나오신 자리라면 아무래도 잘못 나오신 거 같습니다."

서희는 뭔가 잘못되어가고 있음을 느꼈다. 베일에 싸여 있었기에 호기심과 혹시나 하는 기대로 나왔더니, 과대 포장한 질소 과자를 마주한 것 같다는 의심이 들었다.

"그럼, 강무진 씨는 이 자리에 왜 나오신 거죠? 제 집안 배경이 필요해서 아닌가요?"

"이거 어쩐다……."

무진이 진심으로 안타깝다는 듯 탄식했다.

"전 아닙니다. 독립시켜 준대서 나온 거거든요."

무진은 기분 좋게 웃었고, 여자의 표정엔 지진이 일어났다.

"네? 독립이요?"

"네, 뭐 그런 게 있다고 치고."

무진은 바르게 앉았던 자세를 고쳐 소파에 기대앉으며 다리를 꼬았다.

"채서희 씨, 지금 하는 일이 뭐죠?"

"음……. 결혼…… 준비하고 있어요."

실제로, 여자는 결혼 준비로 분주했다. 맞선 시장에서 더 어리고 더 예쁜 애들에게 뒤처지지 않으려면 피부를 탱탱하게 유지하기 위해 힘써야 했기에. 매일같이 헬스, 피부 마사지, 헤어숍을 빠트리지 않았다. 어디 그뿐이랴, 운동을 빙자한 사교모임으로 테니스, 수영, 승마, 골프도 꼬박꼬박 했다. 물론 요리 학원은 패스했다. 가사 도우미가 있으니까.

"그럼, 우리 결혼하면 저, 서희 씨가 차려주는 삼시 세끼 밥 먹을 수 있는 겁니까?"

무진은 당장이라도 제 눈앞에 삼시 세끼 수라상이 차려져 있는 것처럼 마냥 기쁜 표정을 지었다.

"네? 아니 그 무슨?"

"결혼 준비하고 계신다면서요? 전 아내가 해주는 따뜻한 밥을 삼시 세끼 먹는 게 소원이거든요."

"아니, 요즘 누가 삼시 세끼를 바라나요? 그리고 밥은 도우미가 있는데 제가 왜 해요?"

"이거 어쩐다. 전 꼭 아내가 차려주는 밥만 먹을 거거든요. 그것도, 삼. 시. 세. 끼."

무진은 삼시 세끼를 또박또박 끊어 발음했다. 그러면서도 표정은 연신 생글거리고 있었다. 웃는 낯에 침 못 뱉는다고, 여자는 화가 나면서도 무진의 웃는 얼굴이 매력적이라 뭐라 화를 낼 타이밍을 자꾸 놓치는 기분이었다.

"대체 선 자리는 왜 나오신 거예요?"

"아까 말씀드린 거 같은데. 독립 때문이라고."

여자는 뾰족하게 쏘아붙였고, 남자는 능글맞게 되받아쳤다.

"하아……. 혹시 부모님이랑 같이 사세요?"

"네. 아, 깜빡하고 말 안 했네요. 저, 결혼해도 부모님과 함께 살 겁니다. 부모님 밥까지 삼시 세끼 차려주실 수 있죠?"

"뭐야, 방금은 독립 때문에 나왔다면서요? 근데 결혼하면 왜 또 같이 살아요?"

"결혼 전에 혼자 살아보는 게 소원이라서요. 결혼하면 당연히, 부모님 모시고 살면서 손주들 재롱 보여드려야죠. 안 그래요? 서희 씨?"

여자는 더 이상 표정 관리가 힘들었는지 옆에 둔 코트를 신경질적으로 들어 올렸다.

"죄송하지만 저 먼저 일어나보겠습니다."

"아니, 왜 벌써 가시려고 그러세요?"

서희는 무진의 생글거리는 얼굴에 다시 자리에 앉을 뻔했으나, 결혼은 얼굴 뜯어먹고 사는 게 아니라는 엄마 말이 환청처럼 들리는 듯했다. 그에 정신을 차린 여자가 잽싸게 자리를 떠났다.

찬바람과 함께 사라진 여자의 빈자리를 보며 무진은 얄궂게 입매를 휘었다. 마치 제 장난이 성공해서 한껏 흡족해하는 악동 같았다.

소파 팔걸이에 기댔던 손목을 올려 시간을 확인했다. 일곱 시 십삼 분이었다. 여덟 시에 온다고 했던가? 그럼 그전까진 있어도 되겠지. 무진은 아무 일 없었던 듯 표정을 갈무리하고 자세를 바르게 고쳐 앉으며 테이블에 올려둔 태블릿을 다시 집어 들었다.

제 예상을 보기 좋게 깨고 여자는 더 일찍 살롱 문을 열었다. 처음 마주했을 땐 자신을 노골적으로 쳐다보던 시선이 지금은 서둘러 제 시선을 피한다.

168센티미터쯤 되어 보이는 키에 짧은 단발머리가 무척이나 잘 어울렸다. 금방이라도 눈물을 쏟아낼 것 같은 눈을 하면서도 쉽게 울지 않을 것 같은 단호함이 엿보이는 눈매와 비율 좋게 자리잡은 이목구비.

왠지 모르지만 자꾸만 여자를 건들고 싶었다. 무안해하는 여자를 놀려주고 싶다 생각했는지도 모르겠다. 다시 나가겠다는 여자를 충동적으로 붙잡았지만 함께 머물렀던 시간이 나쁘지 않았다.

오히려 차분했던 공기 속에 시간이 훌쩍 가버린 것도 모를 정도였다.

무진은 운전을 하며 조금 전 낯선 여자와 함께 공유한 시간을 떠올리고는 미소 지었다.

화랑과 멀지 않은 거리에 있는 본가 앞에 도착하자, 차고 문이 올라갔다. 문이 올라가면서 서서히 드러나는 주차된 차를 보며 무진의 표정이 굳어갔다. 주차된 차 옆에 제 차를 세우고 정원을 가로질러 집 안으로 들어섰다.

"오셨어요. 도련님."

무진을 가장 먼저 반긴 사람은 늘 그렇듯, 선암댁이었다. 무진이 중학교에 입학하면서부터 함께했다. 그전까지 여러 번 사람이 바뀌었지만 선암댁이 온 후론 바뀐 적이 없었다.

"다녀왔습니다."

무진이 선암댁을 보며 살갑게 웃었다. 이 집안에서 유일하게 무진을 편하게 해주는 사람이었다.

"우리 도련님, 식사는 어떻게 할까요?"

선암댁 역시 기분 좋게 웃으며 다정하게 물었다.

"차려주세요. 배고프네요."

"네, 도련님. 그리고 참, ……회장님이 오셨어요."

선암댁의 염려스러운 목소리에 무진이 괜찮다는 듯 웃었다.

"서재에 계세요?"

"네."

무진이 서재로 향하자, 선암댁은 부엌으로 향했다. 무진은 서재 문 앞에서 제 옷매무새를 가다듬었다. 가볍게 노크한 후 서재 문을 열었다. 방 끝 책상 앞에 앉아 서류를 보고 있는 강 회장이 보였다.

한 걸음 한 걸음 나아갔지만 서재의 끝, 강 회장의 앞까지는 가지 않은 채 중간에 멈춰 섰다.

"저 왔습니다."

아버지 강정호 회장은 무진의 목소리에도 서류에서 눈을 떼지 않았다. 이미 시간상 최 비서를 통해 제 맞선 결렬 소식은 들었을 테다. 그래도 그렇지, 보름 만에 보는 아들이건만, 고개 한번 들지 않는 강 회장을 보며 무진은 쓰린 속만 끓였다.

속 끓이는 아들을 아는지 모르는지, 강 회장은 서류를 훑기 바빴다. 일흔의 나이에도 여전히 정정했고 여전히 일밖에 몰랐다. 눈과 손은 서류에 고정한 채 강 회장이 입을 열었다.

"그래, 맞선 본 상대가 별로더냐?"

"네."

"그럼, 네 독립도 이걸로 없던 걸로 하마."

강 회장의 목소리는 굵고 힘이 서렸다. 거역하기 힘들었지만 무진은 억울했다. 싫다는 맞선 자리까지 나갔는데 돌아오는 건 독립 실패라니.

"아버지, 선은 봤잖습니까. 맞선에 성공해야지만 독립시켜 준다고 하진 않으셨습니다."

무진의 억울한 호소가 먹혔을까. 강 회장이 고개를 들어 제 눈앞에 있는 아들을 쳐다보았다. 자신과 제 어미의 예쁜 곳만 빼닮아 훤칠하게 잘생긴 아들의 모습이 보였다. 허우대는 멀쩡한 놈이 어찌 일 욕심은 자신을 닮지 않았는지 애석했다.

"최 비서가 잘못 전달한 모양이군. 내가 제시한 조건은 맞선 성공과 더불어 결혼이었다. 결혼하면 독립시켜 주마."

"전 결혼 안 할 겁니다."

"네가 네 어미를 보고서도 그런 말이 잘도 나오는구나. 네 엄마 상태 좀 보거라. 더 심해지기 전에 너 결혼시키고, 제주 별장으로 요양 보낼 생각이다."

"아버지!"

강 회장의 말에 무진의 목소리가 커졌다. 말이 요양이지, 사실상 유배였다.

"됐다. 나가봐라. 독립할 마음이 있거든 최 비서에게 말해라. 선자리는 다시 마련해주지."

강 회장은 서류로 고개를 돌렸다. 제 할 말은 했으니 나머지는 상대방의 몫일 뿐이다. 강 회장은 언제나 이런 식이었다. 자신이 결혼을 할 때도 그랬다. 강 회장이 한창 기업을 키워나가고 있을 때, 그의 양친은 아들의 혼사가 급했다. 나이 서른이 끝나가도록 연애도 결혼도 생각하지 않은 아들을 보며 속이 타들어간 부모는 결혼하지 않을 거면 호적에서 제명하겠다는 말로 협박했다.

강 회장은 부모의 성화에 못 이겨 불현듯 결혼을 선언했다. 명절날 다 같이 모여 앉아 주말 연속극을 보던 중 티브이 속 여배우를 지목하며 결혼을 매듭지었다.

'저 여자와 결혼하겠습니다. 저 여자 아니면 결혼 안 합니다.'

강 회장의 말에 모두 얼이 나갔다. 강 회장은 한다면 하는 사람이었기에 부모는 울며 겨자 먹기로 모든 좋은 집안을 제쳐두고 그당시 가장 인기 배우였던 이유화를 며느리로 받아들여야만 했다.

세월이 흘러도 강 회장의 일방적인 통보는 여전했다. 갑자기 날아든 어머니의 유배 통보에 무진은 기가 막혔다. 하지만 그런 일방 통보에 이렇다, 저렇다 말하지 못하는 자신이 더 기가 막혀 움직일 수 없었다.

"어머니는 아세요? 아버지의 그런 계획."

"네 엄마가 알아야 하느냐?"

여전히 시선은 서류에 둔 채 강 회장은 심드렁하게 말했다.

"아버지는 어떻게 엄마한테 한결같이-"

강 회장의 노기 서린 안광이 날아들자, 무진은 말을 멈출 수밖에 없었다. 어떻게 결혼 생활 사십 년을 한결같이 일밖에 모를 수 있느냐고 따지고 싶었지만, 한번 닫힌 입술은 다시 움직일 생각을 못 했다.

강 회장은 무진이 입을 다물자 다시 서류로 시선을 옮겼다. 하지만 가만히 서 있는 아들의 기척을 느낀 강 회장은 어서 나가보라며 고개를 숙인 채 손만 휘적거렸다.

무진은 말없이 돌아서 서재를 빠져나왔다. 거실을 왔다 갔다 하던 선암댁이 서재에서 나오는 무진을 보며 그의 안색부터 살폈다. 보나마나 좋지 않은 상황으로 끝났으리라.

"도련님, 괜찮으세요?"

선암댁의 목소리에 정신을 차린 무진이 제 표정을 정리했다.

"네, 괜찮아요. 아줌마, 어머니는 어디 계세요?"

"사모님은 2층에 계세요. 아까, 올라가셨거든요."

선암댁은 대답을 하면서 무진의 표정을 훑었다. 자신에게 아들이 있다면 이런 자식이었으면 좋겠다 싶을 만큼 선암댁은 무진을 아꼈고, 예뻐했고, 가여워했다.

"저 그냥 올라가볼게요."

"도련님 배고프잖아요. 밥 드시고 올라가세요. 그러다 병나요."

"아뇨, 밥 생각이 사라졌어요."

무진은 2층으로 걸음을 옮겼다. 그런 무진의 뒷모습을 보며 선암댁은 후회했다. 밥부터 먹이고 회장님께 보낼걸. 하긴 그랬다면 체하고 나와서 몇 날 며칠 고생했을지도 모르겠다.

선암댁은 강 회장과 밥 먹다 체한 무진이 며칠간 고생했던 기억이 떠올라 혀를 끌끌 찼다. 6년 전 그날 이후, 단 한시도 편한 날 없는 무진 아니던가. 선암댁은 제 생각을 갈무리하며 차려놓은 밥상을 치우러 다이닝룸으로 향했다.

무진은 2층에 올라와 텅 빈 거실을 보며 혹시나 하는 기대를 품고 제 방 문을 열었다. 아무도 없었다. 역시나 형 방인가. 다시금 걸음을 옮겨 맞은편 형의 방으로 향했다. 굳게 닫힌 문을 열었다.

"어머니."

"무혁이니?"

한없이 부드럽고 다정한 목소리가 다른 이름을 내뱉었다. 무진은 형이 쓰던 호칭을 부른 자신을 탓했다. 뭘 바란 거야 대체.

"……저 무진이잖아요."

소파에 앉아 설렘을 안고 돌아보던 여인의 얼굴이 차갑게 굳었다. 전직 배우 아니랄까 봐 순식간에 차가웠던 표정이 다시 무표정으로 돌아갔지만, 그 찰나를 무진은 놓치지 않았다.

"왔니."

다정하게 형의 이름을 부르던 모친의 입에서 온기가 사라졌다.

"네. 여기서 뭐 하고 계세요?"

무진은 이 여사의 곁으로 가 맞은편 소파에 앉았다.

"……그냥. 우리 무혁이 방, 인테리어 좀 바꿀까 하고……."

이 여사는 무진의 시선을 피하며 말꼬리를 흐렸다. 인테리어며 가구를 바꾼 지 석 달도 지나지 않았다.

"주인도 없는 방 인테리어는 바꿔서 뭐 하시게요? 그러지 말고, 제 방 가구나 좀 바꿀까요?"

무진은 어색함을 숨기며 웃었다.

"그래, 권 비서에게 얘기하마."

"네."

한 톤 높아진 무진의 목소리가 공중을 날았지만 이 여사에게만은 가 닿지 않았다. 아니면 무진의 거짓 기쁨을 눈치챈 것일까. 이 여사의 눈동자는 방 안 여기저기를 훑고 있을 뿐이었다.

보나 마나 제 방 가구는 바뀌지 않겠지. 3개월마다 무혁의 방 인테리어는 바뀌어도 3년째 무진의 방 가구는 그대로였다. 매번 말해두겠다고 했지만, 그건 어디까지나 말뿐이었다.

무진의 존재는 깡그리 외면하며 아련한 기억을 더듬고 있는 이 여사는 육십 대 중반이지만, 시술과 관리의 힘으로 세월의 흔적을 줄여 여전히 예뻤다.

"우리 이 여사님은 여전히 곱네요."

무진이 능글맞게 웃으며 말을 걸어보지만 대답은 돌아오지 않았다. 이 여사는 눈앞의 무진보다 곁에 없는 무혁을 떠올리고 있었다. 제 모든 것이던 큰아들.

무진은 그런 이 여사를 물끄러미 바라보았다. 저 예쁜 얼굴로 형을 향해서는 웃었지만 저를 향해 웃어준 날은 극히 드물었다. 형이 있으나 없으나, 엄마에겐 형이 전부니까.

무진은 조금 전 강 회장이 말했던 제주 유배가 떠올라 손을 뻗어 이 여사의 손을 잡았다. 하지만 잡힌 손은 허망하게 무진의 손에서 달아났다. 그런 모습에 이골이 난 무진임에도, 매번 손끝이 시리는 건 막을 수 없었다.

* * *

"안녕하세요."

문이 열림과 동시에 서현의 밝은 목소리가 들렸다. 화랑의 막내이자 전시실 안내데스크에서 일하는 이서현이었다.

화영이 웃으며 인사를 받았다.

"응, 서현 씨. 어젠 잘 쉬었어?"

화영은 자리로 가 앉는 서현을 바라보았다. 스물한 살의 풋풋함을 풍기는 서현은 학비를 벌고자 휴학하고 화랑에서 일했다. 다른 곳보다 보수가 좋은 편은 아니지만 근무 환경이 좋고, 무엇보다 그림을 전공하는 그녀는 늘 작가들의 작품 곁에 있는 것이 좋다며 만족했다.

"안녕하세요. 여러분."

"안녕하세요."

화영과 서현이 동시에 선재를 향해 인사했다. 신정과 화랑 쉬는 날이 연달아 있어 기뻐하던 선재는 휴일을 아주 제대로 보냈는지 얼굴이 화사했다.

"선재 씨, 휴일 잘 보내셨나 봐요. 얼굴에 생기 돋았다."

"그죠? 화영 씨가 봐도 내 얼굴 살아났지? 완전 재밌었거든요."

둘은 나이가 같다 보니 주고받는 말이 짧아지기도 했다. 물론 처음부터 그런 것은 아니었다. 화영과의 거리감을 줄이는 데 선재의 구김살 없는 활발함이 한몫했을 뿐.

"그냥 살롱 문 닫고, 이번 주 내내 스키장에 있어야 하는 건데. 아깝다."

선재는 제자리에 앉으며 온몸으로 안타까움을 표현했다.

"그렇게 좋았어요?"

"네. 화영 씨도 스키장, 언제 한번 같이 갈래요?"

선재는 자기에게 좋은 건 남에게도 좋은 거라는 제 사상을 충실히 실행 중이었다.

"제가요? 싫어요. 무서워요. 그런 거."

"그런 거라니?"

"속도 빠른 거요."

화영의 대답에 선재가 탄식했다. 아니 그 좋은 걸 왜?

그런 선재를 보며 화영과 서현이 웃었다. 선재는 화랑의 유쾌함을 담당했다. 효림과의 조카라는 사실을 알고서는 불편하지 않을까 했지만, 선재는 일과 사생활은 잘 분리했다.

효림이 사무실로 들어오자 둘의 대화도 끊겼다. 순식간에 모두가 서로 주고받는 인사로 하모니를 이뤘다.

"자아, 그럼 오늘 하루도 잘 부탁합니다."

효림의 말과 함께 선재와 서현은 각자의 일터로 향했다. 넷이 다시 모이려면 점심시간과 퇴근 시간이나 되어야 가능했다.

효림은 집무실로 향하며 화영을 불러들였다. 화영이 효림을 따랐다. 효림이 외투를 벗어 옷걸이에 걸곤 소파로 와 앉자 화영도 앉았다.

"어제 어땠어요?"

다짜고짜 본론이라니. 예상 못한 상황은 아니나, 잘못한 것도 없는데 괜스레 대답하기 조심스럽다.

"어떤 부분을 말씀하시는지요?"

"두 사람, 케미나 분위기?"

화영은 어떻게 말해야 할지, 잠시 머리를 굴렸다. 마담뚜인 효림에게 맞선 결과가 전해지지 않았을 리는 없고. 정확하게 효림이 얻고자 하는 정보가 무언지 가늠하기 어려웠다.

"그게, 워낙 잠깐 봐서 잘 모르겠지만 선남선녀로 외모만 보자면 잘 어울리셨어요."

"음……. 뭐가 문제였던 거지."

효림은 혼잣말처럼 중얼거렸다. 둘의 정보로 파악하건대 둘은 분명 잘 어울렸다. 아무래도 너무 베일에 싸여 있던 탓에 강무진에 대한 정보가 부족했다는 결론밖에 내릴 수 없었다.

강정 그룹은 회사 경영만 투명했다. 그 집안에 대해선 많은 것이 감춰져 있었다. 많은 정보를 쥐고 있고 입술 놀리기 좋아하는 호사가들조차 강정 그룹 집안에 대해선 잘 알지 못할 정도였다.

그런 집안이 제게 접촉해왔을 때, 향후 몇 년간 화랑 운영에 큰 보탬이 되리라 확신했다. 신중하게 고르고 골라 맞선 상대를 정했거늘. 뭐가 문제였던 건지.

화영은 저를 앞에 두고 혼자 생각에 빠진 효림을 보며 어제 일을 머릿속에서 재생시켰다. 딱히 실수한 것은 없다고 생각했지만, 그 남자는 어땠을지 모르겠다.

그래도 남자가 빠져나가고 자신도 살롱을 정리하고 바로 퇴근하지 않았던가. 그리고 이미 맞선이 끝난 뒤에 자신이 들어간 거고.

"네. 알겠습니다. 이만 나가서 일 봐요."

갑작스러운 효림의 말에 화영은 어제의 기억을 정지시키곤 집무실을 나왔다.

ㄹ. 쓸쓸한

월요일 오후 미술관은 고요했다. 대부분 월요일에 휴관하는 미술관과 화랑이 많아서 화영은 평소 그림을 보러 다니기가 쉽지 않았다. 예담이 휴관하는 날엔 다른 곳도 휴관을 했고, 화영이 퇴근할 시간엔 다른 곳도 폐관 시간이었기 때문이다.

그래도 오늘은 네오룩으로 미리 전시 일정을 확인해두고 모처럼 찾은 전시회였기에 화영은 살짝 기대되었다. 직업적인 이유로 늘 그림을 접하지만, 순수하게 관람하려고 그림을 보는 일은 또 달랐기에 관람을 앞둔 화영은 설레었다.

관람객이 드문 전시관 안에서 화영은 그림을 독차지한 거 같아서 기분 좋았다. 눈으로 그림을 훑고, 조명과 동선을 파악하고 나서 가장 눈길을 끄는 작품 앞으로 다가갔다.

그림은 풍경화였다. 누구나 한 번쯤 꿈꿔보는 고요한 시골 풍경.

그게 다였지만 마음을 건드는 무언가가 있었다. 화영은 그 그림 앞에서 한참을 멈춰 서 있었다.

"그림이 마음에 드시나 봅니다."

갑자기 끼어든 속삭임에 화영이 놀라 옆으로 고개를 돌렸다. 어디서 봤더라. 아! 맞선남. 화영은 '이 남자가 왜 여기에?'라는 표정으로 무진을 바라보았다.

"많이 놀랐나 보군요."

무진이 웃음 섞인 낮은 목소리를 냈다.

"네."

"이 그림을 꽤 오래 보시더라고요. 그래서 대체 이 그림 속에서 무얼 보았을까 궁금해서요."

"그냥요."

화영은 차마 쓸쓸함을 읽었다고 말할 순 없었다. 그림만 놓고 보자면 누구나 평온해 보인다고 말할 만큼 그림 속 세계는 평화로웠다. 하지만 그림 속엔 단 한 사람도 없었다. 아무리 좋은 풍경이라 한들 함께 볼 사람이 없다면 그게 무슨 소용일까. 화영은 제 생각을 갈무리하며 무진에게 물었다.

"근데 여긴 어쩐 일이세요?"

"설마 또 선보러 왔겠어요? 그림 보러 왔죠."

"아."

화영은 무진의 대답에 머쓱해졌다.

"근데, 우리 어디서 만난 적 있습니까."

"지난주에 봤잖아요."

"아니, 그거 말고."

무진이 무언가 기억해내고 말겠다는 듯 화영의 얼굴을 곰곰이 쳐다보았다. 화영은 무진의 시선이 부담스러워 고개를 돌려 다시 그림을 바라보았다. 그러나 무진의 시선이 제 옆얼굴에 꽂히는 게 느껴졌다.

"제 얼굴은 감상용 그림이 아닙니다. 그만 좀 보시죠."

"앗, 들켰다. 근데 진짜 우리 어디서 본 적 없어요?"

"저기요. 요즘은 그런 식으로 작업 안 걸거든요."

"제가 지금 작업 건다고 생각하세요? 아니, 어딜 봐서?"

무진의 낮은 웃음이 화영의 귓가에 전해졌다. 화영은 무진의 대답에 창피해졌다.

"아무튼. 전 지난주에 그쪽 처음 봤습니다. 그러니 우린 어디서 본 적 없어요."

"이상하네. 제 얼굴이 한번 보면 쉽게 잊힐 얼굴은 아닌데."

자신감이 뚝뚝 흘러넘치는 무진을 보며 화영은 기가 막혀 살며시 웃었다.

"쉽게 잊히지 않을 얼굴을 제가 기억 못 하는 거 보면 우린 본 적 없는 거겠죠."

"아닌데. 분명 본 적 있는데."

"다른 분과 착각하신 모양이네요. 그럼 작업 안 거신다고 하셨으니 이만 가보겠습니다."

화영은 고개를 살짝 숙여 인사하곤 돌아서 출구로 향했다.

무진은 자신이 주도한 전시회의 상황을 보려고 미술관에 들렸다가 눈길을 끄는 한 여자의 뒷모습에 잠시 시선을 멈췄다. 관람객이 많지 않았기에 절로 눈에 들어왔다.

만약 뒷모습에도 표정이 있다면 여자의 표정은 위태였다. 겨우 버티고 서 있는 듯한 느낌이었다.

무진이 눈길을 돌려 전시된 그림들을 살피고 전시장을 나가려 할 때까지도 여자는 그 자리 그대로 멈춰 있었다. 그 뒷모습을 보고 있자니 기시감이 일었다. 예전에 어디선가 저런 뒷모습을 본 적이 있는 거 같은데 떠오르지 않았다.

결국 직접 확인해볼 겸 곁으로 다가갔다. 평소라면 하지 않았을 행동이었다. 그저 지나쳤을 일인데 왠지 모를 그 위태함에 손을 내밀어 붙잡아주고 싶었는지도 모르겠다.

가까이 다가가자 낯익은 얼굴이었다. 어느새 저도 모르게 말을 걸었다. 아쉽게 제 궁금증도 풀리지 않고 끝났지만.

'분명 어디서 봤는데.'

화영은 뜻밖의 만남에 '별 인연도 다 있네' 생각하며 미술관을 나왔다. 겨울의 이른 해가 지는 중이었다. 시간을 보려 휴대폰을 확인하자 부재중 전화와 문자가 와 있었다. 그림을 보느라 전화가 오는 줄도 몰랐다.

[화영아, 너 집 좀 정리하자니까 왜 전화를 안 받니? 어디야?]

이모였다. 화영에게 남은 유일한 가족이나 마찬가지인 사람. 화영은 서둘러 휴대폰의 키패드를 눌렀다.

[밖에 잠깐 나왔어요. 엄마랑 언니 짐은 제가 알아서 할게요. 신경 쓰지 마세요.]

화영은 문자를 보내곤 한숨을 쉬었다. 엄마와 언니가 제 곁을 떠난 지 6년이 흘렀다. 이모는 잊을 만하면 짐 정리 얘기를 꺼냈다. 그렇게 정리된 유품은 이제 몇 개 남지도 않았지만 이모에겐 그게 서둘러 처리해야 할 숙제 같은 모양이다. 자신의 언니였던 정혜와 조카였던 월영의 유품을 정리해줘야 한다는 의무감. 그게 지난날 정혜와 연 끊고 살았던 세월에 대한 보답이라 여기는 듯했다.

화영은 바로 답장한 것을 후회했다. 곧 전화가 걸려올 게 뻔했기 때문이다. 이모는 문자보다 전화를 선호하니까. 아니나 다를까 문자를 확인했는지 이모가 전화를 걸어왔다.

"여보세요."

-화영이니? 통화 한번 하기가 왜 이렇게 힘들어?

"죄송해요."

-그리고 어떻게 신경 안 써? 하나밖에 없는 조칸데. 암튼 조만간 너 쉬는 날 정리 한번 하자.

"이모랑 이모부랑 다들 잘 계시죠? 현우랑 현수도 잘 있대요?"

화영은 말머리를 돌렸다. 이모, 정인과의 통화 방식은 늘 똑같았다. 화영이 먼저 끊어내지 않는다면 혼자서 쉼 없이 질문들을 쏟아내기 일쑤였다. 두 아들이 커서 자신의 품을 떠나니 잔소리의 목적지가 화영으로 바뀌었을 뿐, 딱히 화영을 아낀다거나 챙기기 위해서는 아니었다.

-응. 현우랑 현수는 눈 치운다고 고생하더라.

"그렇겠네요. 삽질만 무진장 늘겠네."

화영이 피식 웃으며 제 이종사촌들을 떠올렸다. 연년생으로 차례차례 입대한 사촌들과는 여전히 서먹서먹한 사이였다.

-너 시간 언제 나니? 이참에 살림살이도 좀 버리고, 아님 아예 이사하든지.

오늘은 작정한 모양인지 이모는 기어코 제 할 말을 했다.

"이모, 이사는 싫어요."

엄마가 어렵게 마련한 보금자리였다. 엄마는 이혼 후 여러 일을 거치다 최종적으로 보험 일을 시작했고, 다행히 적성에 맞았는지 보험왕도 몇 번 했다. 그래도 엄마가 어떻게 마련한 집인데. 누군가에게 수십, 수백 번 굽신거리고 그들을 설득하며 판 보험으로 이룩한 결과물이 그 집이었다. 그런 집을 팔 순 없지.

-그럼 화영아, 너 선볼래?

"선이요?"

남의 맞선 도우미도 모자라, 이제 자신이 선의 주인공이 돼야 할 타이밍인가.

"이모, 저 선도 싫어요."

-넌 연애도 싫다, 결혼도 싫다. 그럼 평생 혼자 살 거니?

"네. 혼자 살죠, 뭐."

화영은 대답과 함께 걸음을 재촉했다. 이모가 제 마음을 이래저래 들쑤시기 전에 어서 통화가 끝나기를 바랐다.

-화영아, 너도 지금 서른이야. 더 나이 들기 전에 결혼해야지.

"이모, 이건 정말 진지하게 묻는 건데요. 울 엄마, 울 언니를 보고도 그런 말씀이 나오세요? 이모도 잘 알잖아요. 근데도 저한테까지 그렇게 사랑, 아니 결혼으로 밀어 넣고 싶으세요?"

'이제 곧 한숨이 들리겠지.'

이모는 화영이 저렇게 물을 때마다 말문이 막혀 한숨을 토해내며 전화를 끊곤 했다. 아니나 다를까 수화기 너머로 한숨이 넘어왔다.

-하아, 정말 모르겠다. 너 하고 싶은 대로 살아라.

"네."

화영이 기분 좋게 대답하자, 이모는 알았다며 전화를 끊었다. 매번 이런 식이었다. 연애는 하느냐, 애인은 왜 없느냐, 선 안 보겠느냐. 그러다 화영이 엄마와 언니를 걸고 늘어지면 이모의 입술은 굳었다. 그러고 싶진 않지만 화영 자신도 살아야 하니까. 점점 그렇게 이모와의 대화를 끊는 게 익숙해졌다.

이모와 통화를 끝낸 화영은 마음이 싱숭생숭해졌다. 빨리 집에 들어가 씻고 눕고 싶다. 반겨주는 이 하나 없는 곳이지만, 유일하게 기댈 수 있는 곳. 집을 향한 화영의 발걸음이 빨라졌다.

화영은 페인트칠이 군데군데 벗겨지고, 외벽에 금이 가 있는 빌라를 올려다보았다. 처음 이사 왔을 때만 해도 나름 깔끔했는데, 10년이란 세월 동안 건물도 늙었다.

'정말 이사 가야 하나?'

계단을 한 칸 한 칸 오를 때마다 이사를 간다, 안 간다, 속으로 중얼거리며 발을 디뎠다. 3층 현관 앞에 섰을 때 안 간다로 중얼거림은 끝이 났다.

현관문을 열자 환한 거실과 집 안이 한눈에 들어왔다. 전기세가 걱정되기도 했지만, 현관문을 열었을 때 어둠이 자신을 반기는 게 더 싫었기에 외출할 때는 언제나 거실 전등을 켜두었다.

굳게 닫힌 큰방과 작은방 문을 슬쩍 훑고 거실로 가 그대로 드러누웠다. 혼자라는 걸 확인하기 싫어 방문은 꼭꼭 닫아 둔 채 사용하지 않는다.

누구는 집안 대 집안 비밀 맞선을 보고, 누구는 맞선 도우미에 집에 와도 혼자뿐이고. 내세울 가족 한 명 없는데, 선은 무슨 선이야. 선 자리가 들어오지도 않겠다.

화영은 괜히 선과 결혼 이야기를 꺼낸 이모가 원망스러웠다.

"씻어야 하는데, 하아, 다 귀찮다아아아."

화영은 크게 소리 지르고 싶지만, 방음이 잘 안 되는 집이라 작게 내지르곤 곧 입을 다물었다. 천장의 형광등에 눈이 시렸다. 그래, 형광등이 너무 밝아 눈이 시리다.

눈동자가 간질거리며 눈물이 차올랐다. 보는 사람도 없는데 얼른 한쪽 팔을 들어 올려 눈을 가렸다.

'하아, 안 운다고 했는데. 오늘은 왜 이래.'

화영은 갑자기 밀려드는 기억과 설움에 어찌할 바를 몰랐다. 멈추려 해도 기어코 눈물이 맺혔고, 쏟아져 나오는 그날의 기억 역시 멈추지 않았다.

언니가 교통사고로 떠났다. 언니의 49재가 끝나고 얼마 뒤 췌장암이었던 엄마마저 돌아가셨다. 병실에 어렴풋이 아침이 밝아 올무렵에 가지 말라는 제 애원 따위 소용없이 홀연히 가버렸다. 엄마는 숨을 거두는 그 순간까지도 눈을 감지 못했다. 눈도 편히 못 감고 갈 거, 왜 갔어. 조금만 더 곁에 있어주지. 조금만 더.

뼈만 앙상한 엄마의 손을 놓을 수가 없었다. 손을 놓으면 영영 가버릴 것 같아서.

자신은 정지되어 있고 세상만 움직이는 것 같았다. 드라마 속 주인공처럼 자신은 멈춰 있고, 제 앞으로 수많은 사람이 지나갔다. 그렇지만 그 무엇도 위로될 순 없었다.

발인을 하루 앞두고 이모는 쪽지를 내밀었다.

'화영아, 네 아빠 전화번호다. 엄마가 여기저기 수소문해서 알아

낸 모양이더라. 연락해보는 게 낫지 않을까.'

어린 화영에겐 세상에서 가장 다정했던 아빠였다. '엄마가 좋아, 아빠가 좋아?'라는 유치한 질문에도 화영은 서슴없이 '아빠!'라고 답했다. 가위바위보, 쌀보리, 공기놀이, 모두 아빠에게 배운 것이었다. 그랬던 아빠가 사라졌다. 화영이 초등학교에 입학하고 얼마 후 아빠는 그들을 떠났다.

나중에 안 사실이지만 엄마를 두고, 언니와 저를 두고, 우리를 사랑한다 했던 아빠는 다른 여자를 사랑한다며 그들을 버렸다. 그런 아빠에게 16년 만에 전화한다는 게 내키지 않았지만 어릴 때처럼 무섭다고 울면 달래주던 아빠가 보고 싶었다. 그때처럼 아빠의 품에 기대 위로받고 싶었다.

화영은 건네받은 쪽지가 너덜너덜해질 때쯤 전화를 걸었다.

-여보세요.

수화기 너머로 들려오는 중년 남자의 목소리. 약간 변한 듯했지만 아빠 목소리였다. 부녀 관계의 공백이 너무 길었던 탓에 차마 아빠라 부를 수 없었다.

'……저, 화영인데요.'

-화영?

남자는 기억 속의 이름들을 떠올리는 듯했다. 그 침묵의 1초, 1초가 화영의 심장을 꾹꾹 지르밟는 기분이었다. 이젠 직접 지어준 딸 이름도 기억 못할 만큼, 제 존재가 미미해졌구나 싶어져 설움이 북받쳤다. 문득 소리치고 싶었다. 당신이 화요일에 태어난 꽃이라고 지어준 이름이 아니더냐고.

-아……. 그래. 오랜만이구나. 근데 무슨 일이냐?

잘 지냈느냐, 어떻게 지냈냐가 아닌 무슨 일이냐는 그 물음에 화영은 말문이 막혔다.

'저기……'

-그래, 무슨 일인데 그래?

남자는 답답했는지 화영을 재촉했다. 수화기 너머로 웅성거리는 사람들의 목소리가 작게 넘어왔다. 무언가 왁자지껄한 분위기가 절로 느껴졌다. 그냥 끊을까 망설이던 순간, 수화기 너머로 남자를 찾는 목소리가 들렸다.

-아빠! 안 오고 뭐 해?

그 목소리가, 화영의 방아쇠를 당겼고 화영은 쏟아내듯 말을 토했다.

'엄마가! ……엄마가 돌아가셨어요.'

-…….

'엄마가, 엄마가 돌아가셨다고요!'

남자는 다시 말이 없어졌다. 그사이 수화기 너머에서 들렸던 목소리가 더 가까워졌다. 초등학생 정도의 여자애 목소리였다.

-아빠, 얼른 와서, 생일 축하 노래 불러줘요.

-어, 어.

서둘러 대답하는 남자의 낮은 목소리가 들리곤 곧 선명한 남자의 목소리가 화영을 향했다.

-미안하다. 출장 중이라 갈 수 없을 것 같……

남자의 말이 끝나기도 전에 화영은 전화를 끊었다. 뒷말 따위 듣고 싶지 않았다. 터져 나오는 울음을 남자에게 들려주고 싶지 않았다.

그렇게 화영은 다시 한 번 홀로 남겨졌다.

터져 나오는 설움에 그대로 주저앉아 소리 내 울었다. 장례식장 앞에서 상복을 입고 우는 여자를 흉볼 사람은 아무도 없었다. 그날 이후 두 번 다시 남들이 보는 앞에서 울지 않겠다고 다짐했다. 무너지는 모습은 보이지 않겠다고, 쉽게 기대지 않겠다고 결심했다.

꾸역꾸역 밀려드는 과거처럼, 눈물도 꾸역꾸역 넘어왔다.

"아. 진짜."

화영은 눈을 덮었던 팔을 내리곤, 벌떡 일어나 앉았다. 자꾸만 흐르려는 눈물을 막기 위해 머릿속을 비웠다.

가슴이 무거워졌다.

눈물을 흘리는 것보다 참는 날이 또 이렇게 늘어갔다.

* * *

"안녕하세요!"

문이 열림과 동시에 화영의 우렁찬 인사가 사무실을 가득 채웠다. 화영은 부러 더 활기차게 인사를 건넸다.

"안녕하세요, 화영 언니. 근데 언니, 어제!"

"어제? 어제 뭐?"

"밤에 라면 먹고 잤죠?"

"라면? 아니."

"그래요? 언니 눈 부었는데요?"

"그래? ……엎드려 자서 그런가 보다."

화영은 서둘러 제 책상에 둔 손거울을 집어 들었다. 여전히 살

낯설고,
달콤한 43

짝 부은 상태다. 일어나자마자 얼음 팩으로 눈두덩을 누르고 화장
도 좀 더 신경 썼는데, 서현의 눈썰미는 속이지 못하나 보다.

화영의 부은 눈은 효림의 시선까지 끌었지만 효림은 서현처럼 알
은척하는 대신 곧장 화영을 집무실로 불러 전시 계획을 말했다.

"이번 전시회 끝나면 신인 작가전을 할 생각입니다."

현재 예담에선 기성 유명 작가의 작품을 전시하고 있었다. 효림
은 기성 작가전도 신경 썼지만, 신인을 발굴하는 쪽을 더 선호했다.
원석을 발견하고 그 원석이 보석으로 가공되어 빛날 때, 그 원석을
캔 사람이 바로 자신이란 사실에 자부심을 느꼈기 때문이다.

"이신후라고 혹시 들어봤나요?"

"아니요. 아직 못 들어봤습니다."

"하긴, 나도 얼마 전에 미술학과 졸업전시회에 갔다가 발견했으
니까요. 완전 신인 중에 신인인 셈이죠."

효림은 말과 함께 일어나 책상으로 향했다. 메모함을 들추던 효
림이 원하는 걸 찾았는지 메모지를 들고 와 다시 앉았다. 화영에게
메모지를 건네며 말을 이었다.

"자, 이게 이신후 작가 연락처예요. 연락해서 작품 전시 제안해
봐요."

"알겠습니다."

"그럼, 섭외하고 기획서 제출하세요."

"네."

화영은 건네받은 메모지를 들고 집무실을 나왔다. 화영은 제자
리에 앉아 인터넷 창을 켰다. 검색 사이트에서 이신후 화가, 이신
후라고 검색했다. 하지만 원하는 결과물이 없었다. 이신후는 SNS

도 하지 않는 모양인지, 그에 대한 정보를 얻기가 힘들었다.

결국 아무 정보 없이 수화기를 들고 메모지에 적힌 번호를 눌렀다.

-여보세요.

상대의 부드러운 목소리가 일이 잘 풀릴 것 같은 기대감을 주었다.

"안녕하세요. 예담 화랑의 백화영 큐레이터라고 합니다. 이신후 작가님이신가요?"

-네. 제가 이신후인데요.

"작가님, 이번에 우리 화랑에서 작가님 작품 개인 전시회를 열고 싶은데, 그 일에 대해 상의 좀 할 수 있을까요?"

-뭘 한다구요? 개인 전시회요?

"네, 작가님."

수화기 너머가 조용했다. 뭐지, 불안하게.

-캬!

거리감은 있었지만, 분명 고함 소리였다.

"저기, 작가님. 이신후 작가님."

-하하, 죄송해요. 너무 놀라서 그만. 저도 모르게 환호성이 나왔네요.

그게 환호성이었다니. 호러영화 찍는 줄 알았다.

"작가님, 만나 뵙고 얘기 나눌 수 있을까요?"

-그럼요. 아, 근데 제가 에이전시에 소속되어 있어서 제 에이전시랑 얘기하셔야 할 것 같은데.

"그래요? 그럼 에이전시 연락처 좀 알 수 있을까요?"

-네. 알려드릴게요.

화영은 신후가 불러주는 번호를 받아 적었다.

"작가님, 그럼 에이전시 측과 얘기하도록 하겠습니다. 감사합니다."

전화를 끊은 화영은 수첩에 적힌 번호로 다시 전화를 걸었다.

-네. 반 에이전시 대표 강무진입니다.

남자의 목소리가 어딘가 귀에 익은 느낌이었다.

누구지? 들어본 적 있는 거 같은데.

"안녕하세요. 예담 화랑 큐레이터 백화영이라고 합니다."

-실례지만, 어느 화랑이라고요?

"예담 화랑입니다."

-…….

상대방의 침묵에 화영은 용건을 덧붙였다.

"이신후 작가님 개인 전시회 때문에 상의드리고 싶어서 전화 드렸습니다."

-네.

"만나서 말씀 나눌 수 있을까요?"

-네. 그러죠. 그럼 오늘 시간 되십니까.

"네."

화영은 화랑에서 만나기로 약속을 잡고 전화를 끊었다. 어딘가 익숙한 목소린데, 기억이 날 듯 말 듯 간질거렸다.

무진은 전화를 끊고 미술관 일을 떠올렸다. 어제 본 여자 이름이 백화영이군. 이름 하나 들었을 뿐인데 그 이름이 낯설지 않았다. 제 기억을 살폈지만, 백화영이란 이름은 없었다. 뭐 그렇다 치자. 어디 소설책에서 본 이름일지도 모를 일이니까.

무진은 검색창에 예담 화랑을 쳤다. 화랑 홈페이지에 접속해 이 런저런 정보를 둘러보곤 인터넷 창을 닫았다. 몸을 뒤로 기울여 의자 등받이에 기댔다. 한눈에 들어오는 제 사무실을 눈에 담았다.

아담한 오피스텔을 얻어 반 에이전시를 열었다.

예술가, 그중에서도 화가를 상대로 한 에이전시. 예술가를 위한 에이전시도 물론 존재했지만, 아직까지 우리나라에선 화가만을 위한 에이전시는 몇 곳 없었다. 대부분은 화랑이나 미술관 소속으로 후원받는 실정이다. 그마저도 운이 좋은 작가들 얘기지만.

무진은 실력은 있되, 뒷받침해줄 만한 후원자를 만나지 못해 제 실력을 떨치지 못하는 작가들만 찾아다녔다. 반 에이전시는 그런 목적으로 설립했다.

비록 1인 에이전시지만 관리하는 작가가 몇몇씩 늘고 있었고, 무진의 지원 덕에 소속 작가들이 조금씩 이름을 알리기 시작했다. 그렇지만 강정 그룹 둘째 아들이 반 에이전시 대표라는 사실을 사람들은 거의 알지 못했다.

강정 그룹의 공식 석상과 대내외로 크고 작은 행사에 함께한 이는 언제나 무혁이었다. 얼굴마담도, 후계자도, 무혁 하나면 충분했다. 그리고 무혁이란 방패막이가 있었기에 무진의 삶은 꽤 자유로웠다. 무진은 제 형처럼 사교계를 드나드는 일도, 주주총회, 기부의 밤 같은 행사에도 참석한 적이 없었다. 강정 그룹에 아들이 둘인 건 알려졌으나, 둘째 아들을 실물로 본 사람은 극히 드문 셈이었다.

무진은 대외적으로 제 배경을 드러낸 적이 없었고, 사람들 역시 무진을 사업상 파트너로 여길 뿐 그에게 크게 관심을 보이지 않았다. 아마 알았다면 반 에이전시 사업이 지금보다 훨씬 수월하게 진행되었을 테지만 무진은 제 배경보다 자신의 능력으로 사업을 이끌었다.

실질적으로 반 에이전시의 사정을 아는 사람은 강 회장과 사업자 명의를 빌려준 최 비서, 그리고 무진뿐이었다. 무진의 명의로 사업자를 등록하려 했을 때, 강 회장은 크게 반대했다. 화가를 위한 에이전시라는 사업 내용도 마음에 들지 않았고 그림쟁이는 무혁이 하나로 충분했다.

더구나 강 회장은 제 집안 일이 사람들 입방아에 오르내리는 것이 싫었기에, 최 비서의 명의를 사용하게 했다. 이미 무혁의 일로 전 국민의 입에 오르내린 뒤였다. 그런 상태에서 또다시 구설수에 오를 일을 만들고 싶진 않았다.

가끔 권 비서가 무진의 자잘한 부탁을 들어주기 위해 사무실을 들락거리긴 했으나, 무진이 하는 일에 대해선 알지 못했다. 사무실엔 흔한 문패조차 걸려 있지 않았다. 그저 개인 작업실 같은 느낌을 주었다.

무진은 차를 세우고 시간을 확인했다. 약속 시각까지 오 분쯤 남았다. 차에서 내려 시원한 걸음걸이로 화랑으로 갔다. 화랑 내부에 들어선 무진은 전반적인 전시실 크기를 가늠했다. 규모가 그리 큰 편은 아니지만 그림 감상이 수월하도록 벽면이나 조명, 동선에 꽤 신경 쓴 게 엿보였다.

무진은 전시실 스캔을 끝내고 안내데스크로 향했다.

"백화영 큐레이터와 선약이 있습니다. 반 에이전시라고 전해주세요."

"네, 잠시만 기다려주세요."

서현은 무진이 들어서자 절로 시선이 갔다. 눈길을 사로잡는 남자가 목소리마저 낮고 부드러우니 저와 상관없는 사람임에도 보고 듣는 것만으로 기분이 좋아졌다. 수화기를 들어 내선 번호를 눌렀다. 곧 화영의 목소리가 들렸다.

-큐레이터님, 반 에이전시에서 손님이 오셨습니다.

"네, 바로 내려갈게요."

화영은 수화기를 내려놓으며, 서현의 들뜬 목소리에 의아함을 느꼈다. 서현은 자기가 좋아하는 연예인을 얘기할 때처럼 들떠 있었다. 화영은 서류를 챙겨 들며 서둘러 1층으로 내려갔다.

전시실과 연결된 통로를 빠져나오자 남자의 뒷모습이 보였다. 뒷모습뿐이지만 슈트가 남자 덕에 빛나 보였다.

화영이 종종걸음을 걷자 전시실을 울리는 또각또각 소리에 남자가 돌아보았다. 화영은 놀란 표정을 감추지 못했고 그 모습에 무진이 생긋 웃었다.

"어……."

화영의 입에서 뭐라고 말이 나오려 하자 무진은 서둘러 제 검지를 자신의 입술에 가져다 댔다.

"쉿!"

뭐야, 이 남자. 느끼하게.

"안녕하세요. 반 에이전시 대표 강무진입니다."

"안녕하세요, 백화영입니다. 전시실을 둘러보시겠어요? 아니면 바로 얘길 진행할까요?"

"바로 하죠."

"이쪽으로 오시겠습니까."

화영은 몸을 살짝 틀며 길을 안내했다. 계단을 오르는 내내 제 뒤통수가 따끔거리는 기분이다. 슬쩍 뒷머리를 쓸며 발걸음을 빨리했다.

무진은 머쓱해졌다. 화영의 놀라는 모습에 저도 모르게 장난치고 싶었다. 그런 제 모습에 경악하는 표정이라니. 그렇게 이상했나? 저 여자에겐 안 통하는 게 많군. 앞서 걷는 여자의 뒷모습을 눈으로 좇으며 빨라진 그녀의 걸음에 보폭을 맞췄다.

화영은 응접실에 들어서 자리를 안내하며 물었다.

"차는 뭘로 드시겠습니까?"

"아뇨, 괜찮습니다. 앉으세요."

화영이 손에 쥔 서류를 테이블에 놓으며 자리에 앉았다. 분명 자신이 화랑의 직원이고 무진이 손님이거늘. 화영은 마치 제가 남의 회사에 방문한 것처럼 자리가 불편했다.

"우리 또 만났네요."

"그러네요."

"쉽게 잊힐 얼굴 아니니까 기억나죠?"

"그럼요. 어제 본 얼굴을 잊을 만큼 기억력이 나쁘지는 않거든요, 제가."

생글거리는 무진의 얼굴을 화영이 무표정하게 쳐다보았다. 화영의 표정을 보니 저 혼자 반가운 건가 싶어 괜히 짜증이 났다.

"그럼 단도직입적으로 물어보죠. 백화영 씨, 나에 대해 얼마나 알고 있습니까?"

이 무슨 말인가. 이 남자에 대해 알고 있어야 하나?

"그게 무슨 말씀이신지요?"

"말 그대롭니다. 저에 대해 얼마나 아시죠?"

남자의 말투에 화영은 취조당하는 기분을 느꼈다.

"제가, 강 대표님에 대해 알고 있어야 합니까?"

무진은 똑바로 부딪혀오는 시선에서 여자의 불쾌감을 읽었다.

"선 자리에 있었으니까 물어보는 말입니다. 나에 대해 얼마나 아는지."

니가 무슨 연예인이니, 내가 널 어떻게 알아.

마음속으로 한바탕 쏘아붙였다. 하지만 언제나 마음의 소리와 현실의 목소리는 다른 법. 화영은 친절한 목소리로 답했다.

"제가 아는 거라곤 제가 섭외해야 할 작가님을 관리하는 에이전시 대표란 것뿐입니다."

"정말 모릅니까?"

무진이 재차 확인하자 화영은 불안해졌다. 뭔가 놓친 게 있나?

"혹시, 제가 알고 있어야 하는 건가요?"

화영이 조심스레 되물었다.

"보셨잖습니까. 제가 맞선 자리에 있는 거. 그 맞선이 어떤 자린지 알고 계신 거 아닙니까?"

화영은 그제야 무진의 말뜻을 이해했다.

"제가 아는 건 맞선 보신 두 분이 재벌가 자제분들이란 거뿐입니다. 강 대표님 이름도 좀 전에 처음 알았습니다. 어느 집안 자제분인지 전 알지 못합니다."

그러니까, 댁이 맞선에서 까였단 얘기는 아무에게도 말하지 않겠다는 말입니다. 아시겠어요? 강무진 씨.

"그거 다행이군요. 앞으로도 계속 제가 어느 집안 사람인지 몰랐으면 좋겠군요."

"네, 걱정 마세요."

화영은 별걱정을 다 하네 싶었다. 왜, 니가 재벌이라 내가 막 들이댈까 봐 걱정되니. 난 신데렐라 되고 싶은 마음 없어. 신데렐라도 애초의 신분은 나름 사는 집안 자식이다. 하지만 난 그저 고아일 뿐.

"그저, 사람들 입방아에 오르내리고 싶지 않을 뿐입니다. 그러니 백화영 씨가 비밀을 지켜주셨으면 좋겠군요."

"네. 알겠습니다. 하지만 일을 진행하다 보면 저희 대표님과 만나야 하고, 대표님이 강 대표님 이름을 보면 알게 될지도 모르겠네요. 저희 대표님이 눈치가 빠르시거든요."

화영은 미리 발을 뺐다. 자기가 먼저 말할 일은 없겠지만, 효림이 눈치채고 물어온다면 거짓말할 자신도 없었다.

"……."

무진이 미처 생각지 못한 부분이었다. 여기 화랑 대표가 마담뚜였지.

"별일이야 있겠습니까. 되도록 모든 일 진행은 저와 백화영 씨선에서 하도록 하죠."

"네. 알겠습니다."

화영은 눈앞에 서류를 무진에게 내밀었다.

"우선 저희 쪽 전시 공간이 그리 넓은 편이 아니라서 그림을 많이 전시하긴 어렵습니다. 그래서 그림을 선정해서 걸어야 할 것 같아요."

"네. 그렇게 하죠."

무진은 서류를 눈으로 훑으며 대답했다.

"더 자세한 비용이나 그림 전시 수 같은 건 계약서에 표기되어 있습니다. 우리 화랑의 신인 작가 전시용 계약서예요. 검토해보시고 연락 주세요."

"네."

무진은 서류를 다시 챙겨 봉투에 담으며 화영을 바라보았다. 큰 눈이 여전히 눈물을 쏟아낼 것처럼 자신을 쳐다보고 있었다.

"백화영 씨, 시간은 언제가 괜찮습니까?"

무진은 부러 낮고 달큼하게 속삭이듯 물었다.

"네? 무슨 시간이요?"

"데이트 신청 아니니까 놀란 토끼 눈은 넣어두시고, 이신후 작가 작품 보러 가야죠."

무진이 생글거리며 웃었다. 화영은 당황스러운 저와 달리 생글거리는 그의 면상이 괜히 얄밉다.

"놀란 거 아니니까 오해하지 마세요. 제 눈이 원래 좀 큽니다."

화영의 받아치는 대답에 무진의 표정이 웃을 듯 말 듯 오묘해졌다. 제 놀림에도 넘어가지 않고 맞받아치는 모습이 흥미로웠다.

"그리고 강 대표님 시간에 맞추겠습니다."

"뭐, 좋아요. 그럼 이신후 작가랑 상의해서 날짜 잡겠습니다. 작업실로 같이 가도록 하죠. 아무래도 그림을 직접 보는 게 나으실 테니까요."

무진이 서류를 챙겨 일어섰다.

"아, 백화영 씨. 충고 하나 해드릴까요?"

"네?"

무진을 따라 일어섰던 화영은 당황했다. 뭔가 실수했나? 놀란 눈이 그렇게 거슬렸나? 안 그래도 창피한데 뭐 또 잘못한 게 있나 싶어 괜히 심장이 벌렁거렸다.

"표정 관리하는 법을 연습하셔야겠더군요. 얼굴에 생각이 너무 많이 드러나네요. 뭐, 덕분에 저에게 들이댈 일 없는 화영 씨란 걸 알았으니 일을 진행하기엔 수월하겠지만."

무진의 속사포 공격에 화영은 할 말을 잃었다.

"배웅은 하지 않아도 됩니다. 계약서 확인하고 연락드리죠."

얼이 빠진 화영을 남겨두고 상큼한 웃음을 남기며 무진이 응접실을 빠져나갔다.

응접실을 나온 무진은 제 자신이 이해되지 않았다. 무슨 초등학생도 아니고, 자꾸만 건들고 싶은 여자다. 울리고 싶다 생각한 건지도 모르겠다. 제 생각보다 빨리 말이 나갔기에 스스로도 놀랐지만 이미 뱉은 말, 사과하기에도 멋쩍다.

유치하게 굴었군.

화영이 나오기 전에 가야겠다고 생각하며 발걸음을 재촉했다. 하지만 누군가 말을 걸며 발걸음을 붙잡았다. 무진은 자신의 발길을 잡은 사람이 누군지 쳐다봤다.

보이는 나이에 비해 세련미를 갖춘 여자가 무진을 향해 뭔가 알고 있다는 표정을 짓고 있었다.

"안녕하세요. 화랑 대표 최효림입니다."

"안녕하세요. ……강무진입니다."

무진은 제 이름을 두고 망설였지만 입 밖으로 내었다. 연장자가 먼저 통성명해 오는데 대답을 안 할 수도 없고. 그저 무탈하게 지나기만 바랐다.

살롱을 가기 위해 사무실을 나왔던 효림이었다. 그때 마침 응접실 문이 열리자 절로 시선이 향했고, 안에서 남자가 나왔다. 로열 계층을 상대하다 보니 눈길만 스쳐도 상대방의 재력을 어림짐작할 수 있었다.

고급 수제 정장에 값비싼 몸값을 풍기는 구두가 눈에 들어왔다. 2층을 올라온 고객, 더구나 응접실에서 나오는 사람이라면 분명 놓쳐선 안 될 중요한 고객임을 의미했다.

상대방에 대한 계산이 끝나자, 효림은 제 고객에게 인사를 건넸다. 그런데 강무진이란다. 왠지 자신이 아는 그 강무진이 맞을 거란 생각이 들었다. 확인해봐야겠다 생각하던 차에 화영이 응접실에서 나왔다.

"백화영 씨, 강무진 씨 배웅 잘 부탁드려요."

"아, 네. 대표님."

화영은 무진과 효림이 서 있는 모습에 놀랐다. 조금 전 무진에게 들은 충고 같지 않은 충고에 멍했던 정신을 간신히 차렸는데, 다시 멍해질 판이다.

"아니요. 괜찮습니다."

무진이 정중하게 거절했다. 하지만 효림은 재차 권했다.

"화영 씨, 뭐 하는 거죠?"

"네. 강 대표님, 이쪽으로 오시겠습니까."

화영은 주차장과 바로 연결된 계단으로 그를 안내했다. 무진은 한 번 다녀간 길이라 알고 있다고 말하고 싶었지만 말없이 화영의 뒤를 따랐다.

뒷문을 열자 한겨울의 칼바람이 두 사람을 훑고 지나갔다. 화영은 건물 안에서만 머물렀기에 외투를 입지 않은 상태였다. 절로 몸이 떨렸다.

"백화영 씨, 그만 들어가보세요."

"네. 살펴 가세요."

대답은 그리했지만, 화영은 움직이지 않았다. 효림이 평소에 시키지 않던 배웅을 제게 시켰다는 건 뭔가 이유가 있다는 얘기였다. 화영은 그 이유를 알아내야 했다.

그녀가 대답만 하고 움직이지 않자, 무진이 먼저 발걸음을 옮겼다. 그가 차에 타는 걸 본 후에야 화영은 화랑 안으로 들어갔다.

화영이 사무실 문을 열자 효림이 기다리고 있었다.

"화영 씨, 강무진 씨에 대해 알아요?"

"아니요. 딱히."

"그럼, 아까 강 대표라고 부르던데. 어디 대표란 거죠?"

"아, 이신후 작가가 소속된 에이전시 대표에요. 반 에이전시."

"반 에이전시라……. 혹시 강 대표가 어떤 차를 타는지 봤어요?"

이거구나. 제게 시키지도 않던 배웅을 시킨 이유가.

"네."

"혹시 운전기사가 따로 있던가요?"

"아니요. 직접 운전하셨어요."

"차종이 뭐던가요?"

예담에서 일하면서 알게 된 두 가지가 있었는데, 명품과 자동차였다. 화영은 차에 관심이 없었지만 고객들의 차를 한 번씩 보다 보니 자동차 엠블럼 정도는 구별할 정도가 됐다.

"마세라티 스포츠카였습니다."

효림의 질문에서 화영은 알아차렸다. 효림에게 무진의 존재가 정확하게 인지됐다는 사실을.

화영의 대답이 효림을 웃게 했다.

마세라티 스포츠카를 탈 재력에, 동명이인이 흔하지는 않을 테니 강정 그룹의 강무진이 맞겠군.

"혹시 지난번 선 자리에 나온 사람이 아까 그 강무진 씨 맞나요?"

"……네."

화영은 잠시 망설였지만 아니라고 부인할 수 없는 입장이라 그렇다고 대답했다. 무진에겐 왠지 미안했지만, 어차피 들통 날 거짓말이라면 안 하는 게 나으니까.

"그렇군요. 일 봐요. 화영 씨."

"네."

화영은 자리로 가 앉았다. 효림은 집무실을 향하며 새로운 맞선 상대들을 검색하기 시작했다. 이제 강무진의 외모도 알게 됐으니, 맞선 상대를 찾기가 좀 더 수월해지겠다는 생각에 절로 웃음이 나는 효림이었다.

3. 전해지는

무진이 화랑을 다녀간 지 며칠이 지났다. 계약서를 확인하고 연락 주겠다던 무진에게선 연락이 없었다.

아직 확인이 안 끝난 건가?

화영은 수화기를 들고 전화번호를 눌렀다. 곧 낮고 부드러운 그의 목소리가 넘어왔다.

-네, 반 에이전시 강무진입니다.

"안녕하세요. 예담 화랑의 백화영입니다. 계약서 검토는 끝나셨는지요?"

-네. 계약서대로 진행하는 걸로 하죠.

"그럼, 계약서 날인은 어디서 하시겠습니까? 화랑으로 오시겠어요?"

-아니요, 이번엔 백화영 씨가 제 사무실로 오시면 좋겠군요.

화영은 무진의 요구에 절로 수긍이 갔다. 지난번, 하필 효림과 딱 마주쳤으니 조심스럽겠지.

"네. 그럼 제가 찾아뵙겠습니다. 언제 시간 되세요?"

-내일 오후에 제 사무실에서 뵙죠.

"알겠습니다. 사무실 위치 좀 알려주세요."

화영은 사무실 위치를 받아 적고 전화를 끊었다. 효림을 피하는 무진을 생각하니 웃음이 났다. 재벌 2세도 무서워하는 게 있구나. 그렇게 제 신분이 드러나는 게 싫은가. 어차피 이미 들켰는데. 그 사실을 무진에게 말해주면 어떤 표정을 지을지 문득 궁금해진다.

화영은 제 생각을 갈무리하고 효림의 집무실을 노크했다. 문을 열고 들어서자 효림이 고개를 들었다.

"대표님, 내일 반 에이전시와 계약서 날인하기로 했습니다."

"그렇군요. 강 대표가 화랑으로 오나요?"

효림은 이번에 무진이 온다면 화영 대신 자신이 직접 대면해야겠다, 생각했다. 상대방을 파악하기 위해 대화만큼 좋은 건 없으니까.

"아니요, 제가 에이전시 사무실로 가기로 했습니다."

"음……."

효림의 표정에 아쉬움이 스쳤다. 화영은 신분을 감추려 애쓰는 무진도, 그런 무진을 어떻게든 만나려고 하는 효림도 이해되지 않았다.

"화영 씨, 이런 말 좀 그렇긴 한데……."

뜸들이는 효림의 말투가 불안하다. 화영은 자신을 지긋이 바라보는 효림을 보며 뒷말이 이어지길 묵묵히 기다렸지만, 섣불리 말이 나올 것 같지 않자 먼저 입을 뗐다.

"네. 말씀하세요."

"이런 부탁, 좀 치사한 거 같긴 하지만 화영 씨니까 믿고 부탁할 게요."

"……."

화영은 대답 대신 침묵으로 긍정을 표시했다.

"강무진 씨에 대해 좀 알아봐주세요."

"네?"

앗, 표정 관리.

화영은 서둘러 제 놀란 표정을 지웠다. 이 순간 왜 그가 했던 충고가 떠오르나 모르겠다. 얼굴에 표정이 너무 드러난다는 무진의 말이 떠올라 재빠르게 무표정으로 돌아갔다.

"말 그대롭니다. 강무진에 대한 정보가 너무 없어요. 강무진 씨는 우리 화랑에 아주 중요한 고객이 될 사람이니까. 정보가 필요해 요."

엄밀히 따지면 무진보다 그의 배경인 강정 그룹 집안이 중요하지만 말이다.

"어떤 정보를 말씀하시는지……?"

화영은 제가 들은 말의 의미를 파악하려 했다. 정보? 무슨 정보? 강무진이란 사람이 그렇게 대단한 사람이야?

"강무진 씨의 신변잡기랄까요? 어떤 여자가 이상형인지, 어떤 걸 좋아하고 어떤 걸 싫어하는지, 뭐 그런 것들."

화영은 말없이 살며시 고개를 끄덕였다. 맞선인가 보군. 효림이 원하는 정보가 뭔지 알게 되자 막막함이 몰려왔다. 저런 정보를 무슨 수로 알아낸단 말인가. 괜히 물었다가 자신이 무진에게 들이댄다고 생각할 텐데. 분명 들이댈 일 없다고 못 박지 않았던가. 효림의 부탁이 퍽 난처하다.

"화영 씨, 해줄 수 있죠?"

"……네."

이래서 을의 인생은 슬프다. 화영은 마지못해 그렇게 하겠다고 답했다. 이러다 괜히 효림과 무진 사이에 끼어서 양쪽 모두에게 미움을 사 외면받는 건 아닌지 모르겠다.

집무실을 나온 화영은 곧장 살롱으로 갔다. 이 막막함을 털어내고 싶다. 살롱 문을 열자 커피 향이 화영을 반겼다.

"향이 좋네요."

화영의 말에 커피를 내리던 선재가 고개를 들며 물었다.

"한잔할래요?"

"좋죠."

화영이 답하며 선재 곁으로 가 스툴에 자리 잡았다. 선재는 찬장에서 화영이 쓰는 머그잔을 꺼내 갓 내린 커피를 따라 내밀었다. 화영이 머그잔을 받아 들며 향을 맡았다.

선재는 그런 화영을 보며 묵묵히 기다렸다. 분명 할 말이 있어 온 듯한데 섣불리 꺼내지 못하고 머뭇거리는 화영을 기다려주었다.

"저기, 선재 씨. 나 뭐 하나 물어봐도 돼요?"

"네. 뭐든지."

선재가 어깨를 으쓱하며 웃었다. 그 모습에 마음이 놓인 화영은 머뭇거리며 말문을 열었다.

"남자들한테는, 그러니까 어떻게 물어봐야 오해 없이 받아들일까요?"

"네? 뭘요?"

"어, 그러니까, 내가 상대방한테 관심이 없다는 걸 분명히 알리면서, 상대방에 대해서 이것저것 물어보는 거요. 예를 들면 상대방이 뭘 좋아하고 싫어하는지, 이상형이 어떻게 되는지 그런 것들. 그러면서 상대방 기분은 안 상하게 물어보는 거."

화영은 제 질문을 제대로 이해했는지 선재의 표정을 살폈다.

"그러니까 화영 씨 말은, 상대방이 오해하지 않게 그 사람의 신상을 캐야 하는데 어떻게 해야 하느냐는 거죠?"

"네. 뭐 그렇죠."

"음. 그럼 그냥 솔직하게 부딪혀요. 이건 이러이러해서 물어보는 거다. 그러니 오해하지 마라."

설마하니, '저희 대표님이 강무진 씨의 정보를 알아오라고 해서 물어보는 겁니다. 그러니 오해 마세요'라고 할 순 없지 않은가.

"아니, 그렇게 솔직하게 직접적으로 이유를 말할 수 없는 상황에서요. 그러니까…… 은근하게?"

"음……. 어렵네요. 남자들은 단순해서, 그런 걸 물어보면 다 자길 좋아해서 그런다고 생각하거든요."

"……그렇구나."

선재의 대답에 화영의 시름만 깊어졌다.

화영과 통화를 마친 무진은 효림을 떠올렸다. 아주 잠깐 마주 대했을 뿐이지만 효림의 태도가 마음에 걸렸다. 별일이야 있겠냐마는 찝찝할 땐 피하는 게 상책. 효림을 조심하라는 제 직감을 믿어보기로 했다.

무진은 막상 화영을 사무실로 오라고 하고 보니, 사무실이 너무 텅 비었다는 사실을 깨달았다. 작은 오피스텔 안은 제 책상과 형의 그림 한 점 걸려 있는 게 전부였다.

늘 찾아다녔지, 찾아오는 사람이 없는 사무실이었다. 화영이 찾아온들 앉을 자리 하나 없다는 생각에 무진은 권 비서에게 전화를 걸었다.

-네, 권혁주입니다.

"권 비서님, 제 사무실에 테이블이랑 의자 세팅 좀 해주세요."

-언제까지 말씀이십니까.

"오늘, 지금 당장이요."

-…….

권 비서의 묵묵부답에 무진은 제가 무리한 부탁을 한 것인가 싶지만, 별수 없지 않은가. 약속은 내일인데. 미룰 수도 없고.

"권 비서님, 평창동 창고에 형 방 인테리어 바꾸면서 넣어둔 가구가 있을 거예요. 거기서 하나 갖다주세요."

-네. 알겠습니다.

창고에 쌓여 있는 가구 중 아무거나 집어 와도 사무실이 고급스러운 분위기로 탈바꿈할 수 있을 거라 생각했다. 그러나 도착한 가구들을 보며 무진은 절망했다. 좀 더 모던하고 자신의 나이에 맞게 젊은 감각으로 꾸밀 생각이었는데 하필 많고 많은 가구 중에 앤티크라니.

권 비서가 픽업해 온 가구를 보며 무진은 표정을 유지하기가 쉽지 않았다. 무진은 짧게 한숨을 쉬며 권 비서를 쳐다봤다. 이 여사의 비서로 10년이었다. 그러니 이 여사의 취향은 알아도, 무진의 취향은 알지 못했다.

"마음에 안 드십니까."

권 비서는 무진의 취향은 몰라도, 무진의 기분은 빠르게 알아차렸다.

"아닙니다. 근데 가구가 이거밖에 없었어요?"

"네. 지난번 큰도련님 방 바꾸고 나온 가구라서요."

지난번 인테리어 콘셉트가 앤티크였지. 어차피 주인 없는 방 가구였기에 물건은 새것이나 다를 바 없으나 디자인이 걸린다.

"알겠습니다. 수고하셨어요, 권 비서님."

권 비서가 묵례를 하고 사무실을 나갔다. 무진은 가구가 너무 중후해 자신이 아저씨가 된 느낌이었다.

* * *

"아줌마, 좋은 아침입니다."

무진이 다이닝룸에 들어서며 인사를 건넸다. 선암댁이 기분 좋게 웃으며 화답했다.

"네, 우리 도련님은 잘 주무셨어요?"

"네. 근데 배고프다."

무진이 자리에 앉자, 선암댁이 미역국이 담긴 그릇을 내려놓았다.

"미역국이네요. 냄새 좋다. 무슨 날인가?"

"넌, 네 형 생일도 잊었니?"

이 여사였다. 조용한 걸음으로 들어와 날 선 말로 무진을 찔렀다. 그리고 그 말은 무진의 가슴에 그대로 박혔다. 잊고 있었구나. 잊었다는 사실에 무진이 스스로 놀라는 동안 이 여사가 자리에 앉았다.

"어머니, 안녕히 주무셨어요."

"⋯⋯그래."

이 여사는 잠시 머뭇거리다 마지못해 대답했다.

"형 생일 잊은 건 미안해요. 잘못했어요."

무진이 생글거리며 이 여사의 기분을 맞추려 애쓰는 동안, 선암댁이 말없이 다가와 이 여사 자리에 국을 놓고 사라졌다. 매번 보는 일이지만 볼 때마다 애쓰는 무진이 짠해 선암댁의 마음이 아팠다.

"오늘 형한테 가실 거죠?"

"그럼, 가야지."

이 여사는 당연한 거 아니겠냐는 눈빛으로 무진을 보았다.

"그럼 우리 이 여사님, 오랜만에 나랑 데이트하게 같이 갈까요, 형한테."

"싫어."

이 여사는 단칼에 쳐내곤 아차 싶었다. 조심한다 하면서도 한 번씩 울컥 치고 올라오는 원망을 주체하지 못했다. 그 원망의 피해자는 늘 무진이 되곤 했다.

"아직은, 아직은 혼자 가고 싶구나."

"⋯⋯네. 어머니 혼자 편히 다녀오세요."

무진은 한발 물러섰다. 이번에도 따로 움직여야 할 모양이다. 함께 형에게 가본 게 언제인지. 무진과 이 여사는 침묵 속에서 식사를 시작했다. 결국 무진은 일을 핑계 삼아 먼저 자리를 떴다.

이 여사는 식사가 끝나자, 권 비서를 찾았다.

"아줌마. 권 비서 좀 불러줘요."

"네. 사모님."

이 여사는 오랜만에 외출을 준비했다. 평소보다 신경 써서 화장을 하고, 옷도 화사하게 차려입었다.

"사모님, 차 준비되었습니다."

"그래. 가지."

권 비서가 이 여사를 모시고 차로 이동했다. 문을 열어 이 여사가 타는 것을 도왔다. 이 여사가 자리를 잡자, 권 비서가 운전석에 앉았다.

"무혁이에게 데려다줘."

"네. 사모님."

차고를 벗어난 세단은 평창동의 언덕길을 내달렸다. 이 여사는 차창 밖으로 시선을 돌렸다. 시집와서부터 살기 시작한 평창동은 지난 40년간 많이 변했지만, 변하지 않은 것이 있다면 높은 담벼락뿐일 듯싶다.

모든 것이 한순간이었다. '국민 요정 이유화'에서 '재벌 며느리 이유화'로 갈아타는 일은.

가진 거라곤 제 예쁜 외모뿐이었던 가난한 집안의 이 여사였다. 그런 그녀에게 갑자기 찾아온 결혼자리가 재계순위 50위 안에 드는 기업의 며느리 자리였으니 탐이 났고, 또 마다할 이유가 없었다.

굳이 힘들게 연기하지 않아도, 감독들 비위를 맞추지 않아도, 번 돈을 친정에 쏟아붓지 않아도 되었다.

이 여사는 곧장 결혼을 승낙하고 연예계 은퇴를 선언했다. 하지만 뭐든 쉽게 얻어지는 건 없는 모양인지, 재벌가 며느리, 사모님 타이틀을 거머쥔 만큼 다른 것을 놓아야 했다.

가장 먼저 친정을 버렸다. 밑 빠진 독에 물 붓기였던 친정에 집과 돈을 쥐여주며 인연을 끊었다. 그 후엔 배우를 버렸고, 끝으로 여자로서의 삶을 잃었다.

강 회장은 오직 일밖에 몰랐다. 차라리 여자랑 바람이 났더라면 나았을까. 강 회장은 일과 바람이 났다. 신혼여행조차 해외 출장지로 선택되었다. 강 회장이 일을 보는 동안, 이 여사는 강 회장이 붙여준 여 비서와 신혼여행지를 돌아다녀야 했다.

시댁 어른들과 사모들의 모임에선 언제나 눈치 보기 바빴다. 그들은 이 여사가 외모 하나 믿고 강정 무역의 며느리가 되었다며 수군거렸고, 늘 얕잡아보며 무시하기 일쑤였다. 그럴수록 이 여사는 보란 듯이 예의를 익히고, 교양을 배웠다.

남편이라도 제 편이었다면 달라졌을까. 그러나 남편은 말 그대로 남의 편이요, 집안일엔 관심이 없었다. 강 회장의 얼굴조차 보기 힘들었다.

이 여사는 일밖에 모르는 강 회장에게 물은 적이 있었다. 왜 하필 자기였냐고, 결혼하자고 나서는 좋은 집안 여자들을 다 제쳐두고 왜 자신을 택했냐고.

차라리 묻지 말았어야 했는지도 모른다.

'가식이건 진심이건 웃는 연기는 당신이 가장 잘하는 거 같았으니까. 난 어떤 상황에서도 표정 관리 잘하고 웃을 수 있는 배우자가 필요했을 뿐이오.'

강 회장의 대답은 이 여사의 마음을 닫는 결정적인 역할을 했다. 그는 회사에서 거의 살다시피 했고, 한 달의 절반은 해외로 출장을 다녔다. 그 결과 강정 무역은 재계 20위 안에 드는 강정 그룹으로 성장했다.

강 회장이 일에 매진하는 동안, 이 여사 역시 매 순간이 전쟁이었다. 책잡히지 않기 위한 몸부림으로 몸과 마음이 지쳐갔다. 그런 이 여사에게 수호천사가 찾아왔다. 무혁이 태어난 것이다.

저를 닮아 예뻤고, 또랑또랑하게 생긴 만큼 똑똑하기도 했다. 이 여사는 모든 관심을 무혁에게 쏟았다. 며느리는 마음에 안 들어도 첫 손자는 좋았던지, 시댁에선 무혁이를 무척 아꼈다. 그 모습에 제 것을 뺏긴 것 같아 이 여사는 어렵사리 강 회장을 유혹해 무진을 낳았다.

제 남편과의 관계를 위해 숱한 날을 기다리고 숱한 날을 좌절하며 겨우 무진을 낳았다. 그러곤 시댁 식구의 관심을 무진에게로 돌리게 했다.

이 여사는 무혁이를 키우는 일에 열중했고, 무진이는 유모 손에 맡겼다. 시댁에서 아이가 보고 싶다고 하면 이 여사는 무진이만 보냈다. 제게서 무혁이를 뺏어가지 않기를 바라면서.

무혁의 존재는 공식 석상을 통해 보여주었다.

보라고, 얼마나 의젓하고 훌륭하게 잘 키워냈냐고. 너희가 비웃던, 가진 거라곤 중졸에 외모뿐인 자신이, 이렇게 자식을 잘 키워냈다며 사람들에게 과시했다.

그러나 한 치 앞을 못 보는 게 인생이라 했던가. 정작 제게서 무혁이를 뺏어간 것은 시댁 식구가 아니었다.

이 여사는 제 과거를 떠올리며 눈살을 찌푸렸다. 그 모진 세월을 견디게 해준 게 무혁이었거늘. 어디서부터 잘못된 것일까.

이 여사의 눈에 회한의 빛이 서렸다.

무진은 계약서를 최종적으로 훑고 고개를 들어 창밖을 보았다. 투명에 가까운 하늘이 참으로 맑고, 시리도록 차가워 보였다.

'날도 추운데, 형은 잘 있나.'

무진은 제 손목을 들어 시계를 보았다. 오전 열한 시가 되어 간다. 친구들이 부모님에게 졸업 선물을 받을 때, 무진은 부모님이 아닌 형에게 이 시계를 받았다. 무진이 축하를 받거나, 위로가 필요한 순간엔 언제나 형이 함께였다.

지금쯤이면 이 여사가 형에게 다녀갔을 시간이다. 이제 가도 되겠지. 더구나 오후에 있을 화영과의 약속 시간에 맞추려면 지금 나서야 할 듯했다. 무진은 보던 계약서를 넣어두고 옷을 챙겨 입고 사무실을 나섰다.

무진의 스포츠카가 시원하게 도로를 질주했다. 무진은 속도를 즐기는 편이 아니었지만 그날 이후 모든 것이 달라졌다. 시간 약속에 철저했고, 위급한 상황에서 늦지 않기 위해 세단에서 스포츠카로 바꿨다.

한 시간을 달려 목적지에 도착했다. 차에서 내린 무진은 옷매무새를 가다듬고 성큼성큼 걸어 내부로 향했다. 조용한 건물 안에 무진의 발소리만 가득 울려 퍼졌다. 무진이 고급 인테리어로 장식된 봉안당 안으로 들어서며 곧 멈추었다.

"형, 나 왔어. 스물아홉 번째 생일 축하해."

오는 길에 샀던 꽃을 유골함 앞에 내려놓았다. 무진은 제 눈앞에 있는 유골함을 바라보았다.

<강무혁. 향년 29세.>

'엄마 다녀가셨지?'

이 여사의 흔적으로 화려한 꽃이 놓여 있었다.

'오늘 형 생일인 거 잊었다고 나 혼났다. 형, 그거 알아? 내가 형보다 형인 거. 형이 나한테 형이라고 불러야 해. ……나 벌써 형보다 세 살이나 많아졌다.'

돌아올 수 없는 대답인 걸 안다. 하지만 무혁을 향해 계속 묻고 싶다.

'형, 좋아? 6년째 29살이라서. 젊어서 좋아? ……뭐가, ……뭐가 그리 급했어요? 그까짓 사랑이 뭐라고.'

욕이라도 실컷 해주고 싶다. 하지만 무진은 그저 유골함 옆에, 웃고 있는 무혁의 사진을 바라볼 뿐이다.

"형, 미안해. 오늘은 진짜 잊어버렸네. 내년엔 안 잊을게요."

어느새 무진의 눈에 슬픔이 가득 고였다.

화영은 반 에이전시 문 앞에서 심호흡을 했다. 약속 시간까지는 오분 정도 남았다. 맞선 자리에서 무진이 하는 얘기를 얼핏 들었었다. 약속에 늦은 상대방을 탐탁지 않아 하는 목소리. 그러니 시간만큼은 지켜야 했다. 원래 시간 약속에 늦는 성격도 아니지만, 왠지 더 신경이 쓰였다.

화영은 노크를 하고 무표정으로 무장하며 사무실 문을 열었다.

"어서 오세요."

무진이 곁에 다가오며 인사를 건넸다. 화영 역시 무진의 곁으로 다가가며 시선을 맞췄다. 그의 눈이 살짝 충혈돼 있었다.

"안녕하세요. ……혹시 어디 편찮으세요?"

"제가 벌써 편찮을 나이로 보입니까?"

무진이 대답과 함께 장난스럽게 웃었다.

"아니, 눈이 좀 충혈된 거 같아서. 혹시 어디 불편하신 건가 해서요."

"아."

무진은 서둘러 눈가를 대충 쓸었다. 형에게 다녀온 티를 이렇게 내게 될 줄이야. 약속 시간에 늦지 않으려 서두르느라 제 얼굴은 미처 확인하지 못했다.

"아뇨. 불편한 데 없어요. 저기 앉아요."

테이블을 손짓하자, 화영이 고개를 끄덕이며 걸음을 옮겼다.

화영은 발을 떼며 효림이 준 미션을 실천했다. 요리조리 눈동자를 굴리며 사무실 안을 재빠르게 눈에 담았다.

재벌이라 엄청 넓은 곳에서 사무를 볼 줄 알았는데 의외로 소박하네.

스무 평도 되지 않을 작은 오피스텔이었다.

빠르게 시선을 움직이던 화영의 눈길이 벽에서 멈추며 걸음도 멈췄다. 그림이었다. 엄마와 언니를 절에 모시고 무작정 걸었던 날. 우연히 예담에 들어가서 보게 된 그림. 자신을 붙들고 위로해 주었던, 자신을 큐레이터의 길로 인도했던 그 그림이었다.

'다시 보게 될 줄이야.'

화영은 두 번 다시 볼 수 없을 줄 알았던 그림과 마주하자 잠시 현실을 잊었다.

무진은 화영이 자리로 오다 말고 멈춰 선 것이 의아해 그녀의 시선을 따라 움직였다. 화영의 시선이 멈춘 곳을 향하자 형의 그림이 보였다.

그림을 바라보는 화영의 모습이 아스라이 멀게 느껴졌다. 분명 제 옆에 있는 사람인데 몸만 곁에 있을 뿐 마음은 다른 곳에 가 있는 사람 같았다.

화영의 뒷모습은 몽글몽글 피어오르는 기억의 아지랑이를 자극 했다. 지금의 화영처럼 형의 그림을 오래도록 바라보던 한 여자가 떠올랐다. 긴 생머리에 한참을 그림 앞에서 조각처럼 굳어 있던 여자. 자신은 그런 여자의 뒷모습을 구경했었다. 여자는 꽤 오랫동안 멈춰 있었고, 저러다 쓰러지는 거 아닐까? 싶을 만큼 어딘가 약해 보였다.

문득 너무 붙박은 듯 서 있는 여자가 걱정되어 걸음을 옮겼다. 가까이 다가가자 여자의 어깨가 미세하게 떨리며 서둘러 손을 올려 얼굴을 훑는 게 보였다.

여자는 고요하게 흐느끼고 있었다. 소리 없이 재빠르게 얼굴을 훑는 동작을 보며 무진은 걸음을 돌려 전시장을 빠져나왔다. 여자가 돌아섰을 때 자신과 눈이 마주치면 무안해질 것 같아서.

그때 긴 머리칼의 여자와 지금 단발머리를 한 화영의 뒷모습이 미묘하게 겹쳐졌다. 설마? 동일 인물일까? 무진은 계속해서 생각을 파헤쳤다.

지난번 미술관의 뒷모습에서도 어딘가 본 듯한 느낌이었는데. 지금 형의 그림 앞에 서 있는 화영을 보자 제 의구심이 점점 구체적인 실체로 변해갔다.

몇 년 전에 본 뒷모습과 얼마 전 미술관의 뒷모습, 그리고 지금 제 눈앞에 있는 화영의 뒷모습이 보다 선명하게 하나로 합쳐졌다. 조금씩 다른 느낌을 풍겼지만 그 세 여자에게서 느꼈던 쓸쓸한 위태함은 변함없었다.

'참, 묘한 인연이네.'

무진은 화영의 뒷모습을 보며 동일인이란 결론을 내렸다.

"앉으시죠. 백화영 씨."

무진이 먼저 테이블로 향하며 화영을 현실로 끌어들었다.

"……네."

화영은 엉거주춤 앤티크 테이블로 가 앉았다.

모던한 가구를 좋아할 거 같았는데, 아니었네.

화영은 또 제 생각이 너무 드러날까 싶어 서둘러 입을 뗐다.

"저희 쪽 계약서엔 날인되어 있습니다. 강 대표님 인장을 여기에 찍어주시면 됩니다."

"네, 그러죠."

무진은 대답과 함께 책상에 둔 제 계약서와 인장을 가지러 갔다.

화영의 시선은 다시 그림으로 향했다. 그림은 검은 바탕에 하얀 원이 그려져 있었다. 스포트라이트를 받은 것처럼 중앙의 원만 환했다. 하지만 가까이 다가가서 보면 그 둥근 빛 속에 고개를 숙이고 웅크린 사람의 형상이 희미하게 그려져 있다. 배경색처럼 보인 검은색이 실은 수많은 손이다. 수많은 손이 중앙의 쪼그리고 있는 사람의 주변을 끝없이 돌았다.

몇 년 전 봤을 때와 느낌은 달랐지만 여전히 좋았다. 무수히 많은 손이 있지만 그 어떤 손도 그림 속에 움츠러든 채 있는 그에게 손을 내밀지 않았다. 자신을 보는 것 같았다. 그림 속 주인공처럼 위로받지 못했던 자신을 보는 거 같아서 안타까웠고, 나만 위로받지 못하는 세상 속에 있는 건 아니구나 싶어 안도했었다.

"백화영 씨."

상념에 빠진 화영을 무진이 건져냈다.

"네?"

"날인 끝났다고요. 괜찮으십니까."

"네, 죄송합니다."

화영은 계약서를 확인하고 서류 봉투에 넣었다.

"저 그림이 마음에 드세요? 전 도통 모르겠던데."

"네. 저 그림 강 대표님 소유예요?"

"네. 제 겁니다."

무진의 대답에 화영이 웃었다. 마치 어린애가 '이거 울 엄마가 사줬다. 어때, 멋지지!' 하는 거 같다.

"화가를 서포터하시는 분이 마음에도 없는 그림은 왜 걸어두세요?"

"있어 보이라고. 보통 그러지 않나요? 허영심이죠. 남들이 좋다고 하니까 일단 사고 보는 거죠. 당장 백화영 씨도 저 그림이 좋다고 하잖습니까."

무진은 화영의 반응을 떠보고자 부러 속 빈 사람처럼 말했다.

"이런 말, 어떻게 들릴지 모르겠지만 저도 한때는 사람들의 예술 감상을 이해 못했어요. 흔히들 그러잖아요. 내가 그려도 저거보단 낫겠다. 저도 그런 부류였어요. 근데 저 벽면에 걸린 그림은 절 위로해줬어요."

대답을 하면서도 화영의 시선은 계속 그림으로 향했다.

"무슨 위로인지 물어봐도 됩니까."

"나만 그런 게 아니란 위로? 수많은 손이 있지만 아무도 저 그림 속 사람에겐 손 내밀지 않잖아요. 딱 제 상황이 그랬거든요."

그림을 바라보며 옛 기억을 더듬는 화영을 무진이 말없이 바라보았다.

우리 형 성공했네.

"저 작가, 누군지 아세요?"

"알죠, 당연히. 그림 소유준데."

"누구예요? 화가 이름을 몰라서 그동안 찾을 수가 없었어요."

"비밀입니다."

무진은 섣불리 형의 이름을 말해주고 싶지 않았다.

"음……. 그럼 저 화가 만나본 적 있으세요?"

"네."

"정말요? 좋았겠다."

화영의 목소리에 부러움이 잔뜩 묻어났다. 무진은 그림 하나에 무장 해제된 화영의 모습에서 이질감을 느꼈다. 이 여자의 본모습은 이런 건가.

"혹시 저 화가분과도 아는 사이세요?"

"그건 왜 묻습니까."

"강 대표님과 아는 사이라면 그림 전시회 추진해보고 싶어서요. 아, 물론 전시회 결정권은 저희 대표님께 있지만 한번 말씀은 드려

볼 수 있으니까요."

"전시회, 못 열어요."

"왜요?"

"작가가 죽었거든요. 그려놓은 그림도 몇 없고."

"아……."

무진의 덤덤한 목소리에 화영은 무진을 바라보았다.

분명 무진의 목소리는 무심한데 제 가슴이 욱신거릴 만큼 아프게 들렸다. 무진의 눈이 너무 슬퍼 보였다. 그 눈으로 인해 화영은 저도 모르게 물었다.

"그 작가분이랑 많이 친했어요?"

"네."

"그렇구나. 괜한 걸 물어본 거 같아요. 죄송합니다."

화영이 당황하며 금방이라도 울 듯한 표정으로 무진을 바라보았다.

"……형이에요."

"네?"

"저 화가, 우리 형입니다."

무진이 내뱉은 말에, 화영은 아무 말도 하지 못했다. 그저 가만가만 깊어지는 눈길로 무진을 바라볼 뿐이었다.

형에게 다녀온 길이라서 그런가. 여태 꺼내보지 못했던 형에 대한 이야기를 털어놓고 싶었다. 적어도 저 여자라면, 슬픔이 넘실대는 연민의 눈을 하고 있는 저 여자라면. 자신이 무얼 털어놓든 그 슬픔에 공감해줄 거 같았다. 불쑥, 자신도 모르게 내뱉은 말이었지만 후회되지 않았다.

둘 사이에 긴 침묵이 흘렀다.

너무 많은 생각이 스쳐 가는 얼굴의 화영을 보며 무진은 제 슈트 안에서 손수건을 꺼내 화영에게 내밀었다.

화영은 무진이 말없이 내미는 손수건에 의아했다.

"눈물."

"……."

"울잖아요. 지금."

화영은 무진이 무슨 말을 하는지 이해하는 데 시간이 걸리는 듯했다. 무진은 소리 없이 내리는 아픔을 보았다. 그 아픔에 제 손을 움직여 화영의 볼에 손수건을 가져다 댔다.

'이 여자, 울리고 싶다 했더니 이렇게 울리네.'

화영은 무진의 손수건이 제 볼에 닿은 뒤에야 아차 싶었다.

"죄송합니다."

화영의 사과가 마음에 안 든다. 우는 게 잘못은 아니잖아. 그런데 오히려 괜히 울려버린 제가 나쁜 놈이 된 기분이다.

"손수건은 제가 세탁해서 돌려드리겠습니다."

"아니요. 괜찮습니다."

냉랭한 무진의 반응에 화영은 표정을 관리하기가 힘들었다. 상대의 아픔을 제가 끄집어낸 것 같아 마음이 편치 않았다.

말하고 싶다. 나 역시 당신과 같은 상실을 겪었다고. 그 상실의 고통을 누구보다 잘 안다고.

손수건을 받아 쥔 화영의 손에 힘이 들어갔다. 말을 할지 말지, 한다면 어디까지 할지 갈등됐다.

"아, 저기, 죄송합니다. 갑자기 그래서……. 실은……."

무진의 덤덤함이 저를 찔렀다. 화영은 언니의 죽음을 새로 알게 된 사람에겐 말해본 적이 없었다. 화랑의 그 누구에게도 말하지 않았다. 죽었다는 표현 자체에 입술이 떨어지지 않았다.

어지러이 흔들리는 화영의 눈동자를 무진이 가만히 바라보았다.

"굳이 말 안 하셔도 됩니다."

무슨 반발심인지 말하지 말라니 말하고 싶다.

"전 언니가 있었어요. 근데 교통사고로 죽……."

화영은 말하다 말고 입을 다물었다. 차마 죽었다는 말이 나오지 않았다. 화영은 어금니를 꽉 깨물며 두 눈에 힘을 주고 눈물을 참았다.

엄마의 죽음은 차라리 말하기 쉬웠다. 이 세상에 엄마 없이 태어난 사람은 단 한 명도 없으니까. 하지만 형제는 있을 수도, 없을 수도 있는 일. 저를 몰랐던 사람에겐 언니의 얘기를 꺼내지 않았다. 때론 외동이냐는 물음에 긍정도 부정도 하지 않았다. 긍정하자니 존재했던 언니를 부정하는 것 같았고, 부정하자니 슬픔을 감당할 자신이 없었다.

무엇보다 '죽었다'는 말 그 자체가 너무, 무거웠다. 생각만 해도 눈물이 고였고, 죄책감이 몰려왔다. 좋았던 일보다 싸웠던 일이 먼저 떠올랐다.

언니의 죽음을 받아들이는 게 여전히 힘겹다. 나이가 들면서 엄마를 잃는다는 건 받아들였다. 누구나 나이가 들면 죽는 거니까. 그렇지만 저와 한 살 차이밖에 안 났던 언니기에, 함께 나이 먹으며 같이 늙어갈 줄 알았기에, 한창 피어날 시기에 갑자기 떠나버릴 줄은 정말 몰랐기에 엄마의 죽음보다 더 받아들이기 어려웠다.

그런데 무진이 제 형의 죽음을 덤덤하게 뱉어내니 아팠다. 그냥 아팠다. 저 사람은 어떻게 극복했을까 궁금하기도 하고, 저 사람도 많이 아팠겠구나 싶었다.

"언니분이 돌아가셨나요?"

"……네."

"많이…… 아프겠다. 백화영 씨도."

혼잣말처럼 내뱉은 무진의 말에 화영이 울컥했다. 다시 입술을 꽉 깨물곤 시선을 피했다. 무너지고 싶지 않다. 더구나 이 남자 앞에서. 아무리 계약서 날인이 끝났다지만 고객 앞에서 이런 모습을 보이는 건 추태 같았다.

"죄송합니다. 평소에 안 이러는데, 제가 오늘은 실수했습니다."

"눌러 참으니까……."

또다시 혼잣말처럼 중얼거리던 무진의 입술이 멈췄다. 어떻게든 무너지지 않으려 애쓰는 화영을 보니 그는 차마 더 말을 할 수 없었다.

이대로 그녀를 무너트린다면 왠지 두 번 다시 화영을 못 볼 것 같은 직감이 들기도 했다.

"이만 일어나 보겠습니다."

"네. 이신후 작가 작업실 가는 일로 조만간 다시 뵙죠."

"네."

화영은 사무실을 나온 뒤 곧장 화장실로 향했다. 거울 속에서 살짝 빨개진 눈을 한 자신이 보였다.

'잘 참았다. 백화영.'

무너질까 두려워, 또 이렇게 슬픔을 쌓았다.

출근길 내내 화영은 무진에 대한 생각을 정리했다. 보나 마나 효림이 무진에 대해 알아낸 것이 있는지 물어볼 텐데, 어디까지 말해야 할지 망설여졌다. 사실 알아낸 것도 없는 거나 마찬가지였다. 화영은 뒤늦은 후회가 밀려들었다.

선재와 서현이 각자 일터로 가자, 효림이 기다렸단 듯 화영을 찾았다.

"뭐 좀 알아냈어요?"

기대에 들뜬 효림의 목소리에 화영은 도망치고 싶다.

"딱히, 물어보질 못했어요."

"그런 건 눈썰미로 알아차리는 거죠. 물어보는 게 아니라."

효림의 지적에 화영은 제 처지에 서글픔을 느꼈다.

"강 대표님은 시간 약속에 예민하신 분 같아요. 지난번 맞선에서 여자분이 늦었다고 좋아하지 않으셨어요. 그리고 사무실은 앤티크한 가구로 해놓으셨더라고요. 그거 말곤 아직 잘 모르겠습니다."

"알겠어요. 시간에, 앤티크라……. 어쨌든 수고했어요. 화영 씨."

"네."

형의 죽음이라든가, 형의 그림에 대해선 말하고 싶지 않았다. 어제의 일은 오직 두 사람만 아는 이야기로 끝내고 싶다.

효림은 집무실로 들어와 제 자료집을 꺼냈다. 그곳엔 효림만의 정보가 가득했다. 효림은 그중에서 무진과 잘 어울릴 것 같은 여성을 물색하기 시작했다. 시간과 앤티크라, 왠지 어른들이 좋아할 법한 스타일과 맞을 것 같다. 효림은 현모양처 같은 여자를 찾기 시작했다.

4. 홀가분한

이신후 작가의 작업실을 가기로 한 날이었다. 화영은 미리 효림에게 얘기하고 주차장으로 내려와 있었다. 무진이 도착했다고 연락할 때까지 사무실에 있기도 그랬다.

한파에 모든 것이 얼어붙었다. 화영은 제 몸 역시 얼 것 같았지만, 그대로 그가 오길 기다렸다.

약속 시간 십여 분을 남겨두고 무진의 차가 주차장으로 진입했다. 역시나 제 예상과 맞아떨어지는 모습에 화영은 슬며시 웃었다.

무진의 차가 화영 앞에 서며 조수석 창문이 내려갔다.

"추운데 왜 나와 있습니까."

"일찍 오실 거 같아서요."

화영이 웃었다. 그 모습에 무진도 웃었다.

"춥습니다. 얼른 타요."

"······이거 타고 가나요?"

"네. 그럼 택시 타고 갑니까? 아니면 지하철? 얼른 타죠. 추운데."

멀쩡한 제 차를 두고 웬 대중교통. 단둘이 차에 타는 게 불편한가? 무진은 쭈뼛쭈뼛하며 차에 타는 화영이 의아했다. 아니면 추워서 몸이 얼었나? 괜히 차 안 히터의 온도를 더 높였다.

화영은 차 안에 타자 몸이 절로 녹는 기분이었다. 하지만 마음만은 오히려 긴장감이 상승했다. 하필 스포츠카라니. 재벌이라더니, 다른 차는 없었냐고 묻고 싶다. 묻지 못할 질문을 삼키며 화영은 차 문손잡이를 슬며시 잡았다. 무진이 부드럽게 차를 움직였다. 차가 주차장을 벗어나자 화영이 물었다.

"이 작가님 작업실이 어디예요?"

"홍대 근처에 있습니다."

"네."

멀지 않아서 다행이다. 안도하는 표정의 화영을 본 무진이 말했다.

"걱정 말아요. 금방 갈 테니까."

말과 함께 차의 속도가 높아진 거 같은 느낌에 화영이 서둘러 제지했다.

"아, 아니요. 천천히 가셔도 됩니다. 천천히 가주세요."

화영은 말과 함께 손잡이를 더 꽉 쥐었다. 그런 화영을 무진이 힐끔 쳐다보았다. 뻣뻣하게 힘이 들어간 채 시트에 다 기대지도 못하고 엉거주춤 앉아 있는 모습이 눈에 들어왔다.

"백화영 씨."

갑자기 불린 제 이름에 화영이 화들짝 놀랐다.

"네?"

"편하게 앉으셔도 됩니다. 뭘 그렇게 불편하게 있습니까. 혹시 지난번 눈물 때문이면-"

"아니요! 그 일 때문 아니에요."

무진의 말이 채 끝나기도 전에 화영이 언성을 높였다.

"깜짝이야. 무안해서 그러는 거면 안 그래도 됩니다."

무진은 화영의 높아진 목소리에 부러 과장되게 놀라는 척하며 웃었다. 화영의 긴장을 조금이라도 풀어주고 싶었다.

"그런 거 아닙니다."

화영이 질색했다. 그날의 눈물은 생각하지도 못하고 있었는데 무진이 그렇게 말하자, 정말 무안해지려고 했다. 좀 잊어주지.

"그럼, 왜 그리 불편하게 있어요? 보는 사람 불안하게."

"그게, 제가 속도가 빠른 걸 좋아하지 않아서요."

"속도 빠른 거요?"

"네. 무서워하거든요."

스포츠카라고 늘 빠른 건 아닐진대, 스포츠카에 편견을 갖고 있는 화영이 순진하게 느껴져 무진이 웃었다.

"혹시 제가 속도 높일까 봐 그래요?"

"네."

화영의 대답에 모든 의문이 풀린 무진이 소리 내 웃었다. 화영은 무진의 웃는 모습을 멍하니 바라보았다.

웃기도 하는구나. 항상 날이 서 있는 사람처럼 보였는데.

여유 있는 척, 자신감에 차 있는 사람처럼 행동했지만 화영의 눈엔 무진이 긴장한 채 자신을 방어한다고 생각했다.

"그래서 불편하게 앉아 있는 겁니까."

"네, 뭐, 조금요."

"걱정 말아요. 평소엔 속도 안 내니까."

무진은 설핏설핏 웃었다. 화영과의 대화가 즐거웠다. 계속해서 이야기를 나누고 싶단 생각에 이야깃거리를 찾아 머릿속을 뒤졌다.

"참, 우리 어디서 본 적 있지 않냐고 물었던 거 기억납니까?"

"네."

"기억났어요. 우리가 어디서 봤는지. 아니, 정확하겐 저 혼자 백화영 씨를 본 게 맞겠네요."

사무실에서 형 그림을 보던 화영의 뒷모습에서 기시감이 아니라 현실로 일어났던 일이란 걸 깨달았다.

"언제요?"

"형 그림 전시회에서요."

무진은 무혁이 세상에 내놓지 못한 그림들을 잠깐이라도 빛을 보게 해주고 싶었다. 그 당시 전시회 쪽 일은 문외한이었던 무진은 최 비서를 통해 일을 진행했다. 개인전을 열기엔 그림 수도 부족했고, 유명 화가도 아니었기에 신인 그룹전을 통해 그림을 전시했었다.

형 그림을 보러 갔던 무진은 무혁의 그림 앞에서 꼼짝 않고 서 있던 화영을 보았다. 형의 그림을 제대로 봐주지 못했던 자신 대신에, 낯선 관람객이 형 그림을 제대로 봐주고 있단 생각에 오래도록 지켜보았다.

여자의 뒷모습은 어딘가 쓸쓸해 보였다. 그리고 그 쓸쓸한 뒷맛이 제 기억 깊숙이 스며들었다.

"어때요? 맞죠? 몇 년 전에."

"……네."

자신이 생각해도 뿌듯한지 무진이 살며시 웃었다.

그 모습을 곁눈질하던 화영이 잊었던 손수건을 가방 안에서 꺼냈다.

"이거, 세탁했습니다."

그 말에 무진이 화영의 손을 힐끔 쳐다봤다.

"그냥 쓰세요. 어차피 한 번도 안 쓴 손수건입니다."

쓰지도 않는 손수건이지만, 매일 바꿔가며 주머니에 넣고 다녔다. 매너 있는 남자는 손수건이 필수라던 형의 말이 새삼 와닿은 날이었다.

"아닙니다. 깨끗이 세탁했지만, 혹시 불쾌하신가요?"

"아니요, 불쾌한 게 아니라, 나 말고 화영 씨한테 필요한 물건 같아서입니다. 언제든 울고 싶을 때 쓰라고요. 눈물, 참지 말고."

이 남자는 대체 어떻게 아는 걸까. 문득 궁금해진다.

"어떻게 알아요? 제가 참는지 우는지. 알고 보면 저 막 펑펑 울고 다녀요."

화영의 말에 무진이 피식 웃었다. 옅은 그의 웃음이 보기 좋았다.

"백화영 씨는 본인을 잘 모르나 보네요. 그거 모르죠? 화영 씨 눈에 눈물이 가득 고여 있는 거."

무진은 신호 대기에 걸리자, 브레이크를 밟으며 화영을 바라보곤 말을 이었다.

"화영 씨 눈 보면, 되게 슬퍼 보이는데."

화영은 무진이 제 눈을 마주 보며 툭 던지듯 내뱉은 그 말에 마음이 아렸다.

그건 댁도 마찬가지라고요. 강무진 씨.

"강 대표님, 그거 아세요? 그건 강무진 씨가 슬프기 때문에 그렇게 보인다는 거?"

조용한 차 안에 두 사람의 눈동자가 맞닿았다. 무진은 제 속이 들킨 것 같아 앞쪽으로 다시 고개를 돌렸다.

"⋯⋯그럼, 손수건은 일단 챙겨두겠습니다."

화영은 손수건을 챙겨 다시 가방에 넣었다. 세탁을 했다지만 이미 타인이 쓴 손수건을 돌려받을 만큼 궁핍할 리가 없겠지.

"혹시 강 대표님 집에 이거랑 똑같은 손수건 막 수십 장씩 있는 거 아니에요?"

"어떻게 알았습니까."

"정말요?"

무진이 시원하게 웃었다. 무안해진 화영도 따라 웃었다. 진짜라고 믿는 화영을 위해서라도 똑같은 손수건을 수십 장 사둬야겠다고 결심하는 무진과 어느새 긴장이 풀려버린 화영을 태운 차가 도로 위를 달렸다.

차가 골목길을 돌고 돌아, 작은 상가 건물 옆 주차장에 멈췄다.

"내립시다. 여기 2층입니다."

"네."

무진의 말에 화영은 차에서 내렸다. 무진이 앞서 걷고 화영이 뒤따랐다. 작업실 문 앞에 당도했을 때, 화영은 작게 심호흡을 했다. 그 모습을 곁눈질하던 무진이 슬쩍 웃었다.

작업실 문을 열자, 유성 물감 냄새가 가장 먼저 둘을 반겼다.

"실례하겠습니다."

화영의 목소리가 작업실에 퍼졌다. 성큼성큼 들어서는 무진과 달리, 화영은 천천히 발을 들였다. 작업실은 사방이 물감 자국이었고, 캔버스, 물감, 각종 붓과 재료들로 난잡했다.

"큐레이터님?"

작업실만큼이나 지저분한 앞치마를 두른 남자가 물었다.

"네, 안녕하세요. 백화영입니다."

"안녕하세요. 이신후예요."

화영이 가방에서 명함을 꺼내 신후에게 건넸다. 명함을 받으러 곁으로 다가온 신후는 훤칠한 키에 어디서든 호감을 살 얼굴이었다.

"전 안 보입니까. 이 작가님."

"오셨어요, 강 대표님? 큐레이터님이 너무 예쁘셔서 대표님을 놓쳤습니다."

신후가 능글거리며 맞받아쳤다.

"큐레이터님, 이쪽으로 와요. 여기 앉으세요."

신후는 돌아서 화영을 안내했다. 하지만 엉망진창인 작업실에 앉을 곳은 보이지 않았다. 그런 화영의 막막함을 눈치챈 신후가 웃으며 손짓했다.

"큐레이터님, 여기요. 여기 의자 있어요."

신후의 손이 가리키는 곳엔 포장마차에서 흔히 볼 수 있는 파란 플라스틱 의자가 보였다. 화영이 걸음을 떼며 말했다.

"작가님, 편하게 제 이름 불러주세요."

"큐레이터님도 제 이름 불러주시면요."

생글거리며 웃는 모습이 개구쟁이 같다. 신후는 앞치마를 벗어 물감과 붓이 널브러진 작업대에 올리고, 플라스틱 의자를 더 들고 와 화영 옆에 나란히 앉으며 무진에게도 의자를 권했다.

"대표님도 앉으세요. 뭘 그렇게 서 계세요?"

무진이 가만히 서 있자, 화영은 의자 때문인가 생각했다. 고급스런 앤티크 가구에 앉으시는 분이 싸구려 의자에 앉으려니 기분 상한 건가?

"대접할 건 딱히 없고 믹스 커피 있는데, 마실래요?"

"괜찮습니다. 작가님."

"주세요! 이 작가님."

화영이 거절하기 무섭게 무진이 끼어들었다. 최고급 원두커피만 마실 것 같은 사람이 믹스 커피를 달라고 하자 화영이 무진을 쳐다봤다. 그런 화영의 시선에 무진은 마치 '왜요? 제가 못 마실 것 같습니까?'라고 묻는 것 같았다.

신후가 커피를 타러 자리에서 일어서자 무진이 냉큼 그 자리를 차지했다. 무진은 신후가 화영에게 능글맞게 굴자 기분 상했는데, 자리마저 화영의 옆자리에 앉는 것을 보고 기회만 엿보고 있었다. 커피를 핑계로 찾아온 기회를 놓칠 무진이 아니었다. 적어도 자리만큼이라도 화영의 옆을 차지하고 나니 마음이 좀 놓였다.

둘 사이에 어색한 침묵이 내려앉을 때쯤, 신후가 석 잔의 종이컵을 가져왔다. 엉망인 작업대 위를 대충 밀어내며 쟁반을 내려놓았다.

"자아, 드세요."

"네. 잘 마시겠습니다, 작가님."

화영이 종이컵을 받아 들었다.

"편하게 이름 불러주세요. 화영 씨."

"……"

돌아오는 대답이 없자 머쓱해진 신후가 말머리를 돌렸다.

"작업실이 엉망이죠? 곧 작업실을 옮기거든요. 그러다 보니 더 엉망이 됐네요. 제 그림 보신 적 있으세요?"

"……아뇨, 아직 못 봤습니다."

화영은 작가의 작품도 안 보고 전시회 얘기를 하러 온 게 미안했다. 반면 제 미안함과 별개로 신후는 신경 쓰지 않는 거 같았다.

"보여드리고 싶은데 지금 너무 엉망이라서, 다음 주에 옮기면 다시 오세요."

"네. 그때 꼭 가겠습니다. 우리 화랑에 대해선-"

갑자기 들려온 신후의 웃음소리에 화영의 말허리가 끊겼다.

"그거 알아요? 되게 딱딱하신 거?"

"뭘 말씀하시는지 모르겠습니다."

"화영 씨 말투요. 무슨 군대도 아니고, 편하게 말씀하세요."

신후의 부드러운 음성이 정말 편하게 말해도 될 것처럼 들렸다.

무진은 그런 둘의 모습을 팔짱을 낀 채 구경했다. 신후가 거는 수작의 끝은 어디인가, 두고 보자는 심정으로.

"작가님, 제 말투가 불편하세요?"

"뭐, 조금? 나이도 저보다 어리실 거 같고, 전시 준비하려면 자주 연락하고 종종 봐야 할 텐데 지금부터 편하게 지냈으면 좋겠다 싶어서요."

"제가 작가님보단 안 어릴걸요."

"에이, 저 스물여덟 살이거든요."

신후의 말에 화영이 피식 웃었다. 그 모습에 신후는 자기도 모르게 빤히 화영을 바라보았다. 저를 쳐다보는 두 남자의 모습에 제 나이도 밝혀야 하나 보다 싶어진 화영이 서둘러 덧붙였다.

"전 서른입니다."

"와아, 사기. 어떻게 그 얼굴이 서른이에요? 나보다 동생 같았는데."

서른이란 대답에 무진 역시 놀라긴 마찬가지였다. 자신보다 한참 어릴 줄 알았던 것이다. 충격에 입을 다물지 못하는 신후를 보며 화영이 어리게 봐줘서 감사하다 말하곤 본론을 꺼냈다.

"혹시 우리 화랑에 대해 아세요?"

"사실 검색해본 게 다예요. 실제로 가본 적은 없거든요."

"그럼 다음에 한번 와주세요. 전시 공간도 미리 봐두셔야 하니까요."

"네."

무진은 슬슬 불편해졌다. 화영의 옆자리를 차지한 건 좋았으나, 중간에 낀 저를 무시한 채 둘만 주고받는 대화에 그들 사이에 앉아 있는 장식품이 된 기분이었다. 무진은 제 존재도 있다는 걸 알리고자 입을 열었다.

"전시 일정은 3월 초라는군요. 그때까지 전시할 그림 준비해주세요. 아시겠죠, 이 작가님?"

"네. 걱정 마세요, 대표님. 이미 그려놓은 것들도 많고. 그중에서 고르면 돼요."

무진을 가볍게 지르밟고 올라서는 신후의 존재감이 느껴졌다.

"아, 작업실 옮기면 그때 오셔서 작품 골라주실래요?"

"네. 그러죠."

무진이 대답하자, 신후의 말이 바로 따라 나왔다.

"아뇨, 대표님 말고 화영 씨요."

무진의 표정이 미묘하게 굳었지만 티 날 정도는 아니었다. 모친의 피를 이어받아 표정 관리 하나는 잘하는 자신이 만족스러운 순간이었다.

"네. 그렇게 하겠습니다, 작가님. 일단 전시할 수 있는 작품 수는 정해져 있으니까 그대로 진행하되, 전시 기획을 짜야 해서…… 대충 어떤 그림을 전시할지 지금 보여주실 수 있을까요?"

"음……. 네, 보여드릴게요."

신후가 일어서 작업실 한쪽에 쌓여 있는 캔버스로 향했다. 곧 캔버스 두 개를 들고 돌아왔다. 하나는 바닥에 두고 하나는 제 가슴 위로 들어 올려, 화영이 보기 편한 위치로 맞추었다.

캔버스엔 푸른색만 가득했다. 캔버스 끝에 가서야 흰 여백이 조금 보일 정도였다. 화영이 이렇다 할 말이 없자, 신후는 들고 있던 캔버스를 바닥에 내리고 다른 캔버스를 집어 올렸다. 똑같은 푸른색이 가득했지만 조금 전 그림과 달리 사방의 모든 여백이 좀 더 늘었다.

"혹시 이거 꽃을 그린 건가요?"

"네. 한 번에 알아보시네요."

화영의 낮은 탄성에 무진의 표정에 금이 갔다. 제가 찾아낸 작가에 대한 안목을 인정받는 거 같아 뿌듯하긴 했지만 그와 동시에 자꾸만 화영의 시선이 신후에게 가 있는 게 신경 쓰였다. 주목받지 못하는 것에 질투하는 저 자신이 바보 같다. 주목받지 못한 삶만 살아놓고선 새삼스럽기는.

"맞구나. 긴가민가했어요."

"다들 잘 못 알아봐요. 강 대표님도 한 번에 알아봐주셨죠."

신후가 저를 치켜세워주는 것 같아 무진은 괜히 으쓱해졌다.

"그냥 둥근 점이라고 생각하시더라고요. 나름 꽃잎인데 말이죠. 꽃 잎 한 장을 아주, 아주 크게 확대해서 그렸어요."

화영이 제 그림에 대해 알아주자 신후는 흥이 나 설명을 이어갔다.

"캔버스 다섯 개에 연속해서 같은 꽃잎을 그렸죠. 단지 점점 크 기가 작아지고, 색이 옅어져요. 마지막엔 거의 흐릿해서 보이지 않 을 정도? 흔적만 남았달까요?"

"작품 제목이 뭐예요?"

화영의 호기심 서린 물음에 신후가 자신 있게 답했다.

"기억."

"기억이라고요?"

"네, 기억. 처음엔 기억이 어마어마하게 크게 자리 잡아요. 예쁘 지만 시간이 갈수록 기억은 퇴색되고, 결국 지워지기 마련이잖아 요. 하지만 단지 기억이 지워졌다고 완전하게 그 일이 없었던 일이 되는 것도 아니니까."

"그래서 마지막 캔버스는 옅게 흔적만 남은 거군요."

"네."

화영은 저도 모르게 고개를 끄덕였다. 기억이 지워진들 없어지는 건 아닌데. 매 순간 지워지는 기억을 부여잡으며 미안함을 느꼈다. 엄마와 언니에 대한 기억이 나면 나는 대로 슬펐고, 잊히면 잊었다는 죄책감에 시달렸다.

"전 그렇게 생각해요. 기억이든 추억이든 뭐든, 기억할 권리가 있다면 잊힐 권리도 있다고."

신후는 말과 함께 생긋 웃었다. 화영은 신후의 말에 할 말을 잃었다. 잊힐 권리라…… 언니도 그렇게 생각할까.

무진 역시 잊힐 권리에 대해 생각했다. 형은 잊히길 원할까. 내가 잊어도, 잊어버려도 여전히 웃어줄까.

"그림이 정말 좋네요."

"감사합니다. 이거 왠지 쑥스럽네요."

화영의 칭찬에 들뜬 신후가 그림을 다시 제자리로 옮겼다. 화영의 시선이 그림을 따라갔다. 그 시선을 붙잡고자 무진이 물었다.

"그럼, 오늘은 이만 일어날까요?"

"네."

신후도 만났고 그림도 봤으니 사무실로 돌아가 기획서를 작성해야겠단 생각으로 가득 찼다.

"이 작가님, 그럼 저흰 이만 가보겠습니다."

무진의 말에 신후의 아쉬움이 뚝뚝 떨어졌다.

"어, 가시게요? 아쉽다. 화영 씨, 화랑 한번 들를게요."

"네. 언제든지 편하게 오세요. 기다리고 있겠습니다."

화영의 대답에 신후의 얼굴이 밝아졌다. 무진은 신후의 표정에서 화영에 대한 그의 호감을 확실하게 읽었다.

제길, 기분 나쁘다.

무진은 자리에서 일어서 문을 향해 걸었다. 자신이 일어서 나가면 바로 화영이 따라올 줄 알았는데, 여전히 신후와 무언가 이야기를 나누고 있자 또 심술이 났다.

"백화영 씨, 안 갈 겁니까."

"네? 갈게요. 작가님, 그럼 가보겠습니다."

화영이 걸음을 옮기며 무진과 함께 작업실을 나섰다. 계단을 내려서면서 무진이 물었다.

"사무실로 가십니까."

"네."

어딘가 모르게 딱딱한 무진의 목소리에 화영은 다시 긴장됐다.

"그럼 바래다드리죠. 어차피 가는 길에 지나가는 곳이라서요."

"아니요. 괜찮습니다. 지하철 타고 갈게요."

"그래요, 그럼. 다음에 뵙죠."

"네. 안녕히 가세요."

곧바로 수긍하는 무진의 반응에 화영은 괜히 머쓱해졌다. 인사하고 먼저 돌아선 화영이 골목길을 걷자, 얼마 뒤 무진의 차가 지나쳐 갔다. 바람이 차서였는지, 무진의 차가 빠르게 지나가서인지, 화영의 마음에 찬바람이 일었다.

* * *

아침 식사를 위해 다이닝룸에 들어서던 무진이 멈칫했다. 강 회장이 먼저 와 식사 중이었다. 오랜만에 보는 부친이지만 반갑지 않았다.

'오늘도 아침은 거르겠군.'

"왔으면 앉지, 왜 그러고 서 있는 게냐."

"네. 오랜만이네요. 아버지."

무진은 강 회장에게 인사를 건네고 제자리로 향했다. 강 회장의 시선은 차려진 음식들로 향해 있었다. 정갈하게 차려진 반찬을 집어 올리며 무진에게 물었다.

"예담에서 네 선 자리가 들어왔다더구나. 어떠냐. 생각 있느냐?"

무진은 대답 대신 미세하게 얼굴을 구겼다. 효림에 대한 제 직감이 정확했다는 걸 이렇게 확인하게 될 줄이야. 마음 같아선 이 작가의 전시회를 취소하고 싶지만 성질난다고 깽판 칠 나이는 지났다는 생각에 쓸쓸함만 스민다.

"이젠 선 안 봅니다. 그런들 독립시켜 줄 것도 아니잖습니까."

형바라기 모친과 일밖에 모르는 부친. 숨이 막힌다.

"선 자리에 나가면 독립 생각해보마."

"그저 나가기만 해도 됩니까."

무진은 강 회장의 제안을 믿을 수 없었다. 그렇게 호락호락할 강 회장이 아닐진대.

"맞선 성공 안 해도 상관없다. 결혼이야 할 때 되면 하는 거겠지. 하지만 맞선 시장에 널 내놓는 것도 나쁘지 않을 것 같더구나."

무진은 강 회장의 말에 숨겨진 속뜻을 파악하느라 밥 한술 뜨지 못했다.

"대신, 독립의 조건으로 회사에 들어와라."

그럼 그렇지. 목적 없이 제 편을 들어줄 리가 없다.

"싫습니다."

무진의 거절에 강 회장이 들었던 수저가 멈췄다. 여태 식사하느라 쳐다보지 않았던 아들의 얼굴로 시선을 옮겼다. 철없던 청춘이 지나가고, 책임감 서린 얼굴이 보였다.

강 회장은 무진의 삶을 흔들 준비를 시작했다. 이제 후계자의 삶을 살아도 되지 않을까. 은근슬쩍 사람들에게 노출시킬 필요성을 느끼던 차에 맞선 제안이 구미를 당겼다.

"싫다고? 그럼 독립도 싫은 게냐? 내가 언제까지 네 소꿉놀이를 눈감아줄 거라 생각하지?"

"아버지, 전 제 일이 좋습니다."

강 회장은 무진의 얼굴을 뚫어져라 쳐다보았다. 제 아들에게서 숨겨진 욕망을 찾아내기라도 하겠다는 듯 안광이 번뜩였다.

'쯧쯧. 가여운 것.'

강 회장은 차마 뱉지 못할 말을 속으로 삼켰다.

사실 무진은 형을 기리며 에이전시를 만들었다. 형이 후계자의 길을 걷기 위해 포기한 그림. 그리고 싶어도 마음 편히 그리지 못했던 형을 생각했다. 이유는 다르지만 형처럼 그리고 싶어도 마음 편히 그릴 수 없는 화가를 찾아다녔다. 그게 형에 대한 사죄라 생각했다.

"그럼, 아직 독립할 마음이 없는 모양이구나."

"설마, 하나 남은 아들 나이도 모르시는 건 아니시죠? 부모님 허락이 필요한 나이가 아니라고요. 필요하면 제가 알아서 독립할 겁니다."

"물론 알아서 독립할 수 있겠지. 하지만 네 엄마가 알면 가만 있을까?"

강 회장의 말에 무진은 살며시 이맛살을 찌푸렸다. 제 독립의 가장 큰 걸림돌이 바로 이 여사였다. 이 여사는 이런저런 이유를 끌어들여 무진의 독립을 반대했다.

"최 비서 통해 맞선 시간 보내마. 네가 살 집도 알아보라 일러두 겠다. 대신 너도 회사에 들어오는 걸 염두에 둬라."

강 회장의 말에 무진은 잠깐 생각에 잠겼다. 회사는 형의 자리 였다. 강정 그룹의 후계자는 언제나 강무혁이었지, 강무진이 아니 었다. 무진 역시 한 번도, 단 한 번도 형의 자리를 욕심낸 적 없었 다. 이제 와 형의 빈자리를 제가 차지하는 건 내키지 않는다.

"싫습니다."

"넌 내가 언제까지 회사를 경영할 수 있다고 생각하느냐? 나도 일선에서 물러날 준비를 해야지."

"전문경영인에게 맡기세요. 전 안 할 겁니다."

"누가 너더러 사장 자리, 회장 자리에 앉으라더냐. 너도 똑같이 아래에서 시작해서 올라와. 네가 올라올 때까지 내가 버티고 있을 테니까."

강 회장의 말에 무진의 표정이 굳었다. 쉽게 토 달 수가 없었다.

"참, 무혁이 오피스텔도 이제 그만 정리할 참이다."

무진은 뭐라고 말하려다 입을 다물었다. 어차피 강 회장의 입에 서 나온 말인 이상 그대로 진행될 게 뻔했기 때문이다.

"그럼 그렇게 알고 있어."

강 회장은 마지막 통보를 하며 다이닝룸을 나갔다. 강 회장이 휘젓고 간 찬 공기 속에서 무진의 머릿속은 뜨겁게 들끓었다.

후계자, 형 오피스텔 정리, 맞선 같은 단어들이 쉴 새 없이 생각을 풀어냈다.

'맞선이라……. 혹시 그 여자를 다시 볼 수 있을까.'

그렇게 무뚝뚝하게 돌아선 게 후회됐다. 그냥 바래다줄걸. 운전하는 내내 뒷맛이 쓰렸다. 더구나 다시 만날 핑곗거리도 없었다. 맞선 자리라는 게 마음에 걸렸지만 그렇게라도 화영의 얼굴을 다시 보고 싶다.

화영은 효림에게 통과된 기획서를 다시 한 번 찬찬히 살폈다.

<낯설고, 달콤한 이신후展>

신인이라 낯설지만, 신후의 그림은 달콤하다는 의미로 지은 제목이다. 더 갖다 붙이려면 여러 문장의 조합이 된다는 사실도 마음에 들었다.

'낯설고, 달콤한 시간. 낯설고, 달콤한 기억.'

기획서를 보며 흡족해할 때 화영의 휴대폰이 반짝거렸다. 휴대폰을 확인하니 신후의 문자였다.

[이신후입니다. 오늘 화랑에 들러도 될까요?]

[네. 편하신 시간에 들러주세요.]

화영이 답장을 보내기 무섭게 다시 답이 날아왔다.

[화영 씨, 몇 시에 퇴근하세요?]

퇴근? 퇴근 시간이 왜 궁금한데. 뭐 극비 사항도 아니고, 알려주지 못할 이유도 없다.

[퇴근은 일곱 시지만 화랑 문은 여섯 시 삼십 분에 닫아요.]

[네. 그럼 이따 봐요.]

친근하게 구는 신후가 편해진다. 마치 오래 알던 사람에게 대하듯 허물없이 다가오는 신후가 싫지 않다. 누구처럼 기분이 수시로 변하는 사람 말고.

이 순간, 왜 무진이 떠오르는지 모르겠다. 작업실 앞에서 그렇게 헤어지고 난 후론 만날 일이 없었다. 이제 만날 접점이라면 전시회 오프닝 행사에서나 볼 수 있을까.

문득 무진의 안부가 궁금해지는 자신이 낯설다.

'일이나 합시다. 백화영 씨.'

화영은 애꿎은 서류 파일을 탁 소리 나게 덮었다. 전시회 준비를 거의 혼자서 해야 하는 입장에선 꽤 많은 일이 줄 서 있는 셈이었다. 화영은 일 무덤에 파묻혀 딴생각 나지 않게 해주는 이 일이 새삼 고맙다.

화영이 신후의 작품을 평해줄 평론가를 물색하고 있을 때 내선 전화가 울렸다.

"네."

-큐레이터님, 이신후 씨라는 분이 찾아오셨습니다.

"네. 지금 내려갈게요."

수화기를 내려놓으며 화영은 시간을 확인했다. 여섯 시가 넘었다. 화영은 하던 일을 멈추고 전시실로 내려갔다. 훤칠한 신후가 자신을 향해 웃었다.

"오셨어요. 작가님."

"잘 지냈어요? 화영 씨."

신후의 시원한 웃음이 보기 좋다.

"전시실은 좀 둘러보셨어요?"

"아니요, 화영 씨가 안내 좀 해줄래요?"

"그럼 이쪽으로 가실까요."

화영은 전시실 입구를 시작으로 신후의 작품이 걸릴 위치와 동선에 대해 알려주었지만, 신후는 오직 화영만 보았다.

"화영 씨, 곧 퇴근이죠? 저녁 같이 드실래요?"

신후의 예상하지 못한 제안에 화영은 당황했다.

"……죄송합니다. 다음에 같이 먹어요."

"왜요? 선약 있으세요?"

신후의 목소리에 실망이 묻어났다. 더불어 의아함과 함께. 거절당한다는 것에 익숙지 않은 사람 같았다.

그 모습에 화영이 속으로 읊조렸다.

잘생기면 다 될 거란 생각 따윈 접어두세요, 이신후 씨.

물론 겉으론 제 습관이란 좋은 핑계를 댔다.

"아니요. 그런 건 아니고요. 제가 낯가림이 심해서요."

"그러시구나. 다음에 다시 만나면 그땐 꼭 같이 밥 먹어요."

"네."

화영이 마지못해 입술을 끌어올리며 웃었다.

"아쉽다. 일부러 화영 씨 퇴근 시간에 맞춰 왔는데."

"죄송해요, 작가님. 다음에요."

"다음에 언제요? 아, 작업실 놀러 오시면 그땐 꼭 밥 같이 먹어요."

"네."

신후의 살가움이 싫진 않지만 갑자기 성큼성큼 곁으로 다가오는 건 두려웠다. 쉽게 다가오는 만큼 쉽게 떠날 것 같다. 화영의 서너 번의 연애가 그랬다.

좋다며 다가왔다가 화영의 뜨뜻미지근한 반응에 먼저 지쳐갔다. 화영이 마음을 열 때까지 기다려주지 않았고, 그들의 속도대로 따라와 주지 않는 화영을 답답해하며 떠나갔다.

"그럼, 오늘은 이만 가볼게요."

"네. 다음에 뵙겠습니다."

"어라, 화영 씨 다시 딱딱해졌다. 내가 너무 들이댔나 보다."

그는 화영의 아주 작은 변화도 예민하게 알아차렸다. 그러곤 말을 끝내며 수줍게 웃었다. 솔직하게 자신을 부딪쳐오는 신후의 모습에 화영도 무심코 같이 웃었다.

"그럼 진짜 가볼게요. 작업실엔 꼭 놀러 와요. 그림 골라주셔야죠."

신후는 그림을 핑계 삼아 화영을 다시 보고 싶었다.

"네. 참, 작가님 전시회 카탈로그에 작가님 자료가 들어가야 하거든요. 작품 이미지와 작품에 대한 자료가 필요해요. 다음에 만나면 주시겠어요?"

"네. 준비할게요. 아, 작품 이미지는 강 대표님이 갖고 계실 텐데. 아무튼 작업실에 오시면 그때 드릴게요."

화영은 강 대표란 말에 제 귀를 쫑긋했다. 이런 제 모습에 놀라 서둘러 말을 꺼냈다.

"작가님, 혹시 편한 시간이나 요일 있으세요? 작업실 방문하려면 제가 맞춰가는 게 좋을 것 같아서요."

"전 아무 때나 상관없어요. 친구분이랑 같이 오셔도 좋구요."

신후는 화영이 혼자 오기 불편해할까 봐 배려했다.

"그래도 될까요?"

"물론이죠."

기다렸다는 듯 물어보는 화영의 모습에 신후가 웃었다.

'나 벌써 아웃당한 건가.'

화영이 신후를 배웅하고 전시실에 들어서자 서현이 다가왔다.

"언니, 누구예요?"

"다음에 작품 전시할 작가님."

"저분 언니한테 관심 있죠?"

어려서 촉이 좋은 건지, 아님 유달리 서현의 촉이 좋은 건지. 화영은 아무렇지 않은 척 서현을 바라보았다.

"글쎄, 아닐걸."

"아니긴요. 제가 그런 쪽으론 또 빠르거든요. 감이 잘 발달했다고나 할까?"

서현은 안내데스크를 정리하며 눈은 여전히 화영을 좇고 있었다. 화영의 마음이 어떤지 파악하려는 의도가 다분했다. 화영이 그런 서현의 관심사를 돌렸다.

"서현 씨, 같이 올라가자."

"네."

화영은 서현의 눈빛이 부담스러워 눈길을 피하며 전시실로 고개를 돌렸다. 서현과 계속 마주했다간 제 마음이 딴 곳을 향하고 있다는 것까지 들킬 것 같다.

두 사람이 사무실에 들어서자, 선재가 살롱을 정리하고 사무실에 와 있었다.

"오늘도 수고하셨습니다, 여러분."

"네, 선재 씨도 수고하셨습니다."

화영과 서현이 합창하듯 대답하곤 가볍게 웃었다. 집무실에서 나온 효림까지 합류하자 저마다 퇴근 준비를 시작했다.

"그럼, 이만 퇴근들 해요. 최선재 씨는 잠깐 남고요."

"네."

선재는 효림의 호출에 올 것이 왔구나 하는 표정이었다. 화영과 서현이 먼저 사무실을 나섰다. 건물 밖으로 나오자 찬바람이 둘을 할퀴었다. 서현은 문득 궁금증이 일었다. 간혹, 왜 선재만 퇴근 후 호출을 받는지.

"화영 언니, 궁금하지 않아요?"

찬바람에 서현이 화영에게 팔짱을 끼며 물었다. 서현의 스킨십에 화영은 딱히 거부도, 호응도 하지 않았다.

"뭐가?"

"간혹 가다가 선재 씨만 남는 거요."

"아, 아. 그거."

화영이 장난기 가득한 얼굴로 웃었다.

"왜요? 뭔데요? 뭔데? 언니 알죠?"

"알지."

서현이 반응해오자 화영이 더 밝게 웃었다.

"뭔데요? 알려줘요."

"가족 모임."

"네?"

"둘이 친척이니까. 가족 모임이겠지."

서현이 그게 뭐냐며 웃었다. 화영도 함께 웃었다. 제 짐작이 맞다 해도 서현에겐 말할 수 없는 일이니 그저 웃고 말았다.

"언니, 그렇게 안 봤는데. 장난도 치네요."

"나 원래 장난 잘 치는데."

화영은 웃었다. 문득 원래 제 모습이 떠올랐다. 잘 웃고, 장난 잘 치던 때가 분명 제게도 있었는데.

"서현 씨, 춥다. 얼른 가자."

누군가 또 맞선을 보는 거겠지, 뭐. 저와 상관없는 세계의 일 아니던가. 화영은 제 생각을 갈무리하며 걸음을 재촉했다.

화영이 빌라에 다다랐을 때, 전화벨이 울렸다. 주머니에서 휴대폰을 꺼내 발신자를 확인하니, 윤경이었다. 며칠 전 영화나 볼까 하며 윤경에게 연락했을 때 그녀는 제주도에 있다고 했다. 10년 넘은 우정이었지만 그녀의 방랑벽만큼은 도통 가늠이 안 된다. 윤경은 늘 수시로 어디론가 떠났다.

"여보세요."

-어디야?

무심한 듯 툭 던지지만 다정함이 서려 있는 목소리에 기분이 좋아졌다.

"집 앞."

-그래? 잠깐만.

수화기 너머가 잠잠해지더니 곧 생생한 윤경의 목소리가 들려왔다.

"화영아, 여기."

화영이 소리 나는 쪽으로 고개를 올렸다. 3층 제 빌라 베란다에서 윤경의 얼굴이 삐죽 나왔다. 화영이 팔을 들어 흔들자, 윤경도 흔들었다. 전화를 끊은 화영의 발걸음이 빨라졌다. 단숨에 집 현관까지 내달렸다.

집에서 자신을 기다려주는 누군가가 있었으면 좋겠다, 생각하며 윤경에게 도어록 비밀번호를 알려준 적이 있었다. 윤경은 그런 화영의 마음을 잊지 않고 한 번씩 이렇게 와 있곤 했다.

"김윤경, 언제 왔어? 온다는 말 없었자나?"

화영이 반가움에 현관문을 열자마자 질문을 쏟아냈다. 질문만큼이나 가쁜 숨이 쏟아져 나왔다.

"한 삼십 분 전쯤?"

윤경이 느긋하게 베란다 문을 닫으며 거실로 왔다. 저를 보며 반가워 단걸음에 뛰어온 화영의 모습에 웃음이 났지만 마음은 쓰렸다.

"백화영, 너 또 불 켜놨더라. 전기세 많이 나온다니까."

"벌써, 시작인가. 우리 김윤경표 잔소리."

화영은 뻔히 알면서 뭘 그러냐며 태연하게 받아쳤다. 화영이 거실로 와 외투를 벗으며 물었다.

"그래서, 우리 김윤경 님께서는 저녁은 먹었습니까."

"아니, 너랑 같이 먹으려고 안 먹고 왔다."

윤경의 대답에 화영이 고개를 끄덕이며 웃었다.

"역시. 좋은 친구야. 그럼 우리 뭐 먹을까? 아, 제주도는 어땠어? 좋았어?"

화영은 꺼두었던 수다 본능의 스위치를 켜며 윤경의 옆으로 가

앉았다. 쉴 새 없이 말을 하는 화영을 윤경이 가만 바라보았다.

보나 마나 억누르며 있었겠지.

"야, 백화영. 나 오늘 자고 갈 거야. 천천히 하나하나씩 물어봐."

"진짜? 진짜 자고 갈 거지?"

화영의 얼굴에 함박꽃이 피었다.

"어. 일단, 저녁 뭐 먹을래? 내가 간만에 솜씨 발휘해줄게."

"그럼 나 김치볶음밥. 너네 집 김치가 정말 맛있는데."

화영은 말을 하며 침까지 꿀꺽 삼켰다. 윤경의 집은 백반집을 운영했다. 손맛이 좋은 모친 덕에 백반집은 맛집으로 여러 번 매스컴에 노출되면서 나날이 번창 중이다. 화영은 윤경네 백반집 반찬을 다 좋아했지만 그중에서도 김치를 가장 좋아했다.

"내가 너 그럴 것 같아서, 김치 챙겨왔다."

"오, 역시 김윤경밖에 없어."

화영이 서슴없이 윤경의 어깨에 제 얼굴을 기댔다.

"알면 됐어. 씻고 나와. 내가 맛있게 볶아줄게. 밥도 미리 해놨어."

"오, 나 감동받아서 눈물 나려고 해."

"얼씨구. 얼른 가서 씻고 오기나 하셔."

"넵. 씻으라면 씻겠어요."

화영이 대답과 함께 화장실로 갔다. 화장실에 들어선 화영의 표정이 다시 가라앉았다. 윤경의 앞에서만큼은 예전의 백화영으로 존재하고 싶었다. 장난기 많고 말장난 잘하던 백화영으로. 윤경은 화영이 유일하게 기댈 수 있는 사람이었다. 하지만 윤경 앞에서도 울 수는 없었다. 제가 무너져 내리면 윤경마저 자신을 떠나버릴까 봐 두려웠다. 제 밑바닥까지 보여줘도 떠나지 않을 사람이란 걸 잘 알지만, 그래도 좋은 모습만 보여주고 싶다. 화영은 고개를 가로저으며 손바닥으로 얼굴을 가볍게 두들겼다. 씻기나 하자.

윤경은 익숙하게 부엌으로 향했다. 이 집을 드나든 지도 10년이다. 그때는 월영도 함께였는데. 텅 빈 냉장고를 보자 한숨이 절로 나왔다. 생수 몇 병과 지난번 자신이 가져다준 반찬통 몇 개가 전부였다.

'밥은 먹고 다니나?'

반찬통 뚜껑을 열었다.

"기특하네, 백화영. 내가 준 반찬은 다 먹었네."

윤경이 화장실 문을 향해 소리치자 화영이 화장실 문을 열었다. 폼클렌징 크림을 얼굴 가득 묻힌 채.

"뭐라고?"

"기특하다고. 반찬 다 먹어서."

"당연하지. 누가 준 건데."

화영이 등을 돌려 세면대로 돌아갔다. 윤경은 빈 통을 꺼내 갖고 온 반찬 몇 가지를 냉장고에 넣었다.

지난날 이 집에서 월영과 셋이 술하게 밥을 먹었다. 화영과 윤경은 이혼 가정이란 공통점도 있었지만, 유달리 사람 챙기길 잘했던 화영 덕에 급속도로 가까워졌다. 서로 바쁜 모친을 두고 있기도 했고, 자연스럽게 화영의 빌라에 윤경이 놀러 오는 날이 많았다. 때론 윤경이 모친과 다투고 공식적인 가출 선언을 한 뒤, 화영의 빌라에서 한 달 넘게 머물기도 했었다.

윤경은 가지고 온 김치를 송송 썰어 프라이팬에 들기름을 두르고 볶기 시작했다.

"하, 냄새 좋다. 빨리 먹고 싶다."

씻고 나온 화영이 냄새에 반응했다.

"그럼 상 좀 펴줘. 밥만 넣고 볶으면 돼."

"응."

화영이 작은 테이블 겸 밥상을 펴자 곧 윤경이 김치볶음밥이 담긴 프라이팬을 들고 왔다. 그 모습에 화영이 냉큼 일어나 숟가락과 물을 챙겨왔다.

"잘 먹겠습니다."

화영이 크게 한 숟가락 떠서 입 속으로 넣었다.

"진짜, 진짜, 맛있다."

"다행이네. 많이 먹어. 우리 화영 찌."

윤경의 혀 짧은 소리에 화영은 말 대신 숟가락을 바삐 움직이며 행동으로 답했다.

"진짜 살 것 같다. 완전 잘 먹었어. 고마워, 윤경아."

화영이 두 팔을 뒤로 빼 바닥을 짚으며 몸을 뒤로 기울였다.

"이제 알지?"

"그럼, 알지. 설거지는 내게 맡겨둬."

화영이 기분 좋게 웃었다. 윤경인 백반집 일을 거드느라 설거지라면 치를 떨었다. 둘이 무언가 만들어 먹을 때는 윤경이 만들고, 설거지는 화영이 했다. 서로의 적성에 맞는다며 좋아했다.

화영이 설거지하는 동안, 윤경이 씻고 나왔다. 이부자리를 펴 둘이 나란히 누웠다.

"너 근데 제주도는 왜 간 거야?"

화영은 이유가 궁금하기보단 윤경의 목소리가 듣고 싶었다. 혼자가 아니라는 걸 확인하고 싶었다. 매번 고요하게 가라앉은 집에서 혼자 잠드는 일은 쉽게 적응되지 않았다.

매일 밤 언니와 수다를 떨다 잠들곤 했다. 자려고 하면 무슨 할 말이 그리도 많은지. 간혹 윤경까지 셋이 함께하는 날은 새벽까지 이야기 꽃을 피우느라 즐거웠던 날들이었다.

"그냥."

"니가 그냥 갔을 리가 있어? 아줌마랑 싸웠어?"

"어. 잘 아네."

윤경이 쉽게 시인했다. 화영은 옆으로 누워 윤경을 보았다.

"취직하라고 하셔?"

"응. 울 엄마는 30년을 봐놓고도 나를 몰라."

윤경은 한곳에 오래 머물지 못했다. 직장을 잡아도 길어야 1년이었다. 늘 어디론가 떠나고 싶어 했고, 또 떠났다.

"이참에 여행 작가 해보는 건 어때? 너 여행 많이 다녔잖아."

"글쎄. 난 그냥 엄마 가게에서 일하면서 내가 떠나고 싶을 때 언제든지 떠나고 싶은데, 엄마는 내가 밥집 물려받을까 봐 걱정하셔. 밥집이 어때서. 가업 이어받는 거지."

"하긴 넌 요리 솜씨 좋으니까. 이어받아서 막 체인점 내고 티브이 출현하고 집밥 김 선생 되는 거야?"

화영의 말에 윤경은 '집밥 김 선생'이 마음에 든다며 소리 내 웃었다. 화영도 덩달아 한바탕 웃고는 다시 천장을 보며 똑바로 누웠다.

"윤경아, 나 이사 갈까?"

"이사?"

"응. 이모가 이사 가는 거 어떻겠냐고 해서."

윤경 역시 이사를 권해보지 않았던 건 아니었다. 하지만 그때마다 화영은 거절했다. 윤경은 여전히 모든 방문은 닫아둔 채, 거실에서만 생활하는 화영을 보니 이사를 해도 괜찮겠다 싶다.

"어디로?"

"그건 아직 생각 안 해봤는데. 이젠 가도 될 것 같기도 하고."

"응. 이사하는 것도 좋을 것 같아."

화영의 모친은 꽤 많은 돈을 남겼다. 보험 판매왕이었던 만큼, 제 보험 설계를 잘해둔 덕에 화영이 받은 보험 수령액도 꽤 있었고, 이 빌라 역시 자가 소유였다. 거기다 월영의 교통사고 보상금까지. 적어도 혼자 사는 화영이 돈 걱정은 안 해도 될 정도는 됐다.

하지만 화영은 그 돈을 사용하지 않았다. 엄마와 언니의 목숨과 바꾼 돈이란 생각에 쓸 엄두가 나지 않았던 것이다.

"유품도 얼마 없지만 이사 갈 때 다 버려야겠지?"

화영의 물음에 윤경은 고개를 돌려 화영의 옆모습을 보았다. 어떤 대답을 해야 할지 모르겠다. 마음 같아선 다 훌훌 털고 가라고 하고 싶지만…….

"네 마음 가는 대로 해. 꼭 다 버릴 필요도, 꼭 갖고 가야 할 이유도 없다고 생각해. 다만, 난 이제 네가 그만 아파했으면 좋겠다."

윤경의 말에 화영은 마음 한구석에 끈덕지게 달라붙어 있던 무언가가 툭하고 떨어져 나가는 느낌이 들었다. 순간 화영의 가슴이 크게 들썩였다.

문득 그 남자가 떠올랐다. 형의 죽음을 덤덤하게 말하던 남자. 그는 분명 덤덤한 목소리와 태도였지만 오히려 그게 더 아팠다. 그가 억누르고 있는 아픔이 곧 제 아픔과 같다는 걸 느꼈다. 그 아픔을 그대로 받아들인 채, 아픈 시간들을 살아낸다면 그와 자신 역시 지금보다 편하게 웃을 날이 오지 않을까.

화영은 자신이 웃는 모습을 떠올렸다. 그리고 무진 또한 웃는 모습을⋯⋯. 그런 날이 왔으면 좋겠다.

"나 그래도 될까? 윤경아, 나 이제 그만 아파해도⋯⋯. 그만 슬퍼해도⋯⋯."

화영은 끝내 말을 잇지 못했다. 화영의 목소리에 울먹임이 가득했다.

"응. 괜찮아. 이미 충분히 했어. 아줌마도 월영 언니도, 니가 웃길 바랄 거야. 더는 아파하지 마. 너 웃는다고 욕할 사람 없어."

화영은 결국 흘러내리는 눈물을 막지 못했다. 윤경이 화영을 살며시 껴안아주었다. 그녀는 쉽사리 눈물을 멈추지 못했다.

결국 그 말이 듣고 싶었던 거구나.

장례식 이후로 제 앞에서 운 적 없던 화영이었다. 평소 눈물이 많아 드라마, 책, 심지어 뉴스를 보면서도 울고, 심할 땐 누가 우는 것만 봐도 눈물을 글썽이던 화영이었는데⋯⋯. 그런 그녀의 마음을 제대로 헤아리지 못한 것 같아 마음이 아팠다.

"미안해. 화영아. 내가 너무 늦게 니 마음을 알아챈 거 같다."

윤경의 말에 화영은 소리 내 울기 시작했다. 서러움이 넘실거렸다. 윤경도 덩달아 안쓰러운 마음이 넘실거렸다. 화영의 눈물은 꽤 오랫동안 멈추지 않았다.

"내일 눈 붓겠다."

화영이 실컷 울고 나자 웃으며 말했다.

"걱정 마. 붕어 눈 돼도, 넌 충분히 예쁘니까."

"김윤경, 이제야 내 미모를 인정하는 거냐."

윤경의 말에 화영이 우스갯소리를 했다. 윤경은 긴 성장통이 끝나가는 화영을 느꼈다.

"내가 그럴 리가 있겠어? 너보다 미모는 내가 한 수 위야."

"아, 그러셔."

화영이 윤경을 보며 누웠다. 그러곤 팔을 뻗어 윤경에게 헤드록을 걸었다. 예전으로 돌아간 것 같다. 둘은 깔깔거리며 다시 천장을 향해 바로 누웠다.

"이만 잘까. 너 내일 출근해야 하잖아."

윤경의 제안에 화영이 고개만 옆으로 돌려 윤경을 보았다. 항상 제 곁에 있어주는 윤경의 자리가 새삼 크게 다가왔다.

"응. 자자. 고마워, 윤경아."

"뭘. 알면 됐다! 잘 자."

쑥스러움과 미리 알아차리지 못한 미안함에 윤경이 서둘러 눈을 감았다. 그런 윤경을 보며 화영은 고개를 바로 하곤 가만히 손을 뻗어 윤경의 소매 끝을 살며시 쥐었다.

지금 이 순간이 너무 좋아서. 혼자가 아니란 걸 확인하고 싶어서. 가만가만 윤경의 소매 끝을 잡고 잠드는 화영이었다.

다음 날 아침, 알람 소리에 눈이 떠진 화영은 냉동실을 열어 얼음팩부터 꺼냈다. 눈두덩에 얼음팩을 가져다 대며 다시 자리에 앉았다.

"윤경아, 너 다음 주에 시간 돼?"

"으응? 시간?"

잠에 취한 윤경이 되물었다.

"응. 작가 작업실 가야 하는데, 친구랑 같이 와도 된다고 해서. 같이 가달라고."

아무래도 혼자 가긴 신경 쓰였다. 제게 호감을 갖고 있는 사람과 단둘이 머물러야 한다는 게 부담스러웠다. 그렇다고 무진에게 연락해서 같이 가자고 할 수도 없는 노릇이고.

"그래? 알았어."

"대신, 시간은 너 편한 대로 정해."

화영이 눈두덩에 얼음팩을 요리조리 누르며 답했다.

"어. 나 오 분만 더 잘게. 이따 화랑에 데려다줄게. 너도 천천히 준비해."

"역시 김윤경. 서비스 정신이 남달라."

화영이 활짝 웃었다.

5. 설레는

윤경의 SUV 차가 상가 건물 주차장으로 들어섰다. 윤경은 주차할 곳을 찾아 서행했다. 곧이어 세단이 쫓아오듯 뒤따랐다. 윤경은 빈자리를 찾아 주차를 하려 할 때 왠지 뒤차의 서두름이 느껴졌다.

"외제면 다야, 주차 좀 하게 기다려주지. 왜 이렇게 바짝 붙어."

윤경의 투덜거림에 화영이 고개를 돌려 뒤를 봤다. 차 간격이 좁아 운전자의 실루엣이 보였다. 설마. 아니겠지.

윤경이 빈자리에 주차하려 비상등을 켜자, 뒤차가 화영의 옆으로 빠르게 지나갔다. 화영의 눈길이 절로 그 차를 따라갔다.

'마세라티가 이렇게 흔한 차였나. 하긴 강 대표 차는 스포츠카였지. 저건 세단이니, 뭐.'

화영은 제 생각을 갈무리하며 오는 길에 산 꽃다발을 쥐었다. 화분을 살까도 했지만 짐이 될 것 같아 시들면 얼마든지 버릴 수 있는

꽃으로 샀다.

"내리자."

"응."

화영은 차에서 내리며 저도 모르게 고개를 돌렸다. 세단이 스쳐 간 방향으로 시선이 향했다. 마침 운전자가 내리고 있었다. 왠지 확인해보고 싶다.

"뭐 해? 안 가?"

윤경이 멈춰 있던 화영을 불렀다.

"어. 가자."

어쩔 수 없이 고개가 앞을 향할 때였다.

"백화영 씨?"

제 이름 석자에 심장이 두근거렸다. 화영과 윤경이 동시에 고개를 돌렸다. 무진이 그들 곁으로 다가왔다.

"여기서 뵙네요."

무진이 환하게 웃었다. 화영은 저도 모르게 따라 웃었다.

"네. 잘 지내셨어요? 근데 여긴 어떻게? 아, 신후 씨 작업실 가세요?"

"네. 작업실에 들를 일이 있어서요."

무진은 제 뻔뻔함에 자꾸 웃음이 났다. 한편 잘생긴 사람이 자꾸 웃으니 윤경의 눈길이 절로 그를 향했다. 더불어 궁금했다.

왜 자꾸 웃지.

"누구셔?"

윤경이 화영의 귀에 낮게 속삭였다.

"아, 이쪽은 제 친구 김윤경, 그리고 여긴 반 에이전시 대표 강

무진 씨."

화영이 서둘러 둘을 인사시켰다.

윤경은 저와 인사를 나눈 그 짧은 눈 맞춤을 빼곤 모든 순간, 무진의 시선이 화영에게 고정되어 있는 것을 알아차렸다. 더불어 화영 역시 무진에게서 눈을 떼지 못했다. 윤경이 살며시 웃었다.

오호라, 그렇단 말이지.

"올라가죠."

무진이 둘을 이끌며 티 나지 않게 안도의 숨을 내쉬었다.

승강기를 기다리는 동안, 어색함이 흘렀다. 화영은 이 뜻밖의 만남에 들뜨는 자신이 느껴져 시선을 꽃으로 향했다.

"선물?"

무진이 화영의 시선을 따라가다 그제야 화영의 손에 꽃다발이 들려 있는 걸 알아차렸다.

"네. 젤 무난한 걸로 고르다 보니 꽃이네요."

"이런, 아무것도 준비 못 했는데."

무진은 그제야 급히 오느라 아무것도 준비 못 했다는 걸 깨달았다. 이미 작업실을 대여해준 걸로도 크게 준 거지 싶다. 작업실은 무진이 제 소속 작가들을 위해 준비해주었다.

셋이 올라탄 승강기가 3층에 멈췄다. 무진이 먼저 내려 둘을 안내했다.

"강 대표님, 작업실 와보신 적 있으세요? 이사한 지 며칠 안 됐는데."

"네."

'제가 준비해준 작업실입니다'라는 말을 덧붙이고 싶지만 무진은 입을 다물었다. 금수저 자랑 같아 유치한 거 같아서.

무진이 작업실 문을 열었다. 무진이 들어서고, 화영과 윤경도 들어섰다. 그 모습에 신후가 놀라며 물었다.

"어? 어떻게 다 같이 오셨네요. 어서 와요. 화영 씨."

"여전히 저는 안 보입니까. 이 작가님."

무진이 강하게 경계했다. 그 모습을 지켜보던 윤경이 웃었다.

"안녕하세요. 화영이 친구, 김윤경입니다."

"안녕하세요. 이신후입니다."

신후가 윤경을 향해 손을 내밀었고, 윤경은 신후의 손을 맞잡았다. 둘은 서로 의미심장하게 웃었다.

작업실은 이전과 비교도 안 될 만큼 깔끔했다. 지난번엔 유화 물감 냄새와 기름, 곰팡내까지 섞여 있었다면, 이번엔 곰팡내는 나지 않았다. 어지럽게 널브러져 있던 도구와 재료들도 한쪽 작업대에만 있었다.

"자아, 와서들 앉으세요. 이번 작업실은 테이블과 소파도 있어요."

신후가 양팔을 벌리며 안내했다. 화영과 윤경이 자리를 잡을 때까지 무진은 가만히 기다렸다. 화영이 자리에 앉자, 무진은 곧장 화영의 옆자리로 가 앉았다.

"강 대표님, 여기도 자리 있어요."

신후가 짓궂게 웃었다. 소파는 5인용으로 넉넉한 크기를 자랑했다.

"괜찮습니다. 이 작가님."

무진의 대답에 윤경과 신후가 웃었다. 화영은 제 옆에 앉는 무진에게 온 신경이 가 있어, 둘이 웃는지도 몰랐다.

"그 꽃 저 주려고 사 오신 거 아니에요?"

신후가 화영에게 다가서며 묻자 무진의 눈길이 신후에게 머물렀다.

"맞다. 작업실 이사 축하드려요, 작가님."

화영이 꼭 쥐고 있던 꽃을 신후에게 넘겼다.

"고마워요, 화영 씨. 그럼 저도 선물 드릴게요. 잠깐만요."

신후는 화영이 준 꽃을 제 책상에 두며, 그 옆에 있던 무언가를 손에 쥐고 소파로 다가왔다. 무진은 그 모습 또한 유심히 지켜보고 있었다.

"화영 씨, 손 좀 펴볼래요?"

신후의 요구에 화영이 주춤하며 손을 내밀었다. 무진은 태연한 척했지만 자꾸 화영의 손끝으로 눈길이 갔다.

대체 뭘 주겠다고 저러는 건지. 정말 마음에 안 드는군.

"자아. 선물입니다."

신후는 주먹 쥔 손을 풀어 화영의 손바닥 위에 갖고 온 것을 내려놓았다. 그러곤 제 손으로 화영의 손끝을 말아주었다. 화영이 서둘러 손을 뺐다.

무진은 욕지기가 치미는 것을 느끼며 화영의 손끝을 예의 주시했다.

"작가님, 다음엔 그냥 주세요."

"불쾌하셨으면 죄송합니다."

화영의 단호함에 신후가 멋쩍어했다. 그 모습에 무진의 입꼬리가 올라가는 걸 본 사람은 아무도 없었다.

"뭔데 그래?"

윤경이 불쾌해하는 화영을 보며 물었다.

"USB. 자료 담긴 거죠?"

"네."

정색하는 화영을 보며 자신의 실수를 깨달은 신후가 머쓱해하며 웃었다.

"아, 이미지 자료는 강 대표님이 직접 주신다고 하셨는데."

어색해진 신후가 무진에게 바통을 넘겼다. 무진은 신후의 말에 제 주머니에서 USB를 꺼내 화영에게 내밀었다. 신후가 하는 걸 봤던지라, 무진은 정중함을 택했다.

"화영 씨, 여기에 이미지 들어 있습니다."

무진이 화영에게 손을 뻗었다. 무진의 손끝에 쥐어진 USB를 화영이 받아 챙겼다.

"감사합니다. 근데 대표님, 이것 때문에 부러 오신 거예요?"

"아니요."

긍정하고 싶은 마음과 달리 입은 부정을 내뱉었다. 사실 당신 얼굴 보려고 왔다고 말하고 싶지만 참았다. 말하면 신후에게 그랬던 것처럼 단호하게 거절할 거 같아 두려워졌다.

"그럼, 그림 골라주시겠어요? 관객이 많으니까 더 잘 골라주실 거라 믿으면서, 그림 소개할게요."

신후는 그림 두 개를 들고 와 소파 정면 벽에 있는 작업대에 세웠다.

"왼쪽, 오른쪽. 어느 쪽?"

신후의 말에 남은 셋은 일제히 그림을 쳐다보았다. 그림은 한

가지 색으로 그린 단색화였다. 일정한 크기의 꽃잎들이 캔버스 가득 규칙적으로 그려져 있었다.

"우리 동시에 말하기 해볼까요?"

신후의 제안에 다들 군말이 없었다.

"하나, 둘, 셋. 왼쪽."

"왼쪽."

"오른쪽."

신후와 윤경은 왼쪽을, 무진과 화영은 오른쪽을 택했다. 화영과 무진은 같은 대답을 한 서로를 바라보았다. 눈이 마주치자 둘은 슬며시 웃었다.

"그럼 어느 쪽으로 하지? 2대 2가 될 줄이야."

신후가 난처한 듯 중얼거렸다.

"전 그림에 대해선 완전 문외한이에요. 그러니 제 의견은 빼셔도 됩니다."

윤경이 뭘 그런 걸로 갈등하냐는 투로 신후의 고민을 덜어주었다.

"음. 좋아요. 첫 번째는 오른쪽을 택하겠습니다."

그렇게 몇 번 더 진행된 그림 고르기는 어느새 무진과 화영의 취향이 같음을 확인하는 작업이 되었고 그림 선택이 모두 끝나자 어느덧 해가 저물었다.

"화영 씨, 지난번 약속 안 잊으셨죠?"

신후가 화영의 기억을 상기시켰다.

"네. 그럼요."

사실 잊고 있었다. 화영의 신경은 온통 무진에게 쏠린 상태였기에.

"무슨 약속 말입니까."

무진은 자신이 모르는 둘 사이의 일이 궁금했다.

"작가님이랑 같이 밥 먹기로 했었어요."

무진의 물음에 화영이 답했다.

"그 밥, 저도 같이 먹으면 안 됩니까."

무진의 물음에 화영이 신후를 쳐다봤다.

"아니, 전 화영 씨와 먹고 싶은데요."

신후의 입매가 보기 좋게 올라갔다.

"뭘 그런 걸로 고민해요. 다 같이 밥 먹으러 저희 집 가요."

윤경은 어떻게든 무진을 돕고 싶었다.

"그럴까요? 윤경이네 백반집 하거든요. 되게 맛있어요."

화영이 윤경을 거들었다. 사실 신후와 둘만 같이 밥을 먹었다간 체할 거 같기도 하고.

"그럼 지금 갈까요?"

무진이 최종 결정을 내렸다. 이미 신후의 의사 따윈 중요하지 않았다. 순식간에 내려진 결정에 신후는 따라나설 수밖에 없었다.

네 사람이 주차장에 도착하자, 윤경이 무진에게 제 백반집 상호를 알려주었다. 화영은 윤경과 움직이겠다며 윤경의 차에 올라탔다.

"그럼 저도 윤경 씨 차에 타볼까요."

"이 작가님은 저랑 같이 가시죠."

무진은 제 차로 향하며 신후를 끌어들였다. 신후가 화영과 같이 타고 가는 꼴을 보고 싶지 않았다.

"그러죠, 뭐. 그럼 화영 씨, 윤경 씨. 이따 봐요."

신후가 생글거리며 무진의 세단 조수석에 올라탔다.

"오, 대표님 차 너무 좋은데요."

신후의 말에 무진은 속이 부글거렸다. 그래, 이 좋은 차를 너 태우려고 끌고 온 줄 아냐며 속으로 분통을 터트렸지만 겉으론 티 내지 않았다.

곧 차량 두 대가 주차장을 빠져나갔다.

도시는 어스름이 내려앉았고, 도로 위를 달리는 무진의 차 안은 침울함이 내려앉았다.

무진은 제 예상과 다른 전개에 심기가 불편했다. 제 계획대로라면 지금쯤 제 옆엔 백화영이 앉아 있어야 했다. 이신후가 아니라.

"이신후 씨, 왜 말 안 했습니까."

"뭘 말입니까."

신후는 정면을 응시한 시선을 그대로 유지했다.

"화영 씨, 친구분이랑 같이 온다는 거 말입니다."

"그거야, 안 물어보셨잖아요. 대표님이."

신후는 대답을 하며 킥킥 웃었다. 무진은 신후가 웃자 기분만 나빠졌다. 핸들을 쥔 손에 힘이 들어가며 앞에 가고 있는 윤경의 차를 노려봤다.

"대표님. 화영 씨 좋아하죠?"

그 물음에 무진의 고개가 반사적으로 신후를 향했다 다시 고개를 앞으로 돌리며 옅게 숨을 뱉었다.

"아니요."

"그래요? 이상하다. 딱 그렇게 보이는데."

신후가 무진의 옆모습을 보며 그의 표정을 살폈다.

"그럼, 제가 좋아해도 되는 겁니까."

"……"

무진은 짜증이 치밀었지만 애써 태연한 척했다.

"그걸 왜 저한테 물어보십니까."

"아니 뭐, 대표님이니까. 저한테는 은인인데 여자 문제로 얽혀서 서로 낯 붉히는 건 좀 그렇잖아요."

신후는 제게 손 내밀어준 무진의 고마움을 잊을 수 없었다. 부모의 뒷바라지로 그림만 바라보기엔 그의 현실은 녹록지 않았다. 전시회라곤 대학 연합이나 동아리 전시가 전부였고, 그림으로 돈을 벌어본 적도 없었다.

저 혼자 좋다고 계속 그림을 고집하기엔 집안 형편과 주변 시선도 부담스러웠다. 친구들이 취직하고 면접을 준비할 때, 여전히 붓을 잡고 예술 한답시고 있는 저에게 친구들은 부러움을 가장한 한심스러움을 내포한 시선을 보내곤 했었다.

대학 연합 미술전시회를 마지막으로 그림을 관두기로 했을 때, 그가 제게 구세주처럼 나타났다. 그림을 그리라고, 얼마든지 후원하겠다고. 지푸라기라도 잡고 싶은 제게 그는 금동아줄을 내밀었다. 그러니 덥석 잡을 수밖에.

"대표님이 화영 씨한테 관심 없는 거면 저 계속 대시할 겁니다."

신후가 도전장을 내밀었다.

"전 화영 씨 좋아하냐는 질문에 아니라고 했지, 관심 없다고 답한 적은 없습니다."

무진은 일말의 망설임도 없이 도전장을 찢어발겼다.

"역시, 관심 있는 거 맞네요."

신후가 가볍게 웃었다. 무진의 얼굴에 옅은 주름이 생겼다.

"뭡니까. 지금 저 놀리는 겁니까."

"아니요, 제가 뭐하러 대표님을 놀리겠습니까. 그냥 확인하고 싶었어요."

신후는 무진이 정색하자 서둘러 부인했다.

"전 대표님 편. 그리고 화영 씨는 저한테 관심 없어요."

대답을 들은 무진의 입술 끝이 실룩거렸다.

"그거 안타깝군요."

"대표님, 거짓말은 나쁜 겁니다. 다 티 나거든요. 화영 씨가 저한 테 관심 없어 하니까 좋으시죠?"

무진은 침묵했다. 섣불리 입을 열었다간 들뜬 목소리가 그대로 전해질 것 같다.

"아무튼 대표님과 화영 씨, 응원할게요."

응원해준다니 좋기는 하나, 뒷맛이 찝찝했다.

"근데, 이 작가님은 원래 그렇게 단념이 빠릅니까. 아니면 관심 이 딱 그 정도였던 겁니까."

"대표님이니까요."

돌아온 대답에 무진이 고개를 살짝 틀어 신후를 바라보았다. 다행 이다. 계속 대시하면 화영이 넘어갈 것 같아 불안했는데. 무진이 슬 며시 웃으며 고개를 다시 앞으로 향하자 신후의 말이 이어졌다.

"다른 사람이면 아마 끝까지 했을지도요. 근데 제 삶에 기회를 주신 분인데 보답해야죠. 뭐 보답이 미흡한 거 같긴 하지만."

신후는 고개를 창밖으로 돌렸다. 화영과 다른 인연으로 만났다 면, 무진과 다른 인연으로 만났다면 좋았을 것 같다는 아쉬움이 남 는다.

한편 화영은 신후와 단둘이 밥 먹게 될 상황을 모면하자 안도감이 들었다. 하지만 안도감은 곧 불안감으로 둔갑술을 부렸다. 윤경의 밥집을 추천하긴 했으나 문득 신경 쓰였다. 재벌이면 매일 진수성찬에 고급 식당만 갈 텐데, 무진이 백반집을 보고 무시할까 봐 두렵다.

"화영아, 그 남자에 대해 잘 알아?"

윤경의 물음이 날아와 화영의 생각을 끊었다.

"누구?"

"강무진 씨."

윤경의 입에서 그의 이름이 나오자 느낌이 이상했다. 괜히 숨기고 싶달까. 간질간질하달까.

"아니. 그냥 에이전시 대표라는 거 정도?"

"그래? 타고 다니는 차나 대표라는 직함으로 보면 부자인 것 같은데. 생긴 것도 귀티 나 보이고."

윤경의 추리를 듣던 화영이 운전석으로 고개를 돌렸다.

"근데, 알고 보면 막 지하 월세 살고 차는 육십 개월 할부에 회사는 1인 회사 아냐?"

윤경의 말에 화영이 소리 내 웃었다.

"대에에박. 김윤경."

"너 웃지만 말고. 나 진지하다, 지금."

화영이 웃음을 수습하고자 고개를 앞으로 향했다.

"1인 에이전시는 맞는데 지하 월세나 할부는 아닐 거야."

"그걸 니가 어떻게 알아? 잘 모른다며."

윤경은 룸미러로 뒤에 따라오는 무진의 차를 힐끔 쳐다봤다. 분명 화영에게 관심 있는 거 같았는데. 상처 많은 화영을 따뜻하게 품어줄 수 있는 남자면 좋겠다.

"그냥. 아주 약간 알아. 잘사는 집안이란 것만은 확실해."

"그래? 넌 어때? 무진 씨는 너한테 관심 있는 거 같던데."

화영이 머쓱해하며 손끝을 어루만졌다. 윤경의 말처럼 그가 제게 관심 있다면……. 그게 과연 좋은 건지, 나쁜 건지 모르겠다.

"잘 모르겠어. 내가 그 사람한테 호감 가질 일 없다고 말하기도 했었고."

"그런 일이 있었어?"

"그게 말이지……."

화영은 윤경의 호기심 충족을 위해 그간 일을 짧게 읊었다. 더불어 맞선 자리가 아니라 에이전시 대표와 큐레이터로 처음 만났다며 각색했다. 숨기고 싶다. 아마 그가 재벌이란 걸 알면 윤경은 쌍심지 켜고 반대할 테니까.

언니의 남자 친구가 재벌가 아들이었다. 그 끝은 헤어짐이었고, 언니는 세상을 떠났다. 그 끝을 잘 알고 있는 윤경이라면 분명 시작도 전에 말리겠지.

언니는 비밀 연애를 했고, 제게도 많은 것을 감췄다. 남자 친구에 대해 궁금해하면 언니는 언제나 '나중에', '때 되면'이라고 얼버무렸다. 결국 언니의 남자 친구에 대해선 스치며 잠깐 본 것과 언니의 장례식에서 너무나 서럽게 울던 그 순간이 전부였다.

언니의 '나중에'는 언니가 남긴 일기장을 통해서 '때 되면'이 되었다. 말 못할 비밀을 일기장에 차곡차곡 쌓아두었을 언니가 떠오르자 눈동자가 간질거렸다. 눈물이 차오를 것 같다.

"뭐 어때."

"어?"

상념에 잠겨 있던 화영이 현실로 돌아왔다. 더불어 차오르던 눈물도 멈추었다.

"아니, 네가 호감 가질 일 없다고 했다지만 사람 마음이 어디 뜻대로 되니? 무진 씨가 너한테 관심 있는 거 같고, 너도 그런 거 같고. 그럼 그냥 잘해봐."

"연애가 말처럼 쉬우면 넌 왜 연애 안 하는데?"

화영은 말머리를 돌렸다. 제 마음을 들킨 게 부끄럽다.

"나? 연애하는데. 몰랐어?"

"뭐? 누구랑? 언제? 어디서? 왜 나한테 말 안 했어?"

심장이 쿵 내려앉았다. 제 아픔 때문에 주변을 돌보지 못한 건가 싶어서. 제게 말 못하고 연애하는 사람이 또 있다니. 자신이 그렇게 신뢰감을 못 준 건가? 비밀 연애는 이미 언니 하나로 충분했다.

"나 여행이랑 연애하잖아."

"야!"

버럭 하는 화영의 모습에 윤경이 깔깔 웃었다. 화영은 '나쁜 엑스야!'라고 소리쳤지만 안도하는 자신을 느꼈다.

"놀랬잖아. 내가 또 나만 보느라 주변을 못 보는 건가 싶어서."

"그럴 일 없어. 너나 나한테 비밀 만들지 마. 무진 씨랑 잘되면 꼭 얘기해줘. 알았지?"

"……응."

잘될 수 있을지 모르겠다는 말은 덧붙이지 않았다. 윤경의 들뜬 기대에 찬물을 끼얹고 싶지 않았다. 아직 아무 일도 일어나지 않았는데, 왜 불안한지 모르겠다. 지금처럼 목적지를 알고 가는 길이었으면 좋겠다. 언니는 알았을까. 제 목적지가 헤어짐이란 걸. 알면서도 그 길을 갔을까.

골목길로 들어서 가게 앞 빈자리에 차를 세웠다. 화영과 윤경이 차에서 내리자 뒤따라온 무진의 차도 멈췄다. 곧 무진과 신후가 차에서 내려 다가왔다.

윤경이 먼저 가게 문을 열고 들어섰다. 스무 평 남짓한 가게 안은 손님으로 북적였다. 벽엔 손님들이 남기고 간 낙서가 즐비했고, 맛집 전유물인 매스컴 인증 사진이 액자에 갇혀 곳곳에 걸려 있었다.

맛있는 음식 냄새와 수저와 그릇의 스킨십 소리, 손님들의 웅성거림, 분주히 움직이는 종업원들로 가게 안은 활기가 넘쳤다.

"바쁜데 어디 있다가 이제 와!"

괄괄한 김 여사의 목소리가 활기의 정점을 찍었다. 모친의 목소리가 날아들자 윤경이 잽싸게 화영을 앞세웠다.

"엄마, 화영이 왔어."

"어머, 이게 누구야. 화영아, 왜 이리 오랜만에 왔어?"

김 여사의 부드러워진 태도에 화영이 살갑게 웃었다.

"안녕하셨어요. 아주머니."

"응. 나야 늘 안녕하지. 자주자주 놀러 와."

김 여사가 화영의 두 팔을 쓸며 눈을 맞췄다. 보는 것만으로도 애잔했다.

"네."

"말만 하지 말고, 알았지?"

김 여사가 화영의 두 손을 포개 쥐었다. 김 여사는 제 딸과 전혀 다른 이미지를 풍기는 화영을 아주 좋아했다. 윤경이 반찬을 챙겨 화영에게 갈 때마다 이것저것 챙겨주곤 했다. 김 여사는 화영의 손을 놓아주며 고개를 옆으로 기울이며 물었다.

"일행분들?"

뒤에 서서 그 모습을 지켜보던 무진과 신후가 김 여사에게 묵례했다.

"네. 일행인데, 자리 있을까요?"

홀은 이미 꽉 차 보였다.

"그럼, 있지. 방으로 가. 내가 금방 차려줄게."

"네."

윤경이 셋을 방으로 안내했다. 방 안은 홀과 달리 비어 있었다. 방은 홀이 꽉 차면 조금씩 안내하거나 단체 예약 손님이 주로 이용하는 곳이었다. 방 안 가득한 낙서가 맛집임을 증명해주었다.

"앉으세요. 우리 집에서 젤 잘나가는 메뉴가 돼지불고기거든요. 그걸로 통일?"

"응. 난 좋아."

"네. 같은 걸로 하죠."

무진은 화영이 좋다니까 같은 걸로 주문했다. 무진과 신후가 나란히 앉고 무진의 맞은편에 화영이 앉았다.

윤경은 음식을 차리러 주방으로 갔다. 윤경이 빠지고 셋만 남자, 어색한 침묵이 찾아왔다.

화영은 무진이 불쾌하거나 불편할까 싶어, 그의 안색을 조심스레 살폈다. 다행히 무진이 별 거부감 없어 보여 안심됐다.

"윤경 씨랑 꽤 친하신가 봅니다."

무진은 가게 입구에서 보았던 살가움이 떠올라 물었다.

"네. 고등학교 때부터 친했어요. 가장 친한 친구예요."

그 대답에 무진은 제 기억 체크리스트에 윤경과 좋은 관계 유지를 입력했다.

"강 대표님은 친한 친구분 있으세요?"

화영은 물어놓고도 너무 사적인 질문 같아 후회됐다.

"아니요. 있었던 거 같기도 한데, 지금은 잘 모르겠습니다."

무진의 대답에 화영의 후회가 미안함으로 바뀌었다.

무진은 친구들에게 나름 사는 집 애로 통했지만 재벌 2세라는 걸 아는 친구는 단 한 명도 없었다. 함께 어울렸던 친구들도 나름 사는 집 자식이었지만 재벌은 없었다. 형의 죽음으로 무진이 두문불출한 탓에 그 친구들과의 인연도 수명을 다했다.

"그러시구나."

화영은 그가 참 외롭겠다고 생각하며 어색하게 웃었다.

"전 친한 친구 많습니다. 화영 씨."

신후가 난처해하는 화영을 구했다.

"작가님은 많으실 거 같아요."

"그렇죠? 제가 또 한 성격 합니다. 여기 대표님처럼 딱딱하지 않거든요."

"아니, 제가 어디가 딱딱하다는 겁니까."

무진이 발끈했다. 그 모습에 화영이 웃었다. 새삼 분위기를 풀어

준 신후가 고마웠다.

"에이, 이렇게 바로 발끈하시는 게 딱딱하다는 증거죠. 안 그래요, 화영 씨?"

"아니요. 강 대표님 안 딱딱하세요. 그저 그렇게 보이는 거뿐이지."

화영이 웃으며 무진의 편을 들었다. 밥 안 먹어도 배부르다는 말을 실감하며 무진이 실실 웃었다.

"와아, 화영 씨 그렇게 안 봤는데, 대표님 편드는 거 봐. 제 작품 전시거든요."

"아, 그렇죠. 그렇지만 제가 계약한 분은 강 대표님이라서요."

화영이 웃으며 앞을 보자, 무진이 빤히 화영을 보고 있었다. 머쓱함에 눈을 피하려 했지만 이상하게 피하고 싶지 않았다. 고요함 속에 서로의 눈동자를 마주했다.

둘 사이 미묘한 교류를 눈치챈 신후가 말없이 수저를 각자 앞으로 내려놓았다. 그렇게 자신도 있다는 걸 알렸다. 신후의 움직임에 둘의 교감이 끝났다.

민망해진 화영이 고개를 돌렸다. 방문이 열리며 윤경이 쟁반 가득 음식을 담아왔다. 테이블 위로 정갈한 반찬이 줄지어 올랐다.

"오, 진짜 맛있겠다."

신후의 감탄에 화영이 으쓱해졌다.

"먹어보면 더 맛있어요. 드셔보세요."

"네. 잘 먹겠습니다."

신후의 대답과 함께 넷은 밥을 먹었다. 식사를 시작하고서도 화영은 무진의 기색을 살폈다. 그리고 그가 아무 거리낌 없이 맛있게 먹는 모습에 비로소 마음을 놓았다.

"윤경아, 나 밥 한 그릇만 더……."

말한 뒤에 아차 싶다. 여기만 오면 기본 두 그릇이었다. 하지만 무진 앞에서까지 밥 두 공기를 먹자니 이미지 관리 실패다.

아, 밥 두 공기 먹는 여자로 인식되고 싶진 않은데…….

"저도 한 그릇 더 부탁드립니다."

화영을 보며 슬며시 웃던 무진이 제 밥도 추가했다.

"네, 신후 씨는요? 더 드실래요?"

"네. 저도 질 순 없죠."

"그럼, 밥이랑 반찬 좀 챙겨 올게요."

윤경이 일어섰다. 화영이 도와줄까, 하며 일어서려 하자 윤경이 만류했다.

"화영 씨가 적극 권할 만하네요. 정말 맛있네요."

"그쵸? 제가 원래 밥 많이 안 먹는 편인데, 윤경이네 오면 꼭 두 공기씩 먹게 돼요."

무진은 변명처럼 자신을 변호하는 화영이 귀여워 웃었다.

"전 밥 잘 먹는 사람이 좋더라고요."

무진이 말과 함께 생긋 웃었다. 화영은 그 말에 안도하는 자신을 보며 흠칫했다.

식사를 끝낸 네 사람이 가게를 나왔다. 골목길엔 어둠을 뚫고 화려한 간판들이 요란하게 번쩍거리며 제 존재감을 과시 중이었다.

"대표님, 잘 먹었습니다."

가게를 나서며 신후와 화영이 무진에게 인사했다.

"네. 저도 잘 먹었습니다."

무진이 화답했다.

"그럼 조심히들 가세요. 다음에 기회 되면 봐요."

윤경은 일을 도와야 해서 다시 가게 안으로 들어갔다.

"화영 씨, 집으로 가실 겁니까."

무진은 다시 찾아온 기회를 놓치고 싶지 않았다.

"네."

"그럼, 제가 모셔다드리죠."

"안 그러셔도 돼요."

화영의 거절에 무진은 순간 할 말을 잃었다.

"화영 씨, 날씨도 춥고 요즘 같은 세상 위험해요. 대표님 차 타고 가세요. 아닌가, 대표님이 더 위험한가?"

신후는 생글거렸고, 무진은 인상을 찡그렸다. 이건 뭐 도와주겠다는 건지, 훼방을 놓겠다는 건지.

"추우니까, 춥다는 핑계 삼아 함께 가죠. 차도 세단인데."

'스포츠카도 아닌데. 그냥 좀 타지.'

무진의 속이 타들어 갔다.

"그럴까요? 그럼 신후 씨도 함께 가요."

화영의 제안에 무진의 날 선 시선이 곧장 신후를 향했다. 그 시선에 신후가 웃으며 말했다.

"아닙니다. 이럴 땐 제가 없는 약속이라도 만들어야죠. 전 약속이 있어서 따로 가보겠습니다. 그럼 두 분 다음에 봬요. 먼저 가보겠습니다."

"네. 다음에 뵙죠."

화영이 뭐라고 붙잡기도 전에 그는 단칼에 신후를 보내버렸다. 화영은 갑작스러운 상황 종료에 당황스러웠다. 무진은 어느새 조수석 문을 열며 화영을 기다렸다.

"앗, 문은 저도 열 줄 알아요."

화영은 부담스러움을 안고 조수석에 올라탔다. 무진이 차 문을 닫고 운전석에 올라탔다.

"여태 차 문 열어주는 남자를 못 만났나 보죠?"

"아뇨, 제가 주도적인 사람이라서요."

화영이 보기 좋게 맞받아쳤다.

"그러는 강 대표님은 여성분을 위해 차 문 많이 열어주셨나 보네요."

"뭐, 제가 차 문만 열었겠어요? 이 얼굴로? 마음의 문도 많이 열었죠."

뭐야. 지금 자랑질이야? 화영은 괜히 짜증이 치밀었다.

"네. 여자들 마음의 문 많이 열어서 좋으셨겠네요."

투덜거리며 창밖으로 고개를 돌렸다. 무진이 몸을 틀어 그녀를 보았다.

"혹시, 질투하십니까."

"네? 아니, 무슨 그런 망언을 하세요?"

화영은 여전히 고개를 돌린 채였다. 고개 돌리면 그가 저를 뚫어져라 보고 있을 것 같아서.

"아니, 토라질 일 아닌 거 같은데 토라진 거 같아서요."

무진이 생글거렸다. 그 생글거림에 화영의 기분만 상했다.

"그럴 리가요. 그냥 대표님 눈에만 그렇게 보이는 겁니다."

무진은 화영이 앙탈 부리는 고양이 같아서 웃음이 났다. 저도 모르게 그녀의 머리를 향해 손을 뻗었다가 서둘러 손을 내렸다. 제 모습에 놀란 무진이 자세를 다시 고쳐 앉으며 정면을 응시했다.

"어딥니까?"

"네?"

"화영 씨 집이요."

"아."

제발 주어 없이 물어보지 말라고. 어디로 튈지 모르는 그와의 대화에 화영은 가슴이 두근거렸다. 그 두근거림은 설레서 그런 게 아니라 긴장해서 그런 거라고, 자신을 다독였다.

화영이 제 집 주소를 불러주자, 무진이 내비게이션을 맞추곤 곧 출발했다.

무진은 생각이 많아졌다. 화영을 에스코트하면 미뤄둔 숙제를 끝낸 것처럼 홀가분할 줄 알았는데, 오히려 긴장됐다.

어색한 침묵에 잠식당하기 전에 아무 말이라도 해줬으면 좋겠거늘, 힐끔 곁눈질로 본 화영은 여전히 창밖에 시선이 머무른 채였다. 화영이 말이 없으니 저라도 해야겠다 싶어 무진이 입을 열었다.

"화영 씨, 지난번에 우리 형 그림 보고 싶어 했죠?"

무진은 아무 말이 왜 하필 형 그림인가, 싶었지만 자책해도 수습하긴 늦었다. 아무래도 오전에 들르려다 만 형 오피스텔이 마음에 남아 있는 모양이다. 거기다 둘의 공통된 관심사가 아직은 그림밖에 없기도 했고.

"네."

단박에 돌아오는 대답과 제 쪽을 향하는 시선이 느껴졌다. 형 그림에 또 진 건가.

"저도 기억이 가물거려서 확실하진 않지만 형이 그린 그림이 몇 개 더 있어요. 그림 상태가 어떨지 모르겠지만 한번 보러 갈래요?"

무진은 제가 지금 무슨 말을 하는 건가 싶지만, 화영의 대답이 더 빨랐다.

"네. 볼 수 있으면 보고 싶어요."

"……네. 화영 씨 시간 될 때 준비해보죠."

"정말요? 그림이 어디 있는데요?"

화영의 들뜬 목소리에 무진은 마음이 불편해졌다. 하필 말을 꺼내도 형 그림이라니.

"……형 오피스텔에요."

"아……. 근데…… 돌아가셨다고…… 하지 않으셨어요?"

화영은 죽은 형의 오피스텔이 존재한다는 게 선뜻 이해되지 않았다. 부자라 돈에 구애 안 받는다는 건가.

"아직 처분을 안 했어요. ……형이 살던 때 모습 그대로 유지하고 있거든요."

무진은 제 말이 어떻게 받아들여질지 몰라 화영을 힐끔 쳐다보았다. 화영은 고개를 가볍게 끄덕였다.

"사실, 저도 그래요."

"뭐가 말입니까."

"엄마랑 언니 유품이요. 몇 개는 제가 갖고 있거든요."

화영은 평소에 나오지 않던 엄마와 언니 이야기가 무진 앞에서는 술술 나온다는 게 신기했다.

"엄마요?"

"네. 제가 여덟 살에 부모님이 이혼하셨고, 엄마랑 언니랑 셋이 살았거든요. 근데 이젠 혼자 남았어요."

"……."

무진은 화영의 말을 받아들이느라 시간이 걸렸다. 낯선 동네를 운전하다 보니 내비 안내 신경 쓰랴, 화영의 이야기를 들으랴 정신이 없었다. 무엇보다 너무 덤덤한 화영의 목소리가 저를 찔렀다. 아프다. 아파서 섣불리 말이 나오지 않았다.

"버려야 할 거 같은데 못 버리겠더라고요."

화영은 저와 상관없는 얘기를 하듯 중얼거렸다.

"그럼 지금 화영 씨 혼자 살아요?"

"네."

무진은 운전 중이란 것조차 잊고 화영을 향해 고개가 꺾였다. 화영이 저를 보고 있었다.

"앞을 봐야죠. 난 오래 살고 싶은데."

화영이 웃었다. 분명 얼굴은 웃고 있는데……. 무진에겐 그녀가 우는 것처럼 느껴졌다. 고개를 다시 앞으로 돌렸다.

"……."

무진은 아무 말도 할 수 없었다. 화영의 슬픔을 헤아릴 수조차 없어 그 어떤 말도 섣불리 나오지 않았다. 슬픈 눈이 절로 이해됐다. 저는 형을 잃었다지만 화영은 혼자 남겨졌다.

무진은 신호 대기에 걸리자, 차창 틀에 왼팔을 올리고 고개를 기울였다. 적어도 자기는 혼자 남겨진 건 아닌데, 형을 잃은 것에 너무 오랫동안 자신을 가둔 게 아닌가 하는 생각이 들었다.

무진의 상념은 오래가지 못했다. 갑자기 울린 전화벨 소리가 무진의 생각을 끊었다. 무진은 본능적으로 전화를 연결하곤 후회했다. 젠장.

"네, 강무진입니다."

-도련님, 최 비서입-

최 비서의 목소리가 차 안 가득 퍼졌다. 최 비서가 뭐라고 더 말을 붙이기도 전에 무진이 가로막았다.

"네. 최 비서님, 제가 다시 전화 드리겠습니다. 이만 끊겠습니다."

무진은 속사포처럼 제 말만 쏟아내고 빠르게 전화를 끊었다.

화영은 짧은 순간이지만 제 귀에 생생히 들어온 도련님이란 호칭이 참 생소했다. 비서가 있고, 도련님이라 불리는 남자라. 새삼 자신과 다른 세계 사람이란 사실을 받아들이게 된다.

"화영 씨, 내일 화랑 쉬는 날이죠?"

"……네."

화영은 그걸 댁이 어떻게 알아요, 라는 시선으로 무진을 쳐다봤다.

"내일 뭐 해요?"

"내일이요?"

전시 중일 때는 일이 덜한 편이지만, 전시를 준비하는 동안은 밤낮없이 바빴다. 쉬는 날이지만 쉴 수 없었다. 신후에게 넘겨받은 자료를 검토하고, 카탈로그에 넣을 내용을 편집해야 했다. 그렇지만 왠지 일이 있다고 말하고 싶진 않았다.

"그냥, 집에서 쉬려고요."

무진은 화영의 대답에 안도했다. 적어도 내일 화랑에서 부딪칠 일은 없겠군.

"그러시군요."

화영은 무진의 다음 말을 기다렸다. 슬쩍 무진을 쳐다보았지만 굳게 닫힌 입은 다시 열릴 기미가 보이지 않았다. 화영은 얼른 창밖으로 고개를 돌렸다. 그래 사는 세계가 다른 사람인데. 혼자 김칫국 마신 게 들킨 듯해 민망해졌다.

'데이트 신청이라도 하는 줄 알았네. 윤경아, 네 감도 끝난 모양이다.'

화영은 헛물켠 제 자신이 우습기도 해 낄낄거렸다.

"갑자기 왜 그렇게 웃습니까."

"아뇨, 아무것도…… 아닙니다."

화영은 웃느라 말이 쉽게 이어지지 않았다. 말하면서도 웃음을 참지 못하고 깔깔거렸다. 한번 터져 나온 웃음은 쉽게 수습되지 않았다.

'아, 진짜 창피하다, 백화영. 너 연애한 지 너무 오래됐구나.'

생각할수록 우스워 화영이 손부채질까지 해가며 웃자, 무진도 덩달아 웃었다.

"왜 웃으세요?"

"화영 씨가 웃으니까요."

서로의 눈이 마주치자 또 깔깔 웃었다. 둘은 오랜만에 소리 내며 부담 없이 웃었다. 몸까지 들썩이며 웃고 나자 모처럼 즐거웠다.

"음, 음. 덕분에 간만에 시원하게 웃었어요. 고마워요. 대표님."

화영이 간신히 제 목소리를 가다듬고, 자세를 바로 했다.

"뭐, 저도 화영 씨 덕분에 잘 웃었습니다."

화영은 무진의 앞에서만큼은 항상 솔직해지는 자신이 낯설지만 싫진 않다.

"다 왔어요. 저기 큰길에 세워주세요."

"집이 저기 큰길에 있습니까?"

"아니요."

"집 앞까지 가죠. 골목길 위험하니까."

슬며시 무진의 옆모습을 훔쳐봤다. 참 알다가도 모를 사람이다. 그는 무뚝뚝한 듯 다정하고.

"길이 좁아서 운전하기 불편할지도 몰라요."

"괜찮습니다."

무심한 듯 배려한다.

"그럼, 저기 골목길로 들어가주세요."

화영은 무진의 배려가 좋다. 그래, 지금 딱 한 번만 모른 척 편하게 즐기자.

"다 왔어요. 여기 앞에 세워주세요. 이 건물이거든요."

"네."

"덕분에 편하게 잘 왔어요. 감사합니다. 조심히 가세요."

화영이 안전벨트를 풀었다. 무진은 조금 더 같이 있고 싶은 저와 달리 급하게 내릴 준비를 하는 화영이 야속했다.

"네. 잘 들어가요."

화영이 내린 뒤, 무진은 화영이 얼른 들어가길 바라면서 차를 출발시켰다. 왠지 자신이 출발할 때까지 화영이 안 들어가 갈 것 같아서. 반면 화영은 무진이 창문을 내리고 뭔가 한마디 해줄 거라 기대했는데, 그냥 가니 괜히 아쉬웠다. 차가 골목길을 벗어날 때까지 바라보다 건물 안으로 들어섰다.

본가를 향하는 차 안에서 무진은 롤러코스터 같던 하루를 떠올렸다. 신후의 작업실에 들르기 전, 형의 오피스텔에 갔었다. 오피스텔을 정리하기 전에 형이 그린 그림을 옮겨야 할 거 같아서.

제 사무실과 차로 오 분 거리였지만 다시 방문하기까지 몇 년이 걸렸다.

형의 오피스텔 현관문 앞에 서자 맥박이 빨라지며 저도 모르게 뒷걸음질 쳤다. 도망치고 싶었다. 이곳을 벗어나고 싶은 마음과 달리 머릿속은 과거로 도망쳤다.

'젊음은 즐기는 거야'라는 모토로 한창 친구들과 클럽을 전전하던 시절이었다. 그날도 클럽에서 신나게 몸을 흔들고, 술을 마셨다. 새벽이 깊었고, 그 시간에 본가로 간들 저를 한심하게 보는 이 여사의 눈총이나 받을 게 뻔했다. 그래서 집으로 가는 대신 형에게 연락했다. 다만 몇 년째 사귀는 여자 친구가 있는 형이기에, 조심스레 물었다.

'형, 저기 나 지금 가도 돼?'

술에 제법 취했지만 목소리만은 멀쩡했다. 주량이 많은 편이기도 했고.

'……응. 너 술 마셨어? 대리기사 불러서 오는 거 알지?'

목소리는 그대론데 자신이 술 마신 걸 눈치채는 형이 신기했다.

'당연히 알지. 근데 형 어디 아파?'

형의 목소리에 힘이 없었다.

'아니. 조심해서 와.'

대리기사를 불러 클럽 근처에 있던 형의 오피스텔로 향했다. 나름 술에 강했지만 삼 일 연속 술을 마셨기에 그날은 속이 부대꼈다. 형의 오피스텔에 도착하자마자 화장실로 직행했다. 형이 어떤 얼굴을 하고 있는지 미처 보지 못했다.

마신 술을 다 게우고 나서야 화장실을 벗어났다. 형은 이젤 앞에서 무언가 그리고 있었다. 형을 등지고 소파로 가 누웠다. 천장을 보고 누워 형에게 뭐라고 말을 걸었던 거 같은데.

'형, 뭐 그려?'

'……그냥. 그림.'

몸을 틀어 옆으로 누웠다. 형의 뒷모습이 보였다. 무진은 형의 멋진 뒷모습을 보며 자랐다. 형처럼 멋진 사람이 되고자 했으나 저는 그저 '나름 사는 집 애'로 통하며 클럽만 들락거리는 철없는 청춘일 뿐이었다. 그러나 그날따라 형의 뒷모습이 낯설었다. 제가 늘 보던 단단했던 뒷모습이 아니었다.

'무진아.'

형이 다정하게 제 이름을 불렀다. 세상에서 저를 가장 다정하게 부르던 사람.

'응.'

'넌 나처럼 되지 마라.'

형만 보고 자라온 제게 자신처럼 되지 말라는 말은 이해되지 않았다.

'왜? 난 형처럼 되고 싶은데.'

'세상에 나만큼 멍청한 사람도 없을 거야.'

형의 말에 가볍게 웃었다.

'내가 아는 사람 중에 가장 똑똑한 사람이 형인데.'

'무진아, 넌 꼭, 네 삶을 살아.'

형의 목소리는 단호했다.

'그럼, 내 삶을 살지. 누가 나 대신 강무진 삶을 살아준대?'

왜 그리 시큰둥하게 답했을까. 왜 무슨 일이냐고 묻지 못했을까.

'넌 꼭 지켜. 네 삶. 네가 소중히 여기는 사람. 알았지?'

'어, 뭐 알았어.'

형은 돌아보지 않은 채, 고개만 끄덕였다.

'지금 그리는 그림, 제목이 뭐야?'

물어볼 땐 보지 못했던 그 그림은 제 사무실에 걸렸다.

'……제목? 구…… 원. 그래, 구원.'

형은 혼잣말처럼 중얼거렸다. 비워낸 속이 편안해서일까. 어느새 잠들었다. 아침에 일어났을 때 형은 출근하고 없었다. 그리고 그게 형의 마지막이었다.

구원을 완성한 날, 형은 자살했다.

제 삶을 구원하고자, 형은 스스로 목숨을 끊었다.

무진은 두 눈을 질끈 감았다 떴다. 기억은 끝이 났고, 현관문은 눈앞에 버티고 있었다. 다시 심장이 세차게 뛸 준비를 했다. 팔을 뻗어 도어록에 손을 가져다 댈 때, 휴대폰 벨이 울렸다.

무진이 흠칫 놀라 온몸이 미세하게 떨렸다. 옅은 숨을 내뱉고, 목소리를 가다듬었다. 휴대폰을 꺼내 액정을 보니 이신후였다.

"네. 강무진입니다."

-대표님, 이신후입니다.

쾌활한 신후의 목소리가 넘어오자 무진은 완전하게 현실로 돌아왔다.

"네. 말씀하세요."

-오늘 화영 씨가 작업실에 오기로 했는데 제 그림 자료를 달라시더라고요. 제 작품 이미지 대표님이 갖고 계시죠? 그거 메일로 부탁드립니다.

무진은 화영이 오기로 했다는 말에 신경을 곤두세웠다.

"몇 시에 오죠?"

-네? 화영 씨요? 네 시에 오시기로 했어요. 대표님 네 시 전까지 메일 좀 보내주세요.

무진은 그 순간, 시간을 계산했다. 제 사무실을 들렀다가 평창동을 거쳐, 신후의 작업실까지 갈 시간을.

"아니요. 제가 직접 작업실로 가죠."

-안 그러셔도 되는데…….

신후의 말끝이 흐려졌다. 제가 가는 것이 반갑지 않은 거겠지. 하지만 무진은 화영이 신후와 둘만 있게 될 상황이 반갑지 않았다.

"그럼, 이따 뵙죠. 이만 끊겠습니다."

무진은 신후가 뭐라 대꾸하기 전에 전화를 끊었다. 휴대폰으로 시간을 확인했다. 화영은 제 스포츠카를 내켜 하지 않아 했다. 평창동에 들러 세단으로 갈아타고 가려면 시간이 빠듯했다.

무진은 오피스텔 문을 한번 쳐다보았다. 미안함과 안도감이 교차했다.

사무실에 들러 USB에 신후의 작품 사진을 저장하곤 다시 차에 올라 스포츠카의 매력을 발휘했다. 날렵하게 도로 위를 질주하며 속도를 높였다. 본가 차고에 쏜살같이 들어서며 재빠르게 차에서 내렸다. 오늘은 기필코, 화영을 끝까지 에스코트하겠다 결심하면서, 주차돼 있던 제 마세라티 세단에 올라탔고, 신후의 사무실에 늦지 않게 도착한 자신이 뿌듯했다.

무진은 자신을 보며 놀라던 화영이 떠올라 피식 웃으며, 휴대폰의 키패드에 단축 번호를 눌렀다.

-네. 최재진입니다.

"최 비서님, 무진입니다."

-네, 도련님 말씀하세요.

"형 오피스텔 처분 말인데요. 조금만 늦춰주세요."

-이유를 여쭤봐도 되겠습니까.

이유? 그럼 보여주고 싶은 여자가 생겼다고 말해? 뜬금없이 이유는 왜 묻는 거야.

"최 비서님, 이유가 왜 필요하죠?"

-회장님께 보고드리려면 필요합니다.

최 비서의 대답에 무진은 짜증이 났다.

"아버지껜 최 비서님이 알아서 둘러대세요. 그게, 최 비서님 일이니까요. 아시겠죠, 최 비서님."

무진의 입술 끝이 실실 올라갔다. 괜히 승리한 기분이랄까.

-뭐 그렇다고 하죠. 아까 전화 드린 이유는 내일 '맞선' 잊지 마시라고 한 겁니다.

무진은 최 비서가 맞선을 힘주어 말한다고 느꼈다.

"잊을 수 있겠습니까. 제 독립이 달린 문젠데. 아, 제가 살 오피스텔은 내일이라도 당장 구해놓으셨으면 좋겠군요."

-왜죠? 도련님.

아니, 최 비서님 지금 저랑 해보자는 겁니까. 벌컥 신경질이 나 무진은 제 입술을 꾹 눌렀다.

"이유는 아시죠? 이유는 최 비서님이 만드는 겁니다. 그러니 이유는 최 비서님이 만드시고, 형 오피스텔 처분은 좀 늦춰주시고, 제 오피스텔은 당. 장. 아시겠죠?"

-……

침묵시위 하는 최 비서의 기운이 느껴졌다.

"그럼 그렇게 처리해주실 거라 믿고, 이만 끊겠습니다."

한편, 최 비서는 일방적으로 끊긴 전화를 보며 슬쩍 웃었다.

"회장님, 도련님의 요구 사항을 어찌할까요."

최 비서 역시 운전 중이었다. 블루투스로 연결된 전화는 곧장 강 회장의 귀에도 쏙쏙 박혔다.

"무진이가 원하는 대로 해줘. 그리고 무진이 에이전시 조사 좀 해봐. 쓸 만한 녀석인지 알아봐야겠어."

"네. 알겠습니다. 회장님."

6. 달콤한

화영은 거의 모든 날 잠들기가 쉽지 않았다. 잠을 설치다 새벽녘에 겨우 잠들고 나면 어느새 아침이었다. 그러다 보니 늘 잠이 부족했다. 일주일에 한 번 유일하게 늦잠 잘 수 있는 화랑이 쉬는 날, 화영은 이불 속에서 뭉그적뭉그적하며 어제 있었던 무진과의 일을 떠올렸다.

같은 그림 취향을 가졌고, 말장난을 치고, 제 가족사를 얘기하고, 마지막엔 김칫국물까지 마셔주고. 그러다 헛물켠 자신이 떠올라 화영은 얼굴을 베개에 파묻었다. 다시 생각해도 우스워 웃음이 입 밖으로 샜다.

화영은 웃음을 추스르며 일어났다. 하품을 하며 잠을 깨고 화랑으로 갈 채비를 했다. 어차피 혼자라면 집보다 사무실에서 일하는 게 나았다. 더구나 기존 자료들을 참고하려면 어차피 사무실이 편했다.

사무실에 도착하니 오후였다. 화영은 편의점에서 사 온 삼각 김밥과 캔 커피로 간단하게 배를 채우고 신후에게 넘겨받은 자료를 훑었다.

얼마나 지났을까. 갑자기 들려오는 사무실 잠금 해제 소리에 화들짝 놀란 화영이 고개를 들었다. 선재가 들어섰다.

"어, 화영 씨 있었네요."

"선재 씨는 어쩐 일이에요?"

놀란 가슴 진정시키며 힐끔 책상에 있는 시계로 눈길을 주었다. 벌써 여섯 시 삼십 분이었다. 언제 시간이 이리 된 건지.

"전 뭐, 이제 화영 씨도 아시죠? 맞선."

"아, 아. 오늘이 그날인가 보네요."

화영의 대답에 선재는 어깨를 으쓱할 뿐이었다.

"당사자들 오기 전에 커피 한잔할래요? 생각보다 일찍 도착하는 바람에 사무실에서 게임이나 한판 하고 가려 했는데, 화영 씨 있으니까 같이 커피나 한잔?"

선재가 손을 들어 잔을 드는 시늉을 해 보였다.

"좋죠."

화영은 널브러진 자료를 그대로 두고 기지개를 켜며 일어섰다.

선재를 따라 살롱 안으로 들어서자 지난 달 무진을 만났던 일이 떠올랐다. 화영은 생각보다 무진이 자신의 영역 깊숙이 들어와 있는 것 같아 놀랐다. 이제 윤경이네 백반집만 가도 떠오르는 거 아닌지, 원.

선재가 오디오를 켜 연주곡을 틀곤 커피 머신으로 향했다. 원두를 갈아 내리자 커피 향이 번졌다. 무진이란 존재가 제게 커피 향처럼 은은하게 스민다 생각하며 화영은 찬장에서 제 머그잔을 꺼냈다. 쪼르륵 떨어지는 커피 소리가 참 듣기 좋다.

"음, 역시 선재 씨가 내려주는 게 맛있네요."

화영이 커피 맛을 음미하곤 웃었다. 찬장 아래 작업대에 기대며 살롱 안을 응시했다.

"맛있다는 얘기는 언제 들어도 참 좋네요. 저희 부모님은 여전히 반대하시거든요. 바리스타."

선재가 화영과 나란히 기댔다. 제가 내린 커피를 한 모금 마시며 웃었다.

"그래도, 바리스타 하고 계시니 성공하셨네요. 멋져요, 선재 씨."

화영이 엄지손가락을 치켜세웠다.

"그럼요. 한 번뿐인 인생, 즐겨야죠. 그런데 쉬는 날 맞선 도우미라니."

"안 한다고 하면 안 되는 일이에요?"

화영이 궁금해하자 선재가 다시 커피를 마시곤 잔을 옆으로 내려놓으며 살롱 안을 눈길로 쓸었다. 제 청춘의 많은 시간을 살롱과 함께해왔다.

"그럼 아마도 이 살롱에서 더 이상 일할 일도 없을걸요. 우리 고모가 은근 계산적이라서. 지난번에 스키장 간다고 도우미 안 한다고 했을 때도 무보수 맞선 도우미 세 번 해준다는 조건으로 간 거거든요."

화영이 선재를 쳐다보았다. 편한 인생은 없는 거구나.

"바리스타로 제 가게는 갖고 싶고, 부모님은 반대하고, 모아둔 돈은 없고. 근데 그걸 고모가 해주겠다고 해서 온 건데. 한 번씩 도우미 할라 치면 좀 뭐랄까, 암튼 썩 유쾌하진 않더라고요."

화영은 고개를 끄덕였다. 한 번뿐인 경험이었지만 또 하고 싶진 않았다. 화영은 휴대폰을 꺼내 시간을 보았다. 어느새 여섯 시 오십 분이었다.

"선재 씨, 전 그만 사무실로 갈게요."

"아, 네."

선재 역시 시간을 확인했다. 그래, 비밀 맞선인데 여러 사람 있으면 비밀이 아니지. 선재가 화영이 마신 컵과 제 컵을 개수대에 넣었다. 살롱 문이 열리는 소리가 들렸다.

"어! 강 대표님이 여기에 웬일이세요?"

간 줄 알았던 화영의 목소리가 들리자, 선재의 고개가 문으로 향했다. 맞선 당사자인 듯한 남자와 화영이 마주 서 있었다. 남자의 표정이 꽤나 난처한 듯 보였다.

무진은 오직 독립만 생각했다. 맞선도 오늘로 끝이라며 살롱 문을 열었을 때 평소 잘하던 표정 관리가 안 됐다. 도통 제 표정을 수습하지 못한 채 이 상황을 파악하느라 머릿속이 분주했다. 기껏 나온 말이 되묻는 것뿐.

"그러는 화영 씨는 왜 여기 있습니까. 집에 있는다더니."

화영은 무진의 물음에 말문이 막혔다. 그 말이 사실이기도 했지만, 당황하니 입이 쉽게 떨어지지 않았다. 더불어 왠지 모를 짜증도 치밀었다.

"강 대표님은 여자 마음을 열러 오셨나 보네요. 그럼 이만 가보겠습니다."

화영은 말과 함께 문을 향했다. 무진이 팔을 뻗어 화영을 잡으려 했지만 화영의 만류가 더 빨랐다.

"살롱 문은 저도 열 줄 압니다. 제가 워낙 스스로 잘하는 사람이라서요."

스스로 너무 잘하는 나머지, 셀프 김칫국도 마셨네요. 화영은 도망치듯 살롱을 빠져나갔다.

무진은 화영이 훑고 지나간 잠깐 사이, 얼이 나갈 지경이다.

"손님, 괜찮으십니까."

"네."

선재의 목소리에 무진은 표정을 정리하고 생각도 정리했다. 집에 있겠다더니 여긴 왜 있는 건지. 지금은 또 어딜 간 건지.

"저기, 그쪽도 화랑 직원입니까."

"저 말입니까."

선재가 되묻자 무진이 가볍게 고개를 까닥였다.

"네."

"그럼 방금 나간 백화영 씨 어디로 갔는지 혹시 아십니까."

"사무실에 갔을 겁니다. 일 때문에 온 거라서요."

무진은 선재의 말에 한시름 놓으며 자리로 가 앉았다. 마음 같아선 당장 사무실로 가 변명이라도 늘어놓고 싶지만 독립이 코앞 아니던가. 무진이 갈등하는 사이 살롱 문이 열렸다.

무진의 고개가 반사적으로 문을 향했다. 화영이 아니었다. 맞선 상대자였다.

여자는 부드러운 걸음걸이로 다가왔다. 한눈에 봐도 여성스러움의 표본 같았다.

"안녕하세요. 문혜림입니다."

목소리마저 다정하고 부드러웠다.

"안녕하세요. 강무진입니다."

인사를 끝으로 침묵이 찾아왔다. 선재가 찻잔을 테이블에 놓으며 둘 사이의 어색한 기류를 끊었다.

"전 시간 되면 다시 오겠습니다."

선재는 둘만 남겨두고 살롱을 나왔다. 궁금함에 발걸음이 빨라졌다. 사무실 문을 열자, 화영이 책상을 정리하는 게 보였다.

"화영 씨, 아까 그 남자랑 아는 사이예요?"

화영은 선재의 물음에 작게 한숨을 쉬었다. 짜증 난 제 표정을 갈무리하고 고개를 들었다.

"네. 거래처 에이전시 대표님이세요."

"아, 근데 화영 씨랑 굉장히 느낌이 오묘하던데."

"에이, 오묘할 게 뭐 있나요. 그냥 서로 예상치 못한 곳에서 만나서 당황한 거죠."

왜 자신이 이렇게 구구절절 설명하고 있는지 모르겠다. 사실 아무 사이도 아닌데. 짜증 낼 일도 아닌데.

"선재 씨는 맞선 끝나야 가시겠네요?"

"네. 그렇죠, 뭐. 빨리 가주면 좋고. 시간을 다 채우고 간들 어쩔 수 없고."

대답과 함께 선재가 제자리에 앉았다. 화영은 고개를 끄덕이며 정리하던 서류를 마저 정리하기 시작했다.

무진은 화영을 생각하느라 도통 맞선에 집중이 안 됐다. 원래 집중할 생각도 없었지만 예의 없게 굴 생각까진 없었거늘. 무진은 지금 충분히, 지나치게, 상대를 배려하지 못했다.

"네? 뭐라고 하셨죠?"

무진이 여자의 말을 알아듣지 못한 채 다시 물었다. 하지만 여자는 인상 한 번 찌푸리지 않은 채 똑같은 말을 몇 번씩 반복해주었다.

"아니에요. 별말 아니었어요."

"저기, 결혼하시면 일은 어떻게 하실 생각이십니까."

무진은 제가 뭘 묻고 있는지도 모른 채 입술을 움직였다.

"아까 말씀드렸는데. 전 현모양처가 좋아요. 남편 내조하며 살고 싶어요."

"그러시군요. 전 현모양처보다 커리어우먼이 더 좋은데요."

무진이 생긋 웃었다. 어떻게든 빨리 이 맞선 자리를 끝내고 싶다.

"그럼 어떤 일을 하는 여성이 좋으신데요?"

"딱히 어떤 일보다는 자기 일을 좋아하는 사람이요. 자기 일에 눈이 초롱초롱 빛나는 사람. 자기 일 얘기를 하면 자기도 모르게 좋아서 흥분하는 사람."

무진은 자신이 말하는 그 사람이 어느 한 사람을 가리킨다는 걸 깨달았다. 백화영이었다. 그 생각을 하자 무진이 피식 웃었다.

"뭐 재밌는 거라도 떠올랐어요? 갑자기 웃으시네요."

"네. 아무래도 제가 굉장히 재밌는 거에 빠진 거 같거든요."

무진의 대답에 여자도 말없이 웃었다. 무진은 결심을 굳힌 듯 제 표정을 가다듬고 목소리에 흥분한 기색이 없도록 힘쓰며 말했다.

"죄송합니다. 성함을 잊어버렸는데, 아무래도 더 이상 시간 끌기는 무의미한 거 같아서 말씀드릴게요. 오늘 맞선은 없던 일로 하죠. 아니면 제가 개 싸가지라 퇴짜 놓으셨다고 사실대로 말씀하셔도 상관없고요."

"네? 무슨 말씀이신지?"

"제가 좋아하는 사람이 있거든요. 그러니 이 맞선이 아무 의미가 없다는 얘깁니다. 더 좋은 분 만나세요. 먼저 일어나보겠습니다. 죄송합니다."

무진은 제 말이 끝나기 무섭게 자리에서 일어서 성큼성큼 걸어갔다. 여자는 그런 무진의 모습을 말없이 쳐다보고만 있을 뿐이었다.

무진은 복도 끝 사무실로 향했다. 문을 열자 가방을 메고 막 나서려던 화영이 멈칫하는 게 보였다.

무진은 망설임 없이 사무실에 들어서며 선재를 향해 말했다.

"맞선 끝났는데, 이만 가보세요. 우리 두 사람, 방해받고 싶지 않으니까 이쪽으론 올 일 없었으면 합니다."

분명 선재를 향한 말이었으나, 무진의 눈동자는 잠시도 화영에게서 떨어지지 않았다. 애써 덤덤한 척했던 화영의 표정이 놀람으로 바뀌었다.

선재는 두 사람을 번갈아 보곤 화영에게 내일 보자며 인사를 건네고 사무실을 나갔다.

정적 속에 남겨진 두 사람 사이에 긴장감이 흘렀다. 한바탕 폭풍우를 몰고 올 듯한 고요함에 둘 중 누구도 섣불리 입을 떼지 않았다.

"할 말 없으시면 저도 이만 가보겠습니다."

침묵이 길어지자 화영이 먼저 입을 뗐다.

"저 아직 아무 말도 못 했습니다."

"그럼 어서 하세요. 저 집에 가야 하거든요."

화영은 제 가방 끈을 만지며 당장이라도 움직일 자세를 취했다.

"연애합시다. 우리."

무진의 요구에 화영의 표정은 복잡 미묘하게 변했다. 이걸 지금 어떻게 해석해야 할지 고민하는 게 역력했다.

"백화영 씨가, 제게 들이댈 일 없다고 했으니 제가 들이대는 겁니다."

무진은 제 속을 감추지 못하는 눈으로 바라보던 화영이 떠올랐다. 표정 관리 못한다는 말이 툭 튀어나오게 하던 그 눈빛, 그 눈빛이 알지 못한 사이에 제 가슴에 스며들었다.

형의 그림에 시선을 떼지 못하던 그 모습을 보며 어쩌면 자신을 그렇게 바라봐주길 기대했는지도 모르겠다.

조금 전 맞선 보는 내내 화영의 얼굴이 떠올랐다. 제 눈앞에서 어쩔 줄 몰라 당황한 표정이 역력한 이 여자를.

"……."

"나랑 연애해요. 화영 씨."

무진의 시선은 여전히 올곧게 화영을 향했다. 화영은 그 눈동자에서 거짓이 없음을 느꼈다. 뭐라고 대답해야 할지 쉽게 입술이 떨어지지 않았다.

"선보러 오신 거 아니에요?"

"……."

"선보러 오신 거지, 저한테 고백하러 오신 건 아닌 거 같은데요. 제가 받아들여야 할 이유가 있을까요?"

"네. 제가 화영 씨한테 관심이 있으니까."

"전…… 강무진 씨한테 관심 없어요."

"거짓말."

무진은 화영을 보며 씨익 웃었다. 대체 저 자신감은 뭐란 말인가.

"그럼 어떻게 하면 받아줄래요?"

"뭘요?"

"제 고백."

올곧게 부딪쳐오는 무진의 시선에 화영의 눈길이 갈 곳을 잃고 방황했다. 흔들리는 화영의 눈동자를 보며 무진은 좀 더 몰아쳤다.

"분명 화영 씨도 저한테 관심 있는데."

"그걸 무진 씨가 어떻게 알아요?"

"느낌으로?"

"장난해요?"

"아닌데. 저 진지해요, 지금."

"전혀 진지해 보이지 않는데요."

"진지하면 받아줄 겁니까."

"대체 제가 왜 받아줘야 하는데요?"

"그건 제가 화영 씨한테 관심 있고, 화영 씨도 저한테 관심 있으니까."

무진의 언변에 화영은 피식 웃음이 났다. 아마 이런 식으로 계속하다간 끝없는 돌림노래처럼 말꼬리 잡기가 끝나지 않을 것 같다.

"화영 씨 그거 알아요? 제가 화영 씨를 바라보는 눈으로, 화영 씨가 나를 바라본다는 거?"

무진의 말에 화영의 심장이 쿵쾅거렸다. 화영은 제가 무진에게 했던 말이 떠올랐다. 자신의 눈이 슬퍼 보인다는 그의 말에, 무진의 눈이 슬퍼서 그렇게 보이는 거라고 했던 말.

이 남자는 내가 했던 말을 기억하고, 자신이 품은 마음으로 나를 보며, 나의 마음을 보는구나.

화영은 무진과 눈을 맞췄다. 저를 어떤 마음으로 보고 있는지 그 눈이 대답해줄 거 같았기 때문이다.

"하나만 물어봐도 돼요?"

"뭘 말입니까."

"오늘 선은 왜 보신 거예요? 저한테 연애하자고 할 거면서. 혹시 우리가 연애하는 동안에도 계속 맞선 봐야 하는, 뭐 그런 말도 안 되는 상황이 생기는 건가요?"

화영의 물음에 무진이 활짝 웃었다. 그 웃음에 화영도 입술이 실룩였다.

"오늘은 제 독립 때문에 나온 겁니다. 변명 같지만 사실이에요. 그리고 우리가 연애하는 동안 선보는 일 따윈 없을 겁니다. 그건 약속하죠."

무진의 강렬한 시선에 화영이 고개를 끄덕였다.

"……좋아요. 연애해요. 우리."

화영의 대답에 무진이 성큼성큼 다가와 화영을 껴안았다. 제 심장만큼이나 빨리 뛰는 무진의 심장이 느껴졌다.

"거절할까 봐 조마조마했어요. 받아줘서 고마워요. 화영 씨."

"고마운 건 고마운 건데 저 숨 막힐 것 같아요."

무진이 웃으며 화영을 놓았다. 짧은 포옹이었지만 참으로 따뜻한 품이었다.

"집에 가는 겁니까."

"네."

"가요. 데려다줄게요."

무진이 말과 함께 손을 내밀었다. 참 빠른 스킨십 같지만 싫지 않은 화영은 그 손을 살며시 잡았다. 그의 품만큼이나 손 역시 따뜻했다.

선재는 살롱에 혼자 남겨진 여자가 자리를 뜰 때까지 응접실에서 기다렸다. 여자가 나가고 살롱을 정리했다. 살롱을 나오면서 사무실을 힐끔 쳐다보다 궁금증을 접고 화랑을 빠져나왔다. 선재가 주차장 벽을 바람막이 삼아 담배에 불을 붙일 때였다. 화영과 남자가 손을 잡고 화랑을 나오는 모습이 보였다. 선재는 서둘러 담뱃대의 불을 껐다.

남자가 조수석 문을 열었다.

"저도 문은 열 줄 안다니까요."

"화영 씨가 적응해요. 난 해주고 싶으니까."

화영이 웃으며 차에 오르자 남자가 문을 닫고 운전석으로 향했다. 세단은 곧 주차장을 빠져나갔다. 그 모습에 선재는 왠지 보면 안 될 걸 본 영화 속 주인공이 된 기분마저 들었다.

거리상 윤경의 백반집보다 화랑에서 빌라까지가 더 멀었다. 그렇지만 무진과 화영은 어제보다 더 빨리 빌라에 도착한 느낌이었다.

화영은 제 빌라로 향하는 내내, 몸이 붕 뜨는 기분이었다. 혼자 김칫국 마신 줄 알았던 일이 현실로 일어나니 그저 웃음밖에 나오지 않았다.

그와 연애하는 게 과연 옳은 일인지, 잘하는 일인지 원인 모를 불안감은 알 수 없었지만, 지금 이 순간만 생각하기로 했다.

목적지가 이미 정해져 있다 해도 이 사람이라면, 강무진 씨라면 함께해도 좋지 않을까, 하는 기대가 피어났다.

실실거리는 입술을 꾹 다물곤 앞만 바라보았다. 운전하는 무진을 보면 웃음이 터질 거 같아서. 제 마음이 넘실댈 것 같아서 조심스러웠다.

빌라 앞에 차가 멈춰 섰다. 화영은 내릴 준비를 하지 않았고, 무진은 화영이 내리지 않길 바랐다.

"대표님 덕분에 잘 왔어요. 고마워요."

"그 대표님이란 호칭 좀 바꾸면 안 되나? 이제 우리 연애하는 사인데."

무진은 제 아쉬움을 말꼬리 잡기로 표현했다.

"그럼 뭐라고 불러요?"

화영이 무심한 척 말꼬리를 잡혀주었다.

"오빠?"

"하하하."

화영은 터져 나오는 웃음을 수습하지도 못한 채 숨넘어갈 듯 웃었다. 무진은 제가 말하고도 머쓱한데 화영이 마구 웃어대자 더 난처해졌다. 뭐라고 수습하고 싶지만 도통 할 말이 떠오르지 않았다.

"아, 진짜. 남자들은 꼭 이상한 로망 있더라. 무진 씨가 그런 게 있을 줄 몰랐네요."

"사실이 그렇잖아요. 내가 화영 씨보다 나이 많으니까."

"무진 씨 몇 살인데요?"

은근슬쩍 대표에서 무진 씨로 호칭이 바뀐 걸로 무진은 이미 만족했지만 만족한 티를 내면 화영이 내릴까 봐 내색하지 않았다.

"서른둘."

"에계, 고작 두 살 차이로 오빠 소리 들으려고 하셨네요. 근데 무진 씨 얼굴로 오빠에 집착하면 완전 얼굴에 죄짓는 건데."

화영이 웃으며 무진의 눈을 피했다.

"제 얼굴이 어떤데요?"

무진은 대답과 함께 화영의 얼굴 가까이 제 얼굴을 가져갔다. 놀란 화영이 뒤로 물러났다.

"뭡니까. 막 피하고 싶을 만큼 잘생겼나 보죠?"

무진이 짓궂게 웃었다.

"와, 역시 나르시스는 불멸의 존재네요."

화영이 어쩜 저리 뻔뻔할까 하는 시선으로 바라보았지만, 무진은 어깨를 으쓱하며 더 말해보라는 시늉을 할 뿐이다.

"아니 뭐, 그냥 뭐랄까? 완전 도도하게 굴 것 같은데, 뭐…… 암튼 그렇다고요."

제 장난에 놀라 당황하는 화영이 귀여워 가볍게 미소 지었다. 그 모습에 질세라 화영도 제 얼굴을 무진의 얼굴 가까이 가져갔다.

"놀랐죠?"

기대에 차 웃는 화영을 보며 무진의 눈매가 곱게 휘었다. 뒤로 물러날 줄 알았던 무진은 꿋꿋했다.

"아니, 좋은데."

무진이 말과 함께 환하게 웃었다. 화영은 끄떡없는 무진의 태도에 항복을 외치며 시트에 기대 편하게 앉았다. 그 모습에 무진도 자세를 편하게 고쳐 앉았다. 둘은 어느 순간 아무에게도 하지 못했던 이야기를 자연스레 꺼냈다.

무진은 어릴 적 형에게 배웠던 매너와 형이 자신 대신 혼났던 일을 이야기했고, 화영은 엄마가 바빠서 언니랑 둘이 보냈던 시절을 이야기했다. 다른 누군가에게 꺼내본 적 없던 추억의 조각을 서로에게 꺼내 보였다.

둘은 울지 않고서, 아파하지 않고서도 그 추억을 꺼내볼 수 있다는 사실에 놀랐고, 그렇게 빌라 주차장에서 한 시간 넘게 얘기했다는 사실에 또 놀랐다.

"와아, 대박. 우리 차 안에서만 한 시간 넘게 얘기했어요."

"그럼, 다음 얘기는 화영 씨 집에 올라가서?"

무진이 능청스럽게 웃자,

"우리 사귄 지 아직 몇 시간밖에 안 지났거든요."

화영이 톡 쏘았다.

"우리 나이에 너무 모르는 척하는 게 이상한 거 아닌가?"

"그럼 다음에 와요."

"다음 언제?"

"그건 모르죠."

화영이 생긋 웃었다. 그 웃음에 무진마저 덩달아 웃었다. 함께 있는 동안 이렇게 웃을 일만 있었으면 좋겠다고 생각하며 화영은 내일 출근을 위해 아쉬움을 끊어내고 내릴 준비를 했다.

"조심히 가요."

"네. 화영 씨도."

서로 아쉬움을 간직한 채, 들뜬 마음을 품고 각자의 세계로 돌아갔다.

언제나 그렇듯 행복과 불행은 결코 따로 오지 않았다. 가장 행복한 순간, 불행은 그들 곁에 먼저 와 자리 잡고 있었다.

단지, 제 모습이 드러날 때까지 숨죽여 기다릴 뿐이었다.

* * *

화영을 바래다주고 돌아오는 하루하루가 무진에겐 더없는 즐거움이다. 더구나 며칠 전 화영이 사는 집까지 함께 들어가기까지 했다. 환하게 켜진 거실등과 굳게 닫힌 방문이 제 마음을 아프게 했지만 화영이 자신의 공간으로 저를 초대해준 것만으로도 기뻤다. 화영의 삶에 한 발짝 더 깊게 내디딘 것이 좋았다.

무진은 집 안으로 들어서며 콧노래를 흥얼거렸다. 흥얼거림을 들은 선암댁이 살갑게 물었다.

"우리 도련님 연애하시나 봅니다?"

"티 나요?"

"그럼요, 티 나죠."

돌아온 대답에 무진이 난처한지 미간을 살짝 구겼다.

"어머니한테는 아시죠?"

"알죠, 당연히 비밀. 전 도련님 편입니다."

"고마워요. 근데 어머니는요?"

무진이 거실을 보며 물었다.

"서재에 계세요. 좀 전에 회장님이 하실 말씀 있다고 사모님을 부르셨거든요."

선암댁의 말에 무진이 고개를 살짝 끄덕이곤 서재로 발길을 옮겼다. 노크를 하고 조심스레 문을 열었지만 누구도 무진을 쳐다볼 생각은 하지 않았다.

"저 왔습니다."

"왔구나. 거기 앉아라. 두 사람 모두에게 할 말이 있으니 오히려 잘됐군."

말과 달리 정작 강 회장은 서류만 보고 있었다. 이 여사는 그런 남편의 모습에 이골이 났는지 그저 묵묵히 소파에 앉아 있을 뿐이었다.

무진이 이 여사 옆으로 가 앉았다.

"무진이 네가 살 오피스텔 구해뒀다. 최 비서가 내일 중으로 연락할 게다."

"여보, 갑자기 그게 무슨 말이에요?"

이 여사가 얼마나 놀랐는지는 목소리에서 확연히 느껴졌다.

"무진이, 따로 내보낼 거요."

"아니, 갑자기 왜요? 기어코 무진이를 내보내야겠어요? 내가, 내가 그렇게 싫다는데. 이 집안에서 내 의견은 깡그리 무시될 만큼 내 위치가 미미한 거예요?"

화를 꾹 눌러 참는 이 여사의 목소리가 무진의 가슴을 짓눌렀다.

"어머니, 걱정 마세요."

"안 돼. 넌 내 곁을 벗어나면 안 된다."

무진은 이 여사의 단호함에 그저 한숨 쉬었다. 형처럼 될까 봐 불안한 거겠지. 이해 못할 상황도 아니지만 막무가내인 이 여사를 보자니 제 숨이 막혀왔다.

"당신, 무진이 좀 그만 놔줘. 윤 박사 불러서 다시 심리치료나 좀 받고."

무혁이 죽고 이 여사는 제정신으로 버티질 못했다. 보는 눈을 피해, 심리상담 박사를 은밀히 집으로 불러들여 무진과 함께 심리치료를 받아보기도 했지만 길게 가지 못했다. 1년 정도 심리치료를 받으면서도 완강하게 마음의 문을 닫는 바람에 멈출 수밖에 없었다.

"싫어요. 전 멀쩡해요."

이 여사는 여전히 거부했다.

"당신은 내가 모르는 척 눈감고 있다는 생각은 안 하는 모양이군. 당신이 왜 무진이 독립을 반대하는지 내 모를 줄 알아? 그렇게 생각하고 있다면 당신도 참, 인생 헛살았군. 여태 나를 모르고 있는 거니. 쯧쯧. 내가 나서서라도 무진일 내보내는 거요. 내 무관심으로 자식을 또 잃고 싶진 않소."

강 회장의 말에 무진은 궁금증이 일었다.

"어머니가 저를 안 보내는 이유가 뭡니까."

"알아서 좋을 거 없다."

강 회장은 그만 나가들 보라며 다시 서류로 시선을 옮겼다. 이 여사는 어금니를 꾹 누르며 입술을 굳게 다물곤 강 회장을 노려보았다.

"어머니, 나가요."

무진이 다정하게 불렀지만 돌아오는 건 이 여사의 분노 서린 눈동자였다.

"필요 없다. 이 집안에 내 편은 아무도 없어!"

이 여사는 선포하듯 내뱉은 말을 끝으로 서재를 빠져나가 자신만의 안식처인 무혁의 방으로 갔다. 무혁의 방은 이 여사가 수시로 인테리어를 바꾸며 관리했기에 실상 무혁이 쓰던 물건은 거의 남아 있지 않았다. 그렇다고 해도 이 여사에겐 그곳이 제 삶의 유일한 안식처이자 현실 탈출구였다.

이 여사는 큰아들 방에 들어서며 곧장 책꽂이로 향해 꽂혀 있는 책 중 하나를 꺼냈다. 그리고 그 책에서 누렇게 빛바랜 종이를 꺼냈다. 무혁이 남긴 유서였다.

이 여사는 소파로 가 기대앉아 손에 쥔 종이를 가만 바라보았다. 큰아들은 보기만 해도 애끓었다. 그런 아들이 남긴 마지막 물건이어서 애착이 가기도 했지만 무엇보다 무혁이 남긴 유서 마지막 줄, 그 한 줄 때문에 유서를 불태우지 못했다.

이 여사는 남편의 무관심과 시댁 식구의 비웃음, 사교계에서 멸시를 받을 때마다 큰아들을 부여잡고 눈물 바람을 했다. 참으로 서글퍼서 흘렸던 눈물이 시간이, 갈수록 아들을 움직이는 무기가 되었다.

이 여사가 울 때마다 무혁은 이 여사 편에 섰다.

'엄마. 울지 마. 엄마, 내가 엄마 말도 잘 듣고 착한 아들 될게. 내가 항상 엄마 편이 될게.'

네 살 때부터 무혁은 언제나 엄마 편이라며, 작고 여린 손바닥으로 이 여사의 눈물을 닦아주고 위로해주었다. 지금, 흐르는 눈물을 닦아줄 무혁이 없다는 사실에 이 여사는 가슴이 미어졌다.

제 눈물 한 번이면 다 해주던 아들이었는데. 이 여사는 제 눈물이 통하지 않는 강 회장과 무진보다 제 통제 아래 있던 큰아들이 좋을 수밖에 없었다.

이 여사는 접힌 종이를 펼쳤다. 벌써 수백 번도 더 읽어서 외운 내용이지만 이 여사는 자기편이 없다 느낄 때, 외로울 때, 슬플 때, 무혁이 떠오를 때, 그 모든 순간 시시때때로 유서를 펼쳤다.

볼펜으로 휘갈겨 쓴 무혁의 서체가 눈에 들어왔다.

〈돌아보면 내 삶은 모든 것이 포기였다.

월영아. 네가 마지막으로 내게 찾아온 날, 너를 붙잡았더라면. 그랬다면 넌 지금쯤 살아 있겠지. 그날 내가 너를 차갑게 돌아서지 말아야 했어. 그랬어야 했는데……

시간을 되돌릴 수 있다면 좋겠다.

백월영…… 보고 싶다. 이젠 내가 널 찾아갈게. 나 밉다고 모른 척하지 않았으면 좋겠다. 끝까지 이기적인 거 알지만 내가 널 웃으며 반겨줬으면 좋겠다.

후계자의 삶을 위해 가장 먼저 자유를 포기했고, 다음으로 그림을 포기했고, 결국 너마저 포기했는데 어느 하나 좋은 게 없다. 난 대체 뭘 위해 포기하며 살았을까.

마지막으로 내가 포기해야 할 건 내 삶인가 보다.

먼저 떠나서 죄송합니다.

사랑했습니다. 어머니.〉

이 여사는 오직 그 마지막 줄 하나만 자신의 생명줄처럼 되풀이해 읽었다. 비록 과거형이라 해도 자신을 사랑했다는 아들의 고백은 늘 큰 힘이 되었다.

그렇게 자신을 사랑했던 아들이, 제 거짓 눈물에도 속아주던 아들이. 그깟 여자 하나 때문에 목숨을 버린 걸 용납할 수 없다.

이 여사는 지난날 무혁일 붙들고 거짓 눈물을 숱하게 뿌렸다.

'혁아, 엄마는 그 아가씨 싫다.'

'어머니가 생각하는 것보다 좋은 사람이에요. 만나보면 달라지실 거예요.'

'백월영인지 백여시인지 하여간 싫다고!'

'어머니가 월영이를 어떻게 아세요?'

무혁의 놀란 음성이 이 여사의 귓전을 지나갔지만 이 여사는 제연기력을 발휘해 눈물을 글썽이며 울먹일 뿐이었다.

'아무렴, 내가 너에 대해 모르는 게 있을 줄 알았니? 엄마가 5년이나 눈감아줬잖아. 그럼 된 거잖니. 무혁아. 그러니까, 선봐서 집안 좋은 여자 만나서 결혼해. 응, 아들?'

'어머니가 이번만, 딱 이번만 양보해주시면 평생 잘할게요. 어머니가 한 번만 너그럽게 받아주시면 안 되나요?'

이 여사는 제 눈물 바람이 통하지 않자 마지막 카드를 꺼냈다.

'내가 널 어떻게 이날 이때까지 키웠는데. 너 엄마니, 그 애니. 둘 중 선택해라. 너 그 아가씨 선택하면 엄마는 더는 이 세상 사람 아니다.'

'어머니!'

'어서 선택해. 엄마야? 그 아가씨야?'

무혁은 결국 이 여사를 택했다. 그것도 그럴 것이 무혁이 다섯 살 때 이 여사가 수면제를 복용하고 잠든 적이 있었다. 그걸 알 리 없는 무혁은 깨워도 일어나지 않는 이 여사를 보며 죽은 줄 알고 엄청 놀랐었다.

울고 불며 엄마 죽지 마를 연발하는 아들을 보았으면서도 이 여사는 이유를 부러 설명하지 않았고, 무혁은 엄마가 죽었다 살아난 것으로 믿었다. 어린 무혁에겐 실로 엄청난 공포였다. 그 공포는 무혁의 삶의 모든 부분을 지배했다. 제가 엄마 말을 거역하면 엄마가 죽는다는 공포. 이 여사의 협박은 무혁의 공포를 자극했고 결국 월영을 포기할 수밖에 없었다.

* * *

넓은 집안만큼이나 탁 트인 창으로 한강이 한눈에 들어왔다. 무진은 한강을 내려다보며 화영을 떠올렸다.

좁은 거실에서 자신을 가두고 사는 것 같은 화영이 마음에 걸린다. 마음 같아선 당장이라도 제 오피스텔에서 함께 살고 싶다.

매일 함께 눈을 뜨고, 함께 잠들고. 요리하는 걸 좋아하지 않는다고 했으니 요리는 선암댁에게, 집안일은 도우미를 불러야겠군.

무진은 혼자 '우리 결혼했어요'를 상상하며 자꾸만 실룩거리는 입술을 감당하지 못했다.

"도련님."

"……."

"도련님, 괜찮으십니까."

자신을 부르는 최 비서의 목소리에 무진은 현실로 소환됐다.

"……네. 괜찮습니다."

"어디 편찮으십니까."

"아니요."

"근데 왜 실없이 웃고 그러십니까."

최 비서의 진지한 목소리에 무진의 미간이 구겨졌다. 실없이 웃으면 어디 아픈 거야?

"최 비서님은 모르셔도 됩니다. 이제 다 끝난 거죠? 오늘부터 당장 들어와 살아도 문제없는 거겠죠?"

"네."

"수고하셨습니다. 최 비서님."

"네. 이만 물러나겠습니다."

최 비서가 나가자 무진은 집 안을 눈으로 훑었다. 가구며 살림살이가 모두 준비되어 있었다.

'화영이만 있으면 완벽하겠군.'

무진은 제 생각을 갈무리하곤 화영에게 전화를 걸려던 때였다. 휴대폰 액정이 밝게 빛을 내며 몸을 떨었다. 액정을 본 무진이 활짝 웃으며 전화를 받았다.

"우리 통했네요."

-네? 뭐가요.

'여보세요'가 아닌 다른 말에 당황할 법도 했지만, 이런 상황이 익숙한지 화영은 아무렇지 않게 맞받아쳤다.

"맞춰봐요."

-음……. 텔레파시?

화영의 대답에 무진이 호탕하게 웃었다.

"역시, 우린 잘 통하네요."

-무진 씨도 나한테 전화하려 했어요?

"네."

수화기 너머로 옅게 넘어오는 화영의 웃음소리가 무진의 귀를 간지럽혔다. 그 간지러움에 무진의 심장이 빨리 뛰었다.

"근데 왜 전화했어요? 내 목소리 듣고 싶어서?"

-그러는 무진 씨는 왜 전화하려고 했는데요?

"내가 먼저 물었습니다."

삐져나오는 웃음을 참아가며 무진이 진지한 목소리를 냈다.

-강무진 씨와 같은 생각으로 전화했어요.

요리조리 빠져나가는 화영이지만, 그에 못지않은 집요함이 무진에게 있었다.

"내 생각이 어떤데요?"

-……

"화영 씨가 대답할 차례입니다."

무진은 화영이 대답하지 못하고 우물쭈물하는 상황이 눈앞에 그려지자 웃음이 터졌다.

-왜 웃어요?

"좋아서."

-……아, 진짜.

애써 웃음을 참는 듯한 화영의 목소리가 들려왔다. '음, 음' 하며 낮게 제 목소리를 다듬는 소리가 전화기 너머로 들려오자, 무진이 소리 없이 환하게 웃었다.

-윤경이가 무진 씨 시간 될 때 밥 한번 먹자네요.

"윤경 씨가요?"

-네. 실은, 윤경이한테 말했거든요.

"뭘 말입니까."

무진은 화영이 어떤 말을 했을지 상상이 됐지만 화영의 목소리를 조금이라도 더 듣고 싶어 계속 말꼬리를 잡았다.

-내가 뭐라 했을 거 같아요?

이번엔 전세 역전, 화영이 말꼬리를 잡았다.

"음…… 애인 생겼다고?"

-아닌데요.

"그럼, 연애한다고?"

-아니에요.

무진이 그 말들 말고 뭐가 있을까 생각할 때, 화영이 정답을 애기했다.

-좋아하는 사람 생겼다니까 윤경이가-

"뭐라고? 나 못 들었어요. 다시 말해봐요."

무진은 지금 제가 서 있는 곳이 천국임을 깨달았다.

-다 들은 거 아니까, 무진 씨 시간 언제 되요?

"나 진짜 못 들었는데."

-와아. 진짜 적응 안 돼요. 얼굴이랑 성격이랑 너무 안 맞잖아요.

"그래서? 좋다는 겁니까, 싫다는 겁니까."

무진은 기어코 좋다는 말을 듣기 위해 애썼다.

-좋지도 싫지도 않아요.

웃음을 잔뜩 머금은 화영의 목소리에 무진이 백기를 들었다.

"좋아요. 화영 씨 승."

-방금 그 말 다시 해주면 안 돼요?

"뭘 말입니까. 화영 씨 승?"

-아니요. 그 전에 한 말.

왠지 귀를 쫑긋하고 있을 화영이 떠올라 무진이 웃었다.

"화영 씨가 먼저 말해주면요."

-좋아요. 먼저 했죠. 자아, 무진 씨 차례에요.

"좋아해요. 화영 씨."

-…….

잠시 둘 사이에 침묵이 흘렀다. 누군가를 좋아하고, 좋아함을 받게 되는 일이 다시 생긴다는 게 서로에겐 기적처럼 여겨졌다.

제 아픔에 갇혀 두 번 다시 누군가와 마음을 주고받는 일을 할 수 없을 줄 알았다.

"오늘은 몇 시쯤 끝날 것 같아요?"

-음……. 오늘은 딱히 걸릴 게 없으니 제시간에 퇴근할 수 있을 거 같아요.

"그럼 저녁은 윤경 씨 가게로 갈까요?"

-그래도 돼요?

"네. 신경 좀 써서 가야겠는데요. 윤경 씨한테 점수 따려면."

-지금도 충분해요.

화영의 대답에 무진이 빙그레 웃었다. 화영의 마음은 언제나 제게 곧장 와닿았다. 가식 없는 화영의 진실함이 무진의 마음을 데웠다.

"시간 맞춰 갈게요. 이따 봐요."

-네. 조심히 와요.

효림은 며칠째 선재의 얘기가 머릿속을 떠나지 않았다. 또다시 실패한 맞선에 효림은 이러다 맞선 성사율에 지장이 생길 것 같아 조마조마했다. 제 화랑을 움직이는 거대 손들의 자본을 계속 확보하는 데 맞선도 중요한 요소였다.

강무진에 대한 연이은 실패에 효림은 제 안목을 탓할 뻔했다. 하지만 선재에게 바리스타를 다른 사람으로 교체하겠다는 협박을 해서 사실을 알아내었다. 선재의 말에 따르면 그날, 화영과 무진 사이에 묘한 기류가 엿보인다고 했다. 그건 더 큰 문제였다. 중요한 고객을 잃을지도 모른다니. 아직 발생하지 않은 수익이었지만, 손에 쥐어진 수익이 모래알 빠지듯 사라지는 기분이었다.

효림은 섣불리 믿고 싶지 않았다. 제 눈으로 확인하기 전까진 믿지 못할 일. 하지만 매일 얼굴이 피는 화영을 보면 선재의 말을 믿어야 할 거 같기도 하다. 효림은 일단 확실해질 때까지 기다리기로 하고 집무실을 나오며 퇴근을 장려했다.

"자아, 퇴근들 하죠."

"수고하셨습니다."

서로 인사를 주고받으며 일어섰지만 화영만 앉아 있었다. 그런 화영을 보며 서현이 물었다.

"언니, 안 가세요?"

"응. 가야지. 조금만 더 마무리하고 가려고. 먼저 들어가."

"네."

"제가 마무리하고 문 닫고 갈게요. 내일 뵙겠습니다."

화영이 딱 잘라 떠밀자 다들 인사를 나누며 사무실을 나갔다.

"휴우."

화영은 연애가 죄도 아닌데, 무진의 존재를 들키지 않기 위해 애쓰고 있는 자신이 용납되지 않았다. 하지만 조심해서 나쁠 건 없으니까. 서둘러 서류를 정리하고 나갈 채비를 했다. 무진이 기다리고 있다 생각하자 몸이 절로 빨리 움직였다.

화랑을 빠져나와 주변을 살폈다. 어둠이 내려앉은 주차장 한쪽에 시선이 머물렀다. 무진이 세단에 기대 서 있었다. 화영이 웃으며 다가가자 무진이 양팔을 벌려 제 품 속에 화영을 감싸 안았다.

"오늘도 수고했어요."

무진의 달콤한 속삭임이 화영의 귓가를 간지럽혔다.

"추운데 오래 기다렸어요? 옷이 차다. 추워요, 얼른 타요."

화영이 고개를 들어 무진과 눈을 맞췄다. 어두워 잘 보이지 않았지만 저 눈이 자신으로 가득 찬 게 느껴져 절로 입술이 올라갔다. 올라가는 화영의 입술에 살며시, 빠르게, 무진의 입술이 내려앉았다 떨어졌다.

"누가 보려면 어떡하려고 그래요?"

"보라고 하는 건데? 이 여자, 내 여자라고."

화영이 무진의 시선을 피하며 살며시 웃었다. 무진이 조수석 문을 열었다.

"타시죠. 백화영 씨."

"네. 감사합니다, 강무진 씨."

화영이 들뜬 마음을 가라앉히려 애쓰며 차에 올라탔다. 문을 닫고 무진이 운전석으로 향했다. 화영은 보닛을 돌아 성큼성큼 걷는 무진의 모습을 눈으로 좇았다. 그와 함께하는 이 순간이 행복으로 꽉 찼다.

백반집은 여전히 분주했다. 가게 안은 손님들로 왁자지껄했다. 화영과 무진이 손을 잡고 가게 안으로 들어서자 테이블을 정리하던 윤경이 고개를 돌렸다.

"어서 오, 어, 왔네요. 어서 와요."

윤경이 손님일 거라 생각했다가 둘의 모습을 보며 알은체했다. 둘이 맞잡은 손에 절로 눈길이 갔다.

"방으로 가 있어. 금방 갈게."

"응."

화영이 대답하곤 무진을 이끌어 방으로 향했다. 신발을 벗기 위해 손을 놓으려 하자 무진이 손을 더 꽉 쥐었다.

"놓지 않고 신발을 벗을 수 있잖아요."

"부츠라 불편해서 안 돼요."

"잠깐만. 여기 앉아봐요."

화영이 방문턱에 걸터앉았다. 무진이 화영과 잡은 손을 놓고 무릎을 구부려 앉았다. 그러곤 손을 뻗어 화영의 부츠에 있는 지퍼를 내렸다. 화영의 얼굴이 붉어졌다.

무진이 양쪽 지퍼를 모두 내린 후 일어서며 말했다.

"자, 이제 손."

손을 잡자 무진이 화영을 일으켜 세웠다. 화영이 부츠를 벗고 방에 올라서자 무진이 뒤이어 들어갔다. 자리에 앉으면서도 손을 놓지 않았다.

"우리 밥 먹을 때도 손잡고 있는 거 아니죠?"

화영의 물음에 무진이 가지런한 치아를 드러내며 웃었다.

"할 수 있으면 그렇게 하고 싶은데요."

"뭘요? 둘이 너무 다정한 거 아니에요?"

윤경이 방에 들어서다 둘 모습에 툴툴거리며 웃었다.

"메뉴는 지난번과 같은 걸로 했어요. 괜찮죠?"

"네."

무진이 경쾌하게 대답했다. 지금 메뉴 따위는 무진의 관심사가 아니니까.

"둘이 언제 이렇게 가까워진 거예요? 화영이는 그냥 좋아하는 사람이 있다고만 했지 자세히 얘기를 안 해줘요."

"뭐가 궁금하신 건데요?"

"전부 다. 첫 만남부터 다요."

"야아, 내가 얘기해줬잖아."

화영이 서둘러 윤경을 제지했다.

"우리 첫 만남은 어긋난 맞선이랄까요."

"맞선이요? 화영이는 그렇게 말 안 했는데."

윤경의 시선이 화영을 향했다.

"그건 내가 따로 얘기해줄게."

화영이 서둘러 대답했다.

"근데 가장 궁금한 건 무진 씨 정체예요."

"제 정체요?"

"네."

이건 또 무슨 뚱딴지같은 소리냐 싶은 화영과 달리 무진은 평온을 유지했다. 화영은 잡고 있는 손에 땀이 차는 기분이다.

"좀 사는 집안 같은데, 구체적으로 집안에 대해서 말씀을 안 해주신 거 같아서요."

윤경의 눈이 날카롭게 빛났다.

"그건…… 내가 좋아하는 건 무진 씨지, 무진 씨 집안이 아니니까 상관없어."

"혹시 막, 검색하면 나오는 그런 집안이에요?"

윤경의 말에 무진이 웃었으며 태연하게 받아쳤다.

"그게 왜 궁금하신 거죠?"

"화영인 저한테 소중한 친구거든요. 그리고 전 부자를 그리 좋게 안 봐서. 진짜 부자라도 문제지만, 강무진 씨가 사기꾼이면 더 곤란하잖아요?"

"야아, 하여간에. 김윤경 잔소리는 알아줘야 해. 쟤가 원래 안 그러는데 제 일에는 관심이 많아서 그래요."

화영이 중간에서 난처해하자 무진이 화영의 귀에 낮게 속삭였다.

"괜찮아요."

무진의 속삭임에 수줍어하는 화영을 놀란 눈으로 윤경이 바라보았다.

"윤경 씨가 어떤 마음으로 물어보는지 알 것 같습니다. 걱정하지 않으셔도 됩니다. 적어도 사기꾼은 아니거든요."

"뭐, 그러면 다행이구요. 화영이한테는 언제 얘기하실 거예요? 집안에 대해."

"차차 얘기할 기회가 생기겠죠."

무진이 태연하게 웃었다. 윤경은 무진의 여유로운 태도가 마음에 안 들었다. 딱히 더 파고들기도 뭐하고, 화영이 좋아하니 뭐라 말하기도 그렇고. 제 오지랖이 문제라 쳐도 화영이 상처받는 것보다는 낫다 싶은 윤경이었다.

윤경이 그만 나가봐야겠다 싶던 차에 방문이 열리며 한상 가득 음식이 차려진 쟁반을 들고 종업원이 들어왔다. 윤경이 쟁반을 받아 반찬을 테이블로 옮겼다.

"맛있게 드세요. 제가 늘 지켜볼 겁니다. 화영이한테 잘하는지 못하는지.”

“네.”

무진이 활짝 웃었다. 윤경은 음식을 다 옮기고 홀을 도와야 한다며 나갔다. 윤경이 나가자 화영이 미안해하며 무진을 바라보았다.

“윤경이가 제 일이라면 그렇게 챙겨요. 울 언니랑도 친하게 지냈는데, 언니가 재벌집 남자랑 사귀었다가 헤어졌거든요. 그래서 부자를 별로 안 좋아해요.”

“그렇군요. 괜찮아요. 근데 화영 씨는 어때요? 재벌 집안.”

“전 딱히, 감흥 없어요. 얽힐 일도 없을 거 같고요.”

무진은 화영의 대답에 절대 제 정체를 섣불리 밝히지 말아야겠다고 다짐했다. 시작도 하기 전에 재벌 2세인 게 걸림돌로 작용하게 둘 순 없지.

“아, 무진 씨가 재벌이나 마찬가지죠. 잊고 있었다.”

“잊어요. 그건.”

무진의 눈이 화영을 가득 담았다. 그 눈을 보니 정말 잊어도 될 것 같았다. 저 눈이 하는 말이라면 뭐든 믿어도 좋을 것 같다. 화영은 너무 올곧게 오는 시선이 부담스러워 눈길을 테이블로 돌렸다.

밥상을 앞에 두고 계속 이야기만 하는 건 밥에 대한 예의가 아니라며 화영이 밥을 먹기 시작했다. 그 모습에 무진이 웃었다.

배불리 먹고 돌아서 나오는 길, 무진은 화영의 부츠를 신겨주고 여전히 꽉 잡은 손을 놓지 않고 차로 향했다. 차에 올라타선 화영이 운전 중엔 안 된다며 극구 반대하는 바람에 손을 놓을 수밖에 없었다. 화영은 언니의 사고가 운전자의 부주의로 인한 일이었기에 운전에 예민했다.

느릿느릿 정규 속도를 지켜가며 운전했거늘, 밤 시간이라 그런지 신호도 몇 번 걸리지 않고 화영의 빌라 앞에 도착했다.

무진이 안전벨트를 풀고 화영을 바라보며 물었다.

"올라가서 차 한잔 마시고 간다고 하면?"

"싫어요."

화영도 벨트를 풀며 일말의 망설임도 없이 답했다.

"하여간 칼이야. 그거 알아요? 화영 씨 은근 확실한 거?"

"그걸 이제 아신 거예요?"

화영이 무진을 바라보며 웃었다.

"집 정리 못 했단 말이에요. 전에 왔을 땐 제가 그 전날 얼마나 치웠다고요."

"지저분해도 괜찮은데."

"내가 안 돼요. 좋은 모습만 보이고 싶어요."

"난 화영 씨가 어떤 모습이라도 좋아요."

무진의 말에 화영이 입술을 실룩이며 웃음을 참았다. 무진이 손을 뻗어 화영의 볼을 살며시 꼬집었다. 부드러운 볼살에 기분이 좋아졌다.

"아쉽다."

무진의 목소리에 힘이 없었다. 화영이 그런 무진을 바라보았다.

"무진 씨."

화영이 낮고 부드러운 목소리로 부르며 그의 곁으로 제 몸을 기울이자 무진의 눈동자가 커졌다. 그의 입술에 살며시 그녀의 입술이 닿았다 떨어졌다.

"저도 이 남자 내 남자예요, 라고 찜했어요."

양 입술 끝이 보기 좋게 올라가는 화영을 보며 무진은 참을 수 없었다. 무진은 화영의 양 볼을 부여잡고 거칠게 화영의 입술을 삼켰다. 거칠었던 부딪침은 곧 부드럽고 달콤하게 바뀌었다. 밤이 깊어가는 동안 둘의 입맞춤도 깊이를 더해갔다.

* * *

키스의 달콤함은 화영의 입술에 후유증을 남겼다. 살짝 부어오른 것이다. 화영은 제 입술을 손끝으로 쓸며 고개를 숙이곤 슬며시 웃었다. 숨길 수 없는 게 사랑과 재채기라 했던가. 화영의 얼굴은 하루가 다르게 피어올랐고 활짝 핀 꽃은 누구라도 돌아보게 했다. 사무실에 들어서는 화영을 보며 서현이 반갑게 물었다.

"언니, 연애하죠?"

"어? 왜?"

"티 나요."

"……."

화영은 그렇게 티가 나는가 싶어 얼른 고개를 숙였다. 부은 입술이 마음에 걸렸다. 자리로 가 앉을 동안 서현의 시선이 끈덕지게 달라붙는 게 느껴졌다.

"언니, 누구예요? 혹시 지난번 그 작가님?"

"작가님?"

화영은 서현이 말하는 작가가 누굴까 생각했다.

"아, 아니야. 이신후 작가님 아니야."

"오, 연애하는 건 맞구나!"

서현이 기분 좋게 웃었다. 화영은 그 모습에 자신이 파닥파닥 낚였다는 걸 느꼈다. 방심했다 싶어 제 표정을 지우려 애썼다. 직원들에게 연애 중인 사실을 밝히고 싶진 않았다. 특히나 효림에겐 더욱더 들키고 싶지 않다. 무진에 대해 정보를 얻어오라 시켰더니 둘이 눈 맞았다는 비난 섞인 원성을 들을 것 같았다.

"서현 씨, 나 부탁 하나만 해도 될까."

"네. 뭔데요?"

"나 연애하는 건 비밀로 해줘."

"……이유 물어보면 말 안 해주실 거죠? 뭐, 알겠어요."

"고마워."

서현이 겪어본 바, 화영은 한번 입 다물기로 한 일은 절대 말하지 않는다는 걸 알고 있다. 지금 이유를 물어본들 화영이 말해주지 않을 것 같으니 서현은 그냥 알겠다고만 하고 말았다. 굳이 지켜주지 못할 이유도 없으니까.

신후의 전시회 준비도 거의 막바지에 다다랐다. 화영은 카탈로그가 제대로 나왔는지 확인하며 신후에게 전화를 걸었다.

"여보세요. 작가님, 백화영입니다."

-네, 화영 씨. 잘 지내시죠?

"네. 작가님도 잘 지내시죠? 다른 게 아니고, 작가님 전시회 홍보 카탈로그 가제본이 나왔는데 실물 보고 마음에 드시는지 여쭤어보려고요."

-아, 저 지금 못 움직일 거 같은데…….

"제가 갈게요. 시간이 좀 촉박한 감이 있어서 그러는데, 오늘 괜찮으세요?"

-네. 화영 씨가 와주신다면 환영이죠.

"그럼 오늘 오후에 찾아뵙겠습니다."

-네.

화영은 전화를 끊고 효림의 집무실로 향했다.

"대표님, 오늘 오후에 카탈로그 가제본 갖고 이신후 작가 작업실에 다녀올까 합니다."

"네, 알겠어요. 아, 가제본 저도 한 부 주세요."

"네."

화영은 제가 손에 쥐고 있던 가제본을 효림에게 건네고 집무실을 나왔다. 자리로 돌아오자 휴대폰의 알람 램프가 반짝반짝 깜박였다. 확인하니 무진에게서 전화와 문자가 남겨져 있었다.

[화영 씨, 오늘은 몇 시에 끝나요?]

무진은 매일같이 화영의 퇴근 시간을 물어왔고, 매일 퇴근 시간에 맞춰 화영을 찾아왔다.

[오늘은 야근해야 할 거 같아요. 오후에 이신후 작가님 작업실 들렀다가 다시 화랑 와야 하거든요.]

화영의 손가락이 휴대폰 키패드 위에서 춤을 췄다.

무진에게 날아간 문자는 전화로 답이 돌아왔다. 화영은 사무실에 혼자 있지만 목소리를 낮췄다. 집무실에 효림이 있으므로.

"여보세요."

-왜 그렇게 목소리가 작아요?

무진 역시 화영처럼 낮게 속삭였다. 그 모습에 화영이 낮게 웃었다.

"그냥요."

-바빠요?

"아주 조금요."

-끊어야겠네요.

"아뇨. 그래도 무진 씨랑 통화할 시간은 있어요."

화영의 다급함에 무진의 시원한 웃음소리가 수화기를 통해 들려왔다.

-몇 시에 가요? 이 작가 작업실.

"4시쯤 출발할 생각이에요."

-같이 가요. 데리러 갈게요.

이쯤 되니 화영은 걱정스럽다. 1인 에이전시라지만 그렇게 일이 없는 건지, 아니면 일을 미루고 저를 만나러 오는 건지.

"무진 씨는 일 안 하세요?"

-일보다 백화영. 내게 중요하고 소중한 건 백화영이니까.

무진의 대답에 화영이 웃었다.

-시간 맞춰 갈게요. 기다려요.

"네. 조심히 와요."

화영은 전화를 끊고도 쉽게 전화기에서 손을 떼지 못했다. 간신히 전화기를 내려놓고 다시 카탈로그를 확인했다.

오늘 이 만남이 둘의 운명을 크게 흔드는 시초가 될 거라곤, 둘 중 누구도 생각지 못했다.

7. 아픈

　화영은 세 시 오십 분으로 알람을 맞췄다. 보나 마나 무진은 세 시 오십오 분이면 도착할 테니까. 화영은 무진이 유달리 시간에 민감하다는 사실을 깨닫고 물은 적 있었지만 무진은 퍽 난처한 듯 화영의 시선을 피하곤 나중에 얘기해주겠다며 즉답을 피했다.

　매번 약속 시간보다 일찍 오는 무진을 위해 오늘은 자신이 먼저 기다릴 요량이었다.

　알람이 울리자 화영은 효림에게 보고하고, 카탈로그를 챙겨 주차장으로 내려갔다. 2월 중순이지만 그리 춥지 않았다.

　주차장을 막 들어서는 무진의 차가 보이자 화영의 입술이 절로 실룩거렸다. 웃지 않으려 입술을 안으로 말아보지만 번지는 웃음을 막진 못했다.

　무진의 세단이 화영의 곁에 멈췄다. 화영은 무진이 내리기 전에 재빠르게 조수석에 올라탔다.

"왜 바로 탔어요? 내려서 한번 안고 싶었는데."

무진은 실망을 여과 없이 드러냈다.

"무진 씨 빨리 보고 싶어서요."

화영이 방긋 웃으며 무진을 보자, 무진 역시 화영을 보며 웃었다.

"무진 씨."

화영이 달콤하게 속삭였다. 무진의 눈이 초롱초롱 빛났다. 그 모습에 웃음을 머금은 화영이 몸을 기울여 무진의 볼에 살며시 뽀뽀했다.

"자아, 이제 가요."

"아쉬워서 못 갈 거 같은데."

"아직 대낮이거든요."

"대낮에 과감한 사람이 누군지 모르겠네."

무진이 웃으며 화영의 볼을 꼬집었다. 무진의 눈동자가 다정함을 넘어 어쩔 줄 몰라 미칠 것 같은 눈빛을 품었다. 화영은 슬며시 눈을 피했다.

"백화영."

무진이 부른 제 이름 석자에 화영의 가슴이 쿵 하고 내려앉았다. 여태 불리던 '화영 씨'와 다른 느낌이었다.

"……네?"

"넌 꼭 불리하면 피하더라."

"아니거든요."

"그럼 왜 피하는 건데?"

'당신 눈에 담긴 그 마음이 너무 좋아서요. 보고 있으면 자꾸 빠져드니까.'

"이 봐, 이 봐. 지금도 대답 안 하는 거 봐."

무진이 화영의 볼을 다시 꼬집었다.

"이러다 늦겠어요. 얼른 가죠."

화영은 제 마음이 들통날까 봐 무진을 재촉했다.

"네네. 강 기사, 출발합니다."

무진이 활짝 웃으며 차를 출발시켰다.

"참, 나 드디어 독립했는데 놀러 올래요?"

"독립이요?"

"네. 본가에서 나왔어요."

"그럼 무진 씨도 이제 혼자 살아요?"

"네."

"그렇구나."

화영이 낮게 중얼거리며 가볍게 고개를 끄덕였다.

"축하드려야 하는 거겠죠?"

"왜요? 내가 혼자 산다니까 싫어요?"

무진은 시큰둥한 화영의 반응이 의아했다.

"아뇨. 외롭잖아요."

"아, 아. 안 외로운데. 당신이 있을 거니까."

무진이 말과 함께 화영을 쳐다보며 윙크했다.

"아, 진짜. 느끼해."

화영의 투덜거림에 무진이 고개를 바로 하곤 웃었다.

"이상하네. 다른 여자들은 이러면 다들 좋아하던데."

"아니, 어디? 누가? 대체 어느 여자가요?"

화영이 심술 내자 무진이 시원하게 웃었다.

"역시 질투하는 백화영은 매력 있어."

무진의 반응에 화영은 그를 노려보았다. 그러거나 말거나 무진은 고른 치아를 드러내며 웃을 뿐이었다.

둘은 신후의 작업실에 함께 들어섰다. 역시 습관은 쉽게 변하지 않나 보다. 어느새 예전처럼 너저분해진 작업실에서 한창 몰두해 그림을 그리고 있는 신후가 보였다.

왠지 방해되는 것 같아 화영이 조심스럽게 걸음을 옮겼다.

"작가님."

"어? 오셨어요. 어라, 두 분이 같이 오셨네요."

"네, 어쩌다 보니."

"어쩌다 보니까가 아니라, 부러 같이 왔습니다."

무진이 당당하게 거들먹거리며 답했다. 승리한 자의 여유랄까.

"두 분 핑크빛? 역시 그런 건가요?"

신후가 그럴 줄 알았다는 표정으로 자리에서 일어섰다. 그 모습에 괜히 화영이 부끄러워졌다.

"우리가 방해한 거 아니에요?"

"아닙니다. 안 그래도 집중력 떨어지고 있었어요. 커피 드릴까요?"

"괜찮아요."

"그럼 다들 앉을까요."

화영과 무진이 소파로 가 앉자, 맞은편에 신후가 앉았다.

"작가님, 여기요."

화영이 신후에게 카탈로그를 건넸다.

"이런 건 처음이라 신기하네요."

카탈로그를 받아 본 신후의 표정은 마치 얼리어답터가 신상품을 접한 것 같았다.

"전체적인 레이아웃이 마음에 드시는지, 특히 캡션이 맞게 달렸는지, 작품 이름이랑 소개가 틀린 곳은 없는지, 그림 색은 잘 맞는지 확인해주시면 돼요. 혹시 수정하고 싶은 부분 있으면 말씀해주세요."

화영의 설명을 들은 신후는 카탈로그를 펼쳐 살피기 시작했다. 무진은 설명하는 화영을 바라보고 있었다. 무진의 시선을 느낀 화영이 소리 없이 입 모양으로 물었다.

'왜요?' 그러자 무진도 소리 없이 입술을 움직였다. 화영이 알아듣지 못하고 갸우뚱하자, 답답했는지 무진이 소리를 냈다.

"좋아서."

무진의 대답에 카탈로그를 보던 신후가 여전히 고개를 숙인 채 말했다.

"애정 행각은 두 분만 계실 때 하세요."

"죄송합니다."

화영이 서둘러 사과하며 무진을 째려보았다. 무진은 어깨를 으쓱하고 웃을 뿐이었다. 저 뻔뻔한 영혼을 어찌 구워삶을까 고뇌하는 화영을 보며 무진은 입술로 허공에 뽀뽀를 날렸다.

"아, 진짜!"

화영이 저도 모르게 버럭 했다. 그 소리에 놀란 신후가 고개를 들었다.

"……죄송합니다."

화영은 얼굴까지 붉혀가며 사과했다. 그 모습에 신후가 웃으며 말했다.

"괜찮아요. 화영 씨, 제가 강 대표님 비밀 하나 까드릴까요?"

"네?"

"강 대표님 집안."

"뭡니까. 이 작가님."

신후의 말에 놀란 무진이 끼어들었다.

"그러니까 저 일하는데 강 대표님이 지금 방해하고 계신 거잖아요. 그러니 저도 강 대표님 연애사업 훼방 놓으려고요."

신후가 생긋 웃었다. 무진은 신후의 표정을 보며 거짓말이 아님을 알았다. 사실 강무진이란 이름만 검색해봐도 그 집안에 대해선 자동 검색어로 떴다. 그걸 신후가 모를 리 없을 테고, 저를 후원하겠다고 나타난 무진에 대해 검색 한번 안 해봤을 리 없을 테니까 말이다.

불안해진 무진이 신후를 저지하려 들자 화영이 끼어들었다.

"강 대표님 집안이 그렇게 대단한가 보죠? 이 사람 저 사람 다 궁금해할 정도면."

"뭐야. 정말 모르세요? 그냥 한번 해본 말인데. 검색만 한번 해도 다 나오던데요."

신후의 말에 무진의 얼굴이 굳어졌다.

"궁금하지 않아서요."

화영이 생긋 웃었다. 정말 개의치 않는 웃음이었다. 무진은 그 모습을 넋 놓고 바라보았다.

'이러니 내가 반하지.'

"와, 강 대표님 표정 어쩔 겁니까. 사람이 저렇게 달라질 수 있다니 놀랍네요."

신후가 고개를 절레절레 흔들며 다시 카탈로그로 시선을 옮기며 말했다.

"이거 언제까지 확인해야 해요?"

"빠를수록 좋아요. 오늘 안에 통과되면 더 좋구요."

화영의 요구에 신후가 한숨을 쉬었다.

"후우. 그럼 저 집중해야 하니까 연애사업 하실 거면 가주시면 좋겠네요."

"갑시다. 화영 씨."

무진의 말에 화영의 눈빛이 날카로워졌다.

"의사소통에 오해 없도록 기다리고 있겠습니다. 혹시 방해되시면 이따 다시 오겠습니다."

"아닙니다. 내용이 그리 많은 것도 아니고, 일단 레이아웃과 색감은 마음에 드니까 캡션과 내용만 확인하면 될 거 같아요."

신후가 화영을 보며 웃었다. 화영 역시 머쓱해져 살며시 웃었다. 그 모습을 무진이 팔짱을 낀 채 쳐다봤다. 어디까지 인내심을 발휘하게 될지 스스로 시험하는 기분이었다.

그러거나 말거나 화영은 곧 신후 옆자리로 옮겨 같이 카탈로그를 확인하기 시작했다. 생각보다 확인 작업은 수월하게 끝이 났고, 신후는 까다롭지 않았기에 수정 없이 그대로 진행하기로 했다. 이제 효림의 결정만 남은 셈이었다.

작업실을 나온 둘은 다시 화랑으로 향했다. 화랑에 도착했을 땐 이미 모두 퇴근하고 없을 시간이었다. 그동안 야근할 때마다 무진이 화영과 함께 사무실에 머물렀기에 같이 사무실로 향하는 건 너무나 익숙한 일이었다.

화영은 전등을 켜 사무실을 밝히고 자리로 가 컴퓨터를 켰다. 의자에 앉으며 해야 할 일들을 머릿속으로 정리했다. 무진은 그런 화영의 옆으로 의자를 끌어와 옆자리를 지켰다.

무진은 화영이 집중해서 무언가를 하고 있는 모습이 좋았다. 화영의 옆 책상에 팔을 올려 턱을 괴고 화영이 일하는 모습을 바라보았다. 처음엔 제 시선을 의식하던 화영이 어느 순간, 일에 빠져드는 모습을 보면 신기했다.

화영은 미술 잡지와 사이트에 보낼 광고 시안을 만들었다. 큰 화랑에선 디자인팀이 따로 있기도 하지만 예담은 거의 모든 일을 화영이 도맡아 했다. 한창 시안 레이아웃을 잡던 화영이 고개를 옆으로 돌리다 무진과 눈이 마주쳤다.

언제부터 저를 쳐다보고 있었던 건지. 둘은 고요하게 서로를 바라보았다. 차분하게 가라앉은 무진의 눈동자가 무척 깊다는 생각이 드는 순간 화영이 시선을 피했다.

"백화영."

무진의 낮고 부드러운 음성이 감미로웠다.

"화영아."

감미로운 목소리에 홀려 화영이 무진을 바라보자, 그의 입술이 제 입술에 포개졌다. 무진의 부드러운 입술이, 달콤한 혀가, 화영의 말랑말랑한 입술을 가르고 그 속을 파고들었다. 서로만 느껴지는 순간이었다.

오래 이어져 있던 입술이 떨어지자 허전했다. 무진이 번들거리는 화영의 입술을 손가락으로 닦아주었다.

"이만 갈까요?"

화영이 머쓱해져 물었다. 화영은 서둘러 컴퓨터를 끄고, 책상 위를 정리하기 시작했다.

둘이 손을 잡고 사무실 문을 열려 할 때 벌컥 문이 열리며 효림이 들어섰다. 너무 놀란 화영이 무진의 손을 꽉 잡았다.

"대표님!"

저도 모르게 목소리가 높아졌다. 화영은 잡았던 손을 얼른 놓으려 했지만 무진이 놓아주지 않았다.

"화영 씨 퇴근 안 했나요?"

"네. 이제 하려고요. 대표님은 왜……?"

화영의 놀란 가슴은 진정되지 않았고 말이 끝까지 이어지지 못했다.

"낮에 받은 가제본을 두고 갔지 뭐예요. 시간이 촉박한데 확인이 덜 끝나서."

대답을 하던 효림의 시선이 두 사람의 손으로 향했다. 화영의 손을 감싸 쥔 무진의 손이 보였다.

"안녕하세요. 최 대표님."

무진은 마치 자주 만나왔던 사람처럼 효림에게 인사를 건넸다.

"네. 안녕하세요, 강 대표님. 근데 강 대표님이 이 시간에 저희 사무실엔 어쩐 일로?"

"백화영 씨에게 볼일이 있어서요."

무진은 태연하게 웃었다.

화영은 제 손에 땀이 차는 것 같았다. 얼른 벗어나고 싶다는 생각밖에 안 들어 잡고 있는 무진의 손을 끌었지만 그는 꿈쩍도 하

192

지 않았다.

"그럼 저흰 이만 가보겠습니다. 아, 그리고 이제 제 선 자리는 안 알아봐주셔도 됩니다. 보시다시피 제 옆엔 화영 씨가 있어서요."

무진이 말과 함께 잡고 있던 화영의 손을 들어 보였다. 화영은 저를 향하는 효림의 시선이 느껴져 고개를 숙였다.

"안녕히 계세요."

"대표님, 내일 뵙겠습니다."

화영은 도망치듯 사무실을 빠져나가며 무진을 이끌었지만 무진은 평소와 조금도 다를 바 없는 걸음걸이로 사무실을 나갔다.

효림은 텅 빈 사무실에 잠시 가만히 서 있었다. 설마설마했던 일이 제 눈앞에 펼쳐지니 생각의 정리가 필요했다.

한강의 야경만큼이나 차 안의 분위기가 가라앉았다. 화영은 사무실을 나오면서부터 말이 없어졌다.

"화영 씨 뭐 잘못한 거 있어요?"

날아든 질문에 밖을 보고 있던 화영의 고개가 무진을 향해 꺾였다.

"네?"

"왜 아까부터 풀 죽어서 그러고 있어요?"

"제가 그랬어요?"

"네."

되묻는 화영을 보며 무진의 얼굴에서 표정이 사라졌다. 사무실을 나오면서부터 화영은 얼이 나간 사람 같았다. 처음엔 예상치 못한 만남에 놀라서 그런 거라 여겼다. 하지만 빌라로 향하는 내내 입을 다문 채 창밖만 보는 화영이 무진은 신경 쓰였다. 아무래도 자신이 너무 나선 건가 싶어 미안했다. 그렇지만 화영과 제 사이를 숨기고 싶은 생각은 조금도 없었다.

"혹시 내가 너무 당당해서 그런 겁니까."

그 말에 화영이 피식 웃었다.

그래요, 당신 참 당당하고 멋졌어요.

"아니에요. 너무 놀라서 아무 생각 안 났나 봐요."

세단은 어느새 빌라 앞에 도착했다.

"화영 씨."

"네."

화영은 안전벨트를 풀며 대답했다. 내릴 준비를 하는 화영에게 못마땅한 무진의 시선이 고스란히 닿았다.

"난 당신이 굉장히 솔직한 사람이라고 생각해요. 그리고 우리가 연애하는 동안은 서로에게 충실했으면 좋겠고, 서로에게 솔직했으면 좋겠는데."

"……."

"내가 모르고 있는 게 뭐죠? 말해봐요. 화영 씨."

무진이 손을 뻗어 화영의 머리카락을 귀 뒤로 쓸어 넘겨주며 다정하게 바라보았다.

"직장 상사한테 연애하다 들킨 게 마음에 걸리는 거라면 미안해요."

"그냥 놀라서 그래요. 당장 내일 다시 마주쳐야 할 갑과 을인데, 을인 제가 걱정하는 게 당연하잖아요?"

화영이 웃었다. 무진이 손을 뻗어 화영의 손을 잡았다.

"백화영 씨. 내가 말했죠? 화영 씨는 표정에서 다 드러난다고. 애써 웃지 않아도 돼요."

화영이 민망해하자 무진이 슬며시 웃으며 덧붙였다.

"음……. 이 일로 갑이 뭔가 횡포를 부린다거나, 부당한 대우를 하면 걱정 말고 내게 와요."

"무진 씨한테 가면요?"

"제가 책임지고 같이!"

무진의 목소리가 사뭇 비장했기에 화영은 살짝 긴장됐다.

"'갑'을 욕해줄게요. 그것도 아주 리얼하게."

"그게 뭐야."

화영이 깔깔거렸다. 그래 죄지은 것도 아니잖아. 뭐 어때.

"역시. 강무진 씨가 최고네요. 잊지 말아요? 꼭 같이 '갑'을 욕해 줘야 해요."

"그럼요. 제가 갑님의 생명 연장을 위해 신나게 욕해줄게요."

무진은 제 농담에 다시 살아난 화영이 보기 좋았다.

"그러니까 우리 '을' 백화영은 웃어요."

무진은 화영의 웃음을 지켜주고 싶었다.

"네. 무진 씨가 있어 좋네요. 고마워요."

윤경 말고, 실로 오랜만에 덮어놓고 제 편을 들어주는 사람을 만난 설렘에 화영은 가슴이 벅찼다.

* * *

어제 일로 화영은 사무실에 앉아 있는 내내 가시방석 같아 편치 않았다. 보고해야 할 일이 있으니 효림을 마냥 피할 수도 없었다.

화영은 심호흡을 하고 제 표정을 풀며 집무실을 노크했다. 문을 열자 책상에 앉아 있던 효림이 고개를 들었다.

"거기 앉아요."

앉으라는 말에 화영은 다시 긴장됐다. 앉으라고 권하는 것은 할 얘기가 길어진다는 걸 의미했다. 효림은 할 말이 있을지 모르나 자신은 할 말이 없는데 싶다.

곧 효림이 와 자리에 앉자 화영도 앉았다.

"대표님, 이 작가님은 카탈로그를 그대로 진행해도 된다고 말씀하셨습니다. 어떻게, 그대로 진행할까요?"

순간 효림은 레이아웃이 마음에 안 든다고 트집 잡을까 했지만 그건 너무 유치한 발상 같아 참았다.

"네. 그대로 진행하세요. 광고 시안과 초대장은 만들고 있나요?"

"네."

"그럼 우선 초대장 보낼 명단입니다."

효림은 명단이 저장된 USB를 넘겼다.

"거기 초대 명단 중에 강정 그룹이 있는데 좀 더 신경 써주세요."

"네."

효림은 말을 하며 화영의 표정을 살폈다. 아무런 표정 변화가 없자 의구심이 들었다.

"백화영 씨. 강무진 씨에 대해 얼마나 알아요?"

화영은 결국 올 것이 왔구나 싶다.

"아직 잘 모릅니다."

"그럼 혹시, 강무진 씨가 어느 집안 사람인지도 모르고 있나요?"

"네."

화영은 효림까지 무진의 집안을 들먹이자 진심 짜증이 일었다. 대체 그 집안이 어떻다고 다들 제게 이러는 건지.

"화영 씨. 이건 대표로서가 아니라 인생 선배로서, 화영 씨 생각해서 하는 말이란 것만 알아줬으면 좋겠네요. 화영 씨가 강무진 씨와 어떤 마음으로 만나고 있는지 모르겠지만, 신데렐라는 꿈꾸지 마세요."

"그게 무슨 말씀이신지……?"

"강무진 씨 집안과 너무 많이 차이 나서 백화영 씨가 많이 힘들 겁니다. 사랑? 지금은 가장 황홀하고 최고인 것 같지만 돌아서면 사랑만큼 더러운 것도 없어요. 화영 씨가 다치지 않으려면 깊어지기 전에 빠져나오세요. 나중에 후회하지 말고."

화영은 효림의 말이 단순히 하는 말이 아니란 게 느껴졌다. 섣불리 입을 뗄 수 없었다.

"내 말 무슨 뜻인지 이해했을 거라 믿어요. 그럼 일 봐요."

화영이 무의식적으로 인사를 하고 집무실을 나갔다. 효림은 화영이 앉았던 자리를 바라보며 제 과거 속으로 빠져들었다.

효림에게도 사랑에 미쳐 오직 한 사람만 보일 때가 있었다. 사랑이 전부인 줄 알았던 때가 있었다. 서로 경제적으로 풍족한 집안이었기에 돈이 문제될 건 없었다.

효림의 결혼 생활의 복병은 서로 간에 맞지 않는 가정교육이었다. 자유롭게 자기주장을 펼칠 수 있는 집안에서 자란 효림과 가부

장적인 집안에서 마마보이로 자란 남편이 맞을 리가 없었고, 그들의 인연은 1년의 연애와 3년의 결혼 생활로 끝이 났다.

인연을 끝내는 대가로 몇 푼의 위자료와 깊은 상처를 받아야 했다. 효림은 제 과거에 빗대어 화영이 자신과 같은 실수를 하지 않기를 바랐다.

자리로 돌아온 화영은 강무진이란 사람에 대해 검색해볼까 했지만 검색 욕구를 꾹 눌렀다.

퇴근 후 만나게 될 텐데, 집안에 관심 없다 했던 자신이 무진의 배경을 알고 난 후, 어떤 마음으로 어떤 표정을 지을지 저도 장담할 수 없었다. 당장 어제 효림에게 들킨 것만으로 한동안 멍해 있지 않았던가. 화영은 집에 혼자 있을 때, 어떤 결과물이 나오더라도 받아들일 수 있을 때 검색해보자며 마음을 다잡았다.

무진과 함께 퇴근하고, 빌라 앞에서 아쉬움을 남긴 채 헤어지는 어제와 같은 날이었다. 화영은 무진과 헤어지고 집으로 돌아와 씻고 누웠다. 왜 모든 일은 항상 자려고 누우면 생각나서 뒤척이게 되는지.

화영은 제 휴대폰을 만지작거리며 검색할까, 말까로 갈등했다. 몸을 이리저리 뒤척거리며 고민과 갈등 끝에 포털사이트에 강무진 세 글자를 입력했다. 곧 줄줄이 검색 결과물이 떴다. 자료는 몇 개 없었지만 금방 알아차릴 수 있었다.

[강정 그룹 강무진], [강정 그룹 둘째]

강정 그룹? 설마 재계 순위 20위 안에 든다는 그 강정 그룹?

놀란 나머지 휴대폰을 제 얼굴에 떨어트릴 뻔한 걸 간신히 붙잡았다. 화영은 몸을 뒤집어 배를 깔고 누웠다. 검색창에 강정 그룹을 입력했다. 쪼르륵 뜨는 기사보다 눈길을 끄는 연관 검색어가 있었다.

[강무혁 자살], [강정 그룹 장남 자살]

형이 죽었다는 무진의 말이 떠올랐다. 그게 자살일 거라곤 생각지도 못했다. 화영은 망설였다. 괜히 판도라 상자를 여는 게 아닐까 싶어 조심스러웠다.

무진이 그토록 제 집안이 알려지지 않길 바랐던 이유가 이거였을까.

화영은 조심스럽게 강정 그룹 장남 자살이란 검색어를 클릭했다. 뉴스와 블로그가 쏟아졌다. 그중 기사를 클릭해 읽던 화영은 너무 놀란 나머지 폰을 바닥에 떨어트렸다.

더불어 화영의 눈물도 바닥으로 후두두 떨어졌다.

기사는 6년 전 날짜였다.

[강정 그룹 장남 강무혁(28) 씨가 자신의 오피스텔에서 약물 과다 복용으로 숨져 있는 것을 차남 강무진(25) 씨가 처음 발견하여 119에 신고한 것으로 전해졌다. 숨진 강 씨 곁에 유서가 발견됨에 따라 자살로 추정되며……]

화영은 쏟아져 나오는 눈물을 어쩌지 못한 채 소리 내 울었다. 화영의 눈엔 '강무진 씨가 처음 발견하여'라는 구절만 보였다.

"아!"

짧은 탄식과 함께 엄마의 임종 순간이 떠올랐다. 그 순간 엄습했던 놀람과 슬픔이 고스란히 제 가슴을 눌렀다. 엄마를 보내는 마지막 순간조차 그리도 아팠는데.

이미 숨진 형을 직접 발견했을 무진을 떠올리자 화영은 눈물만 쏟아졌다. 하아, 아프다. 너무 아파서 어쩌질 못하겠다.

화영은 몸을 웅크린 채 가슴을 누르며 오래도록 울었다.

무진은 화영을 데려다주고 제 오피스텔 대신 본가로 향했다. 당장 필요한 옷과 물건은 이미 권 비서가 다 옮겨놓았기에 굳이 본가에 갈 이유는 없었다. 하지만 하룻밤 오피스텔에 머물면서 이 여사에게 제대로 인사를 못 하고 나온 게 마음에 걸렸다.

이 여사의 마음을 잘 풀어줘야겠다며 무진이 집 안으로 들어섰을 때 앙칼진 음성이 날아들었다.

"뭐 하러 왔어!"

"어머니."

갑자스럽게 날아드는 이 여사의 히스테리가 이젠 익숙해질 법도 한데, 겪을 때마다 무진은 당혹스러웠다. 거실 바닥은 이미 물건들로 엉망이었다. 깨진 꽃병과 쏟아져 나온 물, 사방으로 흩어진 꽃잎들이 이 여사의 분노를 짐작게 했다.

"도련님, 그냥 피하세요."

무진의 곁으로 다가온 선암댁이 안절부절못하며 속삭였다.

"괜찮아요. 아줌마."

"도련님 그러지 말고. 일단 피해요."

선암댁의 만류에도 무진은 바닥에 떨어진 유리 파편을 조심조심 피하며 이 여사 곁으로 다가갔다.

"왜 그래요? 뭣 때문에 우리 이 여사님이 이렇게 화가 나셨을까."

"몰라서 물어? 니가 정말 몰라서 그래?"

이 여사가 주먹 쥔 손을 부들부들 떨었다. 무진의 독립은 그동안 억누르며 표출하지 못했던 원망의 도화선이 되었다. 참지 못한 감정은 폭력으로 이어졌다. 이 여사는 주먹 쥔 손을 들어 무진의 가슴을 쳤다. 무진은 이 여사의 양 팔목을 잡았다.

"어머니. 말로 하세요, 말로. 아파요. 네?"

"너, 너, 정말 어떻게 니가 나갈 수 있어!"

"내가 오피스텔 얻어서 화나셨구나. 그게 말이에요."

무진이 아이를 달래듯 이 여사를 다정하게 얼렀다.

"놔! 놔 이거. 니가 감히, 내 눈을 벗어날 수 있을 거 같아!"

"어머니, 진짜 저한테 왜 이러세요?"

무진은 제게 사랑을 주는 것도, 살갑게 구는 것도 아니면서 왜 독립을 결사반대하는지 궁금했다.

"넌 행복해지면 안 돼! 너랑 나는 죽을 때까지 무혁이에게 사죄하며 살아야 해! 무혁인 니가 죽인 거야!"

이 여사의 칼보다 날카로운 말이 무진의 가슴을 그대로 찔렀다. 무진은 그대로 몸이 굳었다. 심장이 벌렁거리며 두방망이질 쳐 본능적으로 제 가슴을 손으로 눌렀다.

선암댁이 무진의 곁으로 다가왔다.

"도련님, 괜찮으세요?"

선암댁이 주저앉을 듯 휘청거리는 무진을 부축했다.

"이게 다 무슨 짓이야!"

강 회장이 집 안으로 들어서며 언성을 높였다.

"당신, 내가 그만하라고 했잖소! 무진이가 죽이긴 누굴 죽여. 무혁일 죽인 건 바로 나와 당신이야."

"여보, 들어봐요! 쟤는 행복해지면 안 돼요. 혼자 편하게 잘 지내면 안 된다고요!"

이 여사는 목청껏 소리를 지르며 목에 핏대를 세웠다. 강 회장은 곧장 이 여사에게로 다가가 이 여사의 양팔을 움켜잡았다.

"정신 차려! 당신이 그런다고 죽은 자식 안 돌아와. 무혁일 죽인 건 당신과 나지, 죄 없는 무진이가 아니야. 당신이 무진이 죄책감 느끼게 하려고 놓아주지 않는다는 거, 알고 있소."

강 회장의 말에 무진은 제 귀를 의심했다.

죄책감이라고? 지금껏 자신을 놓지 않았던 이유가, 그런 건가.

"그런 겁니까. 정말 그런 거냐고요!"

무진은 이 여사를 향해 언성을 높였다.

"그럼 내가 뭐하러 널 잡고 있을 거라 생각했니? 내가 왜 널 걱정하니? 가여운 혁이만 죽었어."

"어떻게 그럴 수 있어요? 나는 늘 죄책감에 시달리고 있다고요. 어머니가 아니어도, 충분히 형에게 미안해하고 있다고요!"

"미안해? 죄책감? 웃기지 마! 그러는 애가 형 생일도 잊었니?"

표독스럽게 무진을 노려보며 이 여사가 악에 받쳐 소리쳤다. 강 회장은 그런 이 여사의 팔을 이끌고 침실로 갔다. 강 회장에게 끌려가는 그 와중에도 이 여사는 악에 받쳐 온갖 말을 내뱉었다.

"너 때문이야! 너만 늦지 않았어도!"

무진은 다리에 힘이 풀려 털썩 주저앉았다. 이 여사에게 자신은 늘 아들 범주에 포함되지 않았다는 걸 깨달았다. 제 배 아파 낳았다고 다 자식은 아니구나.

"도련님, 괜찮으세요?"

선암댁이 무진을 불렀지만 무진에게 닿지 않았다. 무진은 이 여사의 진심에 아무 말도 할 수 없었다. 그동안 자신도 형처럼 죽을까 봐 노심초사하는 줄 알았다. 늘 차갑게 자신을 대했지만 그 이면엔 자신을 생각해서 독립을 반대하는 거라 여겼다.

무진은 제 어리석음에 보고 싶은 것만 보았다는 걸 깨달았다. 이 여사는 한결같이 차가웠는데, 한결같이 외면했는데, 저 혼자 이 여사의 마음을 걱정이라 생각했었다니.

가슴이 텅 비어버린 것처럼 허탈해지자 무진은 웃음이 나왔다. 자조적인 웃음을 지으며 저벅저벅 걸어 현관으로 향했다. 뿌직 소리와 함께 발 옆이 따끔거렸다. 꽃병 파편이 밟혔다. 슬리퍼를 신었으나 옆에서 찔러올 거라 미처 생각 못했다. 언제나 그렇듯 예상치 못한 곳에서 찔러오는 게 더 아프다. 이 여사의 예상치 못한 말에 아픈 것처럼.

"아이코. 도련님, 발에 피나요."

선암댁이 안절부절못하며 무진의 곁으로 다가왔지만 무진은 신경 쓸 여력이 없었다. 피가 나는 채로 구두로 갈아 신었다.

"도련님, 도련님!"

선암댁이 불렀지만 무진은 그대로 나갔다.

다시 정신을 차렸을 때, 무진은 주변을 보며 화들짝 놀랐다. 화영의 빌라 앞이었다.

무의식의 힘이 참으로 무섭다. 자신도 깨닫지 못한 사이에 손발이 움직여 저를 화영의 빌라 앞으로 데리고 왔다.

무진은 차에서 내려 화영의 집을 올려다봤다. 늘 켜져 있던 불이 꺼져 있었다. 가만히 올려다보다 다시 차에 올라탔다. 화영이 보고 싶다. 이 순간 가장 보고 싶은 사람, 가장 떠오르는 사람이 화영이었다.

전화기를 손에 쥐고 만지작거리며 고민했다. 불면증이 있는 화영을 혹시나 깨우게 될까, 그게 미안해서 결국 전화를 걸지 못했다. 더구나 지금 화영을 만난다면 무너져 내릴 것 같다.

시트에 몸을 기댔다. 분명 제 오피스텔이 있는데, 어렵게 독립했는데, 발길이 떨어지지 않는다. 당장 옆에 있을 순 없지만 근처에 화영이 있다는 생각만으로 위안이 됐다.

무진이 화영을 생각하며 빌라 앞에 머무르는 동안, 화영은 기사를 읽은 후유증으로 무진을 생각하며 숨죽인 채 하염없이 울고 있었다.

새벽이 깊어서야 무진은 제 오피스텔로 향했다. 욕실로 가 씻을 때쯤에야 발이 따끔거린다는 걸 알아차렸다. 멎었던 피가 다시 흘렀다.

보기보다 상처가 깊은 듯했다. 무진은 씻고 나와 서랍장을 뒤졌다. 대충 소독한 뒤 약을 바르곤 붕대로 감았다. 겉으로 드러난 상처는 언젠가 낫겠지만 속에서 새롭게 터져버린 상처는 아물 날이 올까.

침대에 쓰러지듯 누웠다. 쉬이 잠들 수 없을 것 같았지만 무진은 더 이상 깨고 싶지 않은 사람처럼 다음 날 오후 늦게야 겨우 눈을 떴다.

8. 따뜻한

화영은 퉁퉁 부은 눈을 보며 월차의 유혹을 느꼈다. 한겨울에 선글라스를 쓰고 출근하게 될 줄이야. 사무실에 들어서며 어쩔 수 없이 선글라스를 벗었다.

"헉, 언니 눈!"

놀란 서현의 마음도 이해되지만 모른 척해줬으면 좋겠다. 그러나 어디 사람 마음이 제 뜻대로 되던가. 서현은 기어코 물었다.

"언니, 혹시…… 헤어졌어요?"

사무실엔 둘밖에 없었지만 아주 낮게 속삭였다. 그 모습이 귀여워 화영이 웃었다.

"아니. 그런 거 아니야. 어제 본 영화가 너무 슬퍼서 그래."

"대체 어떤 영화였기에 눈이 그래요?"

"그리고 내가 원래 좀 잘 부어."

화영은 서둘러 덧붙이곤 책상에 앉으며 바로 고개를 숙였다. 하지만 선재와 효림이 출근하면서 또 똑같은 상황에 부딪혔고, 화영은 영화가 정말 눈물바다를 이룰 만큼 슬펐다고 핑계 댔다. 차라리 자신이 읽은 기사가 영화였으면 좋겠다고 생각하면서.

화영은 일하는 중간중간 어제 본 기사가 떠올라 울컥했다. 그동안 참으며 모았던 눈물 댐에 조금씩 균열이 생기고 있었다.

그리고 지금쯤이면 연락이 와도 수십 번은 더 왔을 무진에게 아무 연락이 없자 화영은 불안해졌다. 무진에게 전화를 걸었지만 그는 전화를 받지 않았다. 일을 하는 내내 신경이 온통 전화기로 가 있었다. 시간이 지나 다시 전화를 걸었지만 이번엔 꺼져 있다는 안내 음성만 들렸다.

[무진 씨, 무슨 일 있어요? 왜 연락이 안 돼요?]

"……."

[이거 보면 연락 줘요.]

결국 무진에게 문자를 남겼다. 일이 손에 잡히지 않았다. 화영의 머릿속은 온통 그날에 가 있었다. 무진이 형의 죽음을 보았을 그날.

화영은 고갯짓을 해대며 제 머릿속을 털어내려 애썼다. 사실 무진을 만나도 무슨 말을 꺼내야 할지 도통 모르겠다.

당신에 대해 검색해보다 알게 됐다고 해? 집안에 관심 없다 했던 그동안의 제 모습이 거짓처럼 보이겠구나.

사실 가장 두려운 건 무진을 보자마자 울 것 같은 자신이었다. 생각만으로도 이미 눈물이 차올라 딴생각을 하려 애쓰는 중이었다.

오후가 되자 화영의 불안도 점점 커졌다. 출근을 확인하는 일을 시작으로 점심 메뉴는 뭔지, 일은 어떤지, 퇴근은 몇 시인지 코스별로 매번 전화하던 사람이라, 연락이 되지 않으니 일이 손에 잡히지 않았다.

수시로 전화기를 확인하던 화영은 막상 진짜 제 전화벨이 울리자 화들짝 놀랐다. 화를 낼까, 무심한 척할까, 평소처럼 할까, 짧은 순간 여러 생각이 스치고 지나갔지만 정작 전화가 오자 그저 반가웠다.

"여보세요."

-나예요. 연락했었네요.

목소리가 다소 잠겼지만 태연한 무진의 말투에 화영은 안도했다.

"왜 이렇게 연락이 안 돼요?"

안도하자 곧 투정이 나왔다.

-내 연락 기다렸어요?

무진이 가볍게 웃었다. 쳇, 당연한 거 아닌가. 매번 풀코스로 전화하던 사람이 갑자기 안 하는데. 화영은 괜히 심술이 났다.

"아니요. 그럴 리가요."

-아쉽다. 난 화영 씨 목소리 듣고 싶어서 깨자마자 전화했는데.

"설마 이제 일어났어요?"

벌써 오후 5시가 지났다. 화영은 의아했다. 그는 분명 평소와 달랐다. 단순히 목소리가 잠겼다고만 치부하기엔 느낌이 달랐다.

"무진 씨, 혹시 어디 아파요?"

-…….

"정말 어디 아픈 거예요? 무진 씨 어디예요?"

⋯⋯오피스텔이요.

무진이 뜸 들이며 말하는 그 짧은 순간 화영은 제 직감이 맞았음을 알았다.

"어디 아파요?"

-아니요.

"병원은 갔어요?"

-나 아픈 거 아닌데.

"거짓말."

⋯⋯.

화영은 무진의 미묘한 차이를 느꼈다. 늘 쾌활하고 자신감 넘치는 것처럼 보였지만, 화영은 그건 그가 자신에게 씌운 가면 중 하나란 걸 알고 있었다. 바로 화영 자신이 그러니까. 무진의 모습이 곧 제 모습이었다.

-화영 씨, 미안한데 오늘은 화영 씨 데리러 못 갈 것 같아요.

"괜찮아요. 내가 가면 되니까."

⋯⋯오늘?

"왜요? 가면 안 돼요? 나 말고 누구 올 여자 있나 보죠?"

부러 툴툴거렸다. 곧 수화기 너머로 무진의 웃음소리가 낮게 들려왔다.

-나 바람둥이로 찍힌 건가 보다.

"그럼 아니에요? 그럼 내가 못 갈 이유 없잖아요. 주소 보내줘요. 퇴근하고 갈게요."

일방적으로 밀어붙이는 것 같아 미안했지만, 무진의 목소리를 듣고 있자니 혼자 두면 안 될 사람 같았다. 사실 퉁퉁 부은 제 눈이 신경 쓰이긴 했지만 오후라 많이 가라앉았으니 괜찮겠지 싶다.

-네. 화영 씨가 와준다면 저야 좋죠.

흩날리는 듯한 무진의 웃음이 작게 들려왔다.

"그럼 이따가 봐요. 주소 문자로 보내줘요."

전화를 끊고 얼마 지나지 않아 문자로 주소가 도착했다. 평소 퇴근 시간을 기다려본 적은 없었는데, 무진과 연애를 하고부터 퇴근 시간만 기다리고 있는 자신을 깨달았다. 누군가 자신을 기다리고 있다는 사실이 좋았다. 점점 제 삶에 스며드는 무진이 좋았다.

화영은 퇴근 후 죽을 사고, 꽃집에 들러 안개꽃 화분을 샀다. 볼 때마다 자신을 생각하라며 줄 생각이지만, 사실 핑곗거리가 필요했을 뿐이다. 무진의 오피스텔에 들릴 핑곗거리.

화영은 택시에 올라타며 목적지를 얘기했다. 오피스텔 앞에 내렸을 때 건물이 풍기는 웅장함에 괜히 주눅 들었다. 화영은 제 행색을 가다듬고, 무진의 집을 호출했다. 곧 문이 열렸다. 승강기를 타고 올라가며 호흡을 가다듬고 제 표정을 점검했다.

승강기 문이 열리자, 눈앞에 무진이 보였다. 하루 사이에 해쓱해진 그가 서 있었다.

"어서 와요."

"왜 나와 있어요?"

"빨리 보고 싶어서요."

무진이 화영의 손에 들린 죽과 화분을 챙겨 들고 열린 현관문을 가리켰다. 한 층에 두 집뿐이었다. 화영은 집 안으로 들어서며 넓고 탁 트인 공간에 놀랐지만 선글라스 덕에 놀란 눈을 들키지는 않았다. 제가 사는 빌라 3개는 합쳐놓았을 법한 크기였다.

저녁이 깊었다. 환하게 켜둔 전등 탓에 넓은 거실 유리창에 인테리어 잡지 속 같은 집 안 풍경이 비쳤다. 무진은 멀뚱히 서 있는 화영을 이끌었다. 거실 깊숙이 들어갈수록 유리창에 비친 화영의 모습도 점점 선명하게 다가왔다.

화영은 창에 비친 제 모습이 집 안 배경과 동떨어지게 느껴졌다. 사람 사는 곳이 이렇게 다를 수도 있구나. 집 안에 있는 모든 물건이 값비싸 보였다. 자신이 사 온 화분이 참으로 초라해 보였다.

"이리 와요."

무진이 테이블에 죽과 화분을 내려놓으며 화영을 불렀다. 무진은 소파에 앉으며 제 옆자리를 두들겼다. 화영은 무진 옆에 나란히 앉았다.

무진은 화영을 향해 몸을 틀어 자세를 고쳐 앉았다. 소파 등받이에 몸을 기대고 한쪽 다리를 올려 편하게 자세를 취했다.

"왜 선글라스 쓰고 있어요? 나 화영 씨 얼굴 보고 싶은데."

"아, 눈이 좀 부어서. 보고 웃지 마요."

화영은 선글라스를 벗어 가방에 넣었다. 많이 가라앉긴 했지만 여전히 부은 상태였다. 무진이 화영의 눈을 보며 설핏 웃었다.

"내가 그럴 줄 알았어. 다시 쓸 거예요."

화영이 넣었던 선글라스를 꺼내려 하자 무진이 화영의 손을 잡고 제지했다.

"부어도 예쁜데. 쓰지 마요."

무진이 생긋 웃었다. 화영은 무진의 그 웃음이 어딘가 허전하다고 느꼈다. 그제야 소파에 올라온 붕대 감긴 무진의 발이 보였다.

"무진 씨 발 다쳤어요?"

"아, 별거 아니에요."

대수롭지 않게 여기는 무진의 말투가 오히려 화영은 대수롭게 여겨졌다.

"발 좀 줘봐요."

화영이 손을 뻗으려 하자, 무진이 발을 끌어당겨 제 손으로 감쌌다.

"정말 아무것도 아니니까 신경 쓰지 말아요."

"약은 발랐어요?"

"네."

그가 싫어하는데 더 다그칠 수 없어서 그쯤에서 시선을 거뒀다. 무진은 그 틈을 타 말머리를 돌렸다.

"이건 뭐예요?"

무진이 테이블로 시선을 옮기며 물었다.

"무진 씨 아픈 거 같아서 죽 사 왔어요. 그리고 이건 집들이 선물."

분명 살 땐 예뻐서 샀는데, 넓은 집에 두기엔 너무 볼품없어 보였다.

"예쁘다. 잘 키울게요. 이거 볼 때마다 화영 씨 생각하면 되는 겁니까."

무진의 말에 화영이 수줍게 웃었다. 무진은 화분을 들어 향기를 맡았다.

"물을 좋아하는 애래요. 물 자주 줘요."

"물은 화영 씨가 와서 줘요. 그러니까 자주 와요. 여기."

무진이 테이블에 화분을 올려두며 말했다. 화영은 제 핑곗거리를 너무나 쉽게 알아차리는 무진 때문에 쑥스러웠다.

무진이 차분하게 가라앉은 눈으로 화영과 눈을 맞췄다. 이런 시선엔 언제나 화영이 졌다.

"무진 씨 밥은 먹은 거예요?"

"아뇨. 근데 생각 없다. 화영 씨만 봐도 배불러서."

"완전 느끼한 거 알죠?"

화영이 웃자 무진이 따라 웃었다. 그 웃음이 자꾸 억지웃음 같아 화영은 마음이 쓰였다.

화영은 무진을 향해 옆으로 앉으며 말없이 두 팔을 벌렸다. 그 모습에 무진이 고개를 갸웃거렸다.

"어서요. 알면서 튕기는 거죠?"

"화영 씨 품에 안기라고?"

"네."

그 말에 무진이 활짝 웃곤 화영의 품으로 들어와 그녀의 어깨에 제 얼굴을 얹었다. 화영이 무진의 넓은 등을 감싸 안았다.

"아프지 말아요. 당신이 그만 아팠으면 좋겠다."

무진은 제 발을 두고 하는 말이라 여기면서도 화영의 말이 너무 따뜻해서 그저 좋았다.

"고마워요. 나한테 그렇게 말해줘서."

무진은 형이 아닌 다른 누군가의 따뜻한 위로가 존재할 수 있다는 걸 화영을 통해 깨달았다. 고개를 들고 화영과 눈을 마주했다.

"화영 씨 오늘 뭐 했어요? 눈은 또 왜 부은 거고?"

"그냥……. 보냈어요."

'하루 종일 당신 생각하면서요'라고 덧붙이고 싶지만 속으로 삭였다.

"눈은 어제 아픈 얘기를 봤거든요. 무진 씨는 오늘 뭐 했어요?"

"계속 잤어요."

'깨고 싶지 않았거든요'라는 말은 속으로 숨겼다.

"무진 씨. 무슨 일 있죠? 내가 무진 씨한테 고해성사 하면 무진 씨도 내게 말해줄 건가요?"

"어떤 걸요?"

화영은 무진의 눈동자를 보았다. 고요하게 가라앉은 곳에 제가 돌멩이를 던지게 될까 봐 망설여졌다.

흔들리는 화영의 눈동자에 무진은 화영이 갈등하나 보다 싶어져 살며시 손을 잡아주었다.

"말하기 어려운 거면 말하지 않아도 돼요."

"……아니에요. 숨기고 싶지 않아요."

화영이 다시금 무진의 눈을 지그시 바라보았다. 저 눈 속에 얼마나 많은 아픔을 감추고 있었을까. 화영은 다시 울컥 눈물이 차올랐다.

"어제 봤어요. 변명 같지만 화랑 대표님까지 무진 씨 집안 얘기를 해서 검색해봤거든요."

화영은 숨을 고르며 말을 잠시 쉬었다. 무진의 눈동자가 흔들리는 게 보였다.

"미안해요. 기사를 봤어요. ……무진 씨 형에 관한 기사."

볼을 타고 눈물이 흘러내렸다. 무진이 손을 뻗어 화영의 볼을 쓰다듬으며 눈물을 닦았다.

"당신이…… 당신이 최초 발견자라는 걸 봤는데…… 너무 아팠어요."

결국 후두두 눈물이 떨어졌다.

"그래서……. 그래서 당신 눈이 부은 거구나. 날 위해 우느라고."

무진이 화영을 껴안았다. 가슴이 벅차 아무 생각도 들지 않았다. 저를 위해 울어주는 사람이 있다는 게 기뻤다. 고마웠다.

화영은 무진의 품 속에서 소리 죽여 울었다. 눈이 충혈되고 코끝이 빨개졌다.

"고마워요. 화영 씨."

"잠깐만요. 저 선글라스 좀."

"하하하."

실컷 울고 난 화영이 선글라스를 찾자 무진이 소리 내 웃었다.

"화영 씨가 고해성사 해줬으니까 이제 내 차롄가."

무진이 덤덤하게 말하곤 자세를 바로 고쳐 앉았다. 차마 화영과 마주 보고 이야기할 자신이 없었다.

"형이 죽음을 택한 날, 나는 그날 술을 마시고 있었어요. 클럽에서 친구들과. 무슨 이유로 마셨는지는 기억 안 나요. 그때는 온갖 이유를 다 붙여가며 술을 마셨거든요."

어떤 감정도 싣지 않은 목소리였다. 화영은 그런 무진의 옆모습을 바라보았다. 화영의 시선을 느꼈을 텐데 무진은 여전히 앞만 보았다. 생각에 잠긴 사람처럼 그의 목소리가 아득히 멀게 느껴졌다.

무진은 클럽에서 한창 술을 마시고, 몸을 흔들었다. 취업을 준비해야 했지만 무진은 아무 생각도, 계획도 없었다. 강정 그룹은 진작부터 형이 물려받을 준비를 했기에, 저는 그저 금수저로서 본분을 다해 놀고먹으며 살 생각이었다.

클럽의 음악은 요란했고, 사람들로 북적였다. 한참 몸을 흔들고 자리로 돌아와 제 휴대폰을 확인하자, 이 여사에게 부재중 전화만 이십여 통 와 있었다. 무진이 조용한 곳을 찾아 클럽 안을 헤매고 있을 때 또다시 전화벨이 울렸다.

"여보세요."

-당장 니 형한테 가!

"왜, 엄마?"

느긋한 무진과 달리 이 여사의 목소리는 다급했다.

-잔말 말고 당장 형한테 가. 연락이 안 된단 말이야!

이 여사가 버럭 소리를 질렀다.

"뭘 그런 걸로. 형 애인이랑 놀고 있겠죠."

-형 애인 없어. 무혁이, 아무래도 이상해.

"권 비서님 보내세요. 아님 최 비서님이나."

-보낼 수 없으니까 너한테 전화한 거 아냐!

권 비서는 이 여사와 같이 제주도에 발이 묶여 있었다. 이 여사는 제주도 별장으로 골프를 치러 갔고 공항으로 가는 중에 무진에게 계속 전화를 한 거였다. 최 비서는 강 회장과 함께 중국 출장을 가 있었다.

"나 한참 재밌게 노는데."

-너! 당장 형한테 가. 제발 가. 무진아, 이 엄마가 부탁할게.

이 여사가 금방이라도 울듯이 사정했다. 이쯤 되니 무진도 뭔가 이상함을 느꼈다.

"엄마, 형이 왜? 형 애인이랑 있는 거 아니야?"

-형 애인, 두 달 전에 죽었어!

이 여사의 외침에 무진의 온몸이 잘게 떨렸다. 술이 확 깨는 기분이었다.

-무혁이가 나한테 평소 안 하던 말을 했어. 고마웠다고, 사랑한다고 문자를 남긴 뒤로 연락이 안 돼. 무진아, 그러니 제발 지금 형한테 가서 무사한지 좀 봐줘. 엄마도 지금 탑승 준비 중이야. 서울에 도착하는 대로 바로 무혁이한테 갈 거야.

"알았어요."

전화를 끊은 무진은 술을 마셨기에 택시를 잡아야 했다. 하지만 금요일 늦은 밤 택시를 잡기란 쉽지 않았다. 무진은 쉴 새 없이 무혁에게 전화를 걸었지만 연결되지 않았다. 무진 역시 불안감이 엄습했다. 무혁과 이렇게 연락이 되지 않은 적이 없었다.

간신히 잡아탄 택시에서 무진은 빨리 가달라고 요금의 두 배, 세 배를 말하며 재촉했다. 무진은 무혁에게 가는 길 내내, 제 불안이 감정 과잉이길 바랐다. 계속 통화를 시도했지만 전화를 받지 않았다.

오피스텔 문을 열고 안으로 들어서며 무혁을 불렀다.

"형! 나 왔어. 왜 이리 연락이 안 돼?"

집 안 공기가 미묘하게 가라앉아 있었다. 뭔가 느낌이 이상했다.

"형? 형, 집에 없어?"

무진은 돌아서 현관을 확인했다. 무혁의 신발이 가지런히 놓여 있었다. 온몸이 잘게 떨리며 알 수 없는 소름이 돋았다. 그제야 옅게 풍겨오는 술 냄새를 맡았다.

무혁은 술을 마시지 않았다. 체질상 술이 안 맞기도 했지만 술에 취해 자신을 통제 못하는 상황이 올까 봐 늘 조심하는 사람이었다. 무진은 다시 전화를 걸었다. 벨소리가 침실에서 들려왔다. 마음은 급한데, 쉽게 발이 떨어지지 않았다. 천천히 발을 떼며 침실로 향했다.

침대에 얌전히 누워 있는 무혁이 보였다.

"형, 자? 자는 거야?"

침대 곁으로 다가갈 때 발끝에 양주병이 차였다. 무진은 무혁의 주변을 눈으로 살폈다. 잠든 듯 누워 있는 형과 빈 양주병, 탁자 위에 놓인 빈 약통, 그리고 무언가 적힌 종이 한 장.

"형! 형!"

무진은 무혁일 부르며 흔들었다. 무진의 온몸을 아찔한 공포감이 훑고 지나갔다. 곧바로 119에 신고하고 이 여사에게 전화했다. 모든 것이 공포였다. 두려움이었다.

119가 도착하고 얼마 뒤 이 여사가 도착했다. 그땐 이미 무혁은 흰 시트에 덮인 채 이동 침대에 실린 뒤였다. 이 여사의 울부짖음이 아직도 무진의 귀에 생생하게 들리는 듯했다.

"그래서 시간에 민감해요. 하루에 열두 번은 더 생각해요. 그날 클럽에 가지 않았더라면, 어머니가 건 전화를 조금이라도 빨리 받았더라면……. 내가 술을 마시지 않았더라면, 택시 잡으려고 시간을 뺏기지 않았을 텐데."

건조하게 바싹 마른 무진의 목소리가 화영의 마음을 건드렸다.

"오래도록 후회 속에 살았어요. 그런데도 안 되나 봐요. 여전히

어머니에겐 제가 나쁜 아들이자 형을 죽인 동생밖에 안 되더라고
요.”

화영은 말없이 무진을 껴안았다. 무진의 등을 쓸어내리며 화영
이 그의 귓가에 낮게 속삭였다.

“무진 씨 잘못 아니에요. 무진 씨가 늦어서도 아니고, 무진 씨가
나쁜 건 더더욱 아니에요.”

화영은 무진이 아무 말 없자 몸을 떼고 무진과 눈을 맞췄다.

“이제 그만 그 속에서 나와요. 당신 충분히 아팠어요. 무진 씨가
잘못한 거 하나도 없어요. 상황이 나빴을 뿐이에요.”

“…….”

“이제 그만 아팠으면 좋겠다.”

무진은 화영의 눈동자와 목소리에서 진심을 느꼈다. 거짓이라
곤 조금도 없는 맑고 깊은, 공감 어린 울림이었다. 무진의 눈에서
한 줄기 아픔이 흘러내렸다. 화영의 말이 자신을 구해준 것 같았
다.

“아무도 당신을 탓하지 않아요.”

화영의 말에 무진이 쓰게 웃었다. 자신도 그렇게 믿으며 살았다. 스
스로 탓은 하되, 다른 사람이 자신을 탓할 거라곤 생각 못했다. 하지
만 이 여사는 뼛속 깊이 자신을 탓하고 있지 않던가.

“혹 누군가 당신을 탓하거나, 당신을 원망한다면 그건 그 사람
도 아파서 그래요. 너무 아파서, 남 탓으로 돌리고 싶어서 그런 거
지, 절대 당신이 나빠서 그런 거 아니에요.”

화영의 말처럼 이 여사도 아파서 그런 거였으면 좋겠다. 원망할
곳이 필요하고, 화풀이할 곳이 필요해서 그런 거라 믿고 싶다.

무진은 생각에 잠겨 아무 말도 하지 못했다. 갑자기 제 얼굴에 닿는 감촉에 무진의 생각이 멈췄다. 화영이 손수건을 무진의 볼에 가져다 댔다.

"지난번에 당신이 준 손수건, 이번엔 당신이 필요한 거 같아서요."

무진은 화영이 준 손수건을 절반으로 펴곤 제 눈을 덮었다. 보이고 싶지 않았고, 보여주기 싫었다. 눈을 덮은 손수건이 조금씩 젖어들었다. 화영은 묵묵히 무진의 옆에 앉아 있었다. 섣불리 말을 걸기도, 손을 잡기도 힘들었다. 화영이 지금 할 수 있는 일이라곤 기다리는 일뿐.

무진의 소리 죽인 흐느낌이 한동안 이어졌다.

"화영 씨."

손수건을 덮은 채 무진이 낮고 부드럽게 화영을 불렀다.

"네."

"눈 좀 감고 있어볼래요."

"……."

"나 창피하니까 눈 좀 감아줘요."

무진이 해사하게 웃었다. 그 모습에 화영이 알겠다며 눈을 감았다.

"나 세수 좀 하고 올게요."

"무진 씨, 세수할 동안 부엌 좀 쓸게요."

"네. 눈 계속 감고 있어요. 나 이제 일어날 거니까."

무진의 신신당부에 화영이 웃었다. 무진은 눈을 가렸던 손수건을 거두고 욕실로 향했다. 욕실 문 앞에 서서 화영에게 눈을 떠도 된다고 말하곤 욕실로 들어갔다.

화영은 무진이 사라진 욕실을 바라보다 죽이 든 쇼핑백을 들고 부엌으로 향했다. 깔끔하고 넓은 싱크대, 아일랜드 조리대와 식탁이 있었다.

화영은 싱크대 문을 열어 냄비를 꺼냈다. 모든 물건이 한 번도 쓰지 않은 새것이라 조심스러웠다. 냄비를 헹구고 죽을 덜어 담고, 인덕션에 올려 죽을 데웠다.

죽을 젓고 있을 때 무진이 욕실에서 나왔다. 다시 깔끔해진 강무진이 되어 돌아왔다.

"뭐 해요?"

"죽 데워요."

무진이 부엌으로 오며 자연스럽게 화영을 뒤에서 안았다. 화영의 어깨에 제 얼굴을 얹으며 낮게 속삭였다.

"같이 살고 싶다."

무진의 말에 화영이 피식 웃었다.

"왜 웃어요? 나 지금 청혼하는 건데."

"뭐예요? 재벌치곤 청혼이 너무 장난스럽잖아요."

화영이 웃으며 죽을 저었다.

"뭐야, 우리 백화영 씨 그렇게 안 봤는데, 막 한 손엔 물방울 다이아, 다른 손엔 외제 세단 키 얹어서 청혼해야 승낙해주는 뭐 그런 여자였습니까."

무진의 진지한 목소리에 화영의 웃음이 터졌다.

"나 돈 밝히는 여자면 싫어할 거예요?"

"아니. 더 열심히 벌어다줄게요."

무진이 해맑게 웃었다. 화영이 정말 못 말리겠다며 고개를 절레절레 흔들었다. 그런 화영의 볼에 무진이 뽀뽀하곤 다시 말했다.

"뽀뽀도 했으니까 이제 화영 씨 내 겁니다."

"우리 이제 손잡으면 막 아기 생기고 그런 거예요?"

화영의 말에 무진이 화영의 옆으로 서며 소리 내 웃었다.

"손잡아볼까요? 생기나 안 생기나?"

무진이 장난스럽게 웃었다.

"싫어요. 진짜 생기면 어쩌려고?"

"어쩌긴요, 화영 씨 닮은 예쁜 딸 낳아 잘 키우는 거죠."

"난 무진 씨 닮은 아들이 좋은데."

화영이 말하며 무진을 향해 고개를 돌렸다. 눈이 마주치자 서로를 향해 방긋 웃었다. 서로를 향한 마음이 오라처럼 둘을 감쌌다. 시간이 잠시 멈춘 것 같았다. 보글보글 죽이 끓는 소리에 정신 차린 화영이 입을 뗐다.

"무진 씨, 그릇 하나만 줘볼래요. 죽 다 끓었다."

무진이 그릇을 꺼내 건네자 화영은 죽을 옮겨 담았다.

"식탁으로 가요."

화영이 죽 그릇을 트레이에 담아 수저와 함께 식탁으로 가져갔다. 먼저 자리에 앉은 무진이 들떠 있었다.

"우리 이러니까 완전 신혼부부 같다."

화영은 무진의 말에 대답 대신 옅게 웃었다.

"김치는 냉장고에 있어요?"

무진의 말에 마냥 좋아할 수도 없는데, 그렇다고 싫지도 않아 화영은 말머리를 돌리며 냉장고로 향했다. 김치가 담긴 그릇을 꺼내 식탁에 올렸다. 무진은 말머리를 돌리는 화영을 눈치채지 못했다.

"화영 씨는 안 먹어요?"

"무진 씨 먹는 것만 봐도 배부를 것 같아서요."

"하하하."

무진이 시원하게 웃었다.

"아, 이런 기분이구나. 제가 화영 씨한테 그런 말 하면 화영 씨도 이런 기분이겠네요."

"무진 씨 기분이 어떤데요? 막 오그라들죠? 손발이 없어질 거 같죠?"

화영이 제 손을 말아 쥐며 열심히 동의를 구했다.

"아니, 행복해요."

무진의 대답에 화영은 뜨악한 얼굴로 고개를 가로저으며 졌다고 인정했다. 도저히 무진의 말장난은 못 따라가겠다. 무진이 죽을한술 떴다. 보기만 해도 좋다는 말이 이럴 때 하는 말인가, 하고 생각하며 화영은 무진을 바라보았다.

"무진 씨, 지난번에 말한 형 오피스텔이 거기예요?"

차마 기사에 나온 그곳이냐고 물어볼 수 없었다.

"……네."

"무진 씨 시간 될 때 꼭 같이 가요. 형 그림 보러."

"그거 그냥 해본 말이었는데. 그림은 제가 따로 옮겨와서 보여 줄게요. 어차피 오피스텔 곧 처분할 거거든요."

무진은 화영이 혹시라도 꺼림칙해할까 봐 조심스러웠다. 자신도 여전히 힘들어서 제대로 들어가지 못하는 곳 아니던가.

"그럼 처분하기 전에 얼른 가야겠네요."

"괜찮은데."

"내가 가보고 싶어요. 같이 가요."

"알았어요."

무진은 화영이 단순히 고집을 부리는 거라 여겼다. 하지만 화영은 무진의 기억 속에 남아 있는 그날을 제대로 벗어나게 해주고 싶었다. 그곳에서의 마지막 기억을 저와 함께하는 걸로 남겨두고 싶었다.

* * *

화랑이 쉬는 날이 되자 화영은 무진과 한 약속을 이행하기로 했다.

"정말 괜찮겠어요?"

"네. 무진 씨 벌써 몇 번째 물어보는지 알아요?"

무진은 형의 오피스텔로 향하는 내내 과연 이게 옳은 일일까 생각했다. 하지만 번번이 물을 때마다 화영은 웃으며 아무렇지 않아 했다.

"내가 그렇게 못 미더워요?"

"아니 그렇다기보다. 누군가가 죽은 장소인데 괜찮을까 해서."

핸들을 잡은 무진의 손에 힘이 들어갔다.

"그렇게 따지면 병원은 어떻게 가요?"

화영이 무진에게 손을 내밀었다. 운전 중에 절대 안 잡겠다던 손을 내밀자 무진의 눈이 살짝 커졌다. 무진은 정말 잡아도 될지

가늠하느라 섣불리 화영의 손을 잡지 못했다.

"무진 씨, 손."

"운전 중에 손잡는 거 절대 사절 아니었어요?"

"그랬죠. 하지만 이젠 잡을래요. 무진 씨 믿으니까."

무진은 기쁨을 숨기지 못했다. 해맑게 웃으며 손을 뻗어 화영의 손을 잡았다.

"나 아무렇지 않으니까, 걱정 말아요."

화영은 대답과 함께 맞잡은 손을 살며시 흔들었다.

오피스텔 주차장에 도착해 차에서 내린 무진이 화영의 곁으로 가 손을 내밀었다. 화영이 깍지를 끼곤 들뜬 사람처럼 앞뒤로 흔들었다. 그 모습에 무진이 함께 흔들며 웃었다.

화영과 함께하는 매 순간이 즐겁지만 승강기로 다가갈수록 걸음이 무거워졌다. 최대한 내색하지 않으려 애쓰며 승강기를 기다렸다. 전광판 숫자가 낮아질수록 다시 초조해지기 시작했다.

화영이 옆에 있으니 아무렇지 않은 척하느라 숨도 제대로 쉴 수 없었다. 떨어지지 않는 발걸음을 떼고 승강기에 올라탔다. 승강기가 올라갈수록 무진의 맥박도 빨라졌다.

"무진 씨."

화영이 다정하게 무진을 불렀다. 정면만 보고 있던 무진이 고개를 돌려 화영을 보았다.

"괜찮아요? 심호흡 한번 할래요?"

무진의 눈동자가 살짝 흔들렸다. 자신이 긴장하는 걸 들키지 않으려 애썼는데 화영은 못 속이나 보다.

"들켰다."

"괜찮아요? 혹시 힘들면 다음에 올까요?"

"아닙니다. 괜찮아요."

다시 용기 낼 수 있는 날이 올까. 지금이 아니면 안 될 것 같다. 화영과 잡은 손에 힘이 들어갔다. 전해져오는 온기에 힘이 생겼지만 막상 형의 오피스텔 문 앞에 서자 무진은 발길이 떨어지지 않았다.

화영이 그런 무진을 기다렸다. 무진이 화영에게로 시선을 돌렸다. 화영이 눈을 맞추며 웃어주었다. 그 눈동자가 괜찮다고 위로하는 것 같았다.

무진이 손을 뻗어 현관문을 열고 한 걸음 뗐다. 오피스텔은 그날, 그 시간대로 멈춰 있었다. 한 달에 한 번 대청소를 하며 관리했기에 오피스텔 안은 깨끗했다.

화영이 깍지 낀 손을 빼고 먼저 신발을 벗고 안으로 들어섰다. 무진이 사는 오피스텔만큼이나 넓었다. 화영이 눈으로 오피스텔 안을 훑고는 무진을 향해 돌아섰다.

"어서 와요. 무진 씨의 멈춰버린 시간에 오신 걸 환영합니다."

화영이 양팔을 옆으로 벌리며 웃었다. 그 모습에 무진도 피식 웃으며 안으로 들어섰다.

"자아, 강무진 씨. 집이 좋군요. 집 소개 좀 해주세요."

화영이 무진의 손을 잡고, 한 손은 주먹을 쥐어 마이크처럼 하곤 무진의 입술로 가져갔다. 무진이 피식 웃더니 화영의 주먹 쥔 손에 살며시 뽀뽀했다. 화영의 입술이 실룩거렸다. 그 입술에 무진이 또 버드키스를 했다.

"아쉽다. 그치만, 형 집에서 애정 행각은 좀 그러니까, 참겠어요!"

화영의 다짐하는 모습에 무진이 시원하게 웃었다. 거짓말처럼 긴장은 풀리고 즐거움이 찾아왔다.

"형 그림은 아마 저쪽 방에 있을 거예요."

무진이 잡은 손을 이끌며 방으로 향했다. 작업실로 쓰이던 방이지만 지금은 그림만 덩그러니 남아 있었다. 그림은 추상화 몇 점과 인물화 한 점이 전부였다.

화영은 가장 먼저 눈에 띄는 인물화로 시선을 주었다. 연필로 스케치된 정밀화였다. 여자의 웃는 옆모습이 그려져 있었다. 화영은 그림 속 옆모습이 어딘가 익숙하게 느껴졌다.

"혹시, 저 인물화 주인공 누군지 알아요?"

"형 애인이었을 거예요. 형이 인물화는 안 그렸는데 유일하게 그린 인물이거든요."

"그렇구나."

화영은 인물화 속 여인의 모습에서 눈을 뗄 수 없었다. 그 익숙한 느낌이 어딘가 슬펐다. 화영은 눈길을 돌려 몇몇 추상화를 바라보았지만 다시 시선은 그림 속 여인으로 향했다.

무진은 화영이 그림을 보는 동안 묵묵히 기다렸다.

"그림 다 본 거면 그만 나갈까요?"

"네."

무진이 다시 화영의 손을 이끌었다. 화영은 무진에게 침실로 가자고 얘기했다. 무진은 망설이다가 이내 침실 문 앞에 섰다.

"여기예요."

화영이 살며시 문을 열고 들어섰다. 방 안 역시 깔끔하게 정돈되어 있었다. 무진은 차마 들어서지 못한 채 문 앞에 서 있었다.

화영이 방 안 한가운데에 가 섰다.

"무진 씨, 이제 형을 기억할 땐 나도 함께 기억해줘요. 당신의 멈춘 그 시간 속에 나도 함께 있을게요."

화영이 활짝 웃었다. 무진이 그런 화영을 가만히 제 눈 속에, 제 마음속에 담았다.

"고마워요. 화영 씨."

"고마우면 알죠?"

화영이 양팔을 활짝 벌렸다. 무진이 걸어와 그런 화영을 꽉 껴안았다.

"형 방에서 이러는 건 진짜 실례지만, 한 번만 눈감아주세요."

화영은 마치 무혁에게 얘기하듯 낮게 중얼거렸다.

"그럼 나머지는 제 오피스텔로 가서 마저 할까요?"

무진이 음흉하게 웃었다.

"하여간에 남자들이란."

"남자들은 이게 정상이라고요."

무진이 화영의 이마에 제 이마를 맞대며 웃었다. 금방이라도 무진의 입술이 제 입술에 닿을 거 같아 화영이 서둘러 이마를 뗐다.

"우리 여기서 이러는 건 정말 예의가 아닌 거 같아요. 가요."

"네."

화영의 손을 잡고 오피스텔을 나오는 무진의 걸음이 가벼웠다. 그제야 멈춰 있던 제 시간이 다시 움직였다.

강정 물산 회장실에 고요한 시름이 내려앉았다. 강 회장은 이 여사의 히스테릭을 어찌 풀어야 할지 걱정스러웠다. 제 무심했던 과거가 큰아들을 잃게 하고, 이 여사의 아픔만 키웠다. 이 여사의 아픔이 하나 남은 무진마저 집어삼킬까 두려워졌다.

일이 전부였던 제 삶에서 무혁의 죽음은 큰 슬픔이자 충격이었다. 자신의 삶이 잘못되어가고 있음을 알려준 신호였다. 이젠 남은 무진을 지키는 것이 중요해졌다.

며칠 전 한바탕 소동 후 이 여사는 이 여사대로, 무진은 무진대로 멀어졌다. 서로 멀어진 것은 오히려 다행이라 여겼다.

정적을 깨는 노크 소리가 강 회장의 시름을 끊었다. 최 비서가 안으로 들어서며 묵례를 하곤 다가왔다.

"회장님, 도련님에 대한 조사가 끝났습니다."

"그래? 어떻던가."

강 회장의 물음에 최 비서는 들고 온 초대장을 강 회장에게 내밀었다.

<낯설고, 달콤한_이신후展>

강 회장은 초대장을 살폈다. 일주일 뒤에 있을 오프닝 행사 초대장이었다. 강 회장이 초대장을 다 살폈을 거라 판단한 최 비서가 말을 이었다.

"도련님이 후원하는 작가의 전시회로, 예담 화랑에서 열립니다. 도련님이 후원하는 작가들이 서서히 빛을 보고 있더군요. 미술관이나 여러 화랑과도 좋은 관계를 맺고 있었습니다."

"음……."

"더구나 도련님이 후원하는 작가에 대한 평론가들의 반응이 조금씩 생기면서 그런 작가를 발굴해내고 있는 도련님에 대한 관심도 조금씩 생겨나고 있는 것 같습니다."

"자네가 보기엔 어떤가?"

강 회장이 최 비서를 바라보며 물었다.

"사업가로서 소질이 보이던가?"

"네. 에이전시도 제법 튼튼하게 자리를 잡아가고 있고, 거래처 평가들도 좋습니다. 무엇보다 탁월한 안목과 수완이 좋으셔서 후계자로서 손색이 없을 듯싶습니다."

"그렇군. 이 초대장은 집사람에게 주게."

강 회장이 초대장을 다시 최 비서에게 건넸다.

"맞선 자리를 알아봐줬으니 모른 척할 순 없고. 무혁이 방 인테리어 바꾼다고 했으니 그 이유를 대면 되겠군. 무진이와 관련 있다는 말은 하지 말게."

"네, 알겠습니다."

최 비서가 나가지 않고 서 있자, 강 회장이 다시 물었다.

"할 말이 남았는가?"

"도련님이 아무래도 연애를 하는 모양입니다. 도련님 가사 도우미 말을 들어보니 드나드는 여자가 있는 것 같다고 하더군요. 더구나 엊그제 권 비서에게 도련님이 오피스텔을 영화관처럼 꾸며달라며, 의자는 꼭 커플석으로 준비해달라고 하셨답니다."

"그래?"

강 회장은 그 사실이 반갑기도 했지만 무혁이의 일이 있으니 불안하기도 했다.

"상대가 누군지 알아보게. 권 비서를 통해 했다면 분명 집사람 귀에도 들어갈 텐데. 권 비서 입단속 확실히 시키고."

"네. 알겠습니다."

강 회장은 이 여사가 움직이기 전에 자신이 먼저 움직일 생각이었다. 제 무관심으로 또다시 자식을 잃을 순 없었다.

⁹. 깨달은

화랑 안이 분주했다. 내일 있을 전시회 오프닝 행사에 맞춰 그림 교체 작업이 한창이었다. 기존 전시 작품을 떼어낸 그 자리에 신후의 그림이 차지했다. 모두 퇴근하고 신후와 화영만이 남아 최종 점검을 했다.

"작가님, 마음에 드세요?"

화영이 신후를 향해 물었다.

"네. 좋네요. 막 설레기도 하고. 떨리기도 하고."

신후가 쑥스러워하며 웃었다.

"혹시 위치를 바꿨으면 하는 그림이 있으면 말씀하셔도 돼요. 최대한 그림이 살아나는 위치로 옮겨드릴게요."

"아닙니다. 지금도 좋아요."

"화영 씨, 다 끝난 겁니까."

언제 온 건지 무진이 곁으로 다가오며 물었다.

"대표님이 여긴 어쩐 일로? 아, 화영 씨가 계셨구나."

신후가 화영을 보며 웃었다. 하지만 화영은 무진만 보고 있었다. 왠지 자신이 방해꾼 같다.

"화영 씨, 제가 할 일은 다 끝난 거죠?"

"네. 내일 멋지게 하고 오세요. 작품도 좋지만 작가님이 멋지셔서 사모님들이 그 맛에 그림을 더 살지도 몰라요."

"와아, 화영 씨가 그런 말 할 줄 몰랐어요."

신후가 정말 놀랐다는 눈으로 화영을 보았다.

"저에 대한 환상은 얼른 깨는 게 좋으실 거 같은데요."

"이 작가님 모르셨구나. 화영 씨가 얼마나 현실적인 사람인지, 그림 잘 팔리게 멋지게 하고 와요."

"뭐야, 대표님까지 그러실 겁니까."

"그럼 내일 봐요. 작가님."

화영이 생긋 웃었다.

"대표님 오셨다고 저 쫓아내는 거예요?"

"이 작가님 아직도 안 가셨군요."

신후의 물음에 무진이 쐐기를 박았다. 결국 신후가 내일 보자며 먼저 화랑을 나갔다.

"다 끝났다."

화영이 말과 함께 한숨을 토했다.

"고생 많았어요. 화영 씨 이제 퇴근?"

"네. 혹시 모르니까 그림과 캡션이 맞는지 한 번씩만 더 훑어보고요."

"아까 이 작가랑 다 한 거 아닙니까."

"그렇긴 한데. 사람 일이란 게 모르는 거잖아요."

"완벽주의자."

"그래서 싫어졌어요?"

"아니요. 제가 화영 씨를 싫어할 날이 과연 올까요?"

무진은 그 말을 하며 화영을 바라보았다. 화영 역시 무진과 눈을 맞추며 웃었다. 그런 날이 정말 안 왔으면 좋겠다.

마지막 점검까지 끝내고 둘은 무진의 오피스텔로 향했다. 무진이 독립한 후론 매일같이 무진의 오피스텔로 갔다가 화영의 빌라로 가곤 했다. 밖에서 사람들에게 치이느니 집에서 단둘이 오붓하게 데이트하는 걸 선호했다.

함께 무언가를 만들어 먹고, 나란히 앉아 영화를 보는 일이 더 좋았다. 처음 극장으로 꾸며놓은 방을 보며 화영은 돈 자랑은 이렇게 하는구나, 여겼었다. 정말 영화관을 통으로 축소해 옮겨놓은 듯했다. 놀랐던 처음과 달리 화영 역시 무진의 오피스텔에 머무는 시간이 점점 익숙해졌다.

오피스텔 안으로 들어서며 화영이 소파로 가 털썩 주저앉았다.

"많이 피곤해요?"

"오늘이 가장 피곤했던 거 같아요."

화영은 효림의 눈치를 살피랴, 전시 작품 떼어낸 것을 포장하랴, 신후 작품 디스플레이하랴 정신이 하나도 없었다. 화랑 규모가 작다 보니 대부분 외주를 불러 하는 일이지만, 외주가 온들 외주를 신경 쓰느라 더 곤두설 수밖에 없었다.

"다리 올려 봐요."

무진이 화영의 곁에 앉으며 제 허벅지를 두들겼다.

"마사지해줄게요."

"정말요?"

"네."

화영이 생긋 웃으며 제 다리를 무진의 허벅지에 올렸다.

"사이즈가 크려나."

무진이 화영의 종아리를 주물러주며 혼자 중얼거렸다.

"네? 못 들었어요."

"아니, 화영 씨 너무 말라가는 거 아닌가 해서."

"보기보다 저 살 있어요."

화영이 다리를 내리고 자세를 고쳐 앉았다.

"더 주물러줄게요."

"이미 충분해요."

화영이 생긋 웃었다. 참 잘 웃는다. 화영은 저도 모르는 사이에 정말 많이 웃게 되었다는 걸 깨달았다. 무진과 함께하는 시간이 늘수록 웃음도 늘었다.

"화영 씨, 잠깐만요."

무진이 드레스 룸으로 들어갔다. 곧 한 손엔 리틀 블랙 드레스를, 다른 손엔 구두를 들고 돌아왔다.

"입어봐요."

"……."

"맞을 거 같긴 한데."

"내 사이즈를 어떻게 알고 준비한 거예요?"

화영이 놀란 눈으로 쳐다보자 무진이 어깨를 으쓱했다.

"안아본 시간들이 있는데 모르겠습니까."

"역시, 카사노바는 다르군요."

화영이 피식 웃었다.

"나 팔 아픈데. 입어보면 안 됩니까."

화영은 정말 입어도 되는지 가늠이 되지 않았다.

"내일 오프닝 행사에서 화영 씨가 돋보였으면 좋겠어요."

"그림이 돋보여야 하는 자린데요."

"전 그림보다 화영 씨가 좋으니까요. 어서 입어봐요."

무진의 재촉에 화영이 마지못해 드레스를 받아 들었다. 화영은 드레스 룸으로 가 옷을 갈아입고 거울에 제 모습을 비췄다. 익숙한 듯 낯선 자신이 그 속에 있었다. 신데렐라가 이런 기분이었을까. 아니, 신데렐라는 기쁜 마음으로 파티에 갔겠지만, 자신은 제게 어울리지 않는 옷에 신분 차이만 깨달은 기분이다.

쭈뼛거리며 거실로 나오는 화영을 보고 무진의 눈이 커졌다. 제 탁월한 안목에 새삼 감사해지는 순간이었다. 어깨까지 내려오는 머리 때문에 소녀 같기도 하고, 귀엽기도 했지만, 몸매를 드러내는 드레스 자태가 묘한 섹시함을 발산했다.

"안 어울리죠?"

무진이 어떤 말도 없이 바라만 보고 있자, 화영은 드레스 룸을 향해 돌아서려 했다. 순간 벌떡 일어선 무진이 화영을 돌려세우며 껴안았다.

"예뻐요. 내일 사람들이 화영 씨만 볼까 봐 두렵다."

"그게 뭐야. 그럴 일 없으니 괜한 걱정은 넣어둬요."

화영이 웃으며 무진의 품을 벗어나려 하자, 무진이 화영의 양 볼을 잡고 제 입술을 부딪쳐왔다. 입술 끝에서, 혀끝에서 그의 다급한 마음이 그대로 전해졌다.

"내일 나만 봐요. 알았죠?"

무진의 목소리에 화영이 웃었다.

"대답."

"네?"

"대답 안 했어. 백화영."

화영은 무진이 부른 제 이름에 심장이 쿵 하고 내려앉았다. 가끔 이렇게 무진이 반말과 함께 제 이름 석자를 부를 때면 심장이 미친 듯이 쿵쾅거렸다. 자신만을 향해 내리꽂히는 시선과 목소리, 그 모든 것에 설레었다.

"네. 무진 씨만 볼게요. 됐죠?"

"아니. 됐죠는 빼고."

무진의 요구가 귀여워 화영이 피식 웃었다. 왠지 놀려주고 싶다.

"네. 오빠만 볼게요."

화영의 말에 무진의 눈동자가 빛났다. 무진은 어쩌지 못하는 자신을 달래려 애쓰는 것 같은 눈빛이었다. 화영은 그 눈빛이 너무 좋지만 한편으론 부끄러워 고개를 피했다.

"이제 구두를 신을 차렌가."

화영이 고개를 돌리며 구두를 신으려 몸을 숙이려 할 때 무진이 화영의 양팔을 잡고 일으켜 세웠다.

"한 번만 더. 한 번만 더 불러봐요."

"뭘요? 설마, 오……?"

화영이 '오'만 했을 뿐인데 무진이 고개를 마구 끄덕였다. 그 모습에 화영이 깔깔 웃었다.

"아, 진짜 무진 씨 그러지 말라니까요. 남자들은 정말 오빠의 로망이 너무 커."

화영이 말과 함께 다시 고개를 숙이려고 하자, 무진이 다시 잡았다.

"하라고 하면 더 하기 싫은 건데. 일단 구두 좀 신고요."

화영은 구두를 신었다. 제 발에 딱 맞았다.

"우와, 딱 맞다. 제 사이즈 어떻게 알았어요? 무진 오빠."

화영이 웃으며 오빠를 덧붙이자, 무진의 입꼬리가 실룩거리며 한없이 올라갔다. 광대 승천을 몸소 보여주며 무진이 화영을 꼭 껴안았다.

"오빠, 나 숨 막혀요."

화영의 말에 무진은 꼭 껴안은 화영의 몸을 좌우로 흔들고, 볼살을 꼬집고 입술에 뽀뽀를 하고서야 행동을 멈췄다.

"오글거림을 그렇게 격하게 표현하지 말아요, 무진 씨. 와아, 두 번은 못하겠다."

화영은 제 팔을 쓸어내렸다. 하지만 이미 높게 치솟은 무진의 입꼬리는 내려올 줄 몰랐다.

"나 오늘 잠 못 잘 것 같아요. 오빠라는 단어가 귓가에 맴돌아서."

무진이 꿈꾸듯 중얼거리자 화영이 고개를 가로저었다. 그러곤 무진의 입술에 제 입술을 꾹 눌렀다 뗐다.

"잘 자요. 미리 인사."

무진의 입술 끝이 또 한 번 올라갔다.

"나 옷 갈아입고 나올게요."

"네."

화영은 다시 옷을 갈아입자, 현실로 돌아온 기분이었다. 드레스가 제 처지를 확실하게 깨닫게 하는 것만 같았다.

화영은 바닥 한쪽에 있는, 옷이 들어 있었을 쇼핑백과 구두 상자를 쳐다보았다. 제가 잘 알지 못하는 고가의 명품 드레스와 구두. 돈으로 모든 걸 판단하면 안 된다 여겼지만, 드라마 속 주인공처럼 옷과 구두를 선물 받자 생각이 절로 많아졌다.

"이제 그만 갈래요. 내일을 위해 오늘 푹 쉬어야겠어요."

화영이 옷과 구두를 챙겨 나오며 말했다.

"네. 데려다줄게요. 가요."

빌라 앞에서 헤어지며, 무진은 또 한 번 신신당부를 했다. 오직 자신만 보라며. 그의 말에 화영은 알겠다며 웃었다.

* * *

"회장님, 문제가 생긴 것 같습니다."

회장실에 들어서는 최 비서의 음성에서 평소와 달리 다급함이 묻어났다.

"무슨 일인데 그러나?"

"도련님의 연인이 누군지 알아봤는데, 아무래도 문제가 될 것 같습니다."

"누군데 그래?"

"그게······."

강 회장 입장에선 어떤 여자든 별로 문제될 게 없었다. 무진만 좋다면야 방해하고 싶지 않았다. 무혁의 일로 충분히 겪어보았다.

사랑에 빠진 사람을 함부로 건드리는 건 미친 짓이란 걸.

"누구길래 그리 뜸을 들이나."

"큰도련님의 애인이었던 백월영의 동생, 백화영 씨입니다."

순간 강 회장은 멍해졌다. 칠순의 나이에 나름 빠른 이해력을 유지하고 있다지만 지금 최 비서에게서 나온 말을 이해하기엔 다소 시간이 걸렸다.

"누구라고?"

"큰도련님의 죽은 애인인 백월영 씨의 동생, 백화영 씨입니다."

강 회장은 짧게 탄식했다. 인연이란 게 이토록 오묘하구나. 이 여사가 알게 되면 한바탕 또 후폭풍이 일겠구나.

"우선 집사람 귀에 안 들어가게 단속시키게. 무진이는 어떤가? 무진이도 그 사실을 아는 거 같던가. 혹시 여자 쪽에서 복수하겠다고 무진에게 접근한 건 아니겠지?"

"도련님은 모르는 듯했습니다. 백화영 씨도 모르는 거 같았고요. 한데 문제는 사모님입니다."

"뭐, 집사람에겐 최대한 들키지 않게 해야겠지. 아니면 끝까지 모르게 하든가."

"그게, 지금 사모님이 예담 화랑 오프닝 행사에 가셨습니다. 백화영 씨가 그 예담 화랑의 큐레이터고요. 확인해본 바 도련님도 행사장에 계시고요."

최 비서의 말에 강 회장의 표정이 순간 굳었다. 하필 제가 내민 초대장이 무진을 낭떠러지로 떠민 꼴이 될 줄이야.

예담의 하루는 그 어느 때보다 부산스러웠다. 전시회 오프닝 때마다 정신없긴 마찬가지였지만, 화영에겐 보다 특별했다. 이 전시회를 준비하는 동안 많은 시간을 무진과 함께했다. 그 함께한 시간의 결과물이 더 좋게 나왔으면 하는 바람으로 그림과 캡션이 맞는지 다시 한 번 확인하고, 여기저기 전화를 돌리며 오프닝 행사에 참석해주십사 아부를 하고 나자 진이 다 빠졌다.

다과를 준비하는 출장뷔페팀이 오자 화영은 한숨 돌리며 옷을 갈아입으러 응접실로 향했다. 응접실에서 무진이 준 드레스로 갈아입고 구두를 신었다. 어깨까지 오는 머리는 단정하게 묶어 목선이 확실히 드러나게 하고 화장을 꼼꼼하게 손보았다.

"휴우."

어울리지 않는 옷을 입은 듯 마음은 불편했지만 옷만은 제게 맞춤한 듯 딱 맞았다. 돌려줘야겠지. 무슨 말을 하며 돌려줘야 할까. 기분 좋은 거절은 없다지만 최대한 상대방을 배려한 거절을 하고 싶다. 화영의 머릿속은 서로 기분 상하지 않고 돌려줄 방법을 생각하느라 분주했다.

복잡한 머릿속을 정리하며 응접실을 나와 계단으로 향했다.

"백화영 씨."

저를 부르는 소리에 화영이 화들짝 놀라며 대답했다.

"네. 대표님."

"오늘 완전 예쁜데요."

효림의 칭찬에 놀랐던 가슴이 진정되며 화영의 마음이 수줍게 변했다.

"그 옷, 혹시 강무진 씨가 선물한 건가요?"

"……네."

"대단하군요. 강무진 씨. 우리나라에 한정판으로 들어온 상품을 구해다줄 만큼 화영 씨를 좋아하나 보네요."

말과 함께 효림이 웃었다. 화영은 효림이 그저 다 똑같아 보이는 드레스를 구별해내는 게 신기했다.

"이왕 이렇게 된 거 잘해봐요. 쉽지 않은 길 가게 될 테지만, 안 가는 길은 있어도 못 가는 길은 없다고 봐요."

"네. 감사합니다."

화영은 얼떨결에 감사하다고 말했으나 과연 못 가는 길이 없는 게 맞을까 의문이 들었다. 한정판이라는 드레스를 내려다보자, 함부로 움직일 수 없을 것 같다. 정신이 없어서 뭘 먹지 못할 상황이 올 순 있지만 옷에 이물질이 묻을까 봐 음식 근처도 못 가는 상황이 생길 거라곤 미처 생각 못했다.

어제 거절했어야 했는데. 이젠 옷이 아니라 떠받들어야 할 짐처럼 느껴졌다. 화영은 조심스럽게 걸음을 내디디며 전시장으로 내려갔다. 1층으로 내려오자 이번엔 선재와 서현이 차례로 놀랐다.

"와, 화영 씨 오늘 정말 예쁘네요."

"언니, 완전 예뻐요."

화영은 그들의 칭찬엔 몸 둘 바를 몰랐다. 한편으론 옷과 몸이 따로 놀지 않아서 다행이다 싶기도 했다.

"언니 혹시 오늘 애인 오는 거 아니에요? 그래서 이렇게 예쁘게 준비를?"

서현이 화영 곁으로 다가와 낮게 속삭이며 웃었다.

"맞구나. 누군지 찾아봐야겠어요."

화영이 말릴 새도 없이 서현이 제 할 말만 하고 진행 준비를 도우러 갔다.

전시장의 전반적인 상황을 체크하며 다과가 준비되는 것을 확인하고, 초대 명단을 훑어보고 있을 때였다.

"우와, 제가 아는 화영 씨 맞아요?"

"아, 작가님, 오셨어요. 작가님 오늘 정말 멋진데요."

신후가 깔끔한 슈트 핏을 선보이며 서 있었다.

"너무 오랜만에 입었더니 어색해요."

"아니에요. 사모님들이 다들 반하시겠어요."

"화영 씨가 예뻐서 오늘 강 대표님 속 좀 타시겠네요."

신후가 정말 볼 만한 광경이겠다며 신나 했다. 화영은 그럴 일 없다며 웃어넘겼다. 오프닝 시간이 다 되어가자 무진이 도착했다. 역시나 가장 빛나는 사람. 옷이 무진이란 날개를 달고 빛을 보는 것 같았다.

"왔어요?"

웃으며 다가오는 화영의 모습이 무진에겐 슬로 모션처럼 보였다. 어제와 달라진 헤어스타일 때문일까, 한껏 더 섹시함을 발산했다. 하얀 피부에 깔끔한 헤어스타일이 지적임과 단아함을 선사했다. 제게 걸어오는 그 모습 또한 우아했다.

"화영 씨, 오늘 약속 잊지 않았죠?"

"무슨 약속이요?"

"나만 보기로 한 약속."

무진의 진지한 목소리에 화영이 웃었다.

"네. 무진 씨나 다른 사람 보지 말아요. 사모님들이 무진 씨만 볼 것 같아."

"나 연상엔 취미 없습니다."

대답과 함께 서로 웃었다.

오프닝 행사 시간이 되자 전시장은 사람들로 북적였다. 효림이 신후를 소개하는 것을 시작으로 본격적인 행사를 진행하였다. 감상하는 사람들과 다과를 즐기는 사람들 틈에서 화영은 여기저기 인사 다니느라 바빴다.

입꼬리에 쥐가 날 만큼 계속 웃어대며 그림을 소개하고, 서로를 서로에게 소개하고. 끝없는 소개의 장이었다.

그런 화영의 모습을 무진이 눈으로 좇았다. 화영은 틈틈이 무진과 눈을 맞추며 웃었다. 그 순간만큼은 기계적인 미소가 아닌 진짜 미소를 선보였다.

잠시 틈이 생겨 화영이 무진에게 다가가려 할 때였다.

"화영 씨, 오랜만입니다."

저를 불러 세우는 목소리에 화영이 돌아보자, 컬렉터 중 한 명인 다비 그룹 이 전무가 서 있었다.

"안녕하셨어요? 전무님."

"화영 씨 더 예뻐졌네요. 혹시 연애합니까."

이 전무가 자신을 훑는 시선이 불쾌했지만, 화영은 티 내지 않았다. 고객의 심기를 건드려서 좋을 게 하나도 없으니까.

"그림은 마음에 드세요? 이 전무님이 원하시는 스타일과 맞았으면 좋겠네요."

화영은 대답을 회피하며 말머리를 돌렸다. 이 전무는 그림이라곤 오직 돈, 투자가치로만 판단하는 사람이기에 예술적 가치로서 그림을 보는 안목은 없었다. 화영은 자신을 자꾸만 훑어보는 이 전무의 시선이 불쾌한데 자리를 벗어나기도 어려워 점점 난처해졌다.

"큐레이터님, 제게 그림 안내 좀 해주시겠습니까."

"네? 네, 이 전무님. 그럼 좋은 시간 보내세요. 전 이분께 안내해 드리러 가보겠습니다."

화영은 저를 구해주는 무진을 보며 생긋 웃었다. 그 모습에 이 전무의 표정이 살짝 구겨졌다.

"저 아직 화영 씨랑 볼일 다 안 끝났는데."

이 전무의 눈이 욕정으로 이글거렸다.

"큐레이터님, 여기 계셨네요."

신후가 화영의 곁으로 다가왔다.

"저 사람, 나한테 맡겨요."

신후가 화영의 귀에 낮게 속삭였다.

"이 전무님, 이쪽은 이번 전시회 주인공 이신후 작가님입니다. 전도유망한 작가님이시라 미리 인맥을 쌓아두시면 투자에 많은 도움이 되실 겁니다."

화영은 신후를 소개하며 투자라는 말에 힘을 주었다. 아니나 다를까 이 전무의 시선이 신후에게로 옮겨가며 기대에 찬 표정으로 변했다. 그 틈을 타 무진이 화영의 손을 잡고 전시장 한쪽으로 이끌었다.

"괜찮아요? 저 늙은 영감이 감히 어딜 넘봐."

무진이 분노로 이글거렸다.

"하하, 이 전무님 아직 사십 대일걸요."

"됐습니다. 누구든 화영 씨에게 추파 던지는 사람은 다 영감입니다."

무진의 말에 화영이 웃었다.

사람들의 눈을 피해 손끝을 스치고, 서로를 향해 달달한 눈빛을 주고받았다. 남몰래 서로 교감하는 짜릿한 순간들이었다.

최선을 다해 조심한다 했지만 서로에겐 둘만 보이는 상황이 계속 생겼다. 떨어져 있어도 언제나 서로를 눈으로 좇고 있었다. 그러니 주변을 놓칠 수밖에 없었다. 주변의 시선이 둘에게 쏟아지는 걸 정작 본인들만 모를 뿐이었다.

뒤늦게 화랑에 들어선 이 여사는 사교계 인사들을 눈으로 훑었다. 누구와 먼저 인사를 나눌지 생각하다 웃고 있는 무진을 발견했다.

얼마 전 죄책감 속에 산다던 아들이, 전시회에 와서 웃고 있다니. 그럼 그렇지. 죄책감은 무슨.

이 여사는 전시회에 올 마음이 없었다. 강 회장이 기분 전환 차 무혁의 방에 걸어둘 그림이라도 사라며 전해준 초대장이 아니었다면 움직이지 않았으리라. 무슨 바람이 불었는지 결혼 생활 내내 보여준 적 없던 관심을 보여주자 마음이 움직였던 것이다.

이 여사는 웃고 있는 무진을 보며 속으로 혀를 찼다. 너는 잘만 웃고 사는구나. 이 여사의 시선이 계속 무진을 따라갔다. 그러다 무진이 한 여자를 데리고 전시장 한쪽으로 사라지는 모습이 보였다. 둘 사이에 묘한 분위기가 풍겼다.

설마. 설마 아니겠지. 자신이 잘못 본 거라 생각하고 싶었다. 하지만 무진이나 상대 여자의 표정을 봐선 사랑에 빠진 사람들이었다. 이 여사는 서둘러 몸을 돌렸다. 제가 본 것을 부정하고 싶은 마음과 더불어 자신이 거기 있다는 걸 들키고 싶지 않은 마음이었다.

"권 비서. 저기 무진이 보이지? 그 옆에 서 있는 여자, 누군지 알 아봐."

"네."

권 비서는 무진이 곁에 선 여자를 눈에 새겼다.

"집으로 가지."

"……네."

그림은 둘러보지 않으시냐고 묻고 싶지만, 권 비서는 입을 다물 었다. 이 여사 말에 토 달아서 좋을 게 없다는 걸 이미 충분히 경험 해왔다.

"내가 여기 오늘 들렀다는 건 무진이에겐 말하지 말고, 조용히 저 여자를 조사해. 최대한 빨리."

"네. 알겠습니다."

이 여사는 곧장 화랑을 빠져나왔다. 끓어오르는 분노를 어떻게 해야 할지 몰랐다. 죄책감에 시달려 산다는 무진이 아무렇지 않게 웃고, 화사한 표정으로 누군가를 바라보고 있다니. 이 여사는 무혁 이의 빈자리만 크게 느껴졌다.

전시 오프닝 행사는 성공적으로 끝이 났다. 초대장을 받았던 인사 대부분이 참석해주었고, 미처 오지 못한 곳은 화환을 보내왔다. 밀 물처럼 몰려들었던 사람들은 썰물처럼 빠져나갔다. 사람들이 빠져 나가자 화영은 제 옷부터 갈아입었다. 이렇게 마음 불편한 옷을 입 고 행사에 참여한 적은 처음이었다.

다시 제 옷으로 입자, 진짜 백화영으로 돌아온 기분이다. 그리고 이젠 이걸 어떻게 돌려주느냐로 다시 고민에 빠졌다. 화영은 부모의 이혼, 언니의 죽음을 통해 사랑을 온전하게 믿지 못했다. 상대방이 제게 보여주는 호의를 사랑으로 받아들이지 못하고, 자신도 돌려줘야 하는 부담으로 느꼈다.

화영이 했던 몇 번의 연애가 그랬다. 상대의 마음이 부담스러웠고, 상대와의 물질적인 교류도 부담스러웠다. 제가 겨우 마음을 열려고 했을 땐 상대는 이미 떠난 뒤였고, 상대에게 받은 물건은 짐으로 전락했다.

하지만 무진에 대한 화영의 마음은 달랐다. 굳이 열려고 애쓰지 않아도 이미 열려버린 제 마음을 발견하곤 어쩌지 못했다. 해서 제 신분 차이를 느끼게 한 드레스였지만 거절하지 못했다. 화영은 퇴근 후 제 진심을 말하고 잘 돌려줘야겠다고 생각하며 옷 가방을 챙겨 들고 아래층으로 내려갔다.

선재와 서현이 전시장을 정리하고 있었다. 화영도 정리에 합류했다. 전시 준비 과정은 화영이 했지만, 전시 오프닝 행사는 직원 모두가 함께했다. 사람들이 휩쓸고 간 자리의 정리가 끝나자 효림이 회식 자리를 마련했다.

"수고 많으셨습니다. 다 같이 모여서 식사라도 하세요. 저도 함께하면 좋겠지만 선약이 있어서 먼저 가봐야 할 것 같아요. 이 작가님, 함께하지 못해 죄송합니다."

효림이 신후에게 사과했다.

"아닙니다. 절 알아봐주시고 전시회를 열어주신 것만으로도 이미 감사한 일입니다."

신후가 괜찮다며 웃었다. 신후는 행사가 끝나고 뒤풀이를 위해 남았다. 효림은 카드 한 장을 남기고 사라졌다.

"그럼 우리끼리 가서 신나게 먹어볼까요?"

선재가 카드를 챙기며 말했다.

"전 빠지고 싶은데. 괜찮을까요?"

"당연히 안 되죠."

빠지고 싶다는 화영을 선재가 말렸다. 신후와 서현 역시 안 된다고 강하게 요구하는 통에 화영은 알겠다며 고개를 끄덕였다. 차에서 저를 기다리고 있을 무진을 생각하자 화영의 마음만 급해졌다.

"강 대표님이 기다리고 있죠?"

"네."

"그럼 강 대표님도 같이 가자고 해요."

망설이고 있는 화영의 마음을 눈치챈 신후가 제안했다.

"강 대표님이 누구신데요? 혹시 아까 언니 곁에 있던 그 잘생긴 분?"

서현이 눈을 빛내며 물었다.

"서현 씨 봤어?"

화영이 놀래자, 서현이 웃었다.

"어떻게 안 봐요. 사람들이 언니랑 그분만 힐끔힐끔 봤는데. 모르셨구나. 두 분 선남선녀라고 시선 집중됐었는데."

서현이 즐거운 구경거리였단 듯 얘기했다. 화영은 당황스러웠다. 숨기려 했는데, 다 광고한 꼴이었다니.

"언니, 그분이죠? 얼른 불러요, 같이 가요."

"그래요. 여럿이 가면 더 즐겁겠죠. 같이 가요."

선재는 제 궁금함에 화영을 부추겼다. 살롱에서 사람들을 접대하느라 전시장의 상황을 알지 못했기에 궁금증이 일었다. 선재마저 권하자 화영이 못 이기는 척 그들에게서 몇 걸음 떨어져 무진에게 전화를 걸었다.

"여보세요."

-끝났어요?

"네. 저기, 회식하기로 했는데……."

화영은 차마 입이 떨어지지 않았다.

-아, 그래요? 내가 거기 같이 가도 되냐고 물으면 화영 씨 싫겠죠?

"아뇨. 사실 그것 때문에 전화했어요. 같이 가재요. 다른 분들이 무진 씨도 같이 가자고 해서."

-그래요? 그럼 저야 환영이죠. 같이 가요.

전화를 끊고 얼마 후 무진이 화랑 안으로 들어왔다. 무진의 등장에 선재가 가장 놀랐다. 그 맞선남일 줄이야. 자신이 제대로 본게 맞구나 싶어 선재의 놀란 눈이 화영에게 향했다. 화영은 무진을 향해 웃고 있었다.

"안녕하세요. 강무진입니다."

무진이 선재와 서현을 향해 인사했다.

"우리 구면이죠? 최선재입니다."

"안녕하세요. 이서현이에요. 혹시, 화영 언니의 그분?"

초롱초롱한 눈동자에 무진은 대답 대신 살갑게 웃었다. 이렇게 절로 공개 연애가 되어버리는 건가 싶어 화영은 고개를 숙였다.

"어서들 가요."

화영이 서둘러 사람들을 이끌었다. 선재와 서현, 신후가 먼저 나갔다. 화영과 무진이 화랑에 방범 설정을 하고 밖으로 나올 동안 셋은 주차장에서 기다렸다.

"왜 갈아입었어요? 예뻤는데."

화영의 곁에 선 무진이 낮게 속삭였다.

"불편해서요. 아, 짐은 무진 씨 차에 미리 실어둘게요."

화영과 무진이 세단으로 향했다. 무진이 뒷자리 문을 열자 화영이 제 가방과 옷 가방을 내려놓았다. 무진이 문을 닫고 화영과 같이 세 사람이 있는 곳으로 갔다. 그 모습을 지켜보던 서현의 눈에 부러움이 잔뜩 묻어났다.

일행은 화랑 근처에서 간단하게 밥을 먹고, 술집으로 이동했다. 술집은 이미 사람들로 북적였다. 자리를 잡고 술이 여러 잔 오갔지만, 무진은 운전해야 한다며 술을 사양했다.

형이 죽고 나서 술에 취해 살기도 했지만 결국 술 때문에 형을 잃었단 생각에 술을 끊은 무진이었다. 대리운전을 부르면 되지 않느냐는 선재의 제안에도 그는 극구 사양했다. 그리고 그가 사양한 술은 그대로 화영이 마셨다.

평소 화영은 술을 많이 마시지 않았다. 회식 자리에서도 딱 취하기 전까지만 마셨다. 언제나 흐트러지지 않기 위해 애썼다. 한데 오늘은 작정한 사람처럼 마셨다.

"화영 씨, 그만 마셔요."

보다 못한 무진이 말렸지만 소용없었다.

"괜찮아요."

"화영 씨 평소랑 다르게 오늘은 많이 마시네요."

선재가 의아해했다.

"헤, 그런가요?"

화영이 해죽 웃었다. 술기운이 올라오자 화영이 자꾸 웃는다.

"화영 언니가 이렇게 많이 웃는 거 처음 봐요. 연애가 좋긴 좋은 거구나."

"응. 좋아. 히힛."

서현의 말에 화영이 다시 해맑게 웃으며 무진을 쳐다보았다.

"그쵸? 무진 씨, 좋죠? 헤헤."

"네, 뭐 그렇다 치고. 이제 그만 마셔요."

"나 아직 안 취했는데."

화영이 다시 제 빈 잔에 술을 따르려 술병을 찾았다. 맞은편에 있던 신후가 손을 뻗어 술병을 치웠다.

"강 대표님. 아무래도 먼저 일어나보셔야 할 것 같습니다."

신후가 걱정스러운 눈길로 화영을 바라보았다. 화영은 괜찮다며 여전히 웃었다. 신후는 본인은 괜찮다며 웃고 있는데 왜 보는 사람이 안타까운지 모르겠다는 생각을 했다.

"네. 그럼 저희 먼저 일어나보겠습니다."

"어, 무진 씨, 저 아직, 더, 더 마실 수 있어욧!"

"그럼 집에 가서 나랑 마셔요."

무진이 화영을 일으켜 세우려 하자 화영이 뿌리쳤다.

"그냥 더 마시고 가면 안 돼요? 헤헤."

"나랑 집에 가서 마셔요. 자아, 화영 씨, 어서 일어나요."

무진의 말에도 화영은 요지부동이었다.

"화영아, 백화영. 말 좀 듣지, 응?"

무진이 어르고 달래며, 화영의 귓가에 낮고 강하게 한 자 한 자 힘주어 말했다. 그 목소리에 위협을 느꼈는지 화영이 냉큼 일어섰다. 그 모습에 무진이 피식 웃었다. 일행은 '대체 저 커플 왜 저래?' 하는 시선이었지만 무진은 아랑곳하지 않고 화영을 부축했다.

"혼자 걸을 수 있어요. 나 혼자서도 잘해요."

"네, 알아요, 알아. 그럼 저희 먼저 가보겠습니다."

무진이 인사를 던지듯 내뱉고는 화영을 데리고 차로 향했다. 화영은 차로 가는 내내 혼자 갈 수 있다며 무진을 뿌리쳤다. 그러곤 해죽해죽 웃었다. 무진은 그런 화영의 뒤를 말없이 따랐다. 옆에서 걷자니 자꾸만 뿌리치는 화영의 모습이 마음에 걸렸다.

화영은 자신의 말을 증명하듯 혼자서도 씩씩하게 걸어 무진의 세단에 도착했다. 무진이 조수석 차 문을 열려고 하자 화영이 버럭했다.

"나 혼자 할 수 있어요!"

화영이 조수석에 올라타고 문을 쾅 닫았다. 무진은 운전석에 올라타며 화영을 보았다.

"화영 씨, 벨트 매요."

"아."

화영이 안전벨트랑 씨름했다. 무진이 매어주려 손을 뻗자 화영이 다시 혼자 할 수 있다며 씩씩거렸다. 꾸역꾸역 벨트를 채운 화영이 중얼거렸다.

"봐요, 혼자 할 수 있잖아요."

"네. 잘했어요. 우리 화영이 혼자서도 잘해요. 최고."

무진이 웃으며 장단을 맞췄다. 무진의 장단에 화영이 눈을 흘겼다. 머쓱해진 무진이 씩 웃었다. 화영은 다시 앞을 보며 혼잣말처럼 중얼거렸다.

"나요, 있잖아요……. 나요, 무진 씨. 혼자서도 잘했어요. 혼자서도."

"네. 알아요."

"근데, 왜 저한테 맞지도 않는 옷이랑 구두 줬어요?"

화영의 물음에 무진은 사이즈를 말하는 줄 알았다.

"사이즈 안 맞았어요? 어제 보니 잘 맞던데."

"아니요. 왜 제 신분에 맞지도 않는 걸 줬냐고요!"

화영의 말에 무진의 표정이 굳었다. 그녀가 무슨 의미로 말하는지 알아차렸다. 무진의 입술이 굳게 닫혔다. 어떤 말도 나오지 않았다.

"나 그런 거 없어도 돼요. 말하고 싶었는데, 안 입어도 된다고, 옷 있다고 말하고 싶었는데……."

화영의 목소리에 점점 물기가 섞여들었다.

"무진 씨가 기뻐하니까, 날 생각하며 준비한 거니까. 말 못 했어요. 나 입는 내내 불편했어요. 미안해요. 정말 미안해요."

"아니, 내가 미안해요 화영 씨. 생각 못 했어요."

"그냥 나랑 너무 다른 세계에 사는 사람이구나 싶어서 부담스러워요."

화영의 눈물이 소리 없이 흘렀다. 화영은 무진이 좋으면서도 너무 많이 차이 나는 집안 환경이 부담스러웠다. 고아와 재벌. 어디가당키나 한가 싶다. 집안 따위 상관없다 여겼는데 막상 직접 겪어보니 재벌이라 좋기보단 부담스러웠다.

"미안해요, 화영 씨. 내 생각이 짧았어요."

"나 이제 어떡해요. 혼자서도 잘 살았는데. 잘 살아왔는데……."

이젠 두려워요. 당신이 없는 세상.

무진이 손을 내밀어 화영의 뺨에 흐르는 눈물을 닦았다.

"내가 항상 화영 씨 곁에 있을게요. 걱정 말아요. 울지 마요. 화영 씨 울면 내가 아파요."

그 눈물을 어떻게 해주지 못해서 아파요. 그러니 울지 말아요.

"미안해요. 이러려고 그런 게 아닌데."

화영이 서둘러 손바닥으로 눈물을 닦았다. 무진이 좋지만 한편으론 불안했다. 이 사람과의 끝이 그려지지 않아 불안했다. 몸엔 딱 맞을지 모르나 마음에 맞지 않았던 드레스처럼, 마음은 잘 맞으나, 주변 환경이 맞지 않는 무진과의 사랑이 두려웠다.

"옷이랑 구두 돌려드릴게요. 고마웠어요."

지금 이렇게 다시 돌려주는 물건처럼, 언젠가 제 사랑도 결국 접고, 무진을 원래 있던 곳으로 돌려놔야 하지 않을까 하는 마음이 들었다.

"네. 미안해요. 화영 씨 마음 미처 생각 못했어요."

"사과하지 마요. 그럼 내가 더 미안해지잖아요."

"……"

무진은 말없이 화영을 바라보았다. 하루 종일 옷 때문에 마음 썼다는 생각이 들자 미안함에 속이 쓰렸다. 제 욕심이, 제 마음이 지나쳐 화영을 난처하게 했단 생각에 아무 말도 할 수 없었다.

"오늘은 빌라로 바로 갈래요."

"네."

화영은 손바닥으로 얼굴을 가렸다. 무진이 주머니에서 손수건을 꺼내 화영의 손에 가져다 댔다. 제 손등에 닿는 느낌에 화영은 얼굴에서 손을 뗐다. 그때와 같은 손수건이었다.

"새 거예요. 그거랑 똑같은 손수건, 정말 집에 여러 장 있거든요."

무진의 말에 화영이 킥킥거리며 웃었다.

"울다가 웃으면 안 되는데."

무진이 차를 출발시키며 진지하게 말했다. 그 말에 화영이 다시 웃었다.

"미안해요. 어떻게 말하고 돌려줄까 하루 종일 고민했는데, 결국 이렇게 화풀이하듯 말해버렸어요."

화영은 제 서툰 감정 표현이 참 미안했다. 술기운을 빌려서만 말할 수 있는 자신이 바보 같았다. 화영은 무진이 준 손수건으로 제 눈을 가렸다.

"오늘은 내가 모른 척할게요. 편하게 울어도 돼요."

무진의 부드러운 음성이 화영의 마음을 녹였다. 화영은 촉촉이 젖어드는 손수건을 느끼며 잠들었다.

화영아, 백화영.

"……응."

화영은 저를 다정하게 부르는 언니 목소리에 더 자겠다며 앙탈 부렸다.

"화영아. 백화영."

순간 저를 부르는 다정한 목소리가 달라지자 눈이 번쩍 뜨였다.

언니가 부른다고 여겼던 목소리는 꿈이었나 보다. 화영은 제 눈앞에 익숙한 골목길이 보이자, 무진의 차 안이란 걸 깨달았다.

꿈과 현실을 생각하느라 마음이 싱숭생숭해졌다. 언니를 본 게 현실이 아니라서 슬펐지만 한편으론 무진이 있는 현실이라 안도했다.

"화영 씨 되게 잘 자네요. 불면증 있다더니, 나랑 있으면 그 불면증도 사라지죠?"

"그러게요."

대답과 함께 화영이 웃다가 곧 얼굴을 찡그렸다. 잠이 깨자 머리가 지끈거렸다. 그제야 술을 마셨다는 게 떠올랐다. 잠깐 잠든 줄 알았는데 꽤 깊게 잔 모양이다. 그래도 오랜만에 꿈에 언니가 나왔다. 언니는 여전히 웃고 있었다. 뭐가 그리도 좋아서 웃을까.

"마셔요."

무진이 물을 건넸다. 무진은 화영이 자는 사이, 근처 편의점에 들러 물을 샀다.

"고마워요."

물을 마시고 나자 화영은 점점 현실이 눈에 들어왔다. 손수건이 아까 일을 증명하듯 제 무릎 위에 떨어져 있었다.

"저기, 아깐 미안했어요."

"괜찮아요. 화영 씨가 미안해할 일 아니에요. 근데 술은 다 깼어요?"

"네."

화영이 부끄러워 시선을 피하자 무진이 피식 웃었다.

"잘 웃던데. 우리 혼자서도 잘하는 화영인 어쩌면 그리 귀여운지 몰라."

무진이 손을 뻗어 화영의 볼살을 꼬집었다. 화영은 창피함에 아무 말도 못했다. 화영은 서둘러 뒷자리에 있는 제 가방을 챙겼다.

"이만 가볼게요."

"네. 푹 자요."

화영이 차에서 내려 빌라로 들어서자 무진이 출발했다. 화영은 계단을 오르며 오래간만에 꿈에 나온 언니를 생각했다. 언니가 왜 나왔을까. 언니는 대체 무슨 마음으로 재벌가 자제와 5년이나 만났을까. 문득 궁금해졌다.

화영은 환한 집 안으로 들어서며 작은방 문 앞에 섰다. 언니와 함께 썼던 방이었다. 문 너머엔 언니가 쓰던 책상과 몇 가지 유품이 남아 있었다. 그중에 일기장도 있었다.

언니가 자신의 연애를 기록해둔 일기장. 언니가 떠나고 유품을 정리하며 차마 버리지 못하고 남겨둔 물건 중 하나였다.

화영은 문손잡이를 잡고서 한참을 망설였다. 또 한 번의 판도라의 상자가 열리기 전이란 걸 화영은 알지 못한 채 비밀의 문 앞에 섰다.

10. 절망한

    화영은 심호흡을 하고 작은방 문을 열었다. 냉기와 함께 퀴퀴한 냄새가 화영을 덮쳤다. 스위치를 누르자 사방이 환해지며 먼지가 뽀얗게 내려앉은 방 안이 눈에 들어왔다. 몇 년 만에 열어보는 문인지 기억조차 가물거렸다.

    지적에 자리 잡고 있는 책상과 그 위에 놓여 있는 몇 권의 책, 일기장이 보였지만 화영은 문 앞에 선 채 움직이지 않았다.

    언니의 일기장은 유품을 정리하면서 읽었다. 그제야 언니의 애인이 재벌이었다는 걸, 그 집안이 반대해서 헤어졌다는 걸 알게 됐다. 몇 년이 지난 지금, 다시 그 일기장을 읽고 싶어질 줄 몰랐다. 언니가 그토록 비밀스럽게 지켜온 사랑을 들춰본다는 게 내키지 않아 지금껏 손대지 않았었다.

    화영은 일기장을 쳐다보며 한 발, 한 발 내디뎠다. 냉기가 올라오는 바닥에 발이 시렸다. 일기장만 낚아채듯 집어 들곤 거실로 나왔다. 순식간에 작은방 전등을 끄고 다시 문을 꽉 닫았다.

"휴우."

화영은 그제야 숨을 토해내는 자신을 알아차렸다.

일기장의 먼지를 털어내 테이블 위에 올려두었다. 발바닥에 달라붙은 먼지가 찝찝했다. 긴장이 풀리고 술기운이 사라지자 피곤함이 몰려왔다. 화영은 씻으러 화장실로 갔다. 무진에 대한 제 불안도 싹 씻겨 내려갔으면 좋겠다.

씻고 나와 편안한 자세로 눕자, 문득 테이블에 올려둔 일기장이 떠올라 벌떡 일어나 앉았다. 손을 뻗어 일기장을 쥐었다. 과연 펼쳐봐도 되는 것일까. 짧은 망설임 끝에 화영은 조심스럽게 일기장을 펼쳤다.

일기는 월영이 죽기 두 달 전부터 기록되어 있었다.

〈일기 쓰는 날이 점점 줄어들고 있지만 어느새 또 새 일기장을 샀다. 일기라기보단 이젠 하나의 기록이 된 것 같다. 우리 사이에 대한 기록.〉

〈요즘 그가 이상해졌다. 회사 일로 바쁜 건 알겠지만 뭐랄까, 내가 알던 사람 같지 않다. 그래, 기업을 이어갈 사람이니 어디 쉽겠어. 나까지 부담되지 않게 조심해야겠다.〉

일기를 쓴 날짜가 뜨문뜨문 벌어지기 시작했다. 돌이켜보면 언니 역시 직장 생활로 정신없이 바쁘긴 했었다. 언니는 원래 공부를 잘하기도 했지만 대학에 입학한 뒤론 더 열심히 했었다. 장학금이 목적이라곤 했지만 불현듯 장학금이 전부가 아니었을지도 모른다는 생각이 스쳤다.

〈그의 엄마가 찾아왔다. 어느 정도 예상했던 일이지만 막상 맞닥뜨리니 아무 말도 떠오르지 않았다. 오빠의 엄마는 내게 돈 봉투를 내밀지도, 헤어지라며 앞에 받쳐 물 컵을 쏟아붓지도 않았다. 그저 조용하고 확실하게 자신의 의사를 전했다.

'아가씨, 내가 왜 여태 아가씨 존재를 모른 척해준 줄 알아요? 그건 우리 무혁이가 이 여자, 저 여자 만나고 다니면서 괜히 사람들 입에 오르내리느니, 한 여자만 조용히 만나서 소문이 덜 나게 하기 위해서였어요.'⟩

화영은 무혁이란 이름에서 멈칫했다. 설마 자기가 아는 그 무혁은 아니겠지. 아닐 거라 최면을 걸며 화영은 다시 일기장으로 시선을 돌렸다.

⟨'지금 이렇게 온 건, 이게 그 연애를 끝내라고 말하려고 온 거예요. 5년이면 충분하지 않아요? 무혁이 앞날에 걸림돌이 되어선 안 되잖아. 아가씨가 정말 우리 혁일 사랑한다면 놓아줘야죠. 안 그래요? 무혁이는 어차피 좋은 집안 재원과 만나서 결혼할 텐데. 그럼 아가씨 인생이 너무 가엾잖아. 언제까지 첩으로 그림자처럼 살 순 없지 않겠어요? 아가씨는 젊고 예뻐. 능력도 있으니 비슷한 수준의 좋은 남자 만나서 결혼해요.'

나는 아무 말도 하지 못했다. 그 말이 모두 맞으니까.⟩

화영은 서둘러 다음 장으로 넘겼다.

⟨그가 재벌 2세라는 걸 처음 알았을 때, 그때 멈췄어야 했을까? 나는 할 수 있을 줄 알았다. 그 사람에게 어울리는 사람이 되기 위해 노력했다. 능력 면에서 뒤처지지 않기 위해 공부했고, 동기들 중 가장 먼저 대기업에 입사했다. 그가 물려받을 회사보다 서열 순위가 훨씬 높은 기업에 취직했지만 그런 건 아무것도 아닌가 보다. 집안이 중요한 거지, 내 능력이 중요한 게 아니었나 보다.⟩

⟨그가 나 몰래 선본 걸 알았다. 이젠 정말 놓아야 할 때일까?⟩

화영은 가슴이 먹먹해졌다. 화영의 불안이 점점 실제가 되어가는 거 같았다. 뒷장으로 넘기는 화영의 손이 미세하게 떨렸다.

〈차라리 헤어지자고 말하지. 바보 같은 그 사람은 헤어지자는 말조차 꺼내지 못한다. 결국 내가 나서야 하나 보다.〉

〈그에게 거짓말을 했다. 다른 남자를 만난다고. 내 거짓말을 눈치챈 것 같았지만 결국 그의 입에서 헤어지자는 말이 나왔다. 나 잘한 거 맞겠지? 근데 왜 자꾸 후회가 될까.〉

화영은 월영이 헤어지고 돌아온 날이라 추측되는 그날을 떠올렸다. 언니는 평소 같지 않았다. 말을 걸어도 대답도 없이 방으로 들어가 펑펑 울기만 했었다. 무슨 일이냐고, 왜 우냐고 물었을 때도 그저 회사 일이 힘들어서 그렇다고만 했었다. 회사 생활이 다 그런 거 아니냐고 무심하게 넘겼던 자신을 정말 많이 후회했었다.

〈마지막으로 그를 한번 보고 싶다. 그에게 받은 물건을 돌려주겠다는 핑계를 대며 내일 만나러 가기로 했다. 설렌다. 마지막이 될 테니 오래오래 눈에 담아둬야지.〉

일기는 거기서 끝이었다. 다음 날 월영은 집에 돌아오지 못했다. 그와 헤어지고 돌아오는 길에 교통사고로 세상을 떠났다.

화영은 제 심장이 짓눌리는 것 같다. 언니가 한 사랑이 바보 같아 아팠다. 한편으론 무혁이란 사람이 무진의 형이 아니길 바라는 자신이 이기적인 것 같아, 언니에게 미안했다.

화영은 빈 페이지인 걸 알면서도 혹시나 하는 마음에 뒷장을 획 넘겼다. 넘어가던 빈 페이지들 사이가 벌어지며 멈췄다. 불쑥 플로라이드 사진이 튀어나왔다. 천천히 사진을 들어 올리는 화영의 손에 눈물이 툭 떨어졌다.

사진 속엔 서로 얼굴을 맞대고 웃으며 정면을 보고 있는 월영과 무진이 있었다. 아니 무진일 리 없다. 무진과 많이 닮았지만 달랐다.

사진 여백엔 '강무혁♡백월영 천 일 기념'이라고 적혀 있었다.

화영은 머릿속이 텅 비어 아무것도 생각나지 않았다. 머릿속이 하얗게 변한다는 게 이런 건가. 화영은 설마 제가 아는 그 무혁이 아닐 거라고, 절대 아닐 거라고 최면 걸었다.

하지만 마음과 달리 심장은 폭주했다. 심장이 미친 듯이 들썩거리며 빠르게 뛰었다. 모든 피가 한꺼번에 몰려 심장이 터질 것 같았다. 숨이 쉬어지지 않는 기분이었다.

화영은 심호흡을 해가며 전화기를 찾아 손을 뻗었다. 단축 번호를 누르자 곧 윤경의 목소리가 들렸다.

-여보세요.

"후우, 후. 윤경아……. 윤경아!"

화영이 숨을 몰아쉬며 간신히 윤경을 불렀다.

-야, 너 왜 그래? 어디 아파? 무슨 일이야?

놀란 윤경의 목소리가 넘어왔지만 화영은 눈물이 쏟아져 말이 나오지 않았다.

"윤경아……. 하…… 아. 나 좀, 나 좀 살려줘."

-너 어디야? 어딘데 그래? 집이야?

"응. 집. 하아, 나 어떡해. ……윤경아, 나 어떡해야 해. 나 좀 어떻게 해줘."

-내가 갈게. 기다려.

윤경이 전화를 끊었지만, 화영은 전화기를 부여잡은 채 하염없이 울었다. 설움에 북받쳐 눈물이 쏟아졌다.

어떻게 세상에 이럴 수가 있는지.

쉴 새 없이 흐르는 눈물보다 너무 빨리 뛰는 심장 때문에 숨쉬

기가 힘들었다.

얼마나 지났을까. 화영이 가슴을 진정시킬 때쯤 윤경이 현관문을 열고 들어왔다.

"왜 그래? 화영아. 너 괜찮아? 무슨 일인데 그래?"

쉼 없이 쏟아내던 윤경의 질문이 뚝 끊어졌다. 화영이 울부짖은 흔적에 아무 말도 나오지 않았다. 퉁퉁 붓고 충혈된 눈, 헝클어진 머리카락과 눈물범벅이 된 채 구겨진 옷자락이 윤경의 입을 막았다. 가슴에 손을 얹고 심호흡을 하고 있는 화영을 보니 질문이 중요한 게 아니란 걸 알아차렸다.

윤경은 가만히 화영을 꼭 껴안았다.

"화영아, 백화영. 괜찮아. 다 괜찮아. 그러니까…… 다 괜찮아."

윤경은 화영의 등을 토닥이며 괜찮다는 말을 주문처럼 외웠다. 정말 괜찮은 일이 되길 바라면서.

윤경의 품 속에서 진정되어가던 화영이 입을 열었다.

"윤경아, 나 벌 받나 봐."

화영의 목소리가 버석버석 말라 있었다. 마치 혼자 생각에 잠겨 중얼거리는 거처럼 아득하게 들렸다.

"무슨 벌?"

"엄마랑 언니 잊고 혼자 잘 살아서…… 벌 받나 봐."

"야, 무슨 말이 그래? 아줌마랑 언니가 너한테 그럴 사람들이냐?"

윤경이 화영에게서 몸을 떼고 화영을 머리카락을 정리했다. 윤경은 손을 뻗어 휴지 케이스를 당겨왔다.

"그게 아니면 어떻게, 어떻게 이럴 수 있어? 어떻게!"

화영의 목소리에 분노가 섞였다. 분노는 눈물이 되어 흘렀다.

"대체 무슨 일인데 그래? 혹시 무진 씨랑 헤어졌어?"

윤경이 휴지를 뽑아 화영의 눈물을 닦아주며 물었다.

"차라리 헤어지는 게 낫겠지? 모른 채 헤어지는 게 나을 거야. ……그래, 그럴 거야. 근데 있잖아, 윤경아. 나 어떡해. ……나 그 사람이랑 헤어지기 싫어. 그냥 내가 모른 척하고 싶어."

화영은 말과 함께 다시 눈물을 흘렸다. 윤경은 이쯤 되자 답답하고 짜증이 났다.

"대체 뭔데? 이유가 뭐야?"

"윤경아, 우리 언니가 사귄 남자가……."

"어. 남자가 뭐?"

"……무진 씨 형이래."

"엥? 이건 또 뭔 소리야?"

화영은 말없이 사진을 내밀었다. 사진을 본 윤경 역시 깜짝 놀랐다.

"이게 뭐야?"

"울 언니 일기장에 있었어. 무진 씨가 강정 그룹 둘째, 그 사진 속 남자가 무진 씨 형. 근데 그 형이란 사람 ……자살했대. 우리 언니 죽고 나서."

화영의 말에 윤경 또한 몸도 생각도 그대로 멈췄다. 제가 들은 게 무엇인지 이해하기도 전에 화영이 그동안 무진과의 일을 읊었다. 화영이 들려준 이야기를 다 듣고 나자, 윤경은 아무 말도 떠오르지 않았다.

"윤경아, 나 어떻게 해야 해? 나 진짜…… 이제 무진 씨 없으면 힘들 거 같은데. 나 그냥 모르는 척할까? 응?"

화영은 윤경의 답을 듣고 싶어 하기보단 스스로를 이해시키려 애쓰는 거 같았다.

* * *

침실에서 나온 무진의 눈에, 거실 테이블에 놓인 쇼핑백이 들어왔다. 드레스와 구두가 담겨 있겠지. 일단 오피스텔로 갖고 올라왔지만, 어찌해야 할지 모르겠다.

어제 본 화영의 모습이 마음에 걸렸다. 아무래도 자신의 짧은 생각이 화영을 힘들게 한 것 같아 마음이 쓰였다. 연애다운 연애가 처음이어서인지, 아니면 화영이 별난 건지. 여자들은 선물에 약하다고 하지 않았나? 여태 만났던 여자들은 무진이 사는 집 자식이라 느낀 뒤론 오히려 노골적으로 선물을 원하기도 했었다.

그런데 백화영이란 여자는 완전 미스터리다. 그래서 알고 싶고, 궁금하다. 백화영에 대해 아주 사소한 것까지 알고 싶어진다.

무진은 제 생각을 추스르며 창틀에 자리 잡은 안개꽃 화분 곁으로 다가갔다.

"예쁜아, 네 언니 마음은 도통 모르겠다."

무진은 곁에 놓아둔 물병을 들어 화분에 물을 주며 중얼거렸다. 무진은 화분을 핑계 삼아 화영을 오피스텔로 초대하곤 했지만 실상 화영이 화분에 물을 준 적은 없었다. 항상 무진이 신경 써서 관리했다.

"저걸 어쩐다."

무진이 돌아서 쇼핑백의 거처를 고민할 때 테이블에 있던 휴대폰이 울렸다. 아직 이른 아침 시간이었기에 특별히 연락 올 만한 곳은 없다. 그렇다면 화영이겠지 싶어 들뜬 마음으로 테이블로 향했다.

액정을 확인하는 순간 무진의 표정이 약하게 주름졌다.

"네. 강무진입니다."

-도련님, 최 비섭니다.

"네. 아침 일찍부터 제 목소리를 듣고 싶으셨나 봅니다."

무진은 실망한 기색을 비꼬는 것으로 표출했다.

-설마 제가 그렇겠습니까. 제가 아니라, 회장님이 도련님을 뵙고 싶어 하십니다.

"아버지가 왜요?"

-오늘 오전에 회사로 들르시랍니다.

"아, 진짜. 그걸 꼭 몇 시간 전에 말하는 이유가 뭡니까."

-그렇군요. 약속 시간 십 분 전에 말씀드릴 걸 그랬습니다.

무진은 최 비서의 대답에 멍해졌다. 괜한 말싸움에 진 것 같다.

"무슨 일이신데요?"

-중요한 일입니다.

"네, 뭐 늘 중요하겠죠. 몇 시까지 가면 됩니까."

-늦어도 열 시엔 오라십니다.

"네. 그럼 이따 뵙죠."

무진은 전화를 끊고 시간을 확인해보니 일곱 시가 막 지난 시각이었다. 화영은 일어났을까? 무진은 화영에게 전화를 걸었다. 신호음이 계속 들렸지만 제가 기다리는 그녀의 음성은 들려오지 않았다. 너무 일찍 전화했나 보다, 하며 전화기를 내려놓았다.

테이블에 있던 쇼핑백을 챙겨 드레스 룸으로 가져갔다. 보름 만에 만나는 강 회장이니 괜히 신경 쓰였다. 독립했으니 오히려 사람답게 사는 모습을 보여줘야 할 거 같아 줄지어 늘어선 옷 사이로 오늘 입을 옷을 꼼꼼하게 골라냈다.

강정 물산으로 출발하며 무진은 다시 화영에게 전화를 걸었지만 여전히 받지 않았다. 일이 바쁜 건가. 바빠도 제 전화를 안 받진 않았는데. 이유를 알지 못하니 답답하다. 어제 일로 아직도 꽁해 있는 건가? 무진의 머릿속은 온통 백화영이었다.

무진은 강정 물산에 도착했으나 출입 카드가 없어 1층 로비로 향했다. 회사 건물에 와본 게 손에 꼽힐 정도였다. 그마저도 형을 보러 잠깐씩 왔을 뿐 올 일이 없었다.

"회장실에 반 에이전시에서 왔다고 전해주세요."

무진은 부러 자신의 이름을 말하지 않았다. 설령 밝혀도 안내데스크에서 자신이 회장 아들인 걸 알아볼 사람도 없지만, 굳이 밝힐 이유도 없었다.

회장실과 연결되고 곧 출입 카드를 건네받았다. 무진은 출입 카드를 받아 스피드 게이트를 통과하고 승강기를 기다렸다. 승강기 문에 비친 제 얼굴을 보자 불쑥 의문이 솟아났다. 강 회장은 항상 집에서 저를 보았거나, 볼 수 없을 땐 최 비서를 통해 말을 전해왔다.

독립해서 집에서 볼일이 없다면 최 비서를 통해 전달하면 그만이었다. 그런데 회사로 호출하다니. 더구나 회사로 호출한 건 처음 있는 일이었다. 무진은 왜 이제야 이런 의문을 떠올린 건지 어이없었다. 호랑이가 코앞에 나타난 뒤에야 호랑이 굴이란 걸 눈치챈 꼴이라니.

무진은 도착한 승강기에 몸을 실으며, 정신에도 힘을 실었다. 처음 올라와보는 꼭대기 층이었다. 무진이 승강기에서 내리자 최 비서가 대기하고 있었다.

"오셨습니까."

"네."

최 비서가 대기하고 있는 것도 모자라, 훨씬 어려 보이는 무진에게 고개 숙여 인사하자 데스크에 있던 비서들의 눈이 커졌다.

"이쪽입니다, 도련님."

무진은 그 도련님이란 호칭이 지금처럼 거슬린 적도 없을 듯싶다. 최 비서가 앞장서 무진을 안내하며 회장실 문을 노크하곤 무진을 안으로 보냈다.

언제나 그렇듯 강 회장은 서류를 보고 있었다. 무진은 집에서나 회사에서나 서류 보는 모습만 보여주는 아버지란 생각에 씁쓸했다.

"저 왔습니다."

"그래. 거기 앉아라."

무진은 움직이지 않은 채 가만 서 있었다. 어차피 앉는다 해도 얼마 지나지 않아 일어서야 할 게 뻔한데 굳이 앉을 필요가 있겠냐는 계산이 깔렸다. 강 회장의 시선이 무진에게로 향했다.

"왜 서 있어? 앉으래도."

"하실 말씀이 뭡니까. 금방 끝날 얘기 아닌가요?"

"네가 어떻게 받아들일지에 따라 길어질 수도 짧아질 수도 있겠지."

말과 함께 강 회장이 자리에서 일어서, 소파로 와 상석에 앉았다.

"와서 앉아라."

강 회장의 요구에 더 모른 척할 수 없어 소파로 가 앉았다. 그런 무진을 강 회장이 말없이 바라보았다. 세월에 저만 늙어간다 여겼는데, 어느새 자식이 이렇게 장성했다는 게 놀라웠다. 얼굴을 보기 전까진 쉽게 말을 꺼낼 수 있다 여겼거늘, 막상 다 큰 아들과 독대하자 섣불리 말이 나오지 않았다.

"무슨 말씀이시기에 아버지답지 않게 뜸을 들이십니까."

"나도 이제 늙은 모양이지. 쉽게 말이 안 나오는 걸 보니."

강 회장은 남자가 된 무진의 얼굴을 보며 다정하게 불렀다.

"무진아. 이제 그만 이 강정 물산으로 들어오너라."

다정하게 저를 부르는 강 회장의 모습에 놀랐지만 뒤따라 나온 요구에 무진의 표정이 굳었다.

"그 얘기는 지난번에 이미 거절한 걸로 기억합니다."

"네가 내 얘기를 끝까지 듣고서도 거절할 수 있을지 궁금하군. 네가 지금 만나는 여자가 있다는 거, 안다."

강 회장의 말에 무진의 표정이 흔들렸지만 빠르게 제 표정을 지웠다.

"어련하시겠어요. 조사해보셨겠네요, 그럼."

"그래."

무진은 헛웃음이 나오려는 걸 간신히 참았다.

"그래서 지금 그 여자와 헤어지고 회사에 들어오라, 뭐 그런 말씀 하려 그러시는 거라면."

"아니, 난 헤어지라고 말할 생각은 없다."

강 회장 입장에선 오히려 화영은 환영이다. 사업에 문제될 처가는 차라리 없는 게 나으니까.

"그럼 왜 지금 제 여자 얘기가 나옵니까."

무진은 지금 이 상황이 이해가 되지 않았다. 제가 놓치고 있는 게 뭘까 머릿속으로 생각을 파헤쳤지만 아무것도 없었다.

"난 너랑 거래할 생각이다. 내가 그 여자를 네 엄마에게서 지켜주마. 넌 그 대신 강정 그룹의 후계자가 되라."

"뭡니까. 벌써 어머니까지 아시는 겁니까."

그래, 모르면 그게 이상할지도 모르겠다. 무심함으로 똘똘 뭉친 70년 인생의 강 회장이 알 정도면 이 여사도 알고 있다는 얘기가 된다.

"글쎄다. 네 어미도 곧 알게 되겠지. 아직까진 모르고 있을 게다."

"전 후계자 될 생각도 없고, 제 여자는 제가 지킵니다. 걱정 마세요."

"과연 그 여자도 널 그렇게 믿을지 의문이구나."

"대체 하고 싶은 말씀이 뭡니까."

무진은 강 회장이 핵심을 놔두고 주변만 뱅뱅 돌려 말하는 거 같아 짜증 났다.

"네가 지금 만나고 있는 백화영. 무혁이 애인이었던 여자의 동생이다."

"네?"

무진은 뭔가 잘못 들었다고 생각했다.

"네 형 애인 이름이 백월영이었다. 그리고 그 백월영 동생이 백화영이고. 이 사실을 네 엄마가 안다면, 그래도 네가 지켜낼 수 있을 거 같으냐?"

무진은 그대로 멈췄다. 생각도 몸짓도 굳었다. 뭔가 놀라운 얘기를 들은 거 같은데 무슨 얘기를 들은 건지, 자신이 제대로 들은 게 맞는 건지도 파악되지 않았다.

"그게 무슨 말씀입니까. 백월영이 누구고? 백화영이 뭐 어쨌다고요?"

"무혁이 애인이었던 백월영의 동생이 백화영이야. 이 사실을 네 엄마가 안다면 불 보듯 뻔하지. 내가 너와 그 애를 네 엄마에게서 지켜주마. 대신 넌 강정 물산으로 들어와라."

무진은 고개를 숙인 채 두 손으로 제 얼굴을 덮었다. 무진의 머릿속엔 이해되지 않는 문장들이 뒤죽박죽 섞여들며 웃고 있는 화영의 모습이 떠올랐다. 대체 뭐가 어쨌다는 건지. 무진이 마른세수를 하며 고개를 들었다.

"강정 물산은 원래부터 형 겁니다. 제가 물려받을 생각 없습니다. 그리고 화영인 제가 지킵니다. 이만 가보겠습니다."

"생각해보고 필요하면 언제든지 얘기해라."

무진은 태연한 척 일어서 성큼성큼 걸어 회장실을 벗어났다. 그러나 승강기 버튼을 누르는 그의 손끝이 떨리고 있었다. 다가오는 최 비서의 기척을 느꼈다. 무진은 승강기에 올라타면서 바로 닫힘 버튼을 눌렀다. 그 누구와도 마주치고 싶지 않았다.

도망치듯 출입증을 반납하고 제 차로 향했다. 생각을 정리해야 했다. 그 누구의 방해도 받지 않고 머릿속 혼란을 정리하고 싶다.

그에 앞서, 화영의 목소리가 듣고 싶었다. 우선 오직 화영의 목소리, 화영의 모습이 필요했다.

신호음이 여러 번 울렸지만 이번에도 화영의 목소리는 끝내 들려오지 않았다. 무진은 가슴이 답답해져 넥타이를 풀어헤쳤다. 강회장을 만난다고 신경 써서 입었던 옷이 거추장스러웠다. 제가 가진 집안 배경이 처음으로 싫어졌다.

무진은 시트에 기대곤 눈을 감았다. 어디서부터 잘못된 걸까. 왜 하필 지금, 이런 인연으로 만나야 했을까. 화영의 웃는 얼굴이 떠올라 저도 모르게 입술 끝이 올라갔다.

무진은 다시 화영에게 전화를 걸었다. 지금 중요한 건 화영뿐이란 생각이 들었다.

ㅡ……여보세요.

"화영 씨."

ㅡ네.

전화를 받았다는 사실에 기뻤다. 기쁨에 차 화영을 불렀지만, 화영의 목소리는 가라앉아 있었다.

"어디 아파요? 목소리가 이상한데?"

ㅡ……감기 걸려서 그래요. 약 먹고 계속 자느라 전화 오는지 몰랐어요. 미안해요.

"그랬구나. 많이 아파요? 병원 다녀왔어요?"

ㅡ네. 괜찮아요.

"내가 갈게요."

ㅡ아뇨! 오지 말아요.

화영의 다급한 목소리에, 무진의 얼굴이 굳었다. 예상치 못한 거부에 무진은 잠시 침묵했다.

-아니, 저기. 감기 옮으니까 오지 말아요.

서둘러 덧붙이는 화영의 말에 무진은 어딘가 찝찝했다.

"어디예요? 내가 가면 안 되는 겁니까?"

-집이에요. 오늘 월차 냈어요. 내일 봐요. 나 진짜 무진 씨한테 예쁜 모습만 보여주고 싶은데 지금 제 몰골 보면 무진 씨 도망갈 걸요.

말과 함께 화영의 낮은 웃음소리가 넘어왔다.

"절대 도망 안 가요. 나 지금 화영 씨 보고 싶은데. 잠깐도 안 됩니까?"

-네. 미안해요.

핸들을 움켜쥔 무진의 손에 힘이 들어갔다. 빠득빠득 우겨서라도 만나고 싶지만 그렇게 하면 왠지 화영이 도망갈 거 같아 억눌렀다. 이상하게 그랬다. 화영은 곁에 있지만, 언제고 사라질 것 같은 불안감이 한 번씩 들곤 했다.

"알겠어요. 몸조리 잘해요. 내일 봐요."

-네.

"화영 씨!"

무진은 전화를 끊으려다 말고 다급하게 화영을 불렀다.

"사랑해요."

-…….

"사랑해요, 화영 씨. 아프지 말아요."

-……네. 나도 사랑…… 해요. 이만 끊을게요.

급하게 전화를 끊는 화영의 목소리가 이상했다. 무진은 다시 전화를 걸고 싶지만 참았다. 얼굴을 맞대고, 눈을 보며 고백하고 싶었지만 무작정 사랑한다는 말이 나왔다. 그 말이 필요한 순간 같았다.

하아. 무진은 깊은 한숨을 토해내며 차를 출발시켰다. 목적지도 없이 차를 움직였다. 머릿속엔 끊임없이 형의 애인 백월영과 그녀의 동생 백화영. 백화영. 백화영. 그 이름 석자가 점령했다.

자신이 할 수 있는 일이 무엇일지 생각했다. 형이 만약 죽지 않았다면, 형이 만약 월영과 결혼했다면, 화영과 자신은 어찌 되었을까.

아니, 생각하고 싶지 않다. 그런 가정 따위 필요 없다. 지금 제게 중요한 건 오직 백화영뿐. 형과 형의 애인이 아니라 강무진과 백화영만 중요할 뿐이었다.

무진이 제 머릿속 혼란을 겪으며 도착한 곳은 경기도에 있는 봉안당이었다. 어디 마땅히 갈 곳이 없었다. 누구에게 털어놓을 수도 없어 결국 형의 유골함 앞에 섰다.

'형, 나 어떡하지. 형한테 그깟 사랑 때문에 죽었다고 원망해서, 그래서 나한테 이러는 거야?'

무진은 웃고 있는 무혁의 사진을 노려봤다. 뭐가 저리 좋을까. 자유롭니? 거기선 애인과 마음껏 사랑 중인 거야?

"형. 미안해."

무진은 무혁의 사진을 보며 쓰게 웃었다. 이내 무표정으로 변하며 머릿속을 정리하기 시작했다. 무진은 제 생각 속에 침잠해 들어가며 오랫동안 그 자리에 그대로 서 있었다.

'형이 모른 척해줘. 나 처음으로 욕심내고 싶어. 여태 형이랑 관련된 건 그 어떤 것도 관심 두지 않았고, 욕심내지 않았어. 형 근데, 나 이 여자 아니면 안 돼. 이번만큼은, 이 여자만큼은 욕심낼 거야.'

무진은 복잡했던 머릿속을 단 하나로 명쾌하게 결론 내렸다. 그냥 백화영만 보기로. 그녀가 누구의 동생이건, 형이 살아 있어서 어떤 인연으로 엮이게 됐을지는 몰라도 중요한 건 지금이지, 만약이 아니니까.

무진은 목적지를 화영의 빌라로 정하고, 화영을 향해 차를 몰았다.

화영은 무진의 전화를 끊고 눈물 맺힌 눈에 힘을 주었다. 사랑한다는 말, 그 말이 참 좋았다. 좋은 만큼 아프다.

뜬눈으로 아침을 맞이한 화영은 처음으로 화랑을 쉬겠다며 효림에게 연락했다. 전시 오프닝이 끝났으니 당분간은 화영이 빠진다고 해도 크게 문제 될 건 없을 터였다. 화영의 목소리를 듣고 효림은 많이 아픈 모양이라며 푹 쉬라고 했다.

윤경은 아침에서야 돌아갔다. 저녁에 다시 오겠다며 간 윤경이었다. 윤경이 가고 난 집이 텅 비어버린 것 같다.

화영은 아무 생각도 하고 싶지 않아 잠에 빠져들었다. 분명 무진에게 연락이 올 것 같아 휴대폰은 무음으로 돌려두었다. 받을 수 없을 것 같았다. 그 사람 목소리를 들으면 또다시 울음이 터질 것 같아서.

아무렇지 않은 척, 평소와 같은 척, 연기 연습을 할 시간이 필요했다.

5년의 사랑도 한순간에 끝나버리는데, 하물며 아직 3개월도 되지 않은 무진과 제 사이가 뭐 그리 대단할까 싶다. 이젠 신분의 차이를 넘어 월영과 무혁과의 인연까지 걸림돌이 된 기분이다.

무진의 집안 반대도 예상되던 차에, 월영까지 걸려 있었다. 월영 때문에 제 자식이 죽었다고 탓할지도 모르는데 그 원망의 가시밭길을 화영은 감당해낼 수 있을지 의문이 들었다.

화영은 전화기를 들었다. 버튼을 누르기 전에 제 목소리를 가다듬었다. 최대한 별일 아닌 척, 최대한 자연스럽게. 자신을 다독이며 상대방이 전화를 받길 기다렸다.

-여보세요.

"이모, 저 화영이에요."

-어, 화영아. 네가 어쩐 일이니, 먼저 전화도 다 하고. 혹시 선볼 마음이라도-

"이모, 저 이사 가려고요."

화영은 서둘러 이모의 말을 끊었다. 제때 대답하지 못한다면 이것저것 또 물어볼 테니까.

-그래? 웬일이냐, 네가. 드디어 마음 굳힌 거야?

"네. 그래서 저 집 내놓을 건데, 집 보러 온다고 하면 이모가 좀 와서 계셔달라고 전화드렸어요."

-그거야 어려울 거 없지. 근데 왜 갑자기 이사?

"이모가 이사 가라면서요."

화영은 핑계 대며 웃었다.

-그거야 그렇다만, 암튼 알았어. 부동산 연락 오면 얘기해.

"네. 고마워요, 이모. 끊을게요."

화영은 전화를 끊고 크게 숨을 토했다. 더 꼬치꼬치 캐묻지 않아서 다행이다. 화영은 인근 부동산을 검색해 매매로 집을 내놓았다. 최대한 빠른 시일 내에 부탁한다면서.

화영은 그렇게 서서히 준비했다. 더 깊어지기 전에, 더 아파지기 전에, 도망치기로.

무진의 곁을 떠나기로.

11. 애틋한

땅거미가 내려앉을 무렵, 무진은 화영의 빌라 주차장에 차를 세웠다. 시트에 기대며 전화기를 만지작거렸다. 전화를 걸지 말지, 오는 내내 갈등했다. 아프다며 내일 보자고 못 박았던 사람에게 전화하기가 좀 그랬다. 하지만 목소리라도 듣고 싶다는 욕심에 무진은 결국 전화를 걸었다.

"여보세요."

-네.

"몸은 좀 어때요? 뭐라도 먹었어요?"

-네. 많이 좋아졌어요.

무진은 화영의 목소리가 차분하게 가라앉았지만 낮보다는 나아진 거 같아 다행이라 여겼다.

"화영 씨, 잠깐만 얼굴 보여주면 안 돼요?"

―……미안해요. 오늘은 진짜 몰골이 엉망이라서 안 돼요.

"난 괜찮은데."

-그래놓고, 저 보고 도망가려고 그러죠? 다 알아요.

화영의 낮은 웃음소리가 듣기 좋았다.

"아쉽다. 난 화영 씨 어떤 모습이라도 다 좋아요. 정말로."

무진의 말에 화영의 웃음소리가 넘어왔다.

-정말 그랬으면 좋겠다. 내가 어떤 결정을 내리고, 어떤 모습을 보여도 무진 씨가 좋아해줬으면 좋겠어요. 그게 제 이기심이라고 해도.

"화영아."

-네.

무진이 낮고 부드럽게 화영을 불렀다.

"백화영."

-네?

"백화영."

-뭐예요? 왜 자꾸 부르기만 해요.

"그냥 좋아서. 내가 지금 듣고 있는 목소리가 백화영이 맞구나 싶어서."

무진은 자꾸만 확인하고 싶다. 제가 지금 이야기하고 있는 사람이 그 누구도 아닌 백화영이란 사실을.

-그게 뭐야. 나도 막 강무진 씨 이름만 줄줄 부를까 보다.

"그래도 좋아요. 뭐든 좋아요."

-강무진 씨.

"네."

-강무진.

"네."

-무진아.

"응."

-뭐야. 말장난할 거면 나 그만 끊을래요. 피곤하다.

"네. 쉬어요. 내일은 꼭 봐요."

-네.

무진은 전화를 끊고 나자 아쉬웠다. 이상하게 그랬다. 잡힐 듯
잡히지 않는, 곁에 있지만 곁에 없는 거 같은 그런 느낌. 불안하니
자꾸만 확인하고 싶다.

무진이 오 분만 더 있다가 가려고 시트에 기댈 때, 빌라 주차장
으로 차 한 대가 들어왔다. 왜인지 낯이 익어 무진의 시선이 차를
따라 움직였다. 그리고 차에서 내리는 윤경을 발견하자, 무진은 어
느새 제 차에서 내려서고 있었다.

"김윤경 씨."

뜻밖의 호명에 놀란 윤경이 소리 나는 쪽으로 고개를 돌렸다.

"어, 강무진 씨. 여긴 어쩐 일로? 아, 화영이가 있지."

"혹시 화영 씨한테 가는 길입니까."

"네."

"화영 씨 많이 아픕니까. 얼굴을 안 보여주려고 해서……."

윤경은 무진의 말에 잠시 갈등했다. 이걸 사실대로 말해, 그냥
모른 척해.

"혹시, 잠깐 시간 좀 내주실 수 있습니까."

"지금이요?"

"네. 근처 카페라도 가서 말씀 좀 나누고 싶은데."

"그러죠. 따라오세요. 바로 앞에 카페 있어요."

윤경은 이왕 이렇게 된 거 무진이 어떤 얘기를 할지, 혹은 월영과 무혁의 인연에 대해서 알고 있는지 슬쩍 떠볼 마음이었다.

그러나 카페에 마주 앉자 침묵도 함께 내려앉았다. 윤경은 무진이 먼저 말을 꺼낼 거라 예상했지만 무진은 입을 다문 채 윤경만보고 있었다. 윤경도 지지 않겠다며 무진을 마주 봤다. 화영은 대체 이 남자의 어디가 그렇게 좋을까, 허우대 멀쩡한 거 말곤 없는거 같은데.

"저기, 강무진 씨. 하실 말씀이 뭔데요?"

결국 어색함에 윤경이 먼저 말문을 텄다.

"화영 씨, 어디가 아픈 겁니까?"

"아, 그냥 뭐. 피로 누적이죠."

윤경은 무진의 질문에서 화영이 아프다고 했다는 걸 알아차렸다. 이럴 땐 미리 화영과 말을 맞췄어야 했는데. 괜히 말실수할까봐 조심스럽다.

"피로 누적이요? 화영 씨는 감기랬는데."

"아, 아, 네. 감기요. 제가 잠시 착각했네요."

윤경이 우물쭈물 넘기는 모습을 무진은 놓치지 않았다. 평소 같으면 그냥 넘겼을지 모르지만, 화영과 제가 얽힌 인연을 안 지금은모든 게 예민해졌다.

"화영 씨한테 혹시 무슨 일 있습니까."

무진의 눈이 윤경을 뚫을 듯이 쳐다보았다. 윤경은 입술을 달싹였다. 화영이 지금 어떤 마음인지도 확실치 않은 상황에서 섣불리 말을 꺼내기도 조심스럽고, 무작정 모른 척하기도 그렇고. 더구나 재벌에 대해 좋지 못한 인상을 갖고 있는 제게, 하필 또 같은 집안 일 건 뭔지.

"화영 씨한테 무슨 일 있죠?"

무진은 이번엔 아예 확정 짓고 물었다. 조금만 더 다그치면 분명 어떤 말이든 나올 것 같아 강하게 나가기로 했다.

"전 화영일 지키고 싶습니다. 그래서 지금 윤경 씨를 앞에 두고 묻는 거고. 만약 무슨 일이 생겨서 제가 화영이 옆에 없을 땐 윤경 씨가 곁에서 화영이 소식을 내게 전해줬으면 하는 마음입니다."

강렬한 무진의 눈빛에 윤경은 움츠러들었다. 올곧게 부딪쳐오는 시선에서 남자의 진심이 느껴졌다.

"이런 말 어떻게 해야 할지 모르겠지만, 사실 화영이가 알면 또 어떻게 반응할지 모르겠지만, 무진 씨도 어차피 알게 될 일이니까 먼저 말할게요."

무진은 사설이 긴 윤경의 말에도 참을성 있게 기다렸다.

"화영이 언니에 대해선 아시죠? 화영이가 얘기했다고 하던데."

"네. 압니다."

무진의 기색을 살피던 윤경의 표정이 눈에 띄게 편안해졌다. 얘기가 좀 더 수월할 것 같아 마음이 한결 가벼워졌다.

"무진 씨 형이 있었다고 들었어요."

"네."

"그 형이랑 월영 언니랑-"

"설마, 화영이가 알고 있습니까? 제 형과 어떤 관계였는지!"

윤경의 말허리를 끊고 무진이 성급하게 되물었다. 무진의 물음에 윤경의 얼굴에 혹시 하는 가정이 스쳤다.

"무진 씨는 알고 계셨던 건가요? 무진 씨 형과 월영 언니 관계?"

무진은 윤경의 물음에 굳어지는 제 얼굴을 어쩌지 못했다.

"화영이가 그걸 아는군요. 언제 알았습니까. 어떻게 알았습니까."

"그러는 무진 씨는 언제 아셨는데요? 설마 알면서도 화영이한
테 접근한 건 아니겠죠?"

윤경이 경계하며 물었다. 윤경은 무진의 태도가 못 미더웠다. 이
미 알면서 화영을 만나온 게 아닌지 의심도 생겼다.

"사실 전 오늘 알았습니다."

"화영인 어젯밤에요. 월영 언니 일기장에서 사진을 발견했거든
요. 무진 씨 형이랑 월영 언니가 같이 찍은 사진."

"아!"

무진은 저도 모르게 탄식했다. 그리고 어쩌지 못하는 제 표정을
감추기 위해 연신 마른세수를 했다.

"그래서, 그래서 화영이가 아픈 건가요?"

"네."

단호하게 떨어지는 대답에 무진의 심장이 툭 하고 떨어졌다.

"화영이가 많이 울었습니까? 많이 아파했나요?"

묻고 있는 무진의 목소리가 약하게 떨렸다.

"네. 아주 많이 힘들어했어요. 이런 말 실례 같지만, 앞으로 어떻
게 할 생각이세요? 일기장만 봐도 그쪽 어머니 보통은 넘으시던데."

"지킬 겁니다. 제가 화영일 지킬 겁니다."

묵직한 무진의 목소리와 달리 윤경은 '과연 당신이 지킬 수 있
을까?'라는 의문이 먼저 떠올랐다.

"만약 화영이가 헤어지자고 하면요?"

윤경의 물음에 무진은 큰 타격을 입은 사람처럼 표정이 흔들렸다. 마치 헤어짐에 대해선 전혀 예상치 못한 사람 같았다.

"전 화영이랑 헤어지지 않을 겁니다."

"무진 씨야 그렇겠죠. 근데 사랑이 어디 일방통행으로 될 문제던가요? 화영이가 끝까지 헤어지자고 하면요?"

"그건 그때 가서 생각할 문제지만 전 화영일 놓지 않을 겁니다."

무진은 스스로에게 다짐하듯 목소리에 힘을 실었다. 그러곤 재킷에서 명함 지갑을 꺼내 명함 한 장을 윤경에게 내밀었다.

"제 연락첩니다. 혹시라도 제게 연락할 일이 생기면 바로 해주세요. 언제든 화영이랑 관련된 일이면 상관없습니다."

"네. 그러죠."

윤경이 명함을 챙겨 넣었다.

"화영 씨에겐 제가 알고 있다는 거 비밀로 해주세요."

무진은 모른 척하고 싶었다. 두 사람의 인연은 둘만 연결된 걸로 하고 싶었다.

"네, 뭐, 그럴게요."

윤경은 이유를 묻고 싶었지만 물어본들 답이 돌아오지 않을 거 같아 토 달지 않았다.

"그럼 전 이만 가볼게요."

"네. 화영이 잘 부탁드립니다."

"그건 걱정 마세요."

윤경은 화영을 걱정하기에 앞서 그쪽 걱정부터 하는 게 나을 것 같다는 말이 나올 뻔했다. 무진의 얼굴은 근심으로 어두워져 보는 사람마저 울적하게 했다.

윤경이 밖으로 나가자, 무진은 테이블에 쓰러질 듯 고개를 숙이 곤 양손으로 이마를 받쳤다. 어디서부터 수습해나가야 할지 막막 해졌다.

윤경은 다시 주차장에 들러 제 차에 실린 반찬통을 꺼내 화영의 집으로 올라갔다.

"나 왔다."

"어, 왔어?"

윤경이 현관문을 열며 기척을 하자, 화영이 거실에서 현관으로 다가왔다.

"우와, 이거 반찬이야?"

"어. 너 먹고 힘내라고."

화영이 활짝 웃으며 윤경의 손에서 반찬통이 든 보자기를 받아 챙겼다.

"고마워, 윤경아. 잘 먹을게."

보자기를 풀어 헤치며 화영이 답했다.

"어. 알면 다 먹어."

"응."

화영이 반찬통을 냉장고로 옮길 동안 윤경은 거실로 가 앉았다. 화영은 부지런히 움직였다. 지나치게 평소 같다. 지나치게 평소 같 은 모습으로 저를 대하는 화영이 윤경은 낯설었다.

"화영아."

"응."

부엌에서 부산하게 움직이며 화영이 높은 톤으로 대답했다.

"괜찮은 거 맞아?"

"응. 나 이제 괜찮아."

화영의 움직임을 눈으로 따라가며 윤경의 생각도 따라 흘렀다. 이걸 말해? 말아?

"화영아. 여기 와서 잠깐 앉아봐."

"왜?"

화영이 그제야 돌아서며 윤경을 쳐다봤다. 계속 윤경의 시선을 피하고만 있을 순 없는 일. 윤경을 보면 다시 눈물을 쏟아내며 모든 일을 원망할 거 같아 계속 피했다.

"나 너한테 할 말 있어."

"뭔데? 하긴, 나도 너한테 할 말 있다. 윤경아, 나 이사 가."

"뭐?"

"뭘 그리 놀래?"

화영은 윤경의 반응에 괜히 고개를 돌리며 싱크대 주변을 정리했다.

"이제 그만 이사 가려고."

'유품들도 버리고. 이 집도 버리고. 다 버리게.'

차마 입 밖으로 낼 수 없는 말들은 속으로 삼켰다.

"너 무진 씨 때문에 그래?"

"아니야, 그런 거. 그냥 좀 지겨워졌어."

"야, 백화영. 그럼 여기 와서 나랑 얼굴 맞대고 얘기해. 아까부터 계속 피하고 있잖아."

윤경이 다그쳤다. 함께해온 세월이 있는데 내가 너를 모르겠니. 화영은 윤경의 말에 싱크대 정리를 멈추고, 약하게 심호흡을 한 뒤

윤경을 향해 돌아섰다.

"그냥. 윤경아, 그냥. 나 무너지기 싫어서 그래."

화영은 대답과 함께 싱크대에 허리를 대고 기대섰다.

"……좋아. 이사 어디로 갈 건데?"

"이제 알아봐야지."

"무진 씨도 알아?"

"아니. 이제 말해야지."

'아니, 말하지 않을 거야. 그 사람한테는.'

"화영아, 나 아까 여기 빌라 앞에서 무진 씨 만났다."

윤경의 말에 화영의 표정이 크게 흔들렸다. 거실에 앉아 있던 윤경의 눈에도 보일 만큼 화영의 표정이 멍해졌다.

"이게 맞는 건지 모르겠지만, 말해야겠다. 무진 씨는 비밀로 해 달랬지만."

"뭘? 너랑 무진 씨가 만난 거?"

"뭐 그것도 그렇고. 화영아. 있잖아. 무진 씨도 알아."

"……."

"무진 씨도 월영 언니와 자기 형 관계 안다고."

윤경의 말에 결국 화영은 미끄러지듯 바닥으로 주저앉았다. 몰랐으면 했는데. 정말 몰랐으면 했는데. 저를 원망할까 봐 두려웠다. 형을 죽게 만든 원인 제공자가 언니라고 자신을 탓할까 봐 무서웠다.

"화영아. 근데 그 사람도 알아. 네가 그 사실을 알고 있다는 거."

"하아."

화영은 아무 말도 떠오르지 않았다. 그저 쪼그리고 앉아 넋을 놓았다. 그 사람이 어떻게 알게 됐는지, 언제 알았는지, 윤경에게 자신이 알고 있다는 걸 왜 말한 건지 따져 물을 생각도 못했다.

"그렇구나."

화영은 체념한 듯 낮게 중얼거렸다.

"응. 근데 모른 척할 건가 봐. 너랑은 절대 안 헤어질 거라고, 비밀로 해달라고 하는 거 보니까."

화영은 내일 무진을 어떤 표정으로 어떤 목소리로, 무슨 얘기를 나눠야 할지 막막해졌다. 자신을 탓하지 않을 사람이란 걸 알지만, 그래도 불안하다. 그가 차갑게 자신을 돌아설까 봐.

헤어지겠다고 마음먹어 놓고도, 그 사람이 먼저 차갑게 돌아설까 봐 걱정하는 자신의 모습이 우스웠다. 이런 모순에, 이런 이기적인 사람이 나란 사람이었구나. 새삼 자신에 대해 알게 된 화영이 웃었다.

"너 괜찮아? 왜 뜬금없이 웃고 그래?"

"어? 그냥. 내가 넘 이기적이어서. 웃겨."

"뭐가?"

"윤경아, 나 진짜 못됐다. 무진 씨랑 헤어지겠다고 결심해놓고, 막상 그 사람이 나를 원망하면서 차갑게 돌아설까 봐 무섭다."

울먹이는 화영의 목소리가 윤경의 귓가를 자극했다. 윤경이 지긋이 화영을 바라보았다. 슬픔으로 가득 차 아슬아슬 위태로운 화영이 보였다.

* * *

"좋은 아침."

"언니, 몸은 괜찮아요?"

사무실을 들어서는 화영을 보며 서현이 대뜸 물었다.

"응. 괜찮아."

"다행이다. 한 번도 안 쉬던 언니가 빠지니 걱정했어요."

"걱정해줘서 고마워."

모든 게 평소와 똑같은 아침이었다. 선재와 효림이 출근하고, 각자 자리로 가 맡은 일을 하며 보내는 하루. 그럼에도 화영의 마음은 평소와 같을 순 없었다. 이미 전과 달라져버린 제 마음을 어떻게 추슬러야 할지 막막함이 몰려왔다.

화영은 신후 전시회에 대한 기사가 뜬 것을 스크랩하고 홍보가 잘 되고 있는지 확인하며 제 일과를 시작했다.

그러나 그 와중에도 시선이 자꾸만 전화기로 향했다. 아니나 다를까, 곧 제 휴대폰 액정이 밝아졌다. 발신자를 확인한 화영이 목소리를 가다듬었다.

"여보세요."

-나예요, 화영 씨. 몸은 어때요?

"네. 이제 괜찮아요."

화영은 무진의 목소리를 들으며 안심했다. 그의 목소리가 평소와 똑같았다. 저 역시 무진에게 평소랑 똑같이 느껴지길 바랐다.

-화영 씨, 오늘은 얼굴 보여주는 겁니까.

"네. 그럴게요. 보고 싶어요."

화영이 낮게 웃었다.

-하루 못 본 보람이 있네요. 화영 씨가 보고 싶다고도 해주고.

"그런가요?"

-퇴근 시간에 맞춰 갈게요.

"네. 저녁에 봐요."

-아, 이따가 또 전화할 겁니다. 받아요. 알았죠?

"네."

전화를 끊고, 저도 모르게 웃고 있는 제 모습에 화영은 놀랐다.

평소랑 너무 똑같아서야. 이래서 어떻게 헤어지자고 하지. 그래. 오늘만, 딱 오늘만 더 헤어짐을 미루자. 내일은 얘기하자. 화영은 아직 이별 준비가 되지 않았다며 자신을 다독였다.

화영은 퇴근 시간이 가까워질수록 계속 시간을 확인했다. 모두들 퇴근하고 화영이 마지막에 사무실을 빠져나왔다. 화랑 뒷문에 가까워질수록 심장이 두근거렸다. 옅게 숨을 뱉어내며 화영은 마지막으로 제 옷매무새를 가다듬고, 제 머리칼을 정리했다. 입꼬리를 올렸다 내렸다 하며 웃는 연습을 했다.

손을 뻗어 화랑 문을 열었다. 보안 장치 후 주차장으로 한 걸음, 한 걸음 내디디며 무슨 말을 먼저 해야 할까 고민했다. 곧 익숙한 차가 눈에 들어왔다. 그 옆에 서 있는 무진의 모습도 보였다. 화영은 저도 모르게 걸음이 빨라졌다.

무진은 손목을 들어 시계를 보았다. 곧 화영이 나올 시간이다. 어떤 얼굴을 하고 있을지, 얼마나 많이 울었을지 생각할수록 가슴이 아렸다. 운전석에서 직원들이 모두 나가는 것을 확인하고 차에서 내렸다.

차 옆을 왔다 갔다 하며 화영을 기다렸다. 바닥에서 또각또각 소리가 울렸다. 무진은 제자리에 멈추고 화랑 입구 쪽으로 고개를 돌렸다. 화영이 제게 빠른 걸음으로 다가오고 있었다. 무진은 양팔을 벌렸다. 화영이 제 품으로 그대로 들어왔다.

"보고 싶었어요."

서로 맞닿은 가슴이 경쟁하듯 빨리 뛰었다. 저물녘이라 주변이 어둑어둑해졌다. 무진은 화영의 볼을 감싸 쥐며 제 입술을 서둘러 화영의 입술에 내렸다. 주변이 보이지 않았다. 아니, 보고 싶지 않았다.

화영은 무진의 갑작스러운 키스도 그대로 받아들였다. 하지만 얼마 지나지 않아 화영은 퍼뜩 입술을 뗐다.

"우리 이러다 집 대신 경찰서로 데이트 가게 돼요."

화영의 말에 무진이 웃었다.

"뭐, 보려면 보라죠. 내 사람한테 내가 입맞춤하겠다는데. 누가 뭐래."

무진은 말을 끝내고 가만히 화영을 눈에 담았다. 하루 못 본 새 화영의 얼굴이 많이 상한 거 같아 속상해졌다.

"화영 씨 많이 아팠구나. 얼굴이 완전 반쪽 됐네. 속상하게."

"요즘 감기가 그렇게 독하더라고요."

무진과 화영은 마치 아무것도 모른다는 듯 서로를 대했다.

"춥다. 얼른 타요."

무진은 조수석 문을 열었다. 화영이 웃으며 조수석에 탔다. 무진이 운전석에 올라타 차를 출발시켰다.

"어디로 가는 거예요?"

"화영 씨 빌라."

"왜?"

"화영 씨 피곤할 테니까. 푹 쉬라고요."

"고마워요, 무진 씨."

화영이 말과 함께 손을 내밀었다. 화영을 곁눈질하던 무진이 손을 내밀자, 화영이 꼭 잡았다.

"따뜻하다. 무진 씨는 손도 마음도 참 따뜻한 사람이에요."

무진의 입꼬리가 실룩실룩 올라갔다.

"고마워요. 무진 씨."

"뭐가?"

"그냥 다요."

'모른 척해줘서, 날 원망하지 않아서, 평소랑 똑같아서.'

화영은 입 밖으로 할 수 없는 많은 말을 마음속으로 속삭였다. 이별을 말하지 않아도 된 하루에 감사했다.

* * *

지난 며칠간 둘 사이는 겉으론 평소와 똑같았다. 그렇지만 살얼음을 걷듯 조심스러운 행동들이 서로의 눈에 자꾸 들어왔다.

삽시간에 스쳐 가는 슬픈 표정과 불안을 내포한 눈빛, 전처럼 시원하게 대화하지 못하고 단어 선택에 신경 쓰기 시작하면서 모르는 척하는 것도 한계에 달하고 있었다.

그렇지만 둘은 약속이나 한 듯 모르쇠로 일관했다. 마음 같아선 계속 이렇게 아무것도 몰랐던 때처럼 지내고 싶었지만, 모르는 척하는 만큼, 조심하는 만큼, 보이지 않는 간격이 벌어졌다.

화영은 무진의 오피스텔 창가에 서서 한강을 내려다보았다. 자신의 3층 빌라와는 차원이 다른 전망을 선사했다. 제 빌라 전망과 무진의 오피스텔 전망의 차이만큼이나 사는 세계가 달랐다.

화영은 한강에 둔 시선을 거둬 제가 준 안개꽃으로 시선을 돌렸다. 주인의 사랑을 받아 여전히 활짝 피어 있었다. 저 역시 무진의 마음을 받아 나날이 활짝 필 때가 있었지 싶어 설핏 웃었다.

"무진 씨, 나 무진 씨랑 꼭 해보고 싶은 게 있는데 해줄래요?"

화영이 다시 창밖으로 시선을 던지며 무심하게 물었다.

"뭔데요?"

무진은 대답과 함께 창가로 다가와 뒤에서 화영을 껴안았다. 제 얼굴을 화영의 어깨에 내리며 화영의 볼에 살며시 입 맞췄다.

"나중에 말이에요. 우리가 헤어지는 날이 오면-"

"그런 말 하지 마. 난 당신과 헤어질 마음 없어."

무진이 단칼에 화영의 말을 잘랐다. 화영의 표정이 흔들렸지만 애써 태연한 척했다.

"지금 당장 말고요. 오늘은 아니에요."

화영의 대답에 무진은 화영을 돌려세워 꽉 껴안았다.

"오늘이건 나중이건, 그런 말 하지 말아요."

묵직한 무진의 목소리가 슬프게 들렸다. 화영은 몸을 떼고 무진의 눈을 바라보았다. 불안하게 흔들리는 자신의 모습이 그 속에 있었다.

"알았어요."

'오늘은 안 할게요.'

화영의 마음속을 읽기라도 한 듯 무진이 다시 화영을 껴안았다.

"그냥 내 옆에 있어줘. 내가 당신 옆에 있게 해줘."

무진의 말에 화영은 그저 고개를 끄덕였다.

'또 이렇게 오늘만, 지금만 이별을 잠시 늦췄구나. 다행이다. 하

루라도 더 볼 수 있어서.'

하지만 언제까지 폭탄을 껴안고 만날 순 없지 않겠는가. 언제 터져도 터질 불안이 서로를 좀먹기 전에 말을 해야 할 것 같다.

"무진 씨, 우리 솔직해져요."

화영은 저를 껴안고 있는 무진의 몸이 딱딱해지는 걸 느꼈다. 화영이 무슨 말을 꺼낼지 무진 역시 본능적으로 알아차렸다. 무진은 서둘러 몸을 떼며 화영의 입을 막을 요량으로 제 입술을 화영의 입술로 다가갔지만 화영이 보다 빨랐다.

"모른 척하지 말아요. 우리 서로 알잖아요. 우리 언니랑 무진 씨 형이 연인이었다는 거."

화영의 얼굴 가까이 다가가던 무진이 멈췄다. 그의 눈에 놀라움, 미안함, 안타까움, 슬픔이 섞여 혼란이 소용돌이쳤다. 너무 가까운 나머지 화영은 무진의 눈동자가 내뿜는 기운을 그대로 흡수했다. 그의 아픔이 느껴지자 말을 꺼내기가 힘들었다.

화영은 마주 보며 이야기하기엔 가슴이 아파 피하고 싶었기에 무진의 품을 벗어나 소파로 가 앉았다. 무진은 화영이 빠져나간 자리를 멍하게 바라보았다.

정적이 찾아왔다. 넓은 집안은 적막감에 둘러싸여 긴장감마저 감돌았다. 무진이 몸을 돌려 화영을 바라보았다. 화영은 무진을 외면한 채 정면을 보며 앉아 있었다.

"화영 씨, 그건 계속 모른 척해요. 내가 다 안고 갈게요. 화영 씨는 지금처럼 모른 척해줘요."

무진의 말에 화영이 몸을 틀며 쏘아붙이듯 말이 튀어나왔다.

"어떻게 그래요! 무진 씨는 우리 언니가 원망스럽지 않나요?"

화영의 갈 곳 잃은 분노가 무진을 향했다.

"원망하지 않아요. 그렇게 따지면 우리 형이 먼저 놓은 거잖아! 난 당신이 형을 원망하며 나와 멀어질까 봐, 그게 두려워."

무진은 금방이라도 울 것 같았다. 화영은 무진의 표정에 놀랐다. 언제나 불안은 제 몫이고, 무진의 원망을 받게 된다고 해도 어쩔 수 없는 일이라 여겼다.

"난 당신과 헤어질 마음 없어. 그냥 지금처럼 평생 모르는 척해 줘."

"이미 아는데 어떻게 그래요? 무진 씨 볼 때마다 죄짓는 기분이에요."

"우리가 사랑하는 게 죄라면 그 죗값 내가 받을게. 그러니까 당신은 그냥 모른 척해줘. 응? 화영아. 그냥 이대로 있어줘."

무진의 목소리가, 위태위태하게 서 있는 모습이, 화영을 흔들었다. 둘 사이에 정적이 끼어들었다. 얼마간 서로의 눈을 바라보다 화영이 일어서 무진의 곁으로 다가갔다. 그녀는 무진을 살며시 껴안았다.

"네. 모른 척할게요."

'오늘만은, 지금만은, 모른 척할게요.'

12. 애절한

월요일, 모처럼 편하게 쉴 수 있는 날이었다. 여느 때라면 보통 느긋하게 늦잠을 자고 있을 화영이겠지만, 오늘은 출근 때처럼 일찍 일어났다.

부동산에서 집을 보러 오기 전에 닫고 살았던 큰방과 작은방을 청소하고, 제가 이사 갈 곳도 알아보러 나가야 했기 때문이다.

아침을 대충 때우고 큰방부터 청소했다. 큰방은 엄마가 사용했던 장롱이 남아 있었다. 장롱 안에 유행이 지나 입지 않는 옷들과 앨범이 들어 있었다.

화영은 앨범을 넘겨 보다 아빠 사진만 없다는 걸 깨달았다. 아마도 엄마가 이혼하고 아빠 사진을 몽땅 잘라버린 모양인지, 종종 가위질 된 사진이 있었다.

10년을 살아도 이혼하고 헤어지는 마당에 자신은 아직 석 달도 되지 않았다. 화영은 그 사실에 안도했다. 사랑은 결코 시간과 깊이가 비례하는 법이 아니란 걸 알지만, 자꾸만 시간과 깊이를 비례시켰다. 그렇게라도 스스로를 납득시켜야 했다.

화영이 작은방 청소를 마무리 지을 때쯤 전화벨이 울렸다. 화영은 잽싸게 일어나 거실로 나갔다. 액정에 뜬 하트를 확인하자 절로 입가에 웃음이 번졌다. 화영은 무진의 이름 대신 하트 이모티콘을 입력해두었다.

"네, 무진 씨."

-혹시 내 전화 기다렸어요? 완전 반가워하네. 기분 좋게.

자신의 말이 사실임을 알려주듯 무진의 웃음소리가 들렸다.

"아니, 뭐. ……기다렸어요. 많이."

화영은 제 마음을 숨기지 않았다.

-저런, 그럴 줄 알았으면 좀 더 일찍 전화할 걸 그랬다. 화영 씨 쉬는 날이라 늦잠 자라고 부러 늦게 한 건데.

무진의 소소한 배려에 화영의 마음이 부풀어 올랐다.

"먼저 전화하려고 했는데, 무진 씨 일 방해될까 봐 못했어요."

-앞으론 그러지 마요. 어떤 일이 있건 나한테는 화영 씨가 제일 우선이니까.

무진의 말에 화영의 입술이 춤을 췄다. 누가 보는 것도 아닌데 얼른 손바닥으로 제 입술을 가렸다.

-화영 씨, 오늘 뭐 해요?

"오늘이요? ……윤경이 만나기로 했어요."

화영은 있지도 않는 윤경과의 약속을 만들어냈다. 차마 집을 알아보러 간다는 말은 나오지 않았다.

-그렇구나. 그럼 우린 저녁에나 볼 수 있는 겁니까.

"네. 저녁에 봐요. 우린 이미 저녁이 익숙한 사이잖아요."

무진의 웃음소리가 약하게 들려왔다. 낮게 웃고 있는 무진의 모습이 떠오르자 화영은 무진이 보고 싶어졌다.

보고 싶다. 입술 사이로 나오려는 그 말을 도로 삼켰다.

-네. 아쉽지만 저녁까지 참을게요.

"그럼 저녁에 봐요."

전화를 끊고도 화영은 한참 동안 휴대폰을 손에 쥐고 있었다. 놓고 싶지 않은 마음과 놓아야 하는 마음이 갈등했지만 이내 마음을 굳힌 화영은 외출 준비를 했다.

화영은 미리 인터넷으로 알아봐둔 서울 외곽으로 갔다. 화랑과 멀어져 출퇴근이 힘들어지겠지만 외곽에 신축 오피스텔과 원룸이 대량으로 지어져 원할 때 언제라도 이사할 수 있었다.

화영은 신축 원룸 중에서도 즉시 입주가 가능한 곳으로 계약했다. 원룸엔 세탁기, 냉장고, 가스레인지가 구비되어 있어 당장이라도 생활이 가능했다.

빌라의 짐들은 매입자가 이사 들어오는 날 버리기로 하고, 소소한 이삿짐은 윤경을 떠올렸다. 윤경의 차를 이용해 무진의 눈을 피해 이사할 계획을 세웠다. 마음이 약해지기 전에 조금씩 옮겨둬야겠다.

3월의 길어진 해가 느긋하게 저물 때쯤 화영이 빌라에 도착했다. 빌라로 돌아오자, 익숙한 세단이 보였다. 반가움에 빠르게 다가가 무진의 차에 올라탔다. 벌컥 열리는 문에 무진은 놀라움보다 반가움이 컸다.

"윤경 씨는 잘 만났어요?"

무진이 몸을 틀어 화영을 지긋이 바라보며 물었다.

"네."

"근데 왜 윤경 씨 차 타고 안 왔어요?"

생각지도 못한 무진의 질문에 화영은 순간 멍해졌다.

"모든 사람이 다 무진 씨 같지 않아요. 윤경이도 자기 일 해야죠. 어떻게 매번 저를 데려다줘요? 그리고 저 두 다리 튼튼하거든요."

화영이 웃으며 무진과 눈을 맞췄다. 서로의 눈을 지그시 바라보는 이 순간이 참 좋다. 다시 예전으로 돌아간 거 같아 둘은 마주 보며 웃음 지었다.

"화영 씨, 저녁은 먹었어요? 나 안 먹었는데."

"나도 아직 안 먹었어요."

"잘됐다. 그럼 화영 씨 뭐 먹고 싶어요?"

"음……. 뭐든 들어줄 거예요?"

"네. 뭐든."

화영은 무엇을 먹을까 잠시 고민하다 픽 웃었다. 그런 화영을 바라보며 무진이 궁금하단 눈빛을 보냈다.

"어김떡순 먹고 싶어요."

화영은 문득 무진을 놀려주고 싶단 생각에 분식 메뉴를 떠올렸다.

"어김떡순? 그런 음식도 있습니까. 뭐, 뭔지 모르겠지만 화영 씨가 먹고 싶다면 먹어야죠."

무진의 표정을 살피던 화영은 스스로 생각해도 퍽 기발했는지 실실 새어 나오는 웃음을 주체하지 못하고 픽 웃었다.

"왜 웃어요?"

물어보던 무진도 같이 피식 웃었다.

"무진 씨, 정말 몰라요? 그 유명한 어김떡순을 모른단 말이에요?"

화영이 마치 '어떻게 그걸 모를 수가 있지?'라는 뉘앙스를 풍기자 무진의 표정에 당혹감이 스몄다. 우리나라 유명 식당, 셰프별 대표 음식까지 꿰고 있는 무진이지만 어김떡순만큼은 처음 들어봤다. 자신이 혹시 요즘 유행하는 음식을 놓치고 있는 건가 고민하기에 이르렀다.

화영은 고민하는 기색이 역력한 무진을 보며 웃느라 눈물까지 맺힐 지경이었다. 모든 시름을 잊고 웃고 있는 지금 순간이 참으로 감사했다.

"어김떡순을 모르다니. 내가 여태 어김떡순을 모르는 남자와 만나왔다니."

"대체 그 어김떡순이 뭡니까."

무진은 제가 뭔가 뒤처지는 기분이라 마냥 웃을 수도 없었다. 화영에게 잘 보이고 싶은데, 음식 이름 하나로 이렇게 당황하게 될 날이 올 줄이야.

"어묵, 김밥, 떡볶이, 순대. 그래서 어김떡순."

화영의 대답에 이번엔 무진이 시원하게 웃었다.

"그런 거였어? 재밌니, 오빠 놀리니까?"

무진이 화영의 볼살을 꼬집었다.

"와아, 나 닭살 돋았어. 또 나왔다. 오빠 타령."

화영이 제 양팔을 쓸어내리며 얼굴을 찌푸렸지만 무진은 그 모습마저 귀여워 미치겠다는 눈빛으로 웃었다. 그 모습에 화영 역시 웃었다.

"무진 씨, 그럼 우리 좀 걸을래요? 여기서 조금만 걸어가면 분식집 있거든요. 윤경이랑 언니랑 자주 가곤 했었는데 안 가본 지 몇 년 돼서, 아직 있을지 없을지도 모르겠지만."

"좋아요."

차에서 내린 두 사람은 손을 맞잡았다. 화영은 제가 사는 동네 골목길을 무진과 손잡고 걸어보는 게 처음이자 마지막이겠구나 생각했지만, 내색하지 않았다. 오히려 다행이다. 이사를 가게 되면 떠올리지 않아도 되니까.

이사 가지 않고 계속 이 골목을 지나다녀야 한다면 그때마다 따뜻했던 무진의 손이, 듬직했던 무진의 어깨가, 다정했던 무진의 눈빛이 떠올라 무너질 텐데. 그런 일이 생기지 않고 즐길 수 있어 다행이었다.

"근데 무진 씨, 분식 먹어본 적 있어요?"

"그럼요. 있죠."

"진짜? 정말?"

"이거 왜 이래요. 고등학교 때 친구들이랑 몇 번 먹어본 적 있어요."

"아. 먹긴 했구나."

"백화영 씨, 저 어디 별세계에서 온 사람 아닙니다."

무진이 화영을 바라보며 웃었다. 나란히 걷고 있는 지금, 지구 한 바퀴라도 걸을 수 있을 것 같은 기분마저 들었다. 이 골목길이 계속 이어져 있었으면 좋겠다고 생각했다.

해는 이미 저물어 골목길엔 두 사람과 둘을 비추는 가로등만 서 있었다. 화영은 가로등 불빛이 덜 비치는 곳을 지나게 되자 가던 길을 멈추고, 무진을 세웠다.

"잠깐만요 무진 씨."

무진이 멈추자 화영은 주변을 두리번두리번 살피며, 빠르게 무진의 입술에 제 입술을 붙였다 뗐다. 무진의 눈이 커졌다.

"은근 스릴을 즐겨. 백화영."

"뭐 어때요. 좋잖아요. 이제 어스름한 골목길을 지날 때면 내 뽀뽀가 생각날 거예요."

화영이 말과 함께 웃자, 무진이 제 입술을 화영의 입술에 내려앉으며 빠르게 화영의 안으로 들어갔다. 무진의 키스는 다급했던 만큼 짜릿했고, 짜릿한 만큼 달콤했다. 입술을 떼야 하는 상황이 너무 아쉬울 지경이었다.

"이제 화영 씨는 이 골목길에서 매번 내 키스가 생각날 겁니다."

무진이 활짝 웃었다. 그 모습에 화영의 입술 끝이 실룩거리며 끝없이 올라갔다.

"배고프다. 얼른 가요."

쑥스러워진 화영이 무진을 이끌었다. 분식집은 변함없이 그 자리에 그대로 있었다. 여전히 테이블이 여섯 개뿐인 작은 가게였지만, 그 익숙함에 화영은 마음이 놓였다. 늦은 저녁 시간이라 그런지 손님은 없었다.

빈 테이블에 앉으며 어김떡순을 주문했다. 화영은 제 앞에 앉아 있는 무진을 쳐다보았다. 고급 슈트 차림과 귀티가 흐르는 잘생긴 얼굴. 이 분식집과 전혀 어울리지 않았다. 아마도 저와 계속 만난다면 지금 이 분식집처럼, 자신과 무진은 어울리지 않는 모습이겠지.

"나랑 있을 땐 나만 봐요."

"네?"

"화영 씨 지금 딴생각했죠? 얼굴에 보인다니까."

무진이 옅게 웃었다. 그 웃음소리가 화영의 귓가에 닿기도 전에 끝나버렸다. 무진의 쓸쓸함이 느껴졌다.

"네. 무진 씨만 볼게요."

말과 함께 화영이 꽃받침처럼 턱을 괴고 무진을 뚫어져라 쳐다봤다. 그 모습에 무진이 웃으며 똑같이 꽃받침을 하고 화영을 바라보았다. 화영이 민망함에 자세를 바꾸려 할 때였다.

좁은 테이블에서 뭔 짓인가 싶었던지 둘 사이에 불쑥 떡볶이가 내려왔다. 곧이어 어묵과 순대, 김밥이 차려졌다.

머쓱해진 무진도 자세를 고쳐 앉았다. 아주머니가 음식을 내려놓고 가자 둘은 민망하게 서로 마주 보며 또 웃었다. 유난히 많이 웃는 날이었다.

갔던 길을 되돌아오며 누가 먼저랄 것도 없이, 둘은 최대한 천천히 걸었다. 함께 맞잡은 손이 좋았고, 차가운 밤공기가 좋았고, 함께 웃는 순간이 좋았다. 매 순간이 좋았다. 서로 어떤 인연으로 이어져 있는지 알게 된 이후로 가장 좋았던 날이었다.

무진과 화영에겐 가장 좋았던 날이, 누군가에겐 최악의 날이 되고 있었다.

이 여사는 권 비서에게 화영에 대한 얘기를 보고받고 기가 막혀 아무 말도 하지 못했다. 세상에 인연이, 악연이 이렇게 또 제게 다가올 줄 미처 몰랐다.

더구나 무진이 자기 몰래 에이전시 사업을 하고 있던 사실에도 놀랐다. 자기 앞에선 실실 웃고 뒤에선 사업과 연애를 몰래 하고 있었다니. 자신이 모르는 뒷일이 뭐가 더 있을지, 원⋯⋯. 이 집에서 점점 더 소외되어가고 있는 느낌이 들어 씁쓸했다.

생각에 잠겼던 이 여사는 곧 결론을 내렸다.

"권 비서, 예담 화랑이라고 했나? 거기에 연락해. 그림을 사겠다고, 집으로 큐레이터를 보내달라고 해."

"네. 알겠습니다. 사모님."

이 여사는 그 누구의 행복도 원치 않았다. 용납할 수 없다. 무혁이 가지지 못한 행복을, 자신이 가지지 못한 행복을, 기어코 부숴놓을 테다.

이 여사는 사랑이 얼마나 무너지기 쉬운 모래성인지 똑똑히 보여주겠다며 주먹 쥔 손을 파르르 떨었다.

* * *

아침 일정이 마무리되자, 화영은 이모에게 전화를 걸었다.

"여보세요. 이모."

-어. 화영이니. 안 그래도 전화하려 했는데, 집은 어떻게 됐니?

"네. 구했어요. 부동산에 이모 전화번호 알려드렸어요. 급매고, 시세보다 좀 싸게 내놔서 빨리 나갈 거 같긴 한데, 연락 오면 잘 부탁드릴게요."

-알았다. 근데 넌 이사 어디로 가니?

"그냥. 작은 원룸 하나 구했어요."

화영은 이사 가는 동네 언급을 피했다. 그저 자신과 얽힌 과거에서 도망치고 싶다는 생각만 들었다. 이사 후엔 이모와의 연락도 되도록 피할 생각이었다.

"그리고 이사 들어오는 날은 이모가 계셔주면 안 될까요?"

-왜? 넌 이사 날 없을 거야?

"아니, 일이 바쁘면 어떻게 될지 모르니까. 미리 필요한 건 다 준비해둘게요. 이모, 부탁 좀 드릴게요."

-그래. 그게 뭐 힘든 일이라고.

"고마워요. 이모. 이만 끊을게요."

화영은 철저하게 이기적인 사람이 되기로 했다. 도망치는 처지에 다른 사람 입장까지 배려할 상황이 못 되는 거라며 스스로 위안했다.

"화영 씨, 이사 가나요?"

언제 나왔는지 효림이 물었다.

"아, 네."

"그렇구나. 잠깐만 들어와볼래요."

"네."

효림이 제 집무실을 가리켰다. 화영은 일어서 효림을 뒤따랐다. 효림은 자리에 앉으며 화영을 훑었다. 그 시선을 그대로 받아내며 화영이 자리에 앉았다.

"화영 씨, 강정 그룹에서 그림을 사겠다며 큐레이터를 댁으로 보내달라는군요."

효림은 말을 하면서 줄곧 화영의 표정 변화를 살폈다. 화영은 효림의 말에 오히려 덤덤했다.

"네. 언제 말인가요?"

덤덤한 목소리와 태도에 효림은 화영이 세상 물정 모르는 순진한 사람인가 잠시 고민했다.

"빠를수록 좋다지만, 화영 씨 지금 차림새론 아무래도 힘들겠죠?"

"네? 제 옷차림이 문제될 건 없을 것 같습니다."

화영은 언제나 깔끔한 오피스룩을 입었고, 지금 역시 누가 봐도 단아함을 느낄 만한 차림이었다.

"백화영 씨, 순진한 건가요? 아니면 모르는 척하는 건가요?"

"네?"

"강정 그룹 사모님이 왜 화영 씨를 부르겠어요? 그림 사려고? 웃기지 말라고 해요. 화영 씨를 간보고 싶은 거겠죠. 아무래도 그쪽 집안에서 화영 씨 존재를 알아차린 모양인데, 되도록 주눅 들지 않을 옷차림이 낫지 않겠어요?"

효림은 화영의 무표정을 보며 그 속이 궁금해졌다. 강정 그룹의 자제와 사귀게 됐을 때 이 정도는 예상했을 텐데. 예상했기에 덤덤한 건지, 아님 정말 순진해서 모르는 건지. 효림에겐 고객도 소중했지만 저와 함께하는 직원이 더 소중했다. 더구나 자신의 과거를 생각나게 하는 화영인지라 도와주고 싶은 마음이 생겼다.

화영이 이렇다 저렇다 말이 없자, 효림이 다시 말을 이었다.

"오늘 당장 보내라는 거 내일로 약속 시간 잡았어요. 오후 2시예요."

"감사합니다."

"뻔한 일이겠지만 혹시 모르니 이신후 작가 카탈로그도 챙겨서 가요."

"네. 알겠습니다."

"여기. 강정 그룹 주소예요."

"네."

제자리로 돌아온 화영은 의자에 털썩 주저앉았다. 효림 앞에서는 아무렇지 않은 척, 머릿속으로 수십 번도 더 무진을 떠올렸다. 생각보다 빨리 찾아온 강정 그룹의 호출에 화영은 어찌해야 할지 몰라 두려웠다.

화영은 제 옷차림을 내려다봤다. 나름 브랜드 옷이지만 명품은 아니었다. 가방 역시 명품이 아니었다.

오후 내내 일이 손에 잡히지 않았다. 무진에게 돌려줬던 드레스라도 다시 빌려 입을까 하는 생각까지 치닫자 화영은 제 생각을 떨치기 위해 고개를 흔들었다. 이런 걸로 고민하고 있는 자신이 참 바보 같았다.

급기야 무진에게 전화해서 '어머니가 어떤 스타일의 사람을 좋아하는지 물어볼까?'라는 생각까지 스쳤다.

'드디어, 내가 갈 데까지 갔구나.'

화영은 제 복잡한 머릿속을 정리해줄 사람, 아무것도 생각나지 않게 해줄 사람, 이 순간 가장 보고 싶은 사람인 무진에게 전화를 걸었다.

-네, 강무진입니다.

무진의 이름이 참으로 듬직하게 느껴졌다.

"오랜만에 들어보네요."

-뭐가요?

"강무진입니다, 하고 받는 거요."

화영의 말에 무진의 웃음소리가 넘어왔다. 강무진이란 이름이 제 심장을 또 다른 의미로 뛰게 했다. 듬직함에 마음이 놓였다. 역시 전화하길 잘했다며 소리 없이 웃었다.

"무진 씨. 강무진 씨."

-네.

"참 좋네요."

-뭐가?

"그냥 강무진이란 이름 석자가 주는 에너지가요. 무진 씨 목소리만 들어도 힘이 나요."

화영이 낮게 웃었지만, 무진은 침묵했다.

-누굽니까.

"네? 뭐가요?"

-누가 우리 화영일 힘들게 했어? 혹시 대표야? 내가 아주 그 대표에게 생명 연장 하시라고 불로초 같은 욕 한 사발을 선물로 드려야겠군요.

무진의 말에 화영은 웃음이 터졌지만 잽싸게 입을 막았다. 아마 효림이 들었다면 드디어 백화영이 스트레스에 미쳤구나, 생각할지도 모를 웃음이었다.

"아닌데. 그런 거."

-근데 왜 그리 힘이 없어요? 저녁에 맛있는 거 먹으러 갈까요?

"좋죠."

-그럼 이따가 봐요.

"네."

화영이 웃으며 대답했다. 그 웃음에 보답하듯 무진이 속삭였다.

-사랑한다. 백화영.

낮고 부드러운 그의 목소리에 진지함이 실려 화영의 가슴에 닿았다. 화영은 주체할 수 없이 뛰는 가슴에 손을 얹었다.

"나도 사랑해요."

화영의 수줍은 목소리에 무진이 웃었다. 기분 좋게 전화를 끊었지만, 정작 화영은 전화를 끊고 나자 아쉬웠다. 그냥 미친 척하고 물어볼 걸 그랬나. 아니야. 그건 정말 미친 짓이야. 제 안에 있는 수많은 백화영이 서로 싸움을 시작했다.

이후 무진이 데리고 간 레스토랑의 음식과 분위기는 정말 고급스러웠다. 화영은 체하지 않고 잘 먹고 돌아온 자신이 기특하다며 스스로를 칭찬했다.

정말 무진의 얼굴을 보자 아무 생각도, 아무 말도 떠오르지 않았다. 텅 빈 집 안에 들어서자 제 현실이 눈에 들어왔다.

화영은 긴장이 풀려 털썩 주저앉았다. 손가락 하나 까딱하기 싫었지만, 내일 있을 약속이 제 머릿속을 헤집고 다녔다. 효림의 말이 자꾸만 떠올랐다. 옷차림. 그것도 주눅 들지 않을 옷차림.

화영은 벌떡 일어나 행거로 향했다. 옷 여러 벌이 곱게 걸려 있었다. 집에서 입는 옷은 싸구려 티셔츠에 늘어난 운동복이라 한들, 화랑에 입고 다니는 옷은 다 나름대로 고가의 브랜드였다. 비록 명품과 비교하면 하찮아 보일지 모르지만 말이다.

화영은 행거를 몇 번이고 훑고, 이 옷, 저 옷 제 몸에 대어본 끝에 가장 깔끔하고 자신과 잘 어울릴 법한 검정 원피스를 골랐다. 무진이 제게 준 리틀 블랙 드레스가 간절해지는 순간이었다.

* * *

화영은 택시에서 내려 주소를 확인했다. 언덕 한쪽에 자리 잡은 높은 담과 크고 웅장한 대문에 숨이 턱 막혀왔다. 맞게 찾아온 거 같긴 한데. 대문 앞에서부터 사람 주눅 들게 하기 충분했다.

지금이라도 무진에게 얘기하는 게 나을까 문득 생각했지만, 만약 효림의 예상이 틀리고 정말 그림 구매 의뢰일 경우 서로 난처할 거 같았다.

화영은 제 모습을 다시 한 번 가다듬고 벨을 눌렀다.

-네?

"안녕하세요. 예담 화랑에서 나왔습니다."

-네. 잠시만요.

곧 딸칵 소리와 함께 대문이 열렸다. 화영은 도망치고 싶은 자신을 달래며 조심스럽게 대문 안으로 발을 들였다. 화영은 눈앞에 펼쳐진 광경에 눈이 커졌다. 그곳은 대리석 계단으로 올라가야 본채가 보이는 구조였다. 계단 양옆으로 정원이 꾸며져 있었다. 분명 전문가의 손길을 잔뜩 받았을 정원임에도 보기 좋기보단 위화감만 느껴졌다. 대리석 계단을 딛고 오르자 제 구두 굽 소리가 울려 괜히 신경 쓰였다.

발소리를 죽여가며 계단 끝에 다다르자 넓은 잔디밭과 통유리창이 나타났다. 하지만 유리창 안은 블라인드로 가려져 보이지 않았다.

화영은 잠시 멈춰서 심호흡을 했다. 점점 빨라지는 맥박이 감당되지 않아 난처했지만 괜찮다고, 괜찮다고, 다 괜찮다고 스스로에게 끝없이 되뇌며 간신히 현관문 앞에 섰다.

현관 앞에서 또 한 번 벨을 눌러야 했다. 곧 문이 열리며 인상 좋은 아주머니가 화영을 반겼다.

"어서 오세요. 사모님이 기다리고 계세요."

선암댁이 화영을 향해 살갑게 웃었다. 선암댁은 권 비서가 이 여사에게 보고하는 내용을 들었기에 화영이 누구인지 알고 있었다. 그러나 알고 있기에 망설여졌다. 무진에게 얘기를 해야 할지 말아야 할지 판단이 서지 않았다. 그러나 화영을 보는 순간 무진에게 얘기해야겠다는 생각이 들었다.

'참, 참한 아가씨네. 도련님과 잘 어울리겠다.'

선암댁은 화영을 거실로 안내했다. 화영은 조심스럽게 선암댁 뒤를 따랐다. 집 안은 블라인드로 바깥을 차단해 답답할 줄 알았는데, 화영이 본 것은 극히 일부분이었다. 밖에서 보이지 않는 다른 쪽 창들로 햇살이 가득 들어오고 있었다. 화영은 제 빌라만 한 거실의 넓이에 놀랐지만 무표정을 유지하려 애썼다.

"사모님, 예담 화랑에서 오셨어요."

선암댁의 말에 이 여사가 고개를 돌려 화영을 쳐다봤다. 화영은 짧은 순간 제 머리끝부터 발끝까지 스캔되는 느낌을 받았다.

화영은 이 여사의 모습에서 무진을 보았다. 무진이 모친의 예쁜 부분만 닮았구나 싶어 설핏 웃었다. 그 웃음을 놓치지 않는 이 여사의 눈초리에 화영은 얼른 제 표정을 갈무리했다.

"와서 앉아요."

이 여사의 낮은 음성이 화영을 서늘하게 만들었다. 화영은 소파로 가 앉으며 부러 이 여사와 눈을 마주치지 않았다. 이 여사의 눈빛이 너무 차가워 말도 제대로 못 하고 얼어버릴 것 같았다.

"사모님, 다과 준비할까요?"

"아니. 손님 아니니까 준비하지 마세요. 금방 얘기 끝날 거니까."

이 여사는 화영에게 시선을 고정한 채 선암댁에게 지시했다. 화영은 이 여사를 슬쩍 곁눈질했다. 이 여사의 눈길이 참으로 부담스러웠다. 저를 낮춰보고 있는 그 시선. 마치 흥미로운 물건이라도 구경하듯 쳐다보는 그 눈빛이 참으로 껄끄러웠다.

"그래, 카탈로그는 가져왔나요?"

"네, 사모님."

화영은 들고 있던 카탈로그를 이 여사에게 건넸다. 낚아채듯 이 여사가 뺏어갔다. 이 여사가 카탈로그를 넘기는 모습에 화영은 엷게 숨을 뱉어냈다. 효림의 예상이 틀려서 다행이다.

"아가씨, 무진이 알죠? 강무진."

휙휙 넘기며 무심하게 이 여사가 내뱉었다. 화영은 짧았지만 잠시 그림 판매에 기대를 품었던 자신이 어리석었음을 깨달았다.

"이봐, 백화영 씨. 말할 줄 몰라요?"

화영은 이 여사의 호명에 표정이 크게 흔들렸다.

"죄송합니다, 사모님. 네. 강무진 씨 알고 있습니다."

"어떻게 알죠?"

"저희 화랑 거래처 대표님이십니다."

화영의 대답에 이 여사가 가소롭다는 듯 픽 웃었다.

"백화영 씨. 내가 지금 그걸 몰라서 묻는다고 생각해요? 무진이와 어떤 관계냐고 묻는 거잖아."

"……."

화영은 무슨 말을 해야 할지 몰라 입을 다물었다. 어떤 대답을 하든 이 여사가 원하는 대답이 아닐 거라 판단해서였다.

"백화영 씨, 무진이랑 연인 사이예요?"

"……."

"내가 모르면서 묻는다고 생각한다면 아가씨가 순진한 거지. 안 그래요?"

이 여사가 생긋 웃었다. 이 여사는 사람의 웃음이 얼마나 차가울 수 있는지 몸소 보여주었다.

"네. 연인 사입니다."

화영은 이 여사의 도발에 넘어가지 않으려 애쓰며 태연하게 대답했다.

"아가씨도 참 사람 보는 눈 없다. 무진이 걔가 어디가 좋아서?"

"네?"

화영은 자신이 잘못 들은 것이라 생각했다.

"노느라 자기 형 죽인 애가 어디가 좋아서?"

화영은 또다시 제 귀를 의심했다. 저게 모친의 입에서 나올 수 있는 말일까? 화영은 제 모친과는 너무 다른 이 여사의 모습에 당황스러웠다.

"사모님. 말씀이 지나치신 거 같습니다."

"어디가? 어느 부분이 지나치다는 거죠?"

말문이 막혔다. 문득 무진의 얼굴이 스쳤다. 자식을 너무 사랑해서 반대하는 부모라면 오히려 이해하기 쉬웠다. 하지만 지금 이 여사의 태도는 자식 사랑이 아닌, 그저 미워하는 마음뿐이었다.

"무진 씨는 살인자가 아닙니다."

화영의 말에 이 여사가 쥐고 있던 카탈로그가 뿌드득 소리를 내며 구겨졌다.

"아, 무혁일 죽인 건 그쪽 언니인 백월영이던가?"

"사모님, 그게 무슨."

이 여사의 말에 화영의 표정이 흔들렸다.

"백화영 씨, 참 뻔뻔하다. 언니만큼이나 뻔뻔하네. 왜, 이번엔 무진이 죽이고 싶어서 접근했어요? 당신 언니가 내 아들 무혁이 죽인 거, 알고 있죠?"

이 여사의 목소리에 분노가 실렸다. 화영은 흔들리는 제 표정을 어떻게 수습해야 할지 몰랐다. 손이 떨리고, 심장이 벌렁거렸다.

"사모님, 저기……."

"긴말하지 않겠어요. 무진이와 헤어져요. 그쪽 집안과의 악연은 한 번이면 족해. 또다시 엮이고 싶지 않군요."

"사모님."

"다 아가씨를 위해 하는 말이에요. 대체 그런 애, 어디가 좋다는 건지."

이 여사는 진심으로 궁금하다는 표정이었다. 그 모습에 화영은 인간의 탈을 쓴 짐승과 마주한 기분이었다. 심장이 너무 빨리 뛰어 앞뒤 잴 생각 따위 하지 못했다. 폭주하는 심장만큼이나 생각도 폭주했다.

"아무튼 무진이랑은 헤어지세요. 아가씨 얼굴 다시 보고 싶지 않으니까."

이 여사의 어치구니없는 말들에 화영은 들끓던 화가 가라앉으며 오히려 차분해졌다. 잃을 게 없고, 지킬 게 없는 사람은 무서울 게 없는 법 아니던가. 화영은 이미 무진과 헤어질 마음이었고, 무진을 잃는다면 더 이상 잃을 것도 없었기에 두려울 게 없었다.

"사모님이 무진 씨에 대해 몰라서 그런 겁니다. 그리고 무진 씨가 형을 죽였다는…… 그 말도 안 되는 논리라면, 제 언니와 강무혁 씨를 죽인 건 바로 사모님입니다."

화영은 어떤 감정도 싣지 않고 차분하지만 단호하게 말했다. 그 모습에 이 여사의 표정이 붉으락푸르락 일그러졌다. 보톡스로 주름도 지지 않는 얼굴을 애써 구기려는 모습이 안쓰럽기까지 했다.

"뭐야? 내가 죽여? 내가 죽이지 않았어!"

"무진 씨 역시, 형을 죽이지 않았습니다."

이 여사가 버럭 소리를 질렀지만, 화영은 여전히 고요했다.

"하아. 내가 아가씨를 위해 하는 말이라고 하잖아요. 아가씨를 위해서. 무진이와 헤어지고 더 좋은 남자 만나요."

이 여사는 이제 작전을 바꿀 요량으로 부드럽게 타일렀다.

"아니요. 무진 씨보다 더 좋은 남자는 없어요. 그리고 제가 무진 씨와 헤어진다면 그건 서로 합의하고 헤어지게 되는 거지, 결코 사모님이 반대하신다고 해서 헤어질 마음은 없습니다."

"아가씨가 이렇게 되바라진 거 무진이도 알아? 이래서 본데없이 큰 것들은 안 돼!"

이 여사는 제 회유가 먹히지 않자 악에 받쳐 성질냈다. 조금 전 차분하게 내뱉던 이 여사는 온데간데없었다.

"네. 제가 이러는 거 무진 씨도 알아요. 알아도 사랑해요. 앞으론 이런 말씀 하실 거면 저 찾지 말아주세요. 저 무진 씨랑 안 헤어질 거거든요. 그러니…… 어머님이 참으세요."

어머님을 발음하며 화영은 활짝 웃었다. 그 모습에 끓어오르는 분노를 어쩌지 못한 이 여사가 눈을 부라렸지만 말문이 막혔는지 아무 말도 못했다.

화영은 이 여사에게 인사를 건네고 서두르는 기색 없이 현관문으로 향했다. 화영은 빨라지려는 발걸음을 붙잡아가며, 속으로 슬하게 되뇌었다.

'괜찮아. 괜찮아. 잘한 거야.'

괜찮다고 최면을 걸었지만, 그 순간 무진의 웃는 얼굴이 떠올랐다. 다시 그 웃음을 볼 수 없겠다는 생각이 들자 눈물이 맺혔다. 어금니를 깨물며 눈에 힘을 주었다.

"아줌마! 선암댁!"

뒤에서 이 여사의 고함이 들렸지만 화영은 무시했다.

"빨리, 빨리 소금 뿌려!"

이 여사의 고함에 선암댁이 부엌에서 나오다 현관으로 다가오는 화영과 마주했다.

"아가씨, 괜찮아요?"

"네. 괜찮아요."

화영은 있는 힘을 쥐어짜 입술을 끌어올렸다.

"아줌마! 뭐 해! 얼른 소금 뿌려요."

선암댁이 우왕좌왕하며 이 여사와 화영을 번갈아보며 안절부절 못했다. 화영은 간신히 현관에 도착했다. 벽에 손을 짚고 구두를 신으려던 화영이 잠시 휘청거렸다. 머릿속이 텅 비어버렸다.

정원을 지나 대리석 계단 앞에 서자, 다리가 후들후들 떨리며 참았던 눈물 한 방울이 떨어졌다. 다리에 힘이 빠져 주저앉고 싶지만, 최소한 이 집은 빠져나간 뒤여야 했다.

계단 한 칸, 한 칸 내디딜 때마다 화영은 생각을 정리하며 이성을 찾아갔다. 힘겹게 대문 밖으로 나오자 자신도 모르게 안도의 숨을 쉬었다.

짧은 순간 여러 일이 교차된 것 같아 마음이 편치 않았다. 이곳을 빨리 벗어나고 싶어 언덕길 아래로 발걸음을 옮겼다. 택시를 타고 올라올 땐 미처 몰랐는데, 내려가는 길이 참 가팔랐다. 발끝에 힘을 주며 넘어지지 않으려고 온 신경을 곤두세웠다. 발이 앞으로 쏠려 구두에 눌린 발등이 아팠다. 눈물이 난다면 발이 아파서지, 상황이 슬퍼서 그런 게 아니라며 자신을 다독였다.

화영은 목소리를 가다듬고 효림에게 전화를 걸었다. 화랑에 급한 일이 없으면 그대로 조퇴하겠다고 말했다. 효림은 딱히 이유를 묻기보다 그렇게 하라며 전화를 끊었다. 이번엔 윤경에게 전화를 걸었다.

"여보세요."

-응. 이 시간에 웬일로 전화야?

평소 근무 시간엔 전화를 하지 않던 습관 때문인지 윤경이 의아해했다.

"윤경아, 혹시 지금 시간 돼?"

-왜? 무슨 일 있어?

"응. 시간 되면 지금 우리 집으로 와줄 수 있어?"

-너 정말 무슨 일 있구나!

정말 놀란 건지 윤경의 목소리가 커졌다.

"내가 지금 밖이야. 지금 집으로 가는 길인데, 이따가 얘기해줄게. 지금 좀 와줄래?"

-알았어.

화영은 골목길 가득 울려 퍼지는 제 구두 굽 소리가 거슬렸다. 모두들 차를 타고 이동하는 골목을 혼자 걸어 내려가려니 무안했다. 그렇다고 도망치듯 내려가고 싶지도 않았다.

높은 담벼락이 몰려 있던 골목길을 벗어나 큰길에서 택시를 잡을 때쯤 무진에게 전화가 왔다.

화영은 받을까 말까 망설였지만 아직까진 무진의 귀에 제 얘기가 들어가지 않았을 거라 믿으며 전화를 받았다.

"여보세요."

-어디야?

무진의 목소리가 착 가라앉아 무거웠다.

"밖이에요."

-밖 어디?

평소와 다른 무진의 목소리가 낯설고 위협적으로 느껴졌다. 택시를 향해 팔을 드느라 잠시 침묵하자 무진이 다시 물었다.

-밖 어디냐고!

"잠시만요."

화영이 택시에 올라타며 목적지를 말하자 무진에게서 답이 돌아왔다.

-빌라로 가? 내가 지금 갈게. 기다려.

"아뇨! 오지 말아요."

거절의 말이 쏜살같이 나왔다. 지금은 아니야. 아직은 오지 말아요. 제발.

"윤경이 만나기로 했어요."

-당신 왜 나한테 말 안 했어? 내가 그렇게 못 미더웠어?

무진의 가라앉은 목소리에서 참을 인이 느껴졌다. 화영은 설마 하며 조심스럽게 물었다.

"뭘 말이에요?"

-평창동 들른 거.

"아!"

화영은 벌써 알게 됐다는 사실에 안타까움과 두려움을 느꼈다.

-왜 말 안 한 거냐고. 왜?

"다그치지 말아요. 무진 씨."

당신마저 나를 몰아세우면 나는 어떻게 해야 하죠.

"저녁에 오피스텔로 갈게요. 그때 얘기해요."

-…….

"당신까지 그렇게 화내면 내가 어떻게 말해요?"

-미안해.

무진의 빠른 사과가 돌아오자 화영은 괜히 머쓱해졌다. 사과해야 할 사람은 자신 같은데.

"저녁에 만나서 얘기해요."

-응. 기다릴게.

무진과 전화를 끊으며 화영은 창밖으로 시선을 돌렸다. 세상은 고요한 거 같은데, 제 세상만 하루하루가 전쟁 같아 씁쓸해졌다.

화영은 빌라에 도착해서 가장 먼저 캐리어를 찾았다. 우선 급한 옷부터 챙겨 담았다. 화영은 거실을 둘러보며 제게 필요한 물건을 꺼내 거실에 펼치기 시작했다.

윤경이 현관문을 열고 들어섰을 때, 화영은 짐을 싸느라 낑낑대는 중이었다. 윤경은 거실 풍경에 기함했다. 사방에 옷가지며 화장품, 신발이 널브러져 있었다.

"야, 너 어디 도망가니? 거실이 왜 이래?"

"왔어? 왔으면 같이 짐 좀 싸줘."

윤경이 거실로 들어오며 물건들을 챙겼다. 화영은 여전히 부지런히 손을 움직이며 평창동에서 있었던 일을 이야기했다.

"이런 미친. 그 아줌마 제정신 아닌 거 아냐? 친엄마 맞대? 와아, 진심 무진 씨가 급 불쌍해 보인다."

"응. 나도 사실 그게 가장 걸려. 그런 사람이 엄마라니."

화영은 혀를 내둘렀다. 당장 필요한 물건은 다 챙긴 것 같았다.

"윤경아, 고마워."

"고마운 건 고마운 건데. 너 정말 괜찮겠어? 무진 씨랑 헤어져도?"

"……뭐, 어떻게든 견디겠지."

둘은 캐리어와 여러 작은 짐 가방을 챙겨 주차장으로 향했다. 윤경의 차가 화영의 새 보금자리로 향했다. 화영은 윤경에게 제 원룸에 대해선 필히 비밀로 해달라며 신신당부했다.

무진은 경기도에 있는 한 화랑에서 제가 후원하는 작가의 전시회 계약 문제로 얘기 중이었다. 더구나 개인전이 아닌 작가 그룹전이었기에 예민해질 수밖에 없었다. 전시하는 작품 수와 위치 선점이 중요했기에 계약을 보다 꼼꼼하게 챙겨야 했다.

작품 수를 두고 논의 중일 때 무진의 전화기가 진동했다. 무진은 양해를 구하고 발신자를 확인했다. 선암댁이었다. 평소 선암댁이 무진에게 연락하는 일은 없었다. 1년에 한두 번 있을까 말까 한 사람에게 전화가 오니 무진은 잠시 자리를 빠져나와 전화를 받았다.

"네. 강무진입니다."

-아이코, 도련님, 이 일을 어째요.

"무슨 일인데 그러세요?"

선암댁의 목소리에 무진의 몸에 미세한 경련이 일었다. 무언가 안 좋은 일이 일어났다는 경고 같달까.

-도련님, 저기, 백화영 아가씨 아시죠?

"아줌마가 화영일 어떻게 아세요?"

-그게 저기, 사모님이 하시는 말씀 들었어요.

"화영이가 집에 다녀갔습니까. 어머니가 부르셨어요?"

무진의 목소리가 커졌다. 이렇게 빨리 호출할 줄 몰랐다. 무진은 제 이마에 손을 짚으며 한숨을 쉬었다.

"언제 왔습니까."

-조금 전에 왔다 갔는데. 사모님이…… 에휴, 아시죠?

"보나 마나 한바탕 난리 치셨겠네요. 화영이는, 화영이 울지 않던가요?"

-네. 화영 아가씨는 나름 굳건하셨어요.

무진은 선암댁의 말에 한시름 놓았다.

"네. 전화 줘서 고마워요."

무진은 전화를 끊고 화영에게 전화를 걸었다. 태연한 화영의 목소리가 제 가슴을 찔렀다. 얼마나 아팠을까. 얼마나 놀랐을까. 그 모든 걸 감춘 채 내색하지 않고 있는 화영의 모습이 떠올라 무진은 주먹을 꽉 쥐었다.

하필 자신이 멀리 나와 있을 때 일이 생긴 건지. 무진은 화랑 사무실에 들러 계약에 대해선 다시 조율하자고 하곤 서둘러 나왔다.

운전대를 잡은 손에 절로 힘이 들어가고, 엑셀러레이터를 밟는 발에 자꾸만 힘이 들어갔다. 과속하지 않으려 애쓰며 평창동으로 향했다.

차고에 차를 대충 집어넣고 무진은 빠른 걸음으로 현관을 향했다. 현관에 들어서면서부터 이 여사를 찾았다. 거실을 청소하고 있던 선암댁이 놀라 고개를 들었다.

"어머니 어디 계세요?"

"안방에 누워 계세요."

돌진하듯 안방으로 향하는 무진의 걸음에 선암댁은 자신이 전화한 걸 후회했다. 늘 생글거리던 무진이 저토록 화를 내는 건 처음 보는 듯했다.

무진은 안방 문 앞에서 잠시 멈춰 호흡을 고르고 노크했다. 제 인내심을 테스트 당하는 기분이었지만, 그래도 무례한 모습을 보이고 싶진 않았다.

"어머니."

"보기 싫다. 나가!"

등 돌리고 침대에 누워 있던 이 여사가 소리를 질렀다. 지금 누가 소리를 질러야 하는지, 서로의 입장이 바뀐 거 같았다.

"저도 어머니 보기 싫습니다. 싫은데 이렇게 온 이유는 세 여자 건들지 마시라고 말씀드리러 왔습니다."

"뭐? 제 여자?"

이 여사가 벌떡 몸을 일으키며 날카롭게 무진을 쏘아보았다.

"넌! 넌! 여자가 없어 어디서 그딴 걸 애인이라고 만나니?"

"그 여자 모욕하지 마세요. 어머니와 비교도 안 될 만큼, 훨씬 좋은 사람이니까."

무진은 분노를 억누르기가 점점 힘들어졌다. 얕게 심호흡을 내뱉었다. 제발, 더 이상 막 나가지 않길 바라며 자신을 타일렀다.

"어머니가 그 여자한테 뭐라고 할 자격 없어요. 앞으로 두 번 다시 그 여자 부르지 마세요."

"기가 막혀서. 넌 어디 여자가 없어서 네 형을 잡아먹은 년 동생이랑 붙어먹니?"

"어머니!"

무진은 자신도 모르게 주먹을 꽉 쥐며 소리쳤다.

"왜! 왜! 내가 뭐 없는 말 했어?"

이 여사가 고래고래 소리를 지르곤 손으로 이불을 치며 몸서리쳤다.

"전 분명 말씀드렸습니다. 이번 일로 그 여자가 상처받게 되면 저도 가만 안 있을 겁니다. 어머니가 아무리 반대해도 저 그 여자랑 안 헤어질 겁니다."

"어디서 그런 되바라진 여자가 좋다고! 하여간에 끼리끼리야. 너나 그 애나 참 한심스럽다."

"그 여자 욕하지 마세요! 어머니가 욕할 수 있는 그런 사람 아닙니다."

무진은 주먹 쥔 제 손이 방향을 잃고 어디 벽이라도 칠까 봐 두려워졌다.

"이만 가보겠습니다. 저도 이번 일, 가만 있지 않겠습니다."

"가만 안 있겠다니 그것참 궁금하구나. 네가 어떻게 나올지 궁금해서라도 그 아가씨 다시 불러봐야겠다."

이 여사가 비웃으며 툭 던졌다. 무진은 이 여사가 던진 말에 어머니에 대한 일말의 기대마저 죽어버렸다.

"어머니!"

"왜? 내가 못할 거 같니?"

"하아."

한숨을 뱉어내는 무진의 마음이 차갑게 식었다.

"형한테도 이랬겠군요. 아니다, 저한테는 화를 내지만 형한테는 눈물 바람 하셨겠네요."

이 여사의 약점인 얘기하자 그녀의 표정이 크게 흔들렸다.

"아버지가 하신 말씀이 이제야 이해되네요. 형을 죽음으로 떠민 건 어머니라는 말씀."

엄밀히 강 회장은 자신과 이 여사가 무혁일 죽인 거라 했지만 무진은 부러 강 회장을 빼고 말했다.

"뭐? 뭐가 어째!"

이 여사의 얼굴이 경악으로 일그러졌다.

"보나 마나 형에게도 그러셨겠죠. 형 애인 불러다 헤어지라고 엄포 놓고, 형에겐 눈물 바람 하면서 헤어지라고 말씀하셨겠죠. 하

324

아, 어머니 말씀이라면 죽는시늉이라도 했을 형은 또 아무 말 못하고 어머니 말씀을 따랐을 테고. 안 그래요? 내 말이 어디 틀렸습니까?"

"듣기 싫다. 얼른 나가!"

"근데 이거 어쩌죠. 전 형처럼 착한 아들이 아니라서요. 전 화영이와 안 헤어집니다. 그러니까 어머니가 포기하세요. 저도 어머니를…… 이제 포기할 테니까."

"그래! 너도 이젠 내 앞에 나타나지 마! 꼴도 보기 싫어."

이 여사는 도로 침대에 누워 이불을 당겨 덮었다. 무진의 주먹 쥔 손에 힘이 빠졌다. 끝이구나. 이렇게 끝나는 거였구나. 허망함이 무진의 온몸을 훑고 갔다.

무진은 무슨 정신으로 제 오피스텔까지 왔는지 기억나지 않았다. 거실에 서서 멍하게 창밖을 내려다보았다. 제 머릿속과 달리 한강의 야경은 평화로웠다.

제 속이 이리도 시커멓게 타들어가는데, 화영은 어땠을지 상상조차 되지 않았다. 이 여사의 날 선 말들에 얼마나 많은 생채기가 생겼을지.

"무진 씨."

낮게 불린 제 이름에 무진이 놀라 돌아보았다. 화영이 활짝 웃으며 서 있었다. 지난번, 무진이 제 오피스텔 출입 카드를 화영에게 건넨 적이 있었다. 그 후로 화영 혼자 올 일이 없어서 출입 카드의 존재를 잊고 있었다.

"언제 왔어요? 소리 못 들었는데."

"우리 무진 씨, 집중력 너무 좋은 거 아니에요? 사색을 그렇게 깊게 하다니."

화영이 기분 좋게 웃었다. 무진이 그런 화영을 향해 성큼성큼 다가가 꽉 껴안았다. 화영 역시 무진을 두 팔로 감싸 안았다.

"보고 싶었어요. 무진 씨."

"미안해요. 화영 씨."

둘은 껴안은 채 침묵 속으로 가라앉았다. 섣불리 무슨 말을 해야 할지 몰랐다. 서로 몸을 맞대고 서로의 체온과 두근거림을 느끼는 것 말고는 아무것도 하고 싶지 않기도 했다.

"무진 씨, 우리 좀 앉을까요?"

화영의 말에 무진이 해죽 웃고는 화영의 입술을 탐했다. 좀 더 깊게 화영을 느끼고 싶었다. 무진은 제 모든 마음을 혀끝에 녹였다. 말로 다 할 수 없는 제 마음을 온몸으로 표현하고 싶었다.

화영은 무진의 그런 몸짓에 기분 좋게 응했다. 저 역시 말로 할 수 없는 제 마음을 혀끝에 담아 전했다.

둘의 키스는 언제나 달콤했고, 달콤한 만큼 애절했고, 애절한 만큼 아팠다. 이상하게 그랬다. 분명 서로를 향한 구애의 몸짓은 언제나 그렇게 허기지고 아팠다.

둘의 입술이 떨어지고 무진이 제 이마를 화영의 이마에 가져다 댔다. 무진이 고요한 화영의 눈을 바라보았다. 그 눈이 여러 말을 하는 거 같았지만 무진은 천천히 화영의 눈꺼풀에 제 입술을 살며시 내렸다. 화영의 입술이 빙그레 올라갔다.

"고마워요. 무진 씨. 나 잘못한 거 고백하려고 하는데."

"뭘?"

"일단 앉아요. 나 다리 아프다."

"언제는 다리 튼튼하다더니?"

무진이 웃으며 화영을 놀렸다.

"무진 씨가 너무 멋져서 다리에 힘이 빠졌단 말이에요."

화영이 웃으며 눈을 흘기자, 무진의 입술이 부드럽게 올라갔다. 둘은 나란히 앉아 서로 마주 보았다.

"무진 씨, 나 오늘 잘못한 게 있는데 용서해줄래요?"

"음. 들어보고."

"쳇. 그런 거면 말 안 할래요."

"알았어요. 그리고 내가 화영 씨를 용서하고 말고 할 자격이 어디 있다고."

무진이 어깨를 으쓱했다. 그 모습에 화영이 피식 웃었다.

"있잖아요. 나 무진 씨 어머님한테 막 화냈어요. 그게 있잖아요, 막 자꾸 어머님이 무진 씨 탓해서 나도 모르게 화가 나서."

"변명하지 않아도 돼요. 화영 씨 잘못 아니에요."

무진이 손을 뻗어 화영의 손을 잡았다. 화영의 손을 쓰다듬으며 다시 말을 이었다.

"내가 미안해요. 내가 미리 막았어야 하는 일이었어요."

"아니에요. 어차피 한 번은 있을 일이었으니까. 그보다 나 막 싸가지 없다고 무진 씨가 실망할까 봐. 그게 무서웠어요."

화영이 말과 함께 시선을 돌렸다. 무진의 눈빛이 정말 실망으로 물들면 감당하기 힘들 것 같았다.

"날 봐요. 나랑 있을 땐 나만 보라니까."

무진이 손을 뻗어 화영의 고개를 자신에게 맞췄다.

"난 화영 씨한테 실망 안 해요. 오히려 내가 미안해요. 지켜주지 못해서."

"괜찮아요. 나 혼자서도 잘하는 백화영인 거 알면서."

화영이 말을 하며 웃었다. 무진 역시 고개를 끄덕이며 웃었다.

한바탕 폭풍이 몰아치고 지나간 자리가 고요했다. 하지만 고요함은 다음에 올 후폭풍을 위한 짧은 휴식일 뿐이었다.

13. 슬픈

화영은 제 손에 들린 사직서를 내려다보았다. 이렇게 빨리 사직서를 내게 될 줄 미처 몰랐다. 이로써, 무진과의 이별이 또 하루 당겨진 셈이었다.

화영이 집무실에 들어가자 효림의 고개가 들렸다. 효림은 어제일을 보고하려나 보다 생각했다. 화영의 손에 들린 봉투를 보기 전까진.

화영은 손에 쥔 봉투를 효림의 책상에 내려놓았다.

"백화영 씨, 공과 사 구별 못하는 사람이었어요?"

"공과 사를 구별하기에 사직서를 냅니다."

효림은 돌아온 대답에 화영을 올려다보았다.

"무슨 말이죠?"

"제가 예담 화랑의 중요한 고객을 잃게 한 것 같습니다. 그래서 책임지려고요."

효림은 손을 뻗어 사직서 봉투를 쥐었다. 이걸 대체 어찌 처리해야 할지 막막했다.

"제가 사표 수리를 거부하면요?"

"거부하신다고 하셔도 관둘 생각입니다."

효림은 화영의 얼굴에서 단호함을 보았다.

"이유, 물어봐도 될까요?"

"아까 말씀드린 그 이유입니다. 제가 예담의 중요한 고객을 잃게 했고, 그에 따른 손실이 예상되기에 책임지고 물러날 생각입니다."

화영은 마치 외운 듯 제 이유를 줄줄 읊었다. 효림은 그런 화영의 모습이 안쓰러웠다.

"아직 손실 난 거 하나도 없습니다만."

효림이 화영을 바라보았다. 화영의 눈동자가 흔들리다 이내 굳었다.

"후임 구할 때까지 기다리고 인수인계해야 하는 일이란 거 알지만, 이번 주까지만 근무하겠습니다. 그동안 일한 거 다 정리해두겠습니다. 그리고 인수인계해야 할 때 다시 오도록 하겠습니다. 죄송합니다."

"화영 씨, 이렇게까지 급하게 도망치는 이유가 뭐예요?"

효림의 질문에 화영은 아무 말도 할 수 없었다. 무진에게서 도망치기 위함이라고 말할 수 없었다.

"혹시, 강무진 씨와 헤어졌어요? 너무 사적인 질문이라 미안하긴 한데, 안타까워서 그래요."

"아니요. 헤어지지 않았어요."

"근데 왜 이렇게 서둘러 관두는 거죠? 고작 강정 그룹 사모님 호출 한 번에 나가떨어질 정도의 관계였나 보군요."

"대표님께 그런 말 들을 이유, 없다고 봅니다."

화영은 저도 모르게 목소리에 힘이 들어갔다. 당신이 어떻게 알아? 사랑이 얼마나 변질되기 쉬운지 당신이 알기나 해? 따져 묻고 싶지만 화영은 입을 꾹 다물었다.

"알겠어요. 그동안 수고했어요. 나가봐요."

"네. 감사합니다. 아, 선재 씨랑 서현 씨에겐 말씀 안 하셨으면 합니다. 조용히 관두고 싶습니다."

"네. 그렇게 하죠."

"감사합니다."

집무실을 빠져나온 화영은 크게 숨을 내쉬었다. 이로써 이제 딱 하나만 남은 셈이었다.

무진과의 헤어짐.

이제 그것만 잘 해내면 돼. 백화영, 잘할 수 있다 다짐해보지만 어느새 눈물이 고였다.

하루, 하루, 디데이가 가까워졌다. 화영은 매 순간순간이 아쉬웠지만, 아쉬운 만큼 최선을 다해 무진을 제 눈에, 제 마음에 담았다.

화영은 예담에서의 마지막 또한 차곡차곡 눈에 담았다. 전시실 어느 한 곳 제 손길이 미치지 않은 곳이 없었다. 처음 홀린 듯 발길 닿았던 곳에서 일하게 된 건 제 인생의 뜻밖의 행운이었고, 그 행운이 무진을 만나게 해준 건 제 인생 최대 복이라 여겼다.

"하아."

전시실을 둘러보던 화영의 입에서 한숨이 삐져나왔다.

"언니. 웬 한숨을 그리 쉬어요?"

"내가? 내가 그랬어?"

"네. 아주 지구 핵까지 파고 들어가겠어요."

서현이 웃었다. 그 싱그러운 웃음이 참 좋아 보였다.

"서현 씨 웃는 모습, 참 예쁘다."

"설마 이제 안 거예요? 헤헤."

"아니. 늘 알고 있었지. 서현 씨가 얼마나 예쁜 사람인지 잘 알고 있지. 늘 그 예쁜 모습 잘 간직해."

"고마워요. 근데 언니 어디 가요?"

"……아니."

내일은 쉬는 날이었다. 화요일에 출근하면 자신이 없다는 걸 알게 되어 놀란다 해도. 지금 당장 관둔다는 얘기를 하고 싶지 않았다. 그럼 정말 견딜 수 없을 것 같다. 무진과의 헤어짐을 잘하기 위해서라도 버텨야 했다.

"올라가자, 서현 씨. 퇴근 준비해야지."

"네. 잠깐 여기 정리마저 하고 갈게요."

"응. 그럼 나 먼저 올라갈게."

화영은 사무실 대신 살롱으로 향했다. 무진과 처음 만났던 기적의 장소. 모든 것이 그대로였다. 그때처럼 고요했고, 그때처럼 잔잔한 피아노 연주곡이 흘렀다. 이제 자신과 무진만 없을 뿐이었다.

"선재 씨, 선재 씨 커피는 정말 맛있었어요."

"제 커피 맛을 인정해주는 건 역시 화영 씨뿐이네요."

컵을 정리하던 선재가 돌아보며 웃었다.

"늘 잘 마셨어요. 고마워요."

"왜? 이젠 안 마시려고요?"

선재가 화영의 말에 웃으며 되물었다.

"아뇨. 또 마셔야죠."

'언젠가, 다시 편하게 찾아올 수 있을 때. 그때 마실게요.'

"그럼 정리하고 와요. 저 먼저 사무실 가볼게요."

"네."

화영은 그렇게 나름대로 혼자만의 이별 의식을 치렀다. 자꾸만 가슴이 울컥울컥해지려는 걸 도로 집어삼키느라 애먹었지만 잘 참아냈다. 그러나 사무실에 들어서자 가슴이 두방망이질 치며 울컥함이 그대로 넘어왔다. 화영은 제자리로 가 마음을 진정시켰다.

심호흡을 하며 책상 위를 훑었다. 3년 가까이 함께한 자리였다. 제 첫 직장. 많은 순간이 스쳐 갔다. 스쳐 가는 순간들에 따라 가슴이 아렸다.

화영은 더 생각하다간 울음이 터질 것 같아 효림의 집무실로 갔다.

"대표님. 그동안 정말 감사했습니다. 덕분에 좋은 경험 많이 했어요."

"네. 화영 씨. 이게 끝이 아닌 거 알죠? 인연이란 게 또 어떻게 엮이게 될지 모르는 거고, 다음에 화영 씨 볼 땐 활짝 웃으면서 봤으면 해요."

"네."

"너무 아프지 말아요. 지나고 나면 아무것도 아니더라고요."

효림은 마치 다 알겠다는 듯 말했다. 화영은 눈동자가 간질거리며 눈물이 차오를 거 같아 눈에 힘을 주었다.

"인수인계 필요하면 불러주세요."

"네. 그러죠. 그동안 정말 수고 많았어요."

여느 때처럼 모두들 퇴근하고 화영이 가장 늦게 화랑을 빠져나왔다. 주차장으로 향하자 자신을 향해 손을 흔드는 무진이 보였다. 화영은 빨리 가서 안기고 싶은 마음과 최대한 시간을 두고 천천히 걸어가며 무진의 모습을 담고 싶은 마음이 교차했다.

결국 눈물이 차올라 무진의 모습이 흐릿해지려고 했다. 화영은 두 눈에 힘을 주며, 웃으려 애썼다.

"오래 기다렸어요?"

"아니, 화영 씨 기다리는 매 순간이 난 행복해요."

무진의 대답에 화영이 웃었다.

"고마워요. 얼른 가요. 나 오늘 무진 씨한테 할 말 있어요."

"뭔데요? 지금 말하면 안 되나. 궁금한데?"

"안 돼요. 오피스텔 도착해서 말해줄게요."

화영은 웃으려 애를 썼지만, 자꾸만 눈물이 날 것 같아 무진의 시선을 피했다. 그런 화영의 모습에 무진은 불안해졌지만 별일 아니겠거니 여겼다.

오피스텔에 도착한 화영은 창가로 다가가 안개꽃에 물을 주었다. 처음 있는 일이었다. 무진은 화영의 모습이 자꾸만 마음에 걸렸다.

"예쁜이 물은 내가 어제도 줬어요."

"그랬구나. 그냥 한번 주고 싶었어요."

화영은 안개꽃을 살폈다. 안개꽃은 여전히 활짝 피어 있었지만, 군데군데 꽃이 지며 씨앗을 뿌렸고 새싹이 돋아난 곳도 있었다.

"무진 씨. 나 할 말 있는데. 꼭 들어준다고 약속해요."

"음. 일단 들어보고."

"안 돼요. 무조건 들어준다고 약속해요."

화영이 무진을 돌아보며 단호하게 말했다. 무진은 그 모습에 제 불안의 실체가 점점 현실로 다가오는 걸 느꼈다. 심장이 서서히 빨리 뛸 준비를 했다.

"들어보고 들어줄게요."

"그럼 말 못할 거 같은데."

"뭔데요?"

"무진 씨. 우리 이제 그만해요."

"……."

"이제 우리 헤어져요."

무진은 제가 들은 그 쉬운 문장을 이해하지 못했다. 머리는 이해하지 못했지만 심장은 이해했는지 미친 듯이 뛰었다. 둘 사이에 정적이 감돌았다.

"화영 씨. 갑자기 왜?"

너무 놀란 무진은 한참 만에 말을 꺼냈다.

"있잖아요, 무진 씨. 나는 사랑을 못 믿어요."

"나를 믿으면 되잖아!"

"무진 씨를 믿어요. 나는 나를 믿지 못하고, 나의 사랑을 믿지 못해요. 우리 아빠는 10년이 넘도록 엄마를 사랑한다고 해놓고, 다른 여자를 사랑한다며 떠났어요. 그리고 언니가 어떠했는지, 무진 씨도 알잖아요. 사랑의 끝은 이별이었고, 죽음이었어요. 그런데 내가 어떻게 사랑을 믿어요?"

화영의 목소리에 울먹임이 가득했다. 무진은 서둘러 화영에게 다가가 화영을 꽉 껴안았다.

"가지 마. 그런 말 하지 마. 나를 믿어. 응? 화영아, 제발."

"미안해요."

화영은 무진을 껴안고 싶은 충동을 참아내느라 주먹을 쥐었다. 같이 안아주고 싶은데 그러면 정말 헤어지지 못할 것 같았다. 화영은 제 손을 가만 내버려두려 주먹 쥔 손에 힘을 주었다.

"화영아, 우리 어머니 때문에 그래? 형 때문에 그래? 내가 다 포기할게. 나 다 포기하고 너만 볼게. 응?"

"그러지 마요. 무진 씨가 나를 선택하기 위해 무언가를 포기해야 한다면 나 정말 부담스러워요."

"화영아. 백화영!"

화영을 부르는 무진의 목소리가 점점 젖어들었다.

"울지 마요. 나 그럼 계속 우는 무진 씨만 기억해야 하잖아요. 나 무진 씨 웃는 모습으로 기억하고 싶단 말이에요."

"화영아. ……가지 마."

"난 지금 눈물 참고 있는데. 무진 씨한테 예쁜 모습으로 기억되고 싶어서."

화영은 무진을 제 품에서 떼어내고, 그의 얼굴을 마주했다. 무진의 얼굴에서 흘러내리는 눈물이 너무 아팠다. 아픈데, 너무 아픈데. 그 아픔을 덜어주지 못해 더 아팠다.

화영이 제 눈물에 시야가 가려지자 눈에 힘을 주었다. 뺨을 타고 흐르는 제 눈물을 따라, 무진의 뺨에도 눈물이 흘러내렸다. 화영은 손을 뻗어 무진의 눈물을 닦아주었다.

"나 무진 씨랑 정말 하고 싶은 거 있어요. 지난번에 내가 우리 헤어질 때 꼭 하고 싶은 거 있다고 했었잖아요. 혹시 기억나요?"

무진은 대답 대신 고개를 살며시 끄덕였다.

"오늘 그렇게 해줘요. 내 소원 이루어줘요."

무진은 눈물 고인 눈으로 화영의 눈과 마주했다. 화영의 눈에 담긴 슬픔과 아픔이 고스란히 느껴져 붙잡을 수도 놓을 수도 없어 아무 말도 하지 못했다.

"내 마음이 당신을 기억하듯, 내 몸도 당신을 기억했으면 좋겠어요. 지금 이 순간, 당신이 나를 활짝 피게 해줘요."

무진은 화영의 말을 이해하느라 잠시 시간이 걸렸다.

"지금 나를 안아줘요. 내 몸에 당신을 새기고 싶어요."

화영은 말하면서 부끄러운지 무진의 시선을 피해 고개를 숙이곤 다시 말을 이었다.

"당신의 품에서 가장 예쁜 꽃으로 피어나, 오래도록 기억되고 싶어요."

화영이 수줍게 웃었다. 무진은 화영의 고개를 들어 올리곤 화영의 입술에 제 입술을 내렸다. 눈물 섞인 키스는 달콤함보다 짠맛이 더 컸지만, 곧 달콤함에 모든 것이 잊혔다.

서로의 몸을 탐하며, 서로의 영혼을 주고받았다. 손짓 하나하나의 모든 떨림은 사랑이었고, 아픔이었고, 갈망이었다.

서로를 향한 사랑으로 꽃피운 밤이 깊어졌고, 어김없이 아침이 찾아왔다. 둘은 밤새 뜬눈으로 보냈다. 침대에 마주 누워 눈을 맞췄다. 침묵 속에 서로의 눈이 많은 말을 속삭였다. 고요함을 깨고 화영이 먼저 입을 뗐다.

"나 먼저 씻고, 이제 가 볼게요."

"벌써?"

"우리 지금이 마지막이잖아요. 예쁘게 보이고 싶어요."

"화영아. 다시 생각해봐. 응?"

무진의 간절한 목소리가, 간절한 눈빛이 화영의 움직임을 둔하게 했지만 이내 결심한 듯 화영은 침대를 빠져나갔다.

욕실로 향한 화영은 울지 않으려 노력했다. 앞으로 올 시간은 얼마든지 있지만, 무진과 있을 시간은 짧다. 그 짧은 시간 동안 우느라 퉁퉁 부은 눈을 보여주고 싶지 않았다.

화영이 씻고 나와 무진의 곁으로 다가갔다.

"무진 씨도 씻고 나와요. 기다릴게요. 나 제대로 인사하고 헤어지고 싶어요."

"화영아. 나 너 못 봐."

"고마워요. 그렇게 말해줘서."

화영이 설핏 웃었다.

"얼른 씻고 나와요. 당신을 멋진 강무진으로 기억하고 싶어요."

화영은 부러 평소보다 씩씩한 목소리로 말했다. 무진이 마지못해 일어서 욕실로 향하자 화영이 고개를 돌렸다. 서로의 몸을 탐했다 해도 무진의 벗은 모습을 쳐다볼 자신은 없었다.

화영은 무진이 씻을 동안 가방에 넣어둔 출입 카드와 손수건을 테이블에 내려놓았다. 손수건 하나 정도는 괜찮지 않을까. 화영은 테이블에 놓인 손수건을 내려다보며 갈등했다. 하나쯤은, 적어도 하나쯤은, 그를 추억할 물건 하나쯤은 자신이 가져도 되지 않을까. 그

정도의 욕심은 허락해주지 않을까.

화영은 망설임 끝에 손수건을 가방에 챙겨 넣었다. 창가로 가 창밖을 내려다보았다. 한강에 벚꽃이 만개해 꽃잎들이 흐드러지게 날렸다.

무진은 서둘러 씻고 나왔다. 혹시나 자신이 씻는 동안 화영이 가버렸을까 봐 두려웠다. 화영이 창가에 서 있는 걸 보며 크게 안도했다.

"무진 씨. 이만 가볼게요. 늘 건강하세요. 고마웠어요."

"화영아. 진짜로 이대로 끝이야? 그런 거야?"

이별을 고하는 자와 이별을 받아들이지 못하는 자 사이의 실랑이는 계속됐다.

"네. 고마웠어요."

"나 너 기다릴 거야. 사랑이 변하지 않는다는 거, 내가 보여줄게."

화영은 살며시 웃고는 현관으로 향했다.

"더 나오지 마요. 우리 여기서 헤어져요."

"사랑해. 기다릴게."

무진은 화영의 눈을 보며 제 진심을 전했다. 화영은 말없이 돌아서 나왔다. 화영은 서둘러 승강기 버튼을 눌렀다. 무진이 쫓아 나올 거 같아 불안했다. 아니, 사실 지금이라도 다시 문을 열고 들어가 헤어짐을 취소하고 싶었다. 무진이 따라와 잡아준다면 못 이기는 척 넘어가고 싶었다.

화영이 갈등하는 사이에 승강기가 도착했다. 빠르게 올라타며 곧바로 닫힘 버튼을 눌렀다.

"하아."

승강기 안에서 힘이 풀려 그대로 주저앉았다. 잘한 거라고 생각하고 싶지만, 자꾸만 미련이 남는다.

건물 밖으로 나오자 세상은 온통 핑크빛으로 덮여 있었다. 벚꽃잎이 흩날렸다. 흩날리는 벚꽃 비를 맞으며 방향도 잊은 채 목적없이 걸었다. 자꾸만 쏟아져 나오는 눈물을 주체할 수 없어 걸음을 떼기가 힘들었다.

무진은 화영이 나간 후, 그저 멍하니 서 있었다. 이별을 고하는 화영의 눈이 너무 슬퍼서 붙잡을 수 없었다. 그 슬픔이 자신으로 인해 생긴 것 같아서 차마 붙잡지 못했다.

웃던 화영이, 제 품에서 활짝 피어났던 화영이, 울던 화영의 모습이 떠오르자 붙잡지 않은 자신이 바보같이 느껴졌다. 무진은 그대로 현관문을 열었지만 이미 승강기는 내려가고 있었다.

30층의 높이가 이리도 짜증 날 줄 미처 생각지 못했다. 무진은 승강기가 1층에 도달한 후 다시 올라올 때까지 눈으로 숫자 바뀜을 확인했다. 숫자가 30에 가까워질수록 마음만 급해졌다.

화영의 눈이 아무리 슬프고 아파 보여도 그냥 잡았어야 했다. 그 슬픔도 아픔도 제가 곁에서 함께 견디면 될 문제인데, 너무 쉽게 놓아버린 자신이 한없이 미웠다.

무진은 1층에 도착하자마자 주변을 살피며 건물 밖을 빠져나왔다. 화영이 갔을 법한 길을 두리번거리며 뛰었다. 그러다 제 앞에서 천천히 걸어가는 화영을 찾아냈다.

고개를 숙인 채 천천히 걷고 있는 그녀를 무진이 조용히 따라 걸었다. 그 걸음, 걸음이 너무 무거워 보였다. 무진은 화영을 잡으려 걸음을 서둘렀다. 차마 이름을 불러 세울 수 없었다. 부르는 순간 눈앞에서 사라져버릴 것 같았다.

손만 뻗으면 화영에게 닿을 듯한 거리까지 좁혀졌다. 무진이 손을 뻗으려 할 때, 화영은 급기야 주저앉았다. 화영의 어깨가 들썩거리는 게 보였다. 무진도 멈췄다.

흐느끼는 소리가 들렸다. 울면서 여기까지 걸어왔단 생각이 들자 무진은 꼼짝할 수 없었다. 손을 뻗어 닿고 싶고, 부르고 싶었다. 하지만 무너져 내린 화영에게 닿을 수도, 부를 수도 없었다. 지금은 아니라고, 지금은 안 된다고 스스로를 타일렀다.

지금 이 순간, 섣부른 언행이 그녀를 제 곁에서 영영 사라지게 할지도 모른다는 두려움을 주었다.

화영이 그토록 힘겹게 내린 결정을 제가 쉽게 깨버리면 안 될 것 같았다. 자신의 이기심으로 지금 화영을 붙잡는다면 오히려 더 큰 상처를 입힐지도 모른다는 생각이 들었다. 무진이 이도 저도 못하고 있을 때, 화영은 다시 몸을 추슬러 걸었다.

무진은 제가 뒤따르는 게 들킬 것 같아 길 한쪽으로 몸을 숨겼다. 화영이 곧 택시에 올라타는 게 보였다. 택시를 따라가고 싶었지만, 바지에 티셔츠 차림이었다. 지갑도, 차 키도, 하다못해 휴대폰도 챙겨 나오지 못했다.

무진은 화영이 울며 걸었던 그 길을 되돌아 다시 오피스텔로 향했다.

화영에게 시간을 줘야 할 것 같았다. 무진은 저녁이 되길 기다렸다 화영의 빌라로 향했다. 늘 켜져 있던 화영의 빌라에 불이 꺼져 있었다. 이상했다. 꺼져 있을 시간이 아닌데. 무진의 몸에 불길

함이 훑고 지나갔다.

무진은 서둘러 화영에게 전화를 걸었다.

-지금 거신 전화번호는 없는 번호이니…….

무진은 다시 화영에게 전화를 걸었고, 또 똑같은 음성메시지가 나왔다. 무진은 걸고, 또 걸었다. 한결같은 안내 음성에 무진은 차에서 내려 빌라로 뛰어갔다. 문이 잠겨 있었다.

"화영아! 백화영!"

무진이 문을 두드리며, 화영을 부르자 맞은편 집에서 현관문이 열렸다.

"거기 이사 갔어요. 저녁 시간에 이게 무슨 민폐입니까."

아저씨가 고개만 빠끔히 내밀며 제 할 말만 하고 문을 닫았다.

무진은 털썩 주저앉았다. 그 순간 이해할 수 있는 건 딱 한 문장이었다.

'화영이, 사라졌다.'

무진은 바닥에 제 옷이 더러워지는 것도 잊은 채 현관문 앞에 앉아 있었다. 차가운 바닥이 온기로 변할 동안 무진의 생각은 냉기로 변했다. 생각을 정리한 무진은 일어서 다시 차로 향했다.

처음엔 윤경에게 전화를 하려 했지만 제 연락처를 건네기만 했지, 윤경의 연락처를 모른다는 사실이 떠올랐다.

무진은 백반집으로 차를 몰았다. 가게 안은 식사 때가 지나서인지 한산했다.

"어서 오세요."

김 여사가 무진을 손님이라 여기며 인사했다.

"김윤경 씨를 찾아왔습니다."

"윤경이? 내 딸은 왜?"

김 여사가 무진을 자세히 훑더니 그제야 생각났는지 알은척했다.

"아, 화영이랑 같이 왔던 양반이구나. 윤경이 지금 없어요."

"급한 일이라 그런데 윤경 씨 지금 어디 있습니까."

"윤경이 화영이한테 갔는데."

"아, 감사합니다. 늦은 시간에 실례했습니다."

인사하고 돌아 나오는 무진의 목소리에 안도감이 실렸다. 무진은 화영을 영영 못 찾는 게 아니라서 기뻤고, 화영이 혼자 있지 않음에 감사했다.

무진은 오피스텔에 도착해 소파에 쓰러지듯 앉았다. 모든 게 엉망이었다. 어디서부터 꼬인 건지. 끝내 잡지 못한 자신과 아직 기회가 있다고 여기는 자신이 서로 다퉜다.

'하아.'

무엇보다 화영이 그렇게 자신을 떠날 준비를 하고 있는 동안 아무것도 눈치채지 못한 자신이 원망스러웠다.

형을 잃었을 때와 달라진 게 없었다. 여전히 보고 싶은 것만 보고 있었구나 싶은 생각에 자조적인 웃음이 나왔다.

소파에 기대 천장을 올려다보자 화영이 웃고 있었다. 고개를 들어 오피스텔 여기저기로 시선을 보냈다. 창가에 서 있는 화영, 부엌에서 제가 만든 요리를 기다리는 화영, 현관에서 웃고 있는 화영, 침대에서 피어나던 화영, 거실에서 울고 있는 화영.

오피스텔 그 어느 곳마다 백화영이 스며들지 않은 공간이 없었다. 무진이 소파에서 일어나자 테이블에 놓인 출입 카드가 보였다. 무진은 그 카드를 노려보았다. 마지막까지 철저하게 놓고 갔구나 싶어 화가 났다.

"나 없으니 좋아?"

무진은 대답이 돌아오지 않을 질문임을 알면서도 카드를 향해 물었다. 마지막으로 화영의 온기가 닿았을 물건이다 싶어 그대로 둔 채 욕실로 향했다. 뜨거운 물이 제 몸을 적셨지만 옷 벗을 생각을 하지 못했다. 무진은 떨어지는 물을 맞으며 무릎 꿇고 엎드린 채 울음을 토해냈다.

화영이 없는 첫날이 아프게 흘러갔다.

* * *

무진은 평소처럼 일어나 안개꽃을 살피는 것으로 하루를 시작했다. 화영이 제 곁을 떠난 지 일주일째. 무진의 삶도 제자리를 찾아가는 것 같았다. 그 대신 윤경의 삶이 틀어졌다.

매일 화랑으로 출근해 화영을 픽업하던 걸 못하게 된 뒤로, 무진은 매일 윤경의 백반집으로 출근했다.

무진이 가게 안으로 들어서자, 윤경의 얼굴이 보기 좋게 구겨졌다. 그러거나 말거나 무진은 꿋꿋했다.

"아, 진짜. 그만 좀 오세요."

윤경의 투덜거림에도 무진은 그저 생긋 웃으며 빈자리로 가 앉았다.

"내가 오는 게 싫으면 화영이 어디 있는지 말해주면 되지 않습니까."

"저 그거 무진 씨한테 알려주면 화영이 영영 숨어버릴지도 몰라요."

윤경은 무진의 맞은편에 앉으며 오늘은 기필코 담판을 짓겠다는 각오를 다졌다.

"좋아요. 우리 딜 합시다. 무진 씨 매일 이렇게 찾아오는 거 화영이한테 확 말하는 수가 있어요? 그럼 화영이 백퍼센트 무너진다."

윤경은 '어때, 솔깃하지?' 하는 표정을 지었다. 무진은 그런 윤경을 말없이 바라보았다.

"무진 씨도 화영이 무너지는 건 싫을 거 아니에요? 나도 그건 싫거든. 근데 또 매일 이렇게 찾아오는 무진 씨는 더 싫거든요! 그러니까, 내가 화영이 어디에 있는지는 말 못 해주겠지만, 화영이 소식은 한 번씩 전해드릴게요. 어때요?"

"어떻게 말입니까."

무진은 일단 화영의 거처는 알지 못한다고 해도 화영이 어떻게 지내고 있는지만 알아도 숨통이 트일 것 같았다.

"제가 일주일에 한 번이나, 특별한 일 있을 때 무진 씨한테 문자할게요."

"……."

"무진 씨는 손해 볼 거 없지만, 전 만약에 이 사실을 화영이가 알면 어떻게 나올지 장담 못 해요. 제가 할 수 있는 최고의 마지노선입니다."

윤경의 절박한 심정이 통했을까. 무진이 거래를 성사시켰다.

"좋습니다. 그럼, 먼저 윤경 씨 연락처부터 저한테 넘기세요."

무진의 말에 윤경이 눈을 한 번 흘기곤, 제 휴대폰 번호를 무진에게 불렀다. 무진은 전화번호를 입력한 후 바로 통화 버튼을 눌러 윤경의 전화벨이 울리는지 확인했다.

"적어도, 일주일에 한 번은 연락해주세요. 화영에게 무슨 일이 생겨도 필히 해주시고."

"네. 네."

"그럼 이만 가보겠습니다."

"네. 그리고 앞으로 찾아오지 마세요. 무진 씨 얼굴 보고 나면 화영이 얼굴 보기 미안해지거든요."

무진을 보고 싶어 하며 매일 힘들어하는 화영이란 걸 뻔히 아는 윤경으로선, 자신은 무진을 매일 보고 있다는 사실을 말하지도, 내색하지도 못했다. 그저 미안했다.

무진이 간절한 누군가는 정작 무진을 보질 못하는데, 보고 싶지 않은 누구에겐 매일 나타나니, 원. 윤경은 새삼스러울 것도 없는 명언이 떠올랐다.

세상 참 불공평하다.

윤경은 약속을 잘 지켰다. 최소 일주일에 한 번씩 화영의 소식을 무진에게 문자로 전했다.

[화영이 오늘부터 등산 다니겠대요. 머릿속이 복잡해서 아무 생각 안 하고 싶다고.]

[어디로 말입니까.]

[그걸 알려주면 산에 찾아가실 거잖아요? 산은 비밀입니다. 그냥 동네 뒷산이에요.]

무진은 윤경의 문자를 보며 마음을 다잡았다. 화영이 기운 내기 시작했다니 안심됐다. 이제 화영이 제게 돌아왔을 때 자신이 화영을 지킬 수 있도록 준비해야 했다.

무진은 한 달 만에 다시 강정 물산을 찾았다. 다시 찾아올 일이 없을 줄 알았는데. 무진은 형의 자리를 뺏는 것만 같아 마음이 편치 않았지만 이내 마음을 다잡았다. 얻는 게 있으면 잃는 것도 있는 법이니, 화영을 얻기 위해 제가 할 수 있는 일을 하기로 했다.

무진이 승강기에서 내리자 최 비서가 대기 중이었다.

"회장님이 기다리고 계십니다."

"네."

무진은 최 비서 뒤를 따르며, 앞으론 여길 얼마나 뻔질나게 다니게 될지 생각하니 숨이 막혔다.

무진이 회장실에 들어서자 소파에 앉아 있던 강 회장이 고개를 돌렸다.

"그새 얼굴이 많이 상했구나. 앉아라."

늘 책상에 앉아 서류를 보던 강 회장이 소파에 앉아 자신을 기다리고 있는 모습이 생소해 살짝 놀랐지만 내색하지 않으며 자리로 가 앉았다.

"그래, 결정은 내린 거냐."

"네. 단지, 조건이 있습니다."

"그래, 당연히 있겠지. 나 역시 조건은 있다."

강 회장이 고개를 끄덕이며 말을 이었다.

"네가 내걸 조건이 어떤 건지 들어보지."

무진은 제 서류가방에서 계약서를 꺼내 내밀었다. 강 회장은 무진이 내미는 계약서를 받으며 그를 바라보았다. 무진의 굳건한 표정에 괜스레 긴장됐다.

"자세한 건 계약서에 적혀 있지만, 제가 요구하는 걸 요약하면 딱 두 가지입니다. 첫째, 어머니와 백화영이 평생 만날 일 없도록 해주십시오. 저 역시 어머니를 만나지 않겠습니다. 둘째, 제가 화영이와 결혼을 하든, 자식을 낳든, 혹은 독신으로 살든 제 개인적인 사생활에 일절 관심 두지 마십시오."

무진의 얘기를 듣던 강 회장의 미간이 미세하게 주름졌다. 강 회장은 생각에 잠긴 듯 잠시 입을 다물고 계약서를 훑었다.

"좋다. 들어주마. 네 엄마는 제주 별장으로 보내마. 네 엄마는 거부하겠지만, 윤 박사를 한 번씩 보낼 생각이다. 그리고 두 번 다시 그 애와 만날 일이 없도록 해주마. 네 사생활에도 간섭하지 않겠다. 단, 내가 거는 조건이 성공했을 때 얘기다. 네가 3년 안에 회사에서 인정받고 임원진 자리까지 올라오는 거다. 어떠냐. 할 수 있겠니?"

"네. 좋습니다. 하지만 제 계약서 요구 사항은 지금부터 실행되었으면 합니다. 또 반 에이전시는 문 닫는다 해도, 거기에 소속된 작가들은 강정 그룹에서 후원하게 해주십시오."

"그렇게 하마. 만약 3년 안에 네가 임원진 자리에 오르지 않는다면 계약은 없던 걸로 하겠다. 네 여자를 지키고 싶다면 꼭 성공해라."

"계약서는 공증 처리하겠습니다."

"물론 그래야지."

강 회장은 계약서를 내려놓고 무진을 지긋이 바라보았다. 제 것을 지키기 위한 욕망이 이글거렸다. 강 회장은 약하게 고개를 끄덕이곤 말을 이었다.

"그래, 출근은 언제부터 할 거냐?"

"다음 주부터 하겠습니다."

"좋아. 모든 부서를 두루 거쳐서 올라올 수 있도록 준비해두마."

"네. 그럼 이만 가보겠습니다."

무진은 회장실을 나오며 이제 화영을 기다리는 일만 남았다는 걸 실감했다.

* * *

화영이 곁에 없었지만 윤경이란 오작교 덕에 곁에 있는 것과 마찬가지인 날들이었다. 윤경이 보내오는 문자는 무진의 기분을 널 뛰게 했다.

[화영이 분식 메뉴를 앞에 두고 눈물을 글썽였어요. 앞으로 분식 못 먹겠다면서.]

어김떡순을 몰라 어리둥절하던 저를 놀리던 모습이 떠올라 무진이 웃었다.

[오늘은 화영이 화랑 일 인수인계를 마지막으로 하고 온 날이에요. 그래서 그런지 많이 우울해해요.]

문자를 받은 무진도 같이 우울해지는 기분을 느꼈다.

[화영이 많이 울었어요.]

윤경의 문자에 무진은 아무 말도 하지 못했다. 화영이 얼마나 많이 아파했을지 고스란히 느껴졌다. 무진은 그 아픔을 제가 다 가졌으면 좋겠다고 생각했다.

[아파하지 말라고, 다 괜찮다고. 윤경 씨 입을 통해 전해주세요.]

답장을 보내는 그 순간 마음만은 이미 화영의 곁으로 가 있었다.

그새 두 달이 지나, 세상은 꽃이 지고 초록으로 탈바꿈했다.

[오늘은 화영이 생일이라 특별히 사진도 투척합니다.]

첨부된 사진 속에 화영이 윤경과 함께 활짝 웃고 있었다. 슬퍼
보이던 화영의 눈이 초롱초롱 빛났다. 무진은 서둘러 답장을 보냈
다. 직접 하지 못하는 말이지만 꼭 전해지길 바라면서.

['예쁜아, 생일 축하해'라고 말해 주세요.]

[강무진 씨, 장난해요? 닭살 돋게 그걸 어떻게 해요!]

분노에 찬 윤경의 문자에도 무진은 태연했다.

[이왕이면 안개꽃도 주면서 누군가가 화영일 아주 많이 사랑하
고 있다고 전해주십시오.]

[강무진 씨, 책임지세요! 무진 씨가 시킨 대로 했다가 화영이 웃
었다, 울었다 아주 쇼했다고요! 수습하느라 애먹었습니다. 앞으론
이런 건 직접 하세요.]

윤경은 수습하느라 힘들었을지 모르나 무진은 기뻤다. 왠지 화
영이 자신을 기억해주는 거 같아서.

얼마 뒤 윤경은 화영에 대한 새로운 소식을 알려왔다.

[화영이 미술 심리 배우겠다네요. 그래서 제가 무진 씨 몫까지
미리 마구마구 응원했습니다.]

[하하. 알아서 잘 해주시니 감사하네요.]

윤경에게 화영의 소식을 전해 들으며 또 한 번의 계절이 바뀌었

다. 초록이었던 세상이 붉은빛에 자리를 내어주었다.

　무진은 제가 할 수 있는 일은 딱 두 가지, 회사 일과 화영을 기다리는 일뿐이라 여겼다. 그 두 가지에 충실하며 일에만 매달렸다. 기계처럼 일하고, 제 감정은 오직 화영에게만 맞췄다. 그런 무진에게 윤경이 보내오는 화영의 소식은 언제나 오아시스였다.

　[화영이랑 단풍 구경 갑니다. 잘 다녀오겠습니다.]

　[마음만 같이 보내겠습니다.]

　[쳇. 이제 몸도 좀 오면 안 됩니까.]

　윤경의 문자에 무진은 뭐라 답할지 막막했다. 그래, 아직은 아니다. 화영이 준비되었을 때 가고 싶다. 그리고 제가 가는 것이 아니라 화영이 제게 와야 했다. 그게 기다리는 자의 의무라 여겼다. 자신이 먼저 다가가서 마지못해 어영부영 오는 게 아니라, 화영이 온전하게 온 마음으로 제게 돌아와주기를 바랐다.

　[화영이가 요즘 들어 자꾸 강무진 씨 얘기를 해요.]

　[어떤 얘기?]

　[보고 싶단 거죠, 뭐. 그 외엔 군이 제가 문자로 전달하고 싶지 않습니다. 문자로 옮겨 적다간 제 손이 오그라들어 다 없어질 거 같거든요.]

　윤경의 문자에 무진이 오랜만에 소리 내 웃었다. 회의 중에 뜬금없이 소리 내 웃는 무진을 바라보는 시선들이 곱지 않았다. 하지만 다들 입을 다물었다. 회장 아들이라 가능한 일이라며 씁쓸한 제 처지를 느껴야 했다.

　[화영이 보고 싶다는 말을 유난히 많이 하는 요즘입니다.]

　[신년이라 그런가, 유난히 힘들어해요.]

신년. 화영과 처음 만난 날이 1월 2일이었다. 무진은 윤경의 문자를 보며 빙그레 웃었다. 화영이 힘들어했다지만 그건 자신을 잊지 않고 있다는 얘기였다. 점점 기다림에 확신이 생겼다. 화영이 제게 돌아오는 날이 멀지 않았을 거라는 확신이.

화영이 곁에 없는 1년이 지나갔다. 그녀가 없어도 태양은 뜨거웠고, 과일은 익었으며, 눈은 내렸다. 그리고 다시 꽃이 피었다.

무진은 아침을 맞이하며 가장 먼저 창가로 향했다.

"안녕, 예쁜이들아."

무진이 인사하며 화분에 물을 주었다. 안개꽃 화분은 다섯 개로 늘어났다. 무진은 화영이 떠난 뒤로 안개꽃 화분에 공들였다. 꽃들은 활짝 피고 난 뒤, 말라 죽으며 제 씨앗을 뿌렸고, 또 새싹이 돋아났다.

제 사랑이 그와 같다고 여겼다. 매일 제 속에서 화영에 대한 마음이 새롭게 자라났다. 윤경이 한 번씩 전해주는 소식에 무진은 늘 화영과 함께하는 기분이었다.

"예쁜이들, 오빠 다녀올게."

아마 화영이 들었다면 닭살 돋는다며 제 팔을 쓸어내리겠지. 화영의 그런 모습이 떠올라 무진은 피식 웃었다.

'보고 싶다. 화영아.'

일에 미쳐 살다가도 수시로 떠올랐다. 일이 안 풀려도, 잘 풀려도, 화영과 봤던 영화 제목을 우연히 보게 돼도, 화영과 먹었던 음식이 떠올라도. 그렇게 무진의 삶 곳곳에서 화영이 함께했다.

출근 준비를 마치고 세단에 올라 힐끔 쳐다본 조수석이 허전했다. 화영이 돌아오면 다시 꽉 차겠지. 어서 왔으면 좋겠다.

제 생각을 갈무리하며 차를 출발시키려 할 때 윤경에게 문자가 왔다.

[대체, 언제까지 오작교 노릇을 해야 해요? 화영이한테 들킬까 봐 조마조마하네. 이제 그만 다시 만나죠? 제가 아주 죽겠어요.

오작교 퇴직을 위해 귀한 정보 하나 투척합니다. 나머진 무진 씨가 알아서 하세요.

화영이, 2주 뒤에 엄마랑 언니 모셔둔 절에 간다네요. 예담 화랑 근처에 있는 절인데, 뭐 어떻게 만날지는, 그건 알아서 하시고. 정확한 날짜는 모르지만 가긴 갈 거예요.]

무진은 윤경의 문자를 곱씹어 읽었다. 2주 뒤라. 무진은 김 비서에게 전화를 걸었다.

-네. 김산입니다.

"납니다. 오전 스케줄이 어떻게 되죠?"

-네. 전무님. 열 시부터 회의 시작입니다.

"그 회의 중요한 겁니까. 제가 빠져도 될 회의면 저 빼고 진행하세요."

-네? 그게…….

김 비서가 우물쭈물하자 무진이 덧붙였다.

"바로 답하지 못하는 걸 보니 제가 빠져도 되겠군요. 전 오늘 출근이 늦어질 거 같습니다."

-네. 전무님.

"아, 그리고 2주 뒤에 일주일 통으로 제 스케줄 비워두세요. 어디 말하기 곤란한 곳은 해외 출장 갔다고 둘러대시고, 아시겠죠, 김 비서님? 2주 뒤에 일주일간 저 회사 안 나갑니다."

……네, 알겠습니다. 전무님.

일방적인 통보에 김 비서는 마지못해 대답했다.

"그럼 이만 끊겠습니다."

무진은 회사 대신 예담으로 차를 몰았다. 예담 주차장에 들어서자 모든 게 익숙한 듯 낯설게 느껴졌다. 화영과 많은 시간을 함께했던 곳이었는데. 예전 생각이 나 무진의 얼굴에 웃음이 번졌다.

무진은 운전석에 기대앉아 화랑의 뒷문을 바라보았다. 화영과 처음 만난 날이 떠올라 피식 웃었다.

그날 맞선 자리에 나가지 않았더라면 우린 과연 만났을까? 그래, 만났을 거다. 언제고, 어디서건 우린 만났을 거다. 우린 서로를 끌어당겼을 테니까.

무진은 시간을 확인하곤 화랑 안으로 들어섰다. 신인 작가전이 한창 열리고 있었다. 전시실로 들어선 무진은 안내데스크로 향했다.

서현 대신 다른 사람이 있었다. 무진은 달라진 사람에 괜히 아쉬움을 느꼈다. 그때 그대로가 아닌 게 아쉬웠다.

"최효림 대표님 계시나요? 반 에이전시 강무진이라고 전해주세요."

직원은 집무실과 통화 후 길을 안내하려 했다. 무진은 2층 가는 길은 잘 알고 있다며 직원의 친절을 사양했다.

2층은 모든 게 그대로였다. 살롱도, 응접실도, 사무실도. 곧 사무실 문이 열리며 효림이 나왔다.

"오랜만이네요. 강무진 씨."

"안녕하셨습니까. 최 대표님."

서로 인사를 주고받으며 응접실로 향했다.

"그래, 무슨 일로 오셨죠?"

효림은 화영도 없는 마당에, 더구나 무진이 에이전시 사업을 접고 강정 물산에 들어간 걸 알고 있으니 굳이 자신을 찾아올 이유가 없다고 여겼다.

"화랑에 뭐 하러 오겠습니까. 선보러 온 건 아니고 전시실 대관하려고 왔습니다."

"대관이라? 저희 예담은 대관은 안 해드립니다."

효림이 거절했지만 무진은 태평했다.

"2주 뒤에 딱 일주일만 전시실 좀 빌려주십시오. 현재 전시 중인 작품을 전시하지 못해 생기는 손해비용은 제가 다 책임지겠습니다. 대관비 역시 비싸게 부르셔도 됩니다."

무진이 내건 조건에 효림은 궁금해졌다.

"비용이 만만찮을 텐데, 그 이유가 뭐죠?"

"사랑을 되찾으려고요."

무진이 대답과 함께 자신 있게 웃었다.

* * *

화영은 거울을 보며 1년 새 많이 길어진 머리카락을 빗어 내렸다. 보다 밝아진 자신이 그 속에 있었다.

무진이 없는 1년 동안 매일매일 그를 떠올렸다. 언젠가 잊히겠지 했던 그는 매 순간 제 안에서 새롭게 태어났다. 인터넷으로 종종 강정 그룹과 강무진을 검색해보곤 했다. 그렇게라도 확인할 수 있는 위치에 그가 있다는 사실이 다행스러웠다.

화영은 익숙해진 원룸을 눈에 담고, 모든 전등이 꺼진 것을 확인하고 현관문을 닫았다. 그래도 이제 더 이상 빈집에 전등을 켜놓고 다니지 않아도 될 만큼 화영의 마음은 꽉 차 있었다. 강무진이란 사람으로.

'가볼까.'

화영은 제 가방에 든 무진의 손수건을 내려다보곤 걸음을 옮겼다. 화영의 모든 순간, 강무진 대신 그의 손수건이 함께했다.

그동안 슬픔을 덜어내고, 아픔을 덜어내고 기억을 추억했다. 무진과의 매 순간이 좋았다. 헤어지던 날마저 이젠 웃으며 생각할 정도가 됐다.

뭐랄까. 끝이, 끝이 아닌 거 같은. 그날의 헤어짐이 영원한 헤어짐이 아닌 거 같은 느낌이 좋았다.

거리는 온통 연분홍이었다. 벚꽃이 활짝 피어 보는 것만으로도 기분 좋았다. 석 달 만에 찾아가는 절이었다. 무진과 헤어지기 전엔 기일에만 찾았었다. 마음이 아프다는 이유로, 일이 바쁘다는 이유로 찾아가지 못 했지만 이젠 석 달에 한 번은 꼭 찾아갔다. 제 삶의 쉼표가 된 1년간 자주 찾아가게 됐다.

도시 안에 자리 잡은 절이었기에 사시사철 사람들로 붐볐다. 화영은 오히려 너무 조용하지 않아서 좋았다. 위패가 모셔진 불당 안에서 절을 하고 돌아 나와 주변을 살폈다.

봄이라 그런지 사방이 꽃이었고, 활기 넘쳤다. 날씨마저 포근해 걷기에 좋은 날이었다. 화영은 예전을 생각하면서 걷기로 했다.

엄마와 언니를 절에 모셔두고 걸어서 돌아가던 날. 예담을 만났고 그 안에서 자신을 위로해준 그림을 만났듯, 오늘도 그런 행운을 기대하며 기분 좋게 길을 따라 걸었다.

한참 걷다 보니 눈에 들어오는 현수막이 있었다. 가로등 양쪽에 걸려 펄럭이는 현수막은 전시회 홍보 같았다.

화영은 큐레이터를 관뒀지만 전시회에는 본능적으로 끌렸다. 현수막이 가까워질수록 화영의 심장이 먼저 반응했다. 심장이 쿵쾅쿵쾅 뛰었다. 그다음 눈이 반응했다. 익숙한 그림이었다.

자신이 너무나 잘 아는 그림이었다. 현수막 속엔 언니의 옆얼굴이 그려져 있었다. 화영은 너무 놀라 그 자리에 멈췄다.

<사랑, 결코 시들지 않는_특별展>

<전시 : 예담 화랑>

전시 기간은 일주일로 오늘이 마지막 날이었다.

화영은 현수막을 보며 혼란을 느꼈지만 곧장 떠올렸다. 제 가슴에 새겨진 그 이름. 강무진. 그다.

화영은 미친 듯이 뛰는 심장이 감당되지 않았다. 머릿속은 갈까, 말까 망설였지만 몸은 이미 화랑을 향하고 있었다.

오랜만에 오는 화랑이었다. 처음 봤을 때처럼 예담은 여전히 예쁜 모습이었다. 화영은 홀린 듯 처음 들어갔던 몇 년 전과 달리, 지금은 내딛는 걸음, 걸음이 조심스러웠고 떨렸다.

'그가 있을까.'

머릿속 혼란을 잠재우며 화영은 전시실로 들어갔다. 전시된 그림은 모두 화영이 아는 그림이었다. 강무혁의 그림들이 걸려 있었다. 그중에서도 화영은 가장 먼저 언니의 초상화 앞으로 갔다.

"언니, 잘 있었어?"

화영의 물음에 뒤에서 답이 들려왔다.

"당신을 기다렸어요."

놀란 화영이 돌아보자, 무진이 웃으며 서 있었다.

끝엔 달콤한

일 년이 지나서 다시 찾은 무진의 오피스텔이지만, 모든 게 그대로라 시간이 멈춘 기분이었다. 창가에 놓인 안개꽃 화분 다섯 개가 시간의 흐름을 알려주는 유일한 징표였다.

화영은 창가로 다가가려다 제 몸이 뜻대로 움직이지 않는다는 걸 깨달았다. 멈칫하며 제 손을 내려다보았다. 무진의 손이 제 손을 잡고 있었다. 화랑에서부터 줄곧 잡고 온 손이었다.

무진은 화영을 놓지 않겠다는 마음이었고, 화영은 무진이 제가 만든 상상이 아닌 실재란 걸 확인하는 마음에서 계속 손을 잡고 있었다.

화영은 무진을 보며 살며시 웃곤 창가로 가려 했으나, 곁에 선 무진은 꼼짝하지 않았다.

"화분이 늘었네요."

"응. 하지만 화분 말고 나를 봐줬으면 해요."

무진의 낮고 부드러운 음성이 화영의 귓가를 간질였다.

진짜 그다. 매일 제 기억 속에서 재생되던 목소리가 아닌 진짜 무진의 목소리였다.

화영이 빙그레 웃으며 무진과 눈을 맞췄다.

"기다려줘서 고마워요."

"돌아와줘서 고마워요."

두 사람은 마주 보며 소리 없이 활짝 웃었다. 화영이 손을 떼곤 무진을 껴안았다. 무진의 가슴에 제 고개를 파묻으며 화영이 낮게 속삭였다.

"하아, 좋다. 진짜 강무진이다."

그 말에 무진이 해죽해죽 웃었다. 무진이 화영의 고개를 들어 올렸다. 화영이 가만히 눈을 감자 무진이 천천히 입술을 내려 입맞춤했다. 어찌나 조심스러운지 무진의 입술이 미세하게 떨렸다.

화영 역시 감은 두 눈의 눈썹이 약하게 떨렸다. 둘은 서서히 서로의 마음을 주고받았다. 부드럽고 조심스러운 키스에 자신의 마음을 담아 서로에게 전했다.

"사랑해요. 무진 씨."

화영의 거짓 없는 맑은 눈이 무진의 가슴을 뛰게 했다. 그녀가 먼저 사랑을 속삭이는 것이 처음이기도 했지만, 무진은 화영의 눈에 더 이상 슬픔이 없다는 사실이 더 좋았다.

"사랑해. 백화영."

무진이 고백과 함께 화영의 이마에 가볍게 입 맞췄다. 그리곤 화영의 눈두덩과 코끝에 제 입술을 내렸다.

무진의 그런 소소한 움직임이 화영을 들뜨게 했다. 화영은 눈을 감은 채 생긋 웃었다.

1년이라는 공백이 서로에게 많은 말을 하게 할 것 같았지만, 둘은 오히려 차분하게 서로를 바라볼 뿐이었다.

비록 헤어져 있었다지만 늘 서로를 느끼고 있었기에 지금 이 순간, 오히려 편안했다.

"이번엔 내가 당신과 꼭 하고 싶은 게 있는데, 들어줄래요?"

무진이 입술 끝을 시원하게 올리며 소리 없이 웃었다.

"뭔데요? 들어보고."

"와아, 나는 이별도 들어줬는데. 그러니까 화영 씨도 들어줘요."

"음."

화영의 입술을 끌어 모으며 들어줄까 말까 하는 표정을 지었다.

"안 본 사이에 앙탈만 늘었어. 백화영."

무진이 화영의 볼을 꼬집었다. 그 모습에 서로 마주 보며 또다시 웃었다. 그리고 웃음을 그친 그가 진지하고 달짝지근한 눈빛으로 화영의 눈을 바라보았다. 화영은 그 눈을 바라보는데 괜히 부끄러워져 무진의 눈길을 피했다.

무진이 천천히 화영의 손을 잡고 침실로 이끌었다. 화영은 무진의 의도를 알아차리곤 수줍게 웃었다.

침대에 다다르자 무진이 화영의 양 볼을 잡고 화영의 입술에 제입술을 붙였다. 벌어지는 화영의 입술 사이로 무진이 부드럽게 혀를 넣었다.

서로의 입 안을 탐하며 서로의 몸을 천천히 쓸었다. 옷 위로 스치는 손길이었지만 무진과 화영의 몸이 약하게 떨렸다.

헤어지던 날 서로를 느꼈듯, 재회한 날 다시 서로를 느끼기 시작했다.

둘의 입은 오직 키스와 애무에만 사용되었다. 고요하게 내려앉은 침묵 속엔 서로의 옷깃을 스치는 소리와 달콤한 숨소리만 들렸다.

무진이 화영을 침대에 앉히고는 부드럽게 입맞춤하며 화영을 침대에 뉘었다. 화영은 등에 닿는 푹신한 매트리스와 제 가슴에 와 닿는 무진의 단단한 가슴을 느끼며 키스에 집중했다.

무진은 곧 화영의 위치를 살며시 틀어 화영의 머리가 침대 헤드로 향하게 했다. 그렇게 자리를 이동하면서도 서로의 눈은 끊임없이 서로만을 향했다.

무진의 눈이 속삭였다.

백화영, 사랑한다.

화영의 눈이 속삭였다.

이젠 도망치지 않을게요.

눈의 속삭임이 끝나자 무진은 제 입술로 화영의 눈, 코, 입에 입을 맞추며 손으론 화영의 몸 여기저기를 쓰다듬었다. 그 손길에 화영이 화답하듯 몸을 약하게 떨었다.

화영 역시 제 몸 여기저기에 입맞춤을 하는 무진의 몸을 부드럽게 쓸었다. 무진의 든든한 어깨가, 부드럽지만 탄력 넘치는 등이 화영의 손끝에 자극받아 움찔거렸다.

"하아, 화영아."

"네."

"사랑해. 널 온전하게 갖고 싶어."

무진이 내뿜는 그 욕망에 화영은 살며시 웃었다.

"날 줄게요. 당신 안에서 다시 피어나고 싶어요."

화영의 말이 허락처럼 떨어지자, 무진의 움직임이 빨라졌다. 무진은 화영의 옷가지를 벗겨내고 제 옷도 다 벗어 던졌다.

속박하는 것 하나 없이, 실오라기 하나 걸치지 않은 채 서로의 몸을 천천히 탐해갔다. 무진의 세심한 손길이, 부드러운 입맞춤이, 화영의 몸 구석구석 열꽃을 피우게 했다.

모든 것이 조심스러웠지만 서로를 향한 마음만큼은 뜨거웠기에 몸의 열기는 오랫동안 서로를 놓아주지 않았다.

새벽녘까지 서로를 마주 보며 뜬눈으로 보냈다. 긴장이 풀려서일까, 둘은 스르르 눈을 감았다.

한나절이 끝나갈 무렵 화영이 먼저 눈을 떴다. 제 눈앞에 잠들어 있는 무진을 보며 화영이 부드럽게 웃었다. 환영이 아닌 진짜라는 사실에 행복했다.

불현듯 어젯밤 서로를 탐했던 일과 씻지도 못한 채 그대로 잠들었단 사실이 떠올랐다. 화영은 무진을 향해 다시 한 번 생긋 웃고는 살금살금 침대를 빠져나가려 몸을 살며시 틀었다.

"어디 가요?"

깜짝 놀란 화영이 무진을 향해 다시 몸을 돌렸다.

"깼어요?"

"응. 아니 정확히는 안 잤어요."

무진이 여전히 눈을 감은 채 말했다.

"내 눈앞에 있는 사람이 진짜 백화영인가? 확인하느라 잠을 잘 수가 있어야죠."

무진이 웃으며 눈을 떴다.

"우리 잠자는 백화영 씨 구경하는 재미도 쏠쏠했고."

"뭐예요? 다음엔 내가 안 자고 자는 척하며 무진 씨 훔쳐봐야겠다."

화영이 퉁퉁거렸지만 무진은 그저 생긋 웃었다.

"화영아, 잘 잤어?"

"네."

"화영아, 백화영."

무진이 부드럽고 달콤하게 화영을 불렀다.

"네."

화영이 웃으며 답했다.

"화영아, 백화영."

"와아, 또 시작했어. 강무진."

"강무진이라니. 오빠라고 불러야지."

무진이 짐짓 근엄한 척 목소리에 힘을 주었다.

"와아, 진짜 또 나왔어. 그 오빠 타령."

화영이 얼굴을 구기며 질색하자 무진이 소리 내 웃었다.

"진짜 백화영 맞구나. 아, 진짜구나. 진짜라서 좋다."

"나도 좋아요. 무진 씨가 진짜라서."

화영이 마주 웃었다.

"근데 무진 씨 잠 못 자서 어떡해요?"

"괜찮아요. 하루쯤 못 자도 거뜬하니까."

"그러다 어느 날 훅 가요. 나 무진 씨랑 오래 살고 싶단 말이에요."

화영의 말에 무진의 얼굴에 웃음꽃이 활짝 폈다.

"진짜? 진짜지? 백화영, 그 말 무르기 없깁니다."

"네."

무진이 너무 좋아하자, 화영도 덩달아 좋았다. 그저 다 좋았다. 헤어져 있던 시간이 너무 아까울 만큼 지금 순간이 무척 좋았다.

"화영 씨, 잠깐만요."

무진은 누운 채 몸을 틀어 침대 옆 테이블 서랍을 열어 종이 한 장을 꺼내곤 화영에게 내밀었다.

"이게 내가 백화영과 가장 하고 싶은 일이에요. 들어줄래요?"

화영은 무진이 내민 종이를 받아보았다.

<혼인신고서>

화영의 얼굴이 놀람과 기쁨으로 뒤섞였다.

"내가 화영 씨 돌아오면 하려고 준비했어요."

무진이 자신만만한 표정으로 웃었다. 그 모습에 화영도 웃으며 무진의 입술에 살며시 입 맞췄다.

"고마워요. 무진 씨."

떨어진 입술이 아쉽다 생각하던 차에 무진의 입술이 화영의 입술로 다가왔다. 서로를 향한 달콤한 마음이 오래도록 이어졌다.

* * *

창밖으로 흐드러지게 벚꽃이 날렸다. 화영은 1년 전에 내려다보던 풍경을, 다시 못 볼 줄 알았던 풍경을 다시 마주하니 세상 모든 것에 감사하는 마음이 들었다.

휴대폰을 들고 단축키를 누르려는데 무진이 살며시 다가와 뒤에서 화영을 껴안았다.

"뭐 해요?"

무진이 고개를 숙여 휴대폰을 내려다보며 물었다.

"윤경이한테 전화하려고요."

전화해야 되니 비켜달라고 하자 무진이 무슨 비밀 이야기냐고, 그냥 통화하라며 화영을 놓아주지 않았다. 화영이 그저 가볍게 웃음 섞인 한숨을 쉬며 단축번호를 누르자 무진이 화영을 껴안은 채 소파 쪽으로 방향을 틀었다.

─야, 백화영. 살아는 있나 보다.

휴대폰 너머로 왠지 모를 윤경의 분노가 그대로 전해지는 기분이다.

"어, 윤경아. 미안. 자세하게 말한다는 게 어쩌다 보니……."

화영은 서둘러 변명을 늘려놓고 싶지만, 무진이 저를 뒤에서 껴안은 채 소파로 걸음을 옮기자 쉽게 말이 나오지 않았다.

─무진 씨 만났다고만 하고 일주일 만에 연락한 이유나 좀 들어보자.

"저기 말이야. 윤경아."

화영은 제 어깨에 내려진 무진의 얼굴을 한번 바라보았다. 윤경과 통화중이라는 사실도 잊어버릴 것 같다. 그런 화영을 보며 무진이 화영의 볼에 입맞춤했다.

─화영아, 불렀으면 말을 해. 무슨 일 있어? 내가 지금 갈까? 어디야?

혹시나, 만약에 말 못할 일이라 생긴 건 아닌가 싶었는지 윤경의 말이 빨라졌다.

"아니. 지금 무진 씨 오피스텔이야. 그래서 말인데, 너 혹시 작년에 만났던 이신후 작가님 기억나? 작업실에도 갔었던."

-어. 기억나.

"그 이 작가님이랑 너랑 무진 씨 오피스텔에 초대하고 싶은데 놀러 올래? 너 온다고 하면 그때 말할게."

-그래? 알았어. 언제 가면 되는데?

"그럼 내가 시간 다 맞춰서 다시 연락할게."

-알았어.

화영은 전화를 끊고 옅게 숨을 뱉었다. 그 모습을 보며 무진이 씩 웃으며 몸을 돌려 화영의 앞으로 와 입술에 살며시 뽀뽀했다.

"신경 쓰여서 전화를 못하잖아요."

"왜? 나 아무 짓 안 했는데."

무진이 슬쩍 웃으며 눈을 흘기는 화영의 눈매에 입술을 찍었다. 은근슬쩍 어물쩍 넘어가려는 무진이 얄밉지만 그의 그런 스킨십이 싫지 않았다. 옆에 있는 것만으로도 가슴 벅찬 사람, 자신을 든 든하게 채워주는 사람. 그런 사람이 무진이라 좋았다.

"그럼 이 작가님에겐 무진 씨가 연락할 거예요?"

"네. 제가 할게요. 그전에 우리 일 먼저 하고."

"무슨 일?"

화영이 짐짓 모른 척 시치미를 떼자 무진이 알면서 그런다며 더 열심히 화영의 등을 쓰다듬고, 쇄골을 입술로 훔쳤다.

"안 돼요."

단호한 화영의 목소리에 무진의 고개가 들어졌다.

"왜?"

"나 일주일간 집에 못 갔잖아요. 짐 좀 챙겨오려고요."

화영이 무진을 떼어놓고 소파에 앉았다. 벌써 일주일째 무진의 와이셔츠와 반바지를 입고 지냈다. 속옷은 급한 대로 권 비서가 사다주었다.

"그냥 다 새로 사면 안 됩니까?"

무진이 자리에 앉으며 투덜거리자 화영이 살짝 웃었다.

"새로 살건 사더라도, 쓰던 건 써야죠. 집도 내놔야 하고. 할 일 해야죠."

"아, 진짜. 한 달만 휴가 내서 신혼여행 가고 싶다. 화영 씨, 우리 신혼여행 어디로 갈까요? 어디로 가고 싶어요?"

"무진 씨 이미 이 주일째 회사 안 나가고 있는 거 알아요? 그러다 짤린다."

화영의 '짤린다'는 표현에 무진이 웃었다. 회사 후계자를 누가 감히 자를 수 있을까. 아닌 게 아니라 무진은 전시회 기간 동안 회사를 빠졌고, 화영을 만나고 다시 일주일, 출근하지 않은 채 오피스텔에서만 머물렀다.

그 이 주 동안 무진의 비서인 김 비서만 죽을 동 살 동 '전무님의 해외출장이 길어지고 있다'는 변명만 늘어놓고 있는 걸 아는지 모르는지, 무진은 태연하게 신혼여행 얘기를 꺼내고 있었다.

"나 하나 없어도 잘 굴러가요. 그리고 화영 씨 굶길 일 없을 테니까 걱정 말고."

"걱정 안 해요. 무진 씨 회사 못 다니게 돼도 제가 무진 씨 책임

질게요. 무진 씨나 걱정 마요."

"오, 역시 백화영!"

무진이 활짝 웃으며 화영을 소파에 눕혔다. 일주일로는 부족했다. 일 년이라는 공백을 매우기에. 둘은 서로에게 허기진 갈증을 채우느라 정신없이 서로에게 빠져 들어갔다.

* * *

화영은 식탁 위에 차려진 음식들을 다시 한 번 점검하며 흐뭇하게 미소 지었다. 선암댁이 준비해준 음식은 한결같이 정갈하고 맛있었다.

감탄을 거듭하며 선암댁과 함께 부엌에서 요리조리 움직이는 화영의 모습을 무진이 기분 좋게 바라보았다.

선암댁은 한 번 본 적 있는 화영을 기억해 반가워했으며, 자신이 좋아하는 두 사람을 축복해주고 그들을 위해 음식을 만들어주곤 본가로 돌아갔다.

화영은 식탁에서 시선을 거두고 무진을 향해 물었다.

"시간 다 돼가죠?"

"네."

무진이 손목시계로 시간을 확인하며 답했다.

"왜요? 화영 씨 긴장 돼요?"

"네. 조금."

"걱정 마요. 그 두 사람이라면 우릴 이해할 테니까."

무진이 화영의 곁으로 다가와 꺼안았다. 포근하고 든든한 그 품에서 화영은 안정을 찾았다가 현관 호출 소리에 화들짝 놀라 몸을 움찔거리자 무진의 옅은 웃음소리가 들렸다.

서로의 옷매무새를 가다듬어주고 마지막으로 입맞춤까지 한 뒤 나란히 현관에 서서 손님을 기다렸다.

"어서 와요. 윤경 씨. 이 작가님도 같이 오셨네요."

"오랜만이네요. 무진 씨."

윤경과의 대면은 오랜만이지만 늘 문자를 주고받았던지라 어제 만난 사람처럼 편했다.

"요 앞에서 만났어요. 잘 지냈어요? 화영 씨."

"뭡니까. 이 작가님, 나는 안 보여요?"

신후의 인사에 무진이 투덜거렸다.

"잘 보입니다, 강 대표님. 잘 지내셨죠? 우리 서로 안부 궁금할 사이 아니잖아요?"

신후가 웃으며 맞받아쳤다.

"어서 와요. 이 작가님 정말 오랜만이네요. 작가님 소식은 인터 뷰를 통해서 보고 있었어요."

화영이 그런 두 사람 사이를 단박에 정리하며 안으로 안내했다. 네 사람은 식탁으로 향했다.

"제가 준비한 건 아니지만 맛있게 드세요."

"아니긴. 이거 화영 씨가 만든 거니까 남기지 말고 다 먹으세요."

무진이 엄포하자, 화영이 고개를 가로저으며 웃었다.

"화영아, 이거 정말 네가 했어?"

"윤경아, 내가 이걸 했을 리가 있겠어. 전문가의 손길을 받았지. 그러니까 부담 갖지 말고 편하게 먹어."

"전문가의 손길이라니 더 부담되는 걸요?"

신후가 웃으며 말했다.

넷이 앉아 오랜만에 밥을 먹으며 서로의 이야기에 귀 기울였다. 너 나 할 것 없이 함께할 사람이 있다는 건 참으로 좋은 거구나 새삼 느껴지는 시간이었다.

"근데 갑자기 우릴 초대한 이유가 뭡니까."

식사가 끝나고 거실로 자리를 옮기며 테이블에 차를 내려놓자 이 순간만 기다렸다는 듯 신후가 물었다. 신후에겐 두 사람 중 누구라도 대답해주면 그만인 질문이었다. 한데 둘이 주고받는 눈치가 심상찮았다. 둘의 미묘한 눈길을 눈치챈 윤경도 의문을 보탰다.

"그러게. 갑자기 초대한 이유가 궁금하네요."

"우리 결혼해요."

"우리 결혼합니다."

누가 먼저랄 것도 없이 화영과 무진의 입에서 같은 뜻을 담은 문장이 흘러나왔다.

순간 집 안의 공기마저 멈춘 느낌이었다. 그 정적을 깨고 윤경이 가장 먼저 반응했다.

"뭐라고! 백화영, 뭘 한다고?"

"윤경아, 나 결혼해."

윤경은 화영의 대답에 너무 놀라 들었던 찻잔을 공중에 둔 채 꼼짝하지 않았다.

"그래서 두 사람 불렀어요. 우리 혼인에 증인이 되어달라고요. 혼인신고서에 증인 란이 있더라고요. 두 분이 우리 혼인신고서 증인이 되어주셨으면 합니다."

무진이 말과 함께 테이블에 혼인신고서를 올렸다. 신후와 윤경의 시선이 테이블로 내려졌다. 윤경은 서둘러 찻잔을 내려두고 혼인신고서를 들어 거기에 적힌 두 사람의 이름을 확인했다. 윤경의 표정이 변화무쌍하게 변했다.

"백화영. 잠깐만 나 좀 보자."

윤경은 혼인신고서를 다시 테이블에 두고 맞은편에 앉아 있던 화영의 손을 잡아 일으켜 세웠다. 막상 화영을 일으켜 세웠지만 이 넓은 집 안에서 어디가 어딘지 몰라 움직이지 못했다. 그런 윤경의 마음을 눈치챈 화영이 윤경을 드레스 룸으로 이끌었다.

윤경은 드레스 룸의 문이 닫히자마자 낮게 소리쳤다.

"백화영! 미쳤어?"

"아니."

"근데 무슨 갑자기 결혼이야? 이제 겨우 이 주일이야. 너네 커플, 다시 만난 지 이제 이 주라고! 결혼이 말이 된다고 생각해?"

"윤경아. 미리 말 못해서 미안해. 많이 놀랐지?"

화영은 놀란 윤경의 마음부터 보듬었다.

"놀랐지, 그럼. 이게 말이 된다고 생각해? 너 결혼 싫어했잖아. 언니랑 엄마처럼 될까 봐 싫다던 애가 갑자기 결혼한다는데 어떻게 안 놀래?"

"미안해. 미리 말 못해서."

"야, 백화영. 요즘은 뭐든 초고속 시대라지만 결혼은 아니지, 결혼까지 기가바이트 속도로 할 필요 없는 거야. 너 설마……?"

윤경은 말을 하다 말고 멈췄다.

"설마 뭐?"

"속도위반 했어? 너네 나 모르는 사이에 혹시 만났었니?"

윤경은 그럴 리가 없다는 걸 잘 알지만, 갑자기 결혼 선언을 듣게 되니 온갖 억측이 떠올랐다.

"당연히 아니지. 내가 무진 씨 이 주 전에 만났다는 거 너도 알잖아? 오히려 무진 씨랑 자주 연락했던 사람은 너니까, 네가 더 잘 알잖아?"

화영의 말에 윤경이 놀라 입을 살짝 벌렸다.

"어, 어떻게 알았어? 내가 무진 씨랑 연락한 거?"

"어떻게 모르겠어. 내가 말한 적도 없는 걸 니가 나한테 막 해주는데."

화영은 말과 함께 웃었다. 윤경은 평소에 꽃이라면 길거리에 핀 가로수 화분과 들꽃으로 충분하다며 돈 주고 꽃 사는 걸 이해하지 못하는 편이었다. 그런 윤경이 생일 축하한다며 안개꽃을 내밀었을 때, 왠지 그 뒤에 무진이 있을 거라 생각했다.

더구나 절대 윤경이라면 하지 않을 말 '예쁜아, 생일 축하해'라니. 그걸 듣고 어찌 눈치채지 않을 수 있단 말인가.

그 후로도 종종 윤경이 평소 잘 하지 않는 말을 하거나, 뜬금없이 사진 찍자며 들이댈 때마다 그냥 믿고 싶어졌다. 윤경의 뒤에 무진이 있기를. 그런 믿음은 며칠 전 무진에게서 사실로 확인했다.

"미안해, 화영아. 혹시 기분 많이 상했어?"

"아니. 오히려 고마워, 윤경아. 네 덕분에 다시 만났어. 사실 용기가 안 났었거든. 두렵기도 했고. 정말 고마워."

화영이 활짝 웃었다. 윤경이 안도의 숨을 내쉬며 잠깐 틈을 보이는 듯 하자 화영이 다시 입을 열었다.

"일단 내 얘기 좀 들어줘."

화영은 나긋나긋하게 자신의 이야기를 풀었다.

"나도 문득 이게 잘하는 짓일까? 무진 씨네 부모님 입장도 있는 건데, 나만 좋자고 이래도 되는 걸까? 고민했거든. 근데 가시밭길인 게 뻔히 보여도, 그래도 가고 싶어. 이 사람을 놓치고 평생 후회하며 소금밭을 걷느니, 이 사람의 손을 잡고 같이 그 가시밭길을 헤쳐 나가고 싶어."

윤경은 방금 전까지 오작교 노릇에 화내지 않는 화영에 안도했지만 결혼 얘기가 나오자 다시 버럭 했다.

"미쳤구나, 백화영. 가시밭길을 왜 가냐! 그리고 좀 더 사귄 다음에 결혼해도 늦지 않잖아."

윤경은 화영의 이런 갑작스런 선언에 동참하는 것이 과연 옳은 일일지 의문이 들었다. 증인 란에 제 이름 석자 쓰는 건 얼마든지 해줄 수 있다. 하지만 그렇게 쓰인 증인이, 자기 스스로 친구를 후회의 구렁텅이로 밀어 넣는 게 아닌가 두려울 따름이었다.

"윤경아. 네 말이 맞아. 근데 무진 씨나 나나, 어차피 할 결혼이면 지금이나 나중이나 똑같거든. 나 잘 살게. 걱정하지 마. 내가 얼마나 잘 살아나가는지 우리 김윤경 씨가 지켜봐줄 거잖아. 안 그래?"

화영은 자신을 지켜봐주는 사람이 있다는 게 얼마나 든든한 건지 무진과 헤어진 일 년 동안 가슴 깊이 느꼈다. 윤경이 늘 곁에서 지켜주고, 묵묵히 뒤에서 자신을 지켜주고 있던 무진. 두 사람 덕에 견뎌낼 수 있었다.

"그거야 당연하지."

"그럼 됐어. 너 나 알잖아. 김윤경이 아는 백화영이라면 분명 잘 헤쳐나갈 거란 거 알지? 내가 선택한 일에 책임지고 싶어. 내 인생도, 무진 씨의 인생도 책임지며 살고 싶어."

"백화영. 딱 하나만 묻자."

"응."

"너 후회 안 할 자신 있어?"

"후회 안 할 자신은 없어. 살면서 어떻게 후회 한 번 안 하겠어? 근데 후회하는 횟수보다 결혼하길 잘했다고 생각하는 횟수가 더 많으면 되지 않을까? 나는 결혼하길 잘했구나 하고 생각하는 횟수가 훨씬 많을 거라곤 자신할 수 있다."

확신 가득한 화영의 시선에서 윤경은 약간의 안도감을 느꼈다.

"……그럼, 결혼식은 언제야?"

"결혼식? 우리는 결혼식 없이 혼인 신고만 하기로 했어."

"왜? ……아니구나. 상황이 그렇긴 하겠다."

윤경은 굳이 더 생각할 것도 없었다. 무진의 집안에서 쉽게 허락할 리가 없다. 그런데 이미 이렇게 무모하게 혼인신고부터 할 생각을 하다니, 새삼 백화영이 다시 보인다.

"웨딩드레스 안 입어도 괜찮겠어?"

"응. 안 입어도 돼. 어차피 초대할 사람도 없는데 뭐. 부모님 자리 빈 채로 결혼식 하는 거보다 이렇게 혼인 신고만 하는 게 몸도 마음도 편해."

윤경은 화영을 말없이 바라보았다. 자신이 무슨 말을 하든, 그 어떤 말로도 화영을 설득할 수 없을 거란 생각이 들었다.

"윤경아. 야! 김윤경. 너 울어?"

"안 울거든!"

"세상에……."

화영은 윤경이 우는 걸 본 적이 없었다. 화영은 어릴 때부터 눈물이 많아서 영화를 보며, 책을 읽으며, 심지어 뉴스를 보면서도 눈물 흘렸지만 '허구잖아. 허구에 울 필요가 뭐 있어?'라며 윤경은 언제나 씩씩했다. 그런데 그런 씩씩한 그녀를 화영이 울렸다. 화영은 서둘러 눈물을 닦는 윤경을 껴안았다.

"고마워, 윤경아. 나 잘 살게. 네가 걱정 안 되도록 정말 정말 잘 살게."

"어! 너 내 걱정시키면 알지? 무진 씨 집안 일, 인터넷에 확 퍼트려버릴 거야."

"응. 그런 일 없도록 내가 잘 살게."

둘은 마주 보며 웃고는 얼굴을 정돈한 뒤 거실로 향했다.

"두 사람 무슨 밀담을 그렇게 오래 나눠요? 불안하게."

"무진 씨가 왜 불안해요? 뭐 잘못한 거 있나 봅니다."

윤경이 씩 웃으며 바라보자, 무진이 정색했다.

"그런 거 없습니다."

"네. 앞으로도 그런 거 만들지 마세요. 특히나 화영이한테는."

"네. 걱정 말아요."

윤경은 다시 소파에 앉아 혼인신고서를 내려다보았다. 증인 란에 이미 한 줄이 채워져 있었다. 신후가 두 사람이 드레스 룸에 들어가 있는 동안 먼저 작성한 모양이다.

윤경은 한자 한자 공들여 제 정보를 적어 넣었다.

"자아, 두 사람 결혼 축하드려요."

윤경이 혼인신고서를 내밀며 축하인사를 건넸다.

"아, 저도 두 사람 결혼 축하드립니다."

신후가 깜박했다는 듯 서둘러 덧붙였다. 혼인신고서를 받아 든 무진과 화영은 서로를 바라보며 활짝 웃었다.

구청에 혼인신고를 마친 두 사람은 화영의 모친과 언니가 있는 절로 향해 두 사람의 결혼을 알리고, 본격적으로 신혼생활을 시작했다. 신혼집은 무진이 거주하던 오피스텔에 둥지를 틀었고, 화영은 원룸을 처분했으며 딱히 처리할 짐은 없었다.

화영은 신혼살림으로 필요한 물건을 사려 했지만 무진은 이미 다 갖춰진 집이라 필요한 물건이 없다며 몸만 오라고 보챘다. 화영은 그래도 기념할 만한 게 있어야 하지 않겠냐며 함께 덮을 이불과 함께 쓸 그릇을 샀다.

함께 잠들고, 함께 밥을 먹는 공간. 그리고 함께하는 사람. 이 보다 더 좋은 순 없다 싶을 만큼 행복한 두 달이 지났다.

아침은 출근 준비하느라 늘 정신없지만 그래도 꼭 함께 식탁에 앉아 이야기를 주고받으며 하루를 열었다.

"화영 씨, 내일 생일인데 뭐 하고 싶어요?"

무진이 간단하게 차려진 식탁에서 샐러드 한 점을 집으며 물었다. 아침 식사는 대부분 간단했다. 화영이 요리를 잘 못하는 점도 있었고, 무진이 아침부터 요리하느라 정신없는 화영을 보는 걸 원치 않았다. 그럴 시간에 얼굴 맞대고 앉아 서로 바라만 보고 있는 게 더 낫다고 생각했다.

"우리 두 사람이 함께 맞이한 첫 생일이니까 특별한 걸 하고 싶은데. 괜찮죠?"

화영이 토스트에 잼을 발라 무진에게 건네며 말했다.

"물론이죠."

무진은 건네받은 토스트를 한 입 베어 물었다. 화영이 손을 뻗어 무진의 입술 끝에 묻은 딸기잼을 닦아 제 입속으로 쏙 집어넣었다. 그런 화영을 무진이 므흣하게 바라보았다.

"특별한 거 뭐 하고 싶어요?"

"음. 그건 내일 얘기할게요. 생일 날."

"그럼 내가 준비할 수가 없는데."

"괜찮아요. 준비는 제가 다 해뒀어요."

"뭘 하길래 대체 우리 백화영 씨가 준비까지 했을까."

"별건 아니에요. 그리고 솔직히 마음에 들어할지 어떨지도 모르겠고."

"난 화영 씨가 주는 거라면 다 마음에 들어요."

"무진 씨 줄 거 아닌데. 그리고 내 생일인데 무진 씨가 나한테 줘야 하는 거 아니에요?"

"아! 나 늦었다. 출근해야겠다."

화영은 무진이 할 말이 없어져 일어서는 거라며 놀렸지만 현관 앞에서 무진의 옷매무새를 정돈하고 입맞춤까지 풀코스로 하며 배웅했다. 달콤한 하루가 또 그렇게 시작됐다.

조용한 실내에 두 사람의 발소리가 낮게 울려 퍼졌다. 두 사람이 걷지만 마치 한 사람이 걷는 듯 발걸음이 맞아 떨어지며 한 사람의 걸음처럼 울려 퍼졌다.

곧 한 사람의 구둣발 소리가 빠르게 움직였고, 뒤따르는 발소리가 들리더니 멈추었다.

봉안당 안은 아무도 없었다. 무진과 화영은 무혁의 유골함 앞에 나란히 섰다.

"형, 화영 씨랑 왔어. 알지?"

"안녕하세요. 두 번째 뵙겠습니다. 백화영입니다."

화영이 인사를 했다.

"두 번째?"

"네. 언니 장례식장에서 봤어요. 그때는 그저 유족과 문상객으로 스치듯 봤지만요."

화영은 국화 한 송이를 유골함 앞에 내려놓았다.

"이건 제가 드리는 거고, 이 한 송이는 언니 대신 제가 갖고 왔어요."

화영은 나머지 국화도 내려놓았다. 두 사람은 잠시 침묵하며 각자의 생각 속으로 침잠해 들어갔다.

'형, 나 화영 씨랑 결혼했어. 축하해줄 거지?'

'언니는 만났어요? 거기선 두 사람 잘 지내겠죠? 그랬으면 좋겠는데. 우리 두 사람 이어줘서 고마워요.'

화영은 핸드백에서 사진 한 장을 꺼냈다. 언니 일기장에서 발견한 무혁과 월영이 함께 찍은 사진이었다.

"준비했다는 게 이거였군요?"

"네."

"우리 형 좋아하겠다."

"근데 나중에 어머님이 보시면 싫어하시겠죠? 잘 숨겨야겠다."

이 여사는 이혼이냐, 제주 유배냐 두 가지 선택지에서 어쩔 수 없이 제주도를 택했다. 제주 별장에서 머무르며 일 년에 딱 한 번 무혁의 기일에만 서울로 오기로 했다. 그런 이 여사에게 둘의 사진이 눈에 띄어서 좋을 게 없지 싶다. 화영은 유골함 뒤 벽 사이에 사진을 끼워 넣었다.

"이건 내가 준비한 거."

무진의 손에 작은 다이아가 박힌 목걸이가 들려 있었다.

"우와. 이거 제 선물이에요?"

"응. 마음에 들어요?"

"네. 고마워요, 무진 씨."

화영은 무진을 향해 살짝 고개를 숙였다. 금속이 살갗에 닿는 느낌이 들었다. 무진이 목걸이를 채우며 조용히 화영의 귓가에 속삭였다.

"나랑 딱 70년만 같이 살아요. 그 후엔 놓아줄게."

속삭임에 화답하듯 화영의 얼굴이 살짝 붉어졌다.

"에계, 고작 칠십 년? 난 최소 71년인데. 내가 딱 무진 씨랑 칠십일 년만 살고 놔줄게요. 그때 자유롭게 가요."

주고받은 대화에 두 사람은 서로를 향해 웃었다.

앞으로 남은 긴 여정 속에서도 늘 함께하길 약속하며 두 사람은 손을 잡고 봉안당을 빠져나왔다. 저물녘의 해가 두 사람을 비췄고 깍지 낀 손에 반지가 반짝거렸다.

다시 서울로 향하는 차 안에서 화영은 오랜전 꾼 꿈이 떠올랐다.

"무진 씨, 나 몇 년 전에 꿈꾼 게 있었는데. 깨고 나서도 꽤 오랫동안 기억이 남았거든요. 그게 오늘을 알려준 건가 싶기도 하네요."

"어떤 꿈인데요?"

"언니한테 가는 꿈이었어요. 국화 한 송이를 사서 언니에게 찾아가는 길이었는데, 언니는 절에 있잖아요. 근데 꿈속에선 내가 납골당을 찾아가고 있더라고요. 버스에서 내려 시골길을 걸어가는데 한 남자가 다가왔어요."

"남자?"

"뭐야, 남자라니까 반응하는 거 봐."

화영이 살며시 웃었다.

"그런 거 아니거든요. 그래서?"

"그 남자가 나한테 말해줬어요. 괜찮다고. 걱정하지 말라고. 내 탓이 아니라고. 그러면서 납골당까지 같이 가자며 나란히 걷다가 꿈에서 깼어요."

"그래?"

"네. 그냥 별 꿈 아니다 할 수도 있는데 어째선지 그 꿈을 한동안 잊지 못했거든요. 근데 왠지 그 꿈속의 남자가 어쩌면 무진 씨거나 형이 아니었을까 싶기도 해요."

"우리 형?"

"네. 그냥 그런 느낌이 들어요."

"그럼 우린 운명적 사랑?"

"그렇게 돼요?"

화영의 기분 좋은 웃음소리가 차 안을 채웠다. 그런 화영을 슬쩍 쳐다보던 무진도 함께 웃었다.

"무진 씨. 우리 손잡아요."

화영이 말과 함께 손을 내밀자 무진이 그 손을 꽉 잡았다. 함께 걷게 될 앞으로의 길에서 잡은 두 손 놓지 않겠다고 다짐했다.

남은 모든 삶을 함께하며, 한 곳을 바라보며 살아갈 두 사람을 태운 세단이 도로 위를 부드럽게 달렸다. 그런 그들의 세단을 황혼의 노을이 오래도록 비춰주었다.

-마침-

작가 후기

안녕하세요. 율채입니다.
여기까지 함께해주신 모든 독자님께 감사드립니다.

독자님의 귀한 돈과 시간, 그리고 무엇보다 '소중한 마음 한쪽'을
열어 화영과 무진의 이야기에 귀 기울여주셔서 정말 감사드립니다.
독자님의 마음을 늘 소중히 여기겠습니다.

마지막에 나온 화영의 꿈이 이야기가, 이 둘의 시작이었습니다. 제
가 꽤 오래전에 꾼 꿈이었는데 깨고서도 오래도록 잊지 못했던 꿈이
었습니다.
그 꿈을 시작으로 이야기를 더듬어 가다 보니 화영과 무진의 이
야기가 보이더군요.
누구나 가족, 친구, 지인이란 이유로 서로의 삶을 간섭하고, 간섭
받으며 살아갑니다. 몰라서 그렇게 하고, 때론 알면서 그렇게 하죠.

사랑이란 이름으로 포장되어서.

자신의 삶을 책임지는 사람들의 이야기를 써보고 싶었습니다. 앞으로 어떤 상황이 닥치더라도, 자신의 선택에 최선을 다해 책임지는 무진과 화영이기에, 그들의 삶이 조금도 걱정되지 않습니다. 둘은 지금처럼 변함없이 잘 헤쳐 나갈 거라고 생각합니다.

언젠가 제가 친구에게 하소연한 적이 있었습니다.

"나 길을 잃어버린 것 같아. 계속 헤매고 있는 기분이야."

그랬더니 친구가 그러더군요.

"네가 길을 잃은 게 아니고 길을 찾고 있는 게 아닐까?"

그 후론 방황하더라도 길을 찾고 있는 중이라고 되뇌고 있습니다. 괴테가 말했다죠. 인간은 노력하는 한 방황하는 법이다. 제가 좋아하는 말 중 하나입니다.

제 방황의 흔적이 이렇게 책으로 출간되어 기쁘면서도 조심스럽습니다.

부디 독자님에게 조금이나마 좋은, 나름 괜찮은 시간을 준 이야기로 기억되었으면 좋겠습니다.

독자님과 다시 뵐 수 있는 날을 기대하며 이만 줄이겠습니다.

『낯설고, 달콤한』이 책으로 출간되기까지 하나부터 열까지 꼼꼼하게 애써주신 편집자님께 진심으로 감사드립니다.

-2017년 8월의 율채 드림.